Les flammes de la passion

Amis et amoureux

Les flammes de la passion

SHERI WHITEFEATHER

Les flammes de la passion

Traduction française de
ROSA BACHIR

PASSIONS

HARLEQUIN

Collection : PASSIONS

Titre original :
HOLLYWOOD EX FACTOR

HARPERCOLLINS FRANCE
83-85, boulevard Vincent-Auriol, 75646 PARIS CEDEX 13
Service Lectrices — Tél. : 01 45 82 47 47 - www.harlequin.fr
ISBN 978-2-2804-8060-4 — ISSN 1950-2761

Composé et édité par HarperCollins France.
Imprimé en janvier 2023 par CPI Black Print (Barcelone)
en utilisant 100% d'électricité renouvelable.
Dépôt légal : février 2023.

FSC
www.fsc.org
MIXTE
Papier issu de sources responsables
FSC® C159065

Pour limiter l'empreinte environnementale de ses livres, HarperCollins France s'engage à n'utiliser que du papier fabriqué à partir de bois provenant de forêts gérées durablement et de manière responsable.

- 1 -

D'un geste rageur, Zeke Mitchell déboucla sa ceinture de sécurité, se préparant à sortir de l'avion. Il venait de passer quatre heures et cinquante et une minutes à penser à son ex-femme.

Il aurait dû se réjouir d'être de retour chez lui. Hélas, il avait les nerfs à vif, tout cela à cause de Margot Jensen. C'était l'une de ses clientes de Los Angeles. Son amante occasionnelle. Mais surtout, son ex-épouse. Ils avaient commencé leur liaison peu après leur divorce, prononcé trois ans plus tôt.

Une liaison sans attaches. Faite d'ébats torrides et sporadiques.

Mais tout cela pourrait bien prendre fin bientôt. Margot lui avait envoyé un message la veille pour l'informer qu'elle s'interrogeait au sujet de leur liaison et qu'elle voulait en discuter avec lui.

Il se leva et prit sa valise cabine puis débarqua avec le reste des passagers de première classe. Il passa par la zone de récupération des bagages pour récupérer ses autres affaires. Après cela, il se dirigea vers la sortie du terminal. Il avait déjà réservé une voiture afin de se rendre directement chez Margot. Elle lui avait demandé de passer dès qu'il le pourrait, et il n'y voyait pas d'inconvénient. Il voulait en finir avec cette fichue discussion au plus vite.

Il soupira. Qu'avait-il espéré ? Que sa liaison avec

son ex-femme durerait éternellement ? Il était pourtant logique que leur aventure prenne fin un jour. Peut-être Zeke pourrait-il convaincre Margot de coucher avec lui une dernière fois…

Bon sang. Pourquoi fallait-il que cette femme ait un tel effet sur lui ? Pourquoi ne pouvait-il pas se débarrasser de son attirance pour elle ?

Chassant ces pensées importunes, il passa en revue les voitures alignées le long de la chaussée, cherchant son chauffeur. Le trottoir était plein de monde, et certains passants lui lançaient des regards. Avec son mètre quatre-vingt-dix et son corps musclé, Zeke se remarquait dans une foule. Tous les gardes du corps n'étaient pas aussi massifs que lui. Nombre de ses employés arrivaient à se fondre dans la masse. Ce ne serait jamais le cas pour Zeke. En plus de sa stature, son métissage le rendait également identifiable. Il était samoan et choctaw du côté paternel, et européen du côté maternel.

Il repéra enfin son chauffeur. Quelques minutes plus tard, il était assis à l'arrière d'une Lincoln, en route pour les collines d'Hollywood, où vivait Margot. Ils avaient vendu leur demeure de Redondo Beach. Néanmoins, Zeke habitait toujours là-bas, dans un appartement avec terrasse, face à l'océan.

Quarante-cinq minutes plus tard, il arriva devant la maison de Margot, une élégante demeure de style colonial entourée de grilles en fer forgé.

Zeke demanda à son chauffeur de l'attendre puis sortit de la voiture. Il tapa un code pour ouvrir le portail puis monta les marches d'argile rouge menant à la porte d'entrée. Il avait une clé de la maison mais ne l'utilisait jamais. Il ne la gardait que par mesure de sécurité.

Zeke et son associé dirigeaient Z-One Security, une

société de sécurité de trois cents employés qui assurait la protection rapprochée de célébrités partout dans le monde. Chaque fois qu'ils décrochaient un nouveau contrat ou une mission complexe, Zeke passait du temps avec les clients pour connaître leur style de vie et former son équipe en conséquence.

Il sonna à la porte. Margot ne tarda pas à lui ouvrir. Dans son chemisier à manches bouffantes et son jean évasé, elle était charmante et sensuelle. Il remarqua que ses ongles étaient ornés de vernis de différentes couleurs. En matière de mode, elle était un caméléon, changeant de style en fonction de son humeur. Aujourd'hui, supposa-t-il, elle était anxieuse. Cela jouerait-il en faveur de Zeke ? Ou pas du tout ? Avec Margot, il ne savait jamais à quoi s'attendre.

— Bonjour, Zeke.

Elle le salua avec un sourire nerveux.

— Bonjour, Margot.

Il ne lui donnerait pas la satisfaction d'un sourire, nerveux ou autre. Il se sentait déjà furieux contre lui-même, parce qu'il la désirait encore.

Elle avait coiffé sa chevelure rousse et rebelle en queue-de-cheval basse, des mèches encadrant son visage. Ses yeux bleus éclatants avaient une expression innocente. Ses fossettes, en revanche, lui donnaient un air malicieux. Elles lui avaient été utiles lorsqu'elle était petite fille. Toute jeune actrice, elle avait interprété une enfant précoce dans *Les Années jeunesse*, la sitcom familiale qui l'avait rendue célèbre. Elle jouait une version adulte de ce même personnage dans une suite de l'ancienne série, judicieusement intitulée *Les Années adultes*.

Le rôle qui avait provoqué leur divorce.

Lorsqu'ils avaient commencé à se fréquenter, Margot

ne jouait plus la comédie, mais elle avait repris sa carrière après leur mariage. Un choix que Zeke avait vécu comme une trahison, lui qui n'avait jamais voulu avoir une femme connue. Il avait grandi avec une mère célèbre et avait souffert de cette notoriété. Enfant, il n'avait trouvé son salut qu'auprès des gardes du corps de sa mère. Ils lui avaient procuré un sentiment de stabilité dans un environnement chaotique, protégeant sa famille des paparazzis et des fans obsessionnels qui traquaient sa mère. Pour Zeke, devenir spécialiste en sécurité avait été une évidence.

Par chance, Margot n'avait pas souvent besoin de protection. Hormis les trolls habituels qui harcelaient les vedettes via Internet, elle n'avait jamais rencontré de réel problème. Toutefois, Zeke ne voulait prendre aucun risque. Il avait engagé une équipe pour surveiller les comptes de réseaux sociaux de Margot et garder un œil sur les vidéos de surveillance de sa maison.

Lui-même était filmé en ce moment. Mais peu lui importait. Pour ses employés, ses visites étaient strictement professionnelles. Il n'avait dit à personne que Margot et lui étaient amants. Mais Margot avait parlé de leur liaison à la sœur de Zeke. Les deux femmes étaient amies depuis l'enfance, et maintenant, la sœur de Zeke savait tout de sa vie privée, ce qu'il regrettait.

— Tu entres ou non ? demanda Margot.

Hochant la tête, il franchit le seuil de la maison, remarquant dans le miroir du vestibule le reflet de son costume sombre et de sa cravate rayée. Il préférait porter des vêtements stricts quand il voyageait. Il enfilerait un short de plage dès qu'il rentrerait chez lui.

Elle le conduisit dans le salon, un vaste espace au parquet de bois, au plafond voûté et aux fenêtres à croisées.

Derrière les vitres, on pouvait voir le jardin, la terrasse et la piscine.

Zeke jeta un coup d'œil vers le canapé mais décida de rester debout. Margot fit de même. Leur attirance mutuelle était palpable.

Et troublante.

— Tu veux boire quelque chose ? demanda-t-elle.

À présent, il brûlait de l'embrasser, de la toucher, de la porter dans la chambre et de lui faire des choses indécentes.

— Qu'est-ce que tu as à me proposer ?

— Café, eau, bière. Ce que tu veux.

Il haussa les sourcils.

— Ce que je veux ? Tu sais sûrement ce que je veux.

Il avait pris une voix grave, calme. Séductrice.

Margot sembla vaciller, comme si elle aussi avait envisagé une dernière étreinte. Mais elle se reprit rapidement.

— Je ne t'ai pas demandé de venir pour que nous…

— Je sais, mais ça fait un moment que nous n'avons pas…

Il revenait d'une longue mission à l'étranger, durant laquelle il avait très souvent pensé à elle.

— Six mois, pour être exact, ajouta-t-il.

— Oui, mais c'était avant que l'adoption soit finalisée et que Liam vienne vivre avec moi.

Zeke s'était demandé si le choix de Margot avait un lien avec son fils. Le garçon de huit ans était devenu sa priorité.

Zeke ne connaissait pas Liam mais il avait vu de nombreuses photos de lui. Pour des raisons de sécurité, il possédait un dossier sur cet enfant.

En toute honnêteté, l'idée que Margot soit mère le perturbait. Autrefois, ils avaient évoqué l'idée d'avoir leurs propres enfants, quand ils étaient encore follement amoureux. Ces sentiments n'existaient plus désormais.

Zeke s'éclaircit la voix. Maintenant que Margot avait mentionné Liam, il ne trouvait plus ses mots. Elle aussi était muette. Mais c'était habituel chez eux. En dehors du sexe, ils ne savaient plus comment communiquer. Leur liaison n'impliquait pas de passer leurs nuits ensemble. Ils faisaient simplement l'amour, puis chacun allait de son côté.

Il avait besoin d'une boisson fraîche, tout à coup.

— Si ton offre tient toujours, je prendrai volontiers une bière.

— Pas de problème.

Elle fixa sa bouche et passa la langue sur la sienne.

— Moi aussi, j'ai soif. Je vais prendre un verre d'eau.

Elle se dirigea vers la cuisine.

— Je reviens tout de suite, dit-elle.

Elle sortit rapidement de la pièce, remarqua-t-il. Bien que la tension sexuelle soit évidente, elle essayait d'agir comme si de rien n'était. Mais cela n'apaisa pas l'esprit de Zeke. Ni son désir pour elle.

Dès que Margot entra dans la cuisine, elle reprit son souffle. Elle tenait vraiment à mettre un terme à sa liaison avec Zeke. Mais pourquoi fallait-il que ce soit si difficile ? Pourquoi fallait-il qu'elle éprouve un désir si puissant pour lui ?

Elle se servit un verre d'eau fraîche et en but la moitié, en s'intimant de se détendre. Elle pouvait réussir, se dit-elle. Elle pouvait renoncer à Zeke pour de bon. Ce n'était pas sain pour elle de continuer à coucher avec lui. Pour l'instant, il fallait qu'elle se concentre sur son fils. Liam était à l'école, aujourd'hui. C'était un très bon élève, un enfant intelligent qui avait appris à s'adapter à toutes les situations. Jusqu'ici, son existence n'avait pas été facile. Il avait passé l'essentiel de ces dernières années dans des foyers et des familles d'accueil, espérant trouver une famille permanente. À présent, il avait Margot.

Elle n'avait jamais eu pour projet de devenir mère célibataire mais, lorsqu'elle avait rencontré Liam pendant un événement caritatif, elle s'était aussitôt liée à lui. Et elle avait su que c'était le destin qui les avait réunis.

Elle pensait autrefois que Zeke lui était destiné, lui aussi, mais leur divorce avait prouvé le contraire. Et leur liaison ? Une pure folie. Qui couchait avec son ex au lieu d'aller de l'avant ? Un jour, quand elle serait prête, elle fréquenterait à nouveau quelqu'un. Elle aurait une relation normale, et non une histoire tumultueuse et tourmentée.

Elle posa son verre dans l'évier et faillit quitter la cuisine sans la bière de Zeke. *Bonté divine.* Elle sortit une bouteille du réfrigérateur et retourna dans le salon. Après avoir donné sa boisson à Zeke, elle s'installa dans un fauteuil pendant que Zeke s'asseyait sur le canapé. Il but une longue gorgée de bière.

Lorsqu'il croisa son regard, elle sentit son cœur cogner contre ses côtes. Avec sa carrure impressionnante, ses traits bruts et ses yeux presque aussi noirs que ses cheveux, Zeke était d'une beauté à couper le souffle.

— Où est ton verre d'eau ? demanda-t-il.

— Je l'ai bu dans la cuisine.

— Tu n'as plus soif ?

— Non.

Étancher sa soif de lui n'était pas aussi facile, mais elle était bien décidée à y parvenir.

Elle avait maintenant trente-trois ans, et lui trente-huit. Elle le connaissait depuis la moitié de sa vie. En plus d'être amie avec la sœur de Zeke, elle avait aussi connu leur père, Caine, qui avait été l'agent de Margot. Son propre père avait quitté définitivement le foyer lorsqu'elle avait sept ans. Enfant, elle adorait passer du temps chez Zeke et voir les parents de son ami ensemble. L'agent des vedettes et la star hollywoodienne formaient un beau couple, bien que leur union soit née après une tragédie.

Zeke n'était pas le fils biologique de Caine. Son père était un cascadeur, tué dans un accident de tournage peu après la naissance de Zeke. Dévastée par le chagrin, la mère de Zeke s'était rapprochée de Caine. Elle avait fini par l'épouser, et Caine avait adopté son fils. Bailey était née cinq ans plus tard, ce qui faisait d'elle la demi-sœur de Zeke. Caine était décédé douze ans plus tôt, laissant un grand vide derrière lui. Il manquait terriblement à tous ses proches. Même Margot portait encore des fleurs sur sa tombe.

Elle plongea le regard dans celui de Zeke. Dans ses yeux sombres et fascinants. Pour éviter que le silence s'étire, elle prit la parole.

— Je pensais à Caine et au fait qu'il t'ait adopté.

— Et maintenant, tu as adopté un fils, toi aussi, dit-il, serrant la mâchoire. Tu as toujours voulu des enfants.

Margot eut le cœur serré. Zeke aussi avait souhaité avoir des enfants autrefois. Avant que leur mariage périclite, ils avaient évoqué l'idée de faire un bébé.

— Être mère est formidable. Mais tout est nouveau, et tout change très vite. J'apprends au fur et à mesure.

— C'est normal, je suppose. Mais je ne connais rien à ce sujet.

Après un silence inconfortable, il demanda :

— Tu vas engager une nounou ou une fille au pair ? Si

oui, je dois passer les candidatures au crible. Ou charger l'un de mes agents de le faire.

— Je ne vais engager personne. Ma mère aime s'occuper de Liam. Elle est disponible chaque fois que j'ai besoin d'elle.

— Bien, dit-il, la transperçant du regard.

Il avala sa bière sans la quitter des yeux.

Margot s'efforça de ne pas bouger. La façon dont il la regardait lui donnait envie de le conduire directement dans son lit. Mais elle ne pouvait pas faire cela.

— Quand je t'ai envoyé un message hier pour te dire que je songeais à cesser notre liaison, j'étais encore hésitante. Une part de moi voulait que ça continue.

Une part qui désirait Zeke, pensa-t-elle. Même à cet instant, son corps traître réclamait le sien.

— Mais je dois créer un environnement sain pour moi-même et pour Liam. Or, je ne vois pas comment c'est possible si je couche encore avec toi.

Il posa sa bouteille sur la table basse.

— Alors, c'est tout ? C'est fini ?

— Oui.

Il le fallait. Finis les rendez-vous secrets, les ébats époustouflants.

Il s'adossa au canapé.

— Ça va me manquer, déclara-t-il.

— À moi aussi.

Inutile de prétendre le contraire.

— Ce n'était pas une décision facile, avoua-t-elle.

— Alors, peut-être que tu devrais revenir dessus. Nous pouvons continuer notre liaison pendant un temps, et voir ce que ça donne. Ce n'est pas parce que tu es devenue mère que tu ne peux pas avoir d'amant.

— Je sais. Mais j'essaie de faire le bon choix. Et

coucher avec toi ne va pas m'aider. Il n'y a pas d'avenir entre nous, Zeke. Nous sommes divorcés.

— Je suis très conscient du statut de notre relation.

Il tira sur sa cravate comme si le nœud parfait l'étouffait.

— Mais je n'aurais jamais rempli les papiers du divorce si tu avais respecté ta part du contrat, poursuivit-il. Quand nous avons commencé à nous fréquenter, tu m'avais dit que tu n'étais plus actrice. Mais ensuite, tu as accepté de tourner dans cette maudite série. Dès que ton ancien producteur t'a téléphoné, tu as accouru.

Elle plissa les yeux, irritée d'entendre le même refrain une fois de plus.

— J'avais le droit de changer d'avis. Être actrice me rend heureuse.

— Ah, oui ? Alors pourquoi étais-tu si malheureuse la moitié du temps ?

— Je ne l'étais que quand ça se passait mal.

Elle était devenue célèbre à neuf ans, et, lorsque son vedettariat s'était terminé, elle était adolescente et s'efforçait de retrouver des repères. Une phase qui avait duré jusqu'à ce qu'elle atteigne l'âge adulte.

— Tout le monde autour de moi voulait que je réussisse, dit-elle. Ma mère, ta famille. Tout le monde, sauf toi. Tu es la personne la moins encourageante que je connaisse.

Il détacha complètement sa cravate.

— Je t'ai beaucoup soutenue. Et puis, tu savais que je ne voulais pas être le mari d'une célébrité. C'était rédhibitoire pour moi.

Elle soupira.

— Tu n'as même pas essayé de trouver un compromis.

— Bon sang, Margot ! Je voulais une vie conventionnelle avec toi. Je ne voulais pas de tout ce battage médiatique.

— Il s'agissait de mon travail, rétorqua-t-elle.

— Un travail que tu as préféré à ton mariage.

— Ce n'est pas ce qui s'est passé. Je voulais reprendre ma carrière. Mais tu refusais d'écouter ma version.

— Tu te moquais de mon point de vue, toi aussi.

— Non, c'est faux.

Elle avait pris ses difficultés en considération. Elle s'était souciée de ses sentiments. Mais elle avait été stupide de croire qu'il l'aimait assez pour que leur mariage fonctionne.

— C'est toi qui as demandé le divorce, pas l'inverse, lui rappela-t-elle.

— Pourquoi rester ensemble puisque nous ne faisions que nous disputer ? Je t'ai fait une faveur en partant.

Elle eut un rire moqueur.

— Quelle chanceuse je suis d'avoir eu un mari si attentionné ! Ça suffit. Il faut que tu t'en ailles, maintenant.

— Avec plaisir.

Il se leva de toute sa hauteur.

Mesurant un mètre quatre-vingts, Margot était considérée comme grande. Mais à côté de Zeke, elle se sentait toute petite.

Il termina sa bière.

— Je parie que, quand je serai parti, tu vas te précipiter chez Bailey pour te plaindre de moi.

— C'est ta sœur, mais c'est aussi ma meilleure amie. J'ai le droit de lui parler de mes problèmes.

Elle lui montra la porte, mais il se rendit dans la cuisine. Elle le suivit et le vit jeter sa bouteille de bière dans la poubelle de recyclage.

— Ce que tu es ordonné, ironisa-t-elle.

— Et propre, contrairement à toi.

Margot serra les dents.

— Je ne suis pas une souillon. Je suis peut-être un peu désorganisée, c'est tout.

— Tu plaisantes ? Tu ne nettoies jamais derrière toi.

Il observa les plans de travail impeccables.

— Au moins, tu as un merveilleux service de nettoyage, railla-t-il. Ils sont passés ce matin, manifestement.

C'était vrai, sa femme de ménage était passée.

— Sors de chez moi et ne reviens jamais, ordonna-t-elle.

Il fit volte-face.

— Tu es sûre que tu n'as pas envie de m'embrasser d'abord ? Ou de m'arracher mes vêtements ?

À ces mots, une chaleur instantanée se répandit entre ses jambes. Zeke afficha un sourire narquois. Devinait-il qu'elle était excitée ? Sa formation de garde du corps faisait de lui un expert en langage corporel. Et il était naturellement doué pour déchiffrer les émotions. Mais il lui avait souvent répété qu'elle était difficile à cerner. Un fait qui n'avait pas cessé de le surprendre et de le dérouter.

Elle leva le menton.

— Je n'aurais jamais dû avoir une liaison avec toi.

— Eh bien, il est trop tard pour revenir en arrière, riposta-t-il.

Elle crut qu'il allait s'en aller, mais il resta là, immobile. Il était hors de question qu'elle l'embrasse ou qu'elle le déshabille, même si elle en avait envie. Idiote qu'elle était, elle allait sans doute fantasmer sur lui ce soir.

— Ce n'est pas juste, lâcha-t-elle.

— Qu'est-ce qui n'est pas juste ? Le fait que tu me désires encore ? Ou que je te désire encore ? J'aimerais avoir une baguette magique pour régler le problème.

— Moi aussi. Ce serait une bonne chose si nous pouvions trouver un moyen de dépasser notre colère.

Elle scruta son regard, cherchant désespérément une solution. Aucun d'eux ne devrait souffrir ainsi.

— Il doit bien y avoir quelque chose à faire, dit-elle.

Elle l'étudia, l'esprit en ébullition.

— Peut-être que nous pouvons essayer d'être amis, suggéra-t-elle.

— Amis ?

— Oui. Ce serait une relation platonique entre des gens qui sont censés s'apprécier.

— Tu m'apprécies, Margot ?

— Parfois, dit-elle avec honnêteté.

— Moi aussi, de temps en temps, murmura-t-il.

Elle était toujours un peu troublée quand il parlait à voix basse.

Elle se ressaisit et redressa les épaules.

— Nous pouvons utiliser cette discussion comme point de départ.

Il sembla sceptique.

— Tu penses vraiment que ça va marcher ? demanda-t-il, passant la main dans ses cheveux courts et épais.

— Je ne sais pas. Mais ce doit être moins éprouvant que de se disputer.

Ou de se désirer.

— J'imagine que nous pouvons essayer, concéda-t-il. Mais comment procéder ?

— Je peux venir chez toi demain avant d'aller au studio de tournage. J'apporterai le petit déjeuner. Nous pourrons décider de la suite à partir de là. Je passerai très tôt, alors ne fais pas la grasse matinée.

— Je suis du genre à faire la grasse matinée ?

— Je suppose que non.

Zeke étant un fan de surf, il avait pris l'habitude de se lever tôt pour s'adonner à sa passion.

Il plissa les yeux.

— Je ferais mieux d'y aller, avant que nous nous disputions encore et que cette histoire d'amitié tombe à l'eau.

— Bonne idée.

Elle était d'accord, il valait mieux qu'il parte sur une note positive.

Elle l'accompagna jusqu'à l'entrée. Au moment de sortir, il se pencha pour la serrer dans ses bras, mais se ravisa. Il avait raison de garder ses distances. Un simple contact pourrait raviver leur désir.

— Je te vois demain, dit-il.

— Entendu.

Elle le regarda monter dans la voiture qui l'attendait le long du trottoir.

Sa décision de nouer une amitié avec Zeke était-elle sage ? Elle n'en était pas tout à fait sûre, mais elle comptait tenir sa promesse.

Quoi qu'il lui en coûte.

- 2 -

Après le départ de Zeke, Margot se rendit chez Bailey, comme il l'avait deviné. Mais ce n'était pas pour dire du mal de lui. Elle avait simplement besoin d'une discussion entre filles.

Bailey était scénariste et travaillait essentiellement chez elle. Tant qu'elle n'était pas proche d'une échéance urgente, elle se rendait disponible pour Margot.

Toutes deux vivaient sur les collines d'Hollywood, mais dans des quartiers différents. Margot résidait à Whitley Heights, un district historique construit pendant l'ascension de l'industrie cinématographique, tandis que Bailey était installée à Laurel Canyon, un quartier qui baignait dans la contre-culture des années 1960 et 1970.

Margot emprunta la route sinueuse qui menait à la maison de Bailey, un chalet de bois perché sur une colline, entouré d'herbe, de fleurs et de feuillages denses. La sœur de Zeke tenait à sa vie privée, comme lui. Bien qu'ils soient les enfants d'une grande star, aucun d'eux n'appréciait les projecteurs. Zeke avait bâti un empire dans le domaine de la sécurité, et Bailey se réfugiait dans la solitude de l'écriture.

Margot, en revanche, adorait être sur le devant de la scène. Elle aimait poser pour des photos, discuter avec des fans, fouler les tapis rouges. Elle était loin d'être aussi célèbre qu'Eva Mitchell, cependant. La mère de Zeke et de Bailey avait été un sex-symbol autrefois. Encore aujourd'hui, elle était vénérée pour sa beauté.

Margot se gara dans la rue étroite de Bailey et se dirigea vers l'arrière du chalet. Bailey lui avait dit qu'elle travaillerait dehors aujourd'hui.

Comme Margot s'y attendait, elle trouva son amie calée dans un hamac avec son ordinateur portable. Physiquement, elle ne ressemblait pas du tout à Zeke. Bailey était une jolie blonde aux yeux bleus, à la silhouette menue. La plupart du temps, elle s'habillait dans un style décontracté : sweat-shirts, shorts, baskets ou sandales.

— Je suis là, annonça Margot.

Bailey leva les yeux vers elle et lui sourit.

— Je sais. Je t'ai vue du coin de l'œil.

Elle referma son ordinateur et se leva.

Margot s'avança vers elle et l'étreignit brièvement. Bailey sentait toujours très bon. À ses heures perdues, elle concoctait des savons et des lotions biologiques.

— J'ai préparé de la citronnade. Avec des fruits fraîchement cueillis, dit-elle en désignant les arbres fruitiers du jardin.

— Merci. Ma visite ne sera pas trop longue.

— Rassure-toi, j'ai du temps.

Elles allèrent sous la terrasse couverte. Bailey sortit la citronnade d'un petit réfrigérateur. Elle remplit deux verres et les posa sur la table basse.

Elles s'assirent sur des chaises garnies de coussins fleuris. En cette belle journée de printemps, le soleil brillait au-dessus des collines. Bailey replaça une mèche couleur miel derrière son oreille. Ses cheveux soyeux étaient si longs qu'ils lui arrivaient au bas du dos. Margot devait fournir bien plus d'efforts pour dompter sa chevelure épaisse et ondulée.

Elle s'accorda quelques secondes de réflexion puis annonça sans ambages :

— J'ai rompu avec Zeke.

— Oh ! Tu as réussi ! Tu as enfin franchi ce cap.

Bailey marqua un temps.

— J'adorais t'avoir comme belle-sœur, et j'aurais aimé que votre mariage fonctionne, mais je suis soulagée que tu aies enfin mis un terme à cette folle liaison.

— Je m'en doutais. Tu n'arrêtais pas de me répéter que coucher avec lui n'était pas bon pour mon état émotionnel.

— J'ai dit la même chose à Zeke. Selon moi, ce n'était bon ni pour lui ni pour toi. Mais puisque mon frère est une tête de mule, il ne voulait rien entendre.

Elle se pencha vers Margot.

— Comment a-t-il pris la chose ?

— Au début, mal. Nous nous sommes disputés. Finalement, nous avons décidé d'être amis.

Bailey ouvrit de grands yeux.

— Vous étiez d'accord tous les deux ?

— C'était ma suggestion, mais il a accepté de faire une tentative. Je passe chez lui demain pour en reparler.

— Sans vouloir t'offenser, il vaudrait mieux pour toi que tu ne finisses pas dans son lit.

— Je ne suis pas offensée. Pour ton information, il a voulu me convaincre de coucher avec lui aujourd'hui, mais j'ai refusé.

— Contente de l'apprendre. Mais sois prudente, d'accord ? Les vieilles habitudes ont la vie dure, comme on dit.

En effet. Leur liaison avait commencé un soir alors qu'ils s'étaient retrouvés pour parler affaires. Elle avait souhaité faire appel à une autre société de sécurité après leur divorce, mais il avait insisté pour qu'elle reste sa cliente. La discussion s'était transformée en dispute houleuse, qui avait mené à des ébats sexuels déchaînés.

— Je te le promets, je ne ferai rien de stupide.

Bailey émit un petit rire.

— Franchement, cette histoire d'amitié me paraît stupide.

Margot rit à son tour, mais juste un court instant. Elle reprit rapidement son sérieux.

— Un jour, il a choisi de ne plus m'aimer, et j'ai cessé de l'aimer, moi aussi. Mais après notre divorce, nous n'avons pas eu de rupture nette. Nous avons juste continué à coucher ensemble.

— Alors, si vous devenez amis, tu espères que vous tournerez enfin la page ?

— Ça vaut le coup d'essayer.

Margot sirota sa citronnade.

— Tu te souviens que j'avais un faible pour lui quand nous étions adolescentes ? lança-t-elle.

Bailey fronça le nez.

— Comment pourrais-je oublier ? Tu ne parlais que de lui. Je n'en pouvais plus.

— Je sais. Je suis désolée de t'avoir fait subir cela. La première fois que je l'ai vu, j'ai failli fondre. Il était l'archétype du beau brun ténébreux. Mais lui n'était pas sous mon charme, loin de là.

— Il trouvait que tu étais une peste, à l'époque.

— J'en étais une, je suppose. J'étais une adolescente de quatorze ans, la série que je tournais venait de s'arrêter, et j'étais amoureuse du frère de ma meilleure amie. Lui venait d'entrer à l'université, et moi, je gloussais et je me comportais bêtement pour essayer d'attirer son attention.

— Tu as fini par être assez mûre pour qu'il s'intéresse à toi.

— Parfois, je me dis que tout aurait été plus simple si nous n'avions jamais couché ensemble. Avoir le béguin pour lui était déjà un problème, mais quand je suis vraiment tombée amoureuse de lui…

Bailey soupira.

— Oui, mais regarde-toi maintenant. Tu es une femme forte, une mère célibataire et une actrice à succès. Je suis fière du chemin que tu as parcouru.

— Merci. Tes paroles me touchent.

Et une fois que son amitié avec Zeke serait sur les rails, elle comptait devenir encore plus forte, et vaincre son désir pour lui une bonne fois pour toutes.

Le lendemain matin, Margot était prête à revoir Zeke. Elle s'arrêta devant un *food—truck* spécialisé dans les repas sains et les cafés haut de gamme. La serveuse la reconnut et lui demanda un selfie. Margot accepta gentiment de poser avec elle, affichant son plus beau sourire.

Après quoi, elle retourna à sa voiture et reprit son trajet. La maison que Zeke et elle avaient possédée autrefois n'était pas loin, mais Margot évitait de passer dans son ancienne rue.

L'appartement moderne de Zeke faisait face à l'océan. Lorsqu'elle arriva, elle se rendit sur sa terrasse privée, sur laquelle se trouvaient un brasero, quelques chaises et une table en mosaïque. Zeke aurait pu se permettre de garder leur maison en rachetant la part de Margot, mais il avait décidé de prendre un nouveau départ.

Elle posa les sacs sur la table puis alla sonner à sa porte. Pas de réponse. Zeke faisait-il la grasse matinée, finalement ? Elle fit une deuxième tentative. Puis une troisième. Sans succès.

Elle tapa rapidement un message.

Je suis devant chez toi. Où es-tu ?

À nouveau, elle patienta. En vain.

Elle était contrariée à présent. Zeke lui avait souvent dit que son tempérament impétueux s'accordait bien avec sa chevelure flamboyante et rebelle. Mais aujourd'hui, elle avait une bonne raison d'être en colère. Elle avait fait tout ce chemin pour venir chez lui, et il lui posait un lapin !

Elle s'apprêtait à repartir quand elle le repéra sur la plage, sa planche de surf plantée dans le sable. Elle aurait dû se douter qu'il était là-bas.

Tandis qu'elle le regardait retirer sa combinaison, son cœur tressauta. Zeke portait un short sous le vêtement en néoprène, mais le seul fait de le voir se déshabiller suffisait à exciter Margot.

Il se retourna et croisa son regard. Tandis qu'il se dirigeait vers elle, sa planche sous le bras, Margot reposa le petit déjeuner sur la table.

Lorsqu'il ne fut plus qu'à quelques mètres, elle remarqua que son short était moulant. Ce qui était normal puisqu'il était en lycra. Zeke ne portait jamais de shorts amples sous sa combinaison car ils se froissaient trop.

— Désolé si je t'ai fait attendre, dit-il, posant la planche de surf contre un mur.

Elle fit de son mieux pour ne pas le dévorer des yeux. Tous ces muscles… Toute cette beauté virile… Quoi d'étonnant à ce qu'elle ait continué à coucher avec lui après leur divorce ?

— Je t'ai envoyé un message, dit-elle. Je n'avais pas pensé à te chercher sur la plage.

— Je n'ai pas pris mon téléphone. Tu veux entrer pendant que je m'habille ?

— Non, merci. Je préfère rester ici.

— Je prendrai ma douche plus tard pour ne pas te faire attendre.

Elle aurait préféré qu'il se douche. L'odeur de la mer sur sa peau était aphrodisiaque.

— Tu n'as pas besoin de te dépêcher pour moi.

— Je t'ai déjà fait perdre du temps. Je passe quelques vêtements et je reviens.

Il disparut dans l'appartement, la laissant seule avec ses pensées. Elle sirota son café et regarda l'océan en tâchant de rester calme. Mais son esprit sapait ses efforts. Elle ne cessait de penser au short moulant de Zeke. À l'odeur du sel sur sa peau. À leurs ébats qui lui manquaient déjà.

Il revint, vêtu d'un jean délavé, d'un pull bleu foncé et de baskets. Margot portait un sweat-shirt à capuche gris ; ce matin, l'air était frais.

— Combien de temps avons-nous ? demanda-t-il.

— Comment ça ?

— Avant que tu doives te rendre au studio de tournage.

Elle vérifia l'heure sur son téléphone.

— Environ trente minutes.

Ce qui semblait une éternité à présent.

Il s'assit face à elle.

— Merci pour le petit déjeuner. Je meurs de faim. Mes placards et mon réfrigérateur sont vides. Je compte aller faire des courses tout à l'heure.

Elle le regarda attaquer sa nourriture. Elle avait pris le même menu pour tous les deux : burritos à l'œuf et au fromage, patates douces sautées et fruits frais. En revanche, elle avait choisi des boissons différentes. Moka pour elle et triple expresso pour lui. Elle connaissait les goûts de Zeke. Il aimait les saveurs puissantes.

Il finit de mâcher une bouchée de burrito et but quelques gorgées de café.

— Je peux te poser une question qui me tracasse depuis un moment ? demanda-t-il.

— Je t'écoute.

— Est-ce que tu as couché avec quelqu'un d'autre que moi depuis le divorce ?

Margot tressaillit. C'était cela qui l'intéressait ? Savoir si elle avait eu d'autres partenaires ?

— Nous nous étions mis d'accord, notre liaison n'était pas exclusive, lui rappela-t-elle.

— Oui, mais maintenant qu'elle est terminée, j'espérais que nous pourrions en parler librement.

Pour gagner du temps, elle mâcha un morceau de patate douce. Elle n'avait couché avec personne d'autre, mais elle n'avait pas envie qu'il voie cela comme de la loyauté ou qu'il pense qu'elle avait toujours des sentiments pour lui.

Plutôt que de répondre à sa question, elle la lui retourna.

— Et toi ? Avec combien de femmes as-tu couché pendant notre liaison ?

— Aucune, dit-il sans hésiter. Ça me semblait trop compliqué d'avoir une liaison avec toi et de voir d'autres femmes en même temps.

— Même chose pour moi. Tu étais le seul. Mais maintenant, aucun de nous n'a à se soucier de ce genre de complications.

Il leur fallait simplement cesser de se désirer.

— Liam sait que tu es divorcée ?

Encore des questions personnelles. Et gênantes.

— Oui, mais je n'ai pas donné de détails. Je lui ai juste dit que tu étais le frère de Bailey et que tu possédais la société qui assure notre sécurité.

Ce qui semblait assez détaillé, s'avisa-t-elle.

— Liam est très proche de ta sœur, alors j'ai pensé que le sujet viendrait sur le tapis de toute façon. Il adore Bailey.

Zeke but un peu de café et la regarda par-dessus le bord de sa tasse.

— Comment se fait-il qu'ils soient si proches ?

— Bailey aide Liam à écrire un livre pour enfants qu'ils vont publier à compte d'auteur. C'est l'histoire d'un chien qui adopte des chatons orphelins. L'idée vient de Liam. Ce projet l'enthousiasme. Il souhaite faire don des recettes à l'organisme caritatif qui nous a réunis.

— Tu dois être fière de lui. J'aimerais rencontrer Liam. Et apprendre à le connaître.

— Pour des raisons de sécurité, ou pour des motifs personnels ?

— Les deux. Mais seulement si tu es d'accord.

— Je peux prendre le temps d'y réfléchir ?

Elle préférait être prudente.

— Toi et moi, nous réapprenons à peine à nous connaître, et je ne veux pas perturber Liam en te le présentant trop tôt.

— Fais-moi simplement savoir ce que tu décides. Je reste à Los Angeles pendant un moment. Pour tout te dire, je vais prendre un mois de congé. Ma dernière mission était assez éprouvante, et j'ai besoin de me détendre avant d'en commencer une nouvelle.

Une douce brise se leva. Margot coinça sa serviette en papier sous sa tasse pour l'empêcher de s'envoler.

— Je serai bientôt libre, moi aussi, dit-elle. Une fois que nous aurons fini cette saison, nous ne reprendrons pas les tournages tant que la série ne sera pas officiellement renouvelée par la chaîne.

— Alors il semble que nous ayons beaucoup de temps pour nous voir.

Il saisit sa propre serviette avant qu'elle s'envole.

— Et nous pourrons faire ce que les amis font, ajouta-t-il.

Elle consulta son téléphone, soudain impatiente de partir. Zeke l'étudiait d'un peu trop près, et elle n'avait pas envie de songer aux blessures du passé, aux enfants qu'ils auraient dû avoir…

— Il faut que j'y aille, dit-elle.

— Cela fait déjà trente minutes ?

Elle se leva.

— Non, mais presque.

Il lui fallait reprendre le contrôle sur ses émotions avant d'arriver sur le plateau de tournage.

Zeke l'accompagna jusqu'au bord de la terrasse. Il était si près qu'elle avait envie de l'embrasser, de goûter sa bouche généreuse, de se presser contre lui.

— Tu peux aller prendre ta douche à présent. Non pas que tu aies besoin de ma permission, ajouta-t-elle rapidement. J'étais juste…

— Je sais.

Il hésita.

— J'attendrai que tu me dises quand nous pourrons nous revoir. Ou quand il me sera possible de rencontrer Liam.

Margot écarta une mèche de son visage. Serait-elle plus forte la prochaine fois qu'elle le verrait ? Elle l'espérait. Sinon, elle devrait simplement poursuivre ses efforts, aussi longtemps qu'il le faudrait.

Margot passa la soirée avec sa mère et avec Liam. Une fois que Liam fut couché, sa mère et elle allèrent dans la cuisine pour que Margot puisse débarrasser la table.

Tout en remplissant le lave-vaisselle, Margot jetait des regards furtifs vers sa maman. June Jensen, soixante-cinq ans, était une robuste brune qui adorait le monde du spectacle. Elle avait longtemps géré la carrière de

Margot. Aujourd'hui, elle passait une retraite heureuse dans une résidence pour seniors en compagnie d'autres fans d'Hollywood.

Des lunettes de lecture en strass perchées sur le nez, June lisait le dernier numéro de *People*. Elle aimait encore la lecture à l'ancienne, tournant les pages de papier glacé jusqu'à ce qu'elle arrive à l'article de couverture. Margot n'avait jamais fait la couverture de *People*, mais elle avait déjà figuré dans le magazine, ce qui avait enchanté sa mère.

En général, rien ne perturbait June. Ou du moins, c'était l'impression qu'elle donnait. Margot savait que ce n'était qu'une façade. Sa mère avait été dévastée quand le père de Margot était parti, et elle avait passé de nombreuses nuits à pleurer en cachette.

Margot aussi avait pleuré. Durant des années, elle s'était crue responsable du départ de son père, pensant que, si elle avait été une meilleure fille, il serait resté. Même avant qu'il disparaisse de leur vie, il avait semblé indifférent, créant chez elle un manque affectif. Lorsqu'elle avait été engagée pour jouer dans *Les Années jeunesse*, elle avait été certaine qu'il reviendrait. Mais il n'était jamais réapparu. Il avait toujours payé sa pension alimentaire en temps et en heure, mais leur lien se résumait à cela. Aujourd'hui, il était remarié et vivait au Costa Rica avec sa jeune épouse. Il n'avait plus aucun contact avec Margot. Il ne la suivait même pas sur les réseaux sociaux.

Sa mère, en revanche, était sa plus grande admiratrice. Elle avait propulsé sa fille dans le monde du divertissement dès son plus jeune âge. Pour certains, June avait semblé excessive. Elle avait fait tout son possible pour que sa fille devienne une star. Mais Margot avait apprécié ses efforts et son attention, d'autant plus qu'ils avaient compensé le manque d'intérêt de son père.

Sa célébrité chèrement acquise était la raison pour laquelle Zeke l'avait quittée.

À présent, ils essayaient d'être amis. Et Margot devait décider quand et comment elle allait le présenter à Liam.

— Je peux te parler de quelque chose ? demanda-t-elle.

Même si Margot ne pouvait pas tout raconter en détail, les conseils de sa mère seraient bienvenus.

— Bien sûr. Je t'écoute.

June retira ses lunettes et repoussa son magazine sur le côté.

— J'ai vu Zeke ce matin, dit Margot. Mais ce n'était pas pour affaires. Lui et moi tentons de devenir amis.

Sa mère sembla étonnée.

— Je sais que tu es restée sa cliente après le divorce. Mais maintenant, tu veux que vous soyez amis ?

— Oui. Nous avons pensé que nous pourrions nous voir et faire des activités ensemble.

Excepté des activités sexuelles. Mais cela, elle ne pouvait pas le dire à sa mère.

— Eh bien, il n'y a certainement rien de mal à ce que vous vous fréquentiez. Beaucoup d'ex-époux le font. C'est plus commun que les gens ne le pensent. Mais pourquoi sembles-tu inquiète ? Zeke ne fait pas pression sur toi, dis-moi ?

— Pas du tout. C'était mon idée. En fait, je m'inquiète pour Liam. Zeke veut que je le lui présente, et j'ai peur que Liam soit perturbé en me voyant avec Zeke.

— Perturbé ? Tu es une mère célibataire qui fait des efforts pour être amie avec son ex-mari. Je pense que c'est une approche saine du divorce et que c'est une leçon positive pour ton enfant. Certes, Zeke t'a fait souffrir quand il t'a quittée. Mais tu as été assez intelligente pour surmonter cette rupture.

Intelligente ? Margot en doutait.

— Tu as raison. Je me fais sans doute une montagne d'un rien. Je vais envoyer un message à Zeke ce soir. Je vais organiser une rencontre entre Liam et lui ce week-end.

— J'admire ton approche moderne. Et bien que je désapprouve la façon dont Zeke a mis fin à votre mariage, je me réjouis qu'il veuille continuer d'assurer ta sécurité.

— Je suis contente que tu voies les choses ainsi. J'espère que notre amitié fonctionnera.

Bien plus que sa mère ne le pensait.

— Tu peux reprendre ta lecture, maman. Pendant ce temps, je vais finir de remplir le lave-vaisselle.

Elle préférait écourter cette discussion, de crainte de commettre un impair et de révéler malgré elle que Zeke l'attirait toujours.

Pourtant, elle faisait tout son possible pour étouffer son désir pour lui.

- 3 -

En ce mercredi après-midi, Zeke était chez sa mère et attendait qu'elle le rejoigne. Pour patienter, il téléphona à son associé. Zeke avait fondé Z-One Security avec l'argent que lui avait légué son père, mais il ne l'avait pas fait seul. Il avait recruté l'un des anciens gardes du corps de sa mère, Vick Rossi, pour codiriger l'entreprise.

— Comment va Eva ? demanda Vick.

— Je ne sais pas, dit Zeke. Elle n'est pas encore descendue.

Assis dans le salon, il attendait que son illustre mère daigne apparaître.

— Et Bailey ?

— Elle n'est pas encore là, elle non plus.

Tous trois étaient convenus de se retrouver aujourd'hui, mais il était le seul à être à l'heure.

— Ta mère est sans doute en train de se maquiller et de choisir une tenue, et ta sœur va probablement arriver avec une tresse défaite et des traces de mascara sous les yeux.

Les deux femmes n'avaient absolument rien en commun. Eva était une reine élégante, autrefois considérée comme le sex-symbol de son époque. Bailey était tout l'opposé.

— Je pense que tu as raison, dit Zeke. Tu les connais bien.

— Je m'occupais d'elles comme si elles étaient de ma propre famille.

— Ça, c'est certain.

Vick avait protégé les Mitchell au péril de sa vie. Il avait maintenant plus de soixante-dix ans et avait de nombreux contacts dans la police. C'était un associé précieux pour Zeke.

— Je parie que ton père te manque beaucoup les jours comme celui-ci, avança Vick.

— En effet.

Zeke adorait sa mère et sa sœur, mais parfois, elles l'agaçaient.

— Je vais te laisser pour aller me servir un verre, dit-il.

— Entendu. À bientôt, Zeke.

— À bientôt.

Il raccrocha puis se dirigea vers le bar. Il choisit un scotch qu'il allongea d'eau de source. Son père lui avait appris que l'eau contribuait à faire ressortir les arômes du whisky.

Son verre à la main, il s'installa dans un fauteuil et observa la pièce, dont la décoration était inspirée de châteaux français. Ce qui était logique puisque sa mère vivait comme une reine. Une foule d'employés de maison, de cuisiniers et d'assistants avaient travaillé pour elle au fil des ans. Certains des plus fidèles étaient encore là.

Le domaine s'étendait sur deux hectares et était constitué d'une maison principale de dix-huit chambres, d'un pavillon d'invités, d'une maison de gardien et d'un garage de dix voitures. Quand Zeke était enfant, sa pièce préférée était la salle de jeu. Il avait aussi passé beaucoup de temps dans la piscine et dans le jacuzzi, sous le soleil de Californie.

Des pas résonnèrent sur le parquet brillant. Zeke sut que c'était sa mère sans avoir besoin de la voir. Il reconnaissait le bruit de ses talons aiguilles.

Il se leva pour la saluer. Vêtue d'une robe de soie rose, Eva tendit les bras pour l'embrasser. Aussi tendre que soit leur accolade, il prit garde à ne pas la serrer trop fort pour ne pas froisser sa tenue. Une habitude de jeunesse.

Après l'avoir relâchée, il prit un instant pour observer son apparence. À soixante-deux ans, elle était aussi en forme que jamais, grâce à un coach privé et à sa pratique assidue du yoga. Ses cheveux platine étaient impeccables, et elle pouvait encore envoûter la caméra, bien qu'on ne le lui demande plus.

Eva Mitchell ne faisait pas son âge, mais tout n'était pas naturel chez elle. Elle avait recours à des injections de Botox régulièrement. Elle avait également subi de nombreuses opérations de chirurgie esthétique.

— Tu es splendide, maman, dit-il, flattant son ego délicat.

Eva Mitchell avait toujours eu besoin de beaucoup d'attention. Mais c'était aussi une femme gentille et aimante. Elle était volontaire dans des refuges pour femmes et faisait des dons conséquents à des organismes caritatifs.

— Toujours aussi beau, dit-elle, lui caressant la joue. Tu ressembles tellement à ton autre père.

Elle faisait référence à son père biologique, le cascadeur qui était décédé lorsque Zeke était bébé. Au moins, il connaissait la famille de son « autre » père. Depuis l'enfance, il rendait visite à son grand-père paternel dans les îles Samoa. Il adorait séjourner là-bas.

— Je te sers un verre ? demanda-t-il.

— Un jus de canneberges, s'il te plaît.

Il versa la boisson sur des glaçons puis la lui donna.

— À la maîtresse de ces lieux, dit-il, levant son verre de scotch.

Elle l'imita puis sirota son jus de fruits.

— Où est ta sœur ? s'enquit-elle. Je croyais qu'elle serait déjà arrivée.

— Tu connais Bailey. Elle a son propre rythme.

— Cela m'inquiète qu'elle soit si recluse.

— Elle a Margot pour lui tenir compagnie. Ces deux-là sont comme les deux doigts de la main.

Elles étaient bien trop complices à son goût.

— Apparemment, dit-elle.

Elle s'appuya contre la cheminée de marbre blanc, presque comme si elle prenait la pose.

— Tu l'as vue ? demanda-t-elle.

— Qui ça ?

— Margot. Tu lui as parlé depuis ton retour ?

— Oui, nous reprenons toujours le contact quand je reviens d'une mission. Pour les affaires et pour le reste.

Le reste, c'était autrefois le sexe. Des ébats torrides et secrets. Ou quasi secrets. Cela le contrariait encore que sa sœur soit au courant de sa liaison avec Margot. Elle avait même eu le toupet de lui faire part de sa désapprobation.

— Margot est censée me présenter à son fils ce week-end. Je ne l'ai pas encore rencontré. Bailey dit que c'est un ange. Ils travaillent ensemble sur un livre pour enfants.

— Oui, Margot m'en a parlé. Je suis contente qu'elle et toi soyez restés en bons termes. Après votre divorce houleux, je n'aurais jamais cru que vous vous reparleriez.

— Nous avons surmonté nos différends.

En s'arrachant leurs vêtements.

— Nous essayons d'être meilleurs amis à présent.

Le mot « meilleur » sous-entendait qu'ils étaient déjà amis, mais sa mère ne sembla rien remarquer. Elle n'était pas aussi observatrice que sa fille.

Justement, Bailey finit par arriver dans le salon. Elle arborait une tresse à moitié défaite, comme Vick l'avait prédit. Son mascara n'avait pas coulé, mais c'était uniquement parce qu'elle ne portait aucun maquillage.

— Bonjour, maman, dit-elle.

Puis elle sourit à Zeke.

— Salut, grand frère.

Elle lui donna l'accolade. Il en profita pour lui murmurer à l'oreille :

— Tu es contente maintenant que Margot a rompu avec moi ?

Il lui en voulait d'avoir donné son avis sur sa liaison avec Margot. Elle était mal placée pour donner des conseils sentimentaux. Bailey n'avait jamais été mariée et n'avait même jamais eu de relation sérieuse.

Elle s'écarta de lui avant que leur mère puisse remarquer quelque chose. Approchant de son nez le verre qu'il tenait à la main, elle le renifla.

— Tu veux bien me préparer la même chose ? demanda-t-elle.

Il acquiesça d'un signe de tête et retourna vers le bar.

— Un double, s'il te plaît, dit-elle. Non, attends. Finalement, je prendrai un soda au gingembre, un trait de grenadine et deux cerises.

Il roula des yeux. Elle venait de demander un Shirley Temple, sa boisson préférée quand ils étaient enfants. Il prépara son cocktail sans alcool puis se servit un double scotch.

Lorsque tout le monde fut assis, Eva déclara :

— Je tiens à vous prévenir, je me fais opérer le vingt-quatre.

— Oh ! bonté divine ! s'exclama Bailey. Pourquoi ? Qu'est-ce qui ne va pas ?

— Tout va bien, assura leur mère. Je fais remplacer mes prothèses mammaires.

Zeke s'était douté que c'était une intervention de ce genre. Bailey aussi, probablement.

— Tu es sérieuse ? fit sa sœur. Tu vas encore te faire refaire la poitrine ?

— Inutile de te mettre dans cet état. Les prothèses doivent être remplacées tous les dix ans. Cette fois, je fais remonter mes seins aussi.

Bailey soupira.

— Si tu te donnes cette peine, pourquoi remettre d'autres prothèses ?

— Parce que je suis habituée à avoir des implants. Et puis, à mon âge, pourquoi devrais-je faire des compromis ? Ma vraie poitrine est loin d'être aussi grosse.

Zeke grimaça. C'était une conversation gênante. Il se leva et alla camper devant une fenêtre, laissant sa mère et sa sœur poursuivre la discussion sans lui.

Il écarta les rideaux et observa le somptueux jardin, inspiré du labyrinthe de Versailles. C'était dans ce lieu de rêve que Zeke avait épousé Margot. Ce jour-là, elle ressemblait à une vraie princesse, avec sa robe ornée de perles, sa tiare et son voile. Lorsqu'il avait soulevé le tissu pour l'embrasser, il avait eu l'impression d'être l'homme le plus chanceux de la terre.

Et maintenant, Margot et lui n'étaient même plus amants.

Leur amitié échouerait-elle comme leur mariage ? Il l'ignorait. En tout cas, regarder ce maudit labyrinthe ne lui faisait aucun bien. Il referma les rideaux.

Sa mère et sa sœur étaient toujours en pleine discussion, constata-t-il. Eva venait de convaincre Bailey de s'occuper d'elle pendant les jours qui suivraient l'opération, bien qu'elle ait déjà une foule d'employés de maison pour veiller sur elle. C'était ainsi que leurs désaccords se réglaient en général : Bailey finissait par céder, et Eva remportait la bataille.

Quelques instants plus tard, la réunion familiale prit fin. Eva se retira dans sa suite pour se reposer. Zeke et Bailey quittèrent la maison ensemble.

Ils s'attardèrent dans l'allée circulaire.

— Pourquoi as-tu pris la peine de débattre avec maman ? demanda-t-il.

— Il fallait bien que quelqu'un le fasse. Et puis, c'est plus facile que de discuter avec toi.

Il soupira.

— Allons ! Ne me fais pas la tête, dit-elle. C'est Margot qui a décidé de mettre un terme à votre liaison, pas moi.

— Peut-être, mais tu n'arrêtais pas de l'encourager à rompre.

— Uniquement parce que je ne voulais pas vous voir souffrir. En fait, j'aurais préféré que vous restiez mariés. Mais c'est toi qui as détruit votre union.

— Elle l'a mise à mal en premier.

Mais il était inutile de ressasser cette histoire.

— Il faut que j'y aille, dit-il. J'ai des choses à faire.

C'était un mensonge. Il avait tout son temps. Mais il souhaitait s'échapper afin de préserver ses émotions.

— D'accord, mais ne sois pas fâché contre moi.

— Je ne t'en veux pas. Enfin, je crois.

Au fond de lui, il savait que Bailey ne voulait que son bien. Cela ne l'empêchait pas de regretter que sa liaison avec Margot soit finie. Car il se consumait encore de désir pour elle.

Installée avec Liam à la table de la salle à manger, Margot le regardait créer un sous-marin en Lego, un élément de plus pour le monde aquatique qu'il construisait. Son fils adorait l'océan. Comme Zeke, pensa-t-elle.

Était-ce leur seul point commun ? Probablement. Elle n'avait pas encore dit à Liam que Zeke leur rendrait visite aujourd'hui. Mais il était temps de le mettre au courant. Zeke serait là dans moins d'une heure.

— Nous allons avoir de la compagnie, annonça-t-elle.

— Ah ?

Son fils releva la tête, ses cheveux blond foncé lui tombant sur le front.

— Qui vient ? demanda-t-il.

— Le frère de Bailey.

Les grands yeux bruns de Liam s'éclairèrent.

— Bailey vient aussi ?

— Non, seulement Zeke.

Il sembla déçu.

— Bailey travaille aujourd'hui, ajouta-t-elle. Et puis, j'ai pensé qu'il valait mieux que Zeke vienne seul pour cette première rencontre. C'était mon mari, mais c'est aussi mon ami.

Ou du moins, elle l'espérait.

Liam posa son sous-marin.

— Et si je m'ennuie ?

— Alors nous trouverons quelque chose d'amusant à faire.

— Qu'est-ce qu'il aime ?

— Il vit au bord de la plage et il adore l'océan. C'est un surfeur accompli.

Elle désigna d'un signe de tête le monde sous-marin de Liam.

— Il pensera sûrement que c'est très beau, dit-elle.

Son fils saisit un poisson en Lego et le fit flotter dans l'air.

— Peut-être que nous pourrons aller dans la piscine quand il sera là, suggéra-t-il.

— Bonne idée. Je vais lui envoyer un message et lui dire d'apporter son short de bain. Nous pourrons déjeuner sur la terrasse.

— Qu'est-ce que nous allons manger ?

— Zeke apporte des tacos.

Il avait insisté pour se charger du déjeuner.

— Je cuisinerai un pudding à la banane pour le dessert, dit-elle.

Son fils raffolait des bananes.

— Je peux t'aider à le préparer, maman, proposa-t-il en souriant.

Margot adorait l'entendre l'appeler « maman ». Il avait commencé à la nommer ainsi dès que l'adoption avait été finalisée. Bien que Liam ne se souvienne pas de sa mère biologique, il savait qu'elle était décédée.

Margot connaissait les détails, bien sûr. Ayant grandi dans une famille violente, Daisy était une adolescente perturbée et dépendante aux drogues. À dix-huit ans, elle s'était trouvée enceinte. Elle avait arrêté la drogue et essayé d'être une bonne mère mais, deux ans plus tard, elle était retombée dans ses addictions et avait perdu la garde de son fils. Lorsque Liam avait quatre ans, elle était morte d'une surdose accidentelle. Le père de Liam n'avait jamais été présent. Daisy n'avait eu qu'une aventure d'un soir avec lui et ne l'avait jamais revu.

Liam était curieux d'en savoir plus sur ses parents biologiques. La semaine dernière, il avait demandé à Margot si elle avait des photos d'eux. Elle n'avait rien pu lui dire sur son père, dont l'identité était inconnue. Mais elle lui avait donné une photo de Daisy, obtenue auprès de l'ancienne assistance sociale de la jeune fille.

Liam avait été ravi. Il gardait le cliché dans sa chambre comme un trésor.

Z-One Security avait la même photo dans ses dossiers. Margot avait fourni à la société des informations sur Liam. Ils savaient tout ce qu'il y avait à savoir sur son fils. Et sur elle, excepté le fait qu'elle avait eu une liaison avec Zeke après leur divorce.

Elle envoya un message à Zeke et obtint une réponse immédiate. Il était tout à fait partant pour une baignade. Il ajouta même des émoticônes aquatiques à son message.

Liam aida Margot à couper les bananes puis courut à l'étage se changer. La visite de Zeke l'enthousiasmait, manifestement. Ou peut-être était-ce juste la perspective de jouer dans la piscine.

Margot termina la préparation du pudding puis alla dans sa chambre pour enfiler un maillot de bain. Elle choisit un bikini bleu à pois blancs qu'elle recouvrit d'une robe bain de soleil.

De retour dans la cuisine, elle prit des assiettes, des couverts et des serviettes qu'elle emporta sur la table de la terrasse. Enfin, elle retourna à l'intérieur et patienta.

Zeke arriva environ dix minutes plus tard avec un grand sac en papier. Il était habillé d'une chemise hawaïenne, d'un short et de tongs.

Margot prit le sac pendant que Liam dévisageait l'inconnu face à lui.

— Enchanté, dit Zeke, brisant le silence.

— Tu n'as pas l'air d'être le frère de Bailey, remarqua Liam, l'air éberlué.

— Je suis son demi-frère.

— De quel côté ? demanda l'enfant.

Zeke jeta un coup d'œil à Margot. Ils échangèrent un sourire qui fit palpiter son cœur.

— Bailey et moi avons la même mère, répondit Zeke. Mais aucun de nous ne lui ressemble. Je suis tout le portrait de mon papa, et Bailey du sien.

— Je trouve que tu ressembles à Aquaman.

— C'est vrai ?

Zeke s'agenouilla devant lui pour être à sa hauteur.

— Ta mère m'a toujours dit que, si j'étais vert, j'aurais la même allure que Hulk.

— Non, fit Liam d'un ton sérieux. Tu ressembles plus à Aquaman. Sauf que tu n'as pas de longs cheveux et une barbe comme l'acteur du film.

— Je n'ai pas non plus de trident magique, souligna Zeke. Mais j'aimerais bien en avoir un.

Liam se contenta de hocher la tête. Aquaman était son super-héros préféré, et il semblait émerveillé par Zeke, comme s'il était l'incarnation de son héros. Margot aussi avait longtemps été impressionnée par Zeke.

— Si nous allions sur la terrasse pour déjeuner ? suggéra-t-elle.

— Volontiers, répondit Zeke.

Il se dirigea vers les portes vitrées qui donnaient sur l'extérieur.

Margot posa les plats sur la table : tacos, riz aux haricots, guacamole et chips.

— Que voulez-vous boire ? demanda-t-elle. Il y a du soda, de l'eau minérale et des jus de fruits.

— Je prendrai de l'eau, dit Zeke.

— Moi aussi, enchérit Liam, bien qu'il boive rarement de l'eau plate.

Son fils était fan de Zeke, c'était maintenant une certitude.

Ils s'installèrent et se servirent. Zeke ouvrit un sachet de sauce pimentée qu'il versa généreusement sur ses tacos. Margot jeta un coup d'œil vers Liam, espérant qu'il n'imiterait pas Zeke cette fois. Heureusement, ce ne fut pas le cas. Liam ne supportait pas les saveurs piquantes.

Le repas fut relativement calme. Mais dans la piscine, il y eut davantage d'agitation. Liam et Zeke s'amusaient comme des fous, nageant, s'éclaboussant et faisant les pitres. Liam avait raison, Zeke ressemblait davantage à Aquaman qu'à Hulk. Liam aurait pu être un Atlante, lui aussi.

Les voir si complices la réjouissait. Et, en même temps, cela lui serrait le cœur. Zeke aurait fait un père formidable s'il avait laissé une chance à leur mariage. À présent, elle était mère célibataire, et son fils était en admiration devant son ex-mari.

Décidant de ne pas les rejoindre dans la piscine, elle s'assit au bord et trempa les pieds dans l'eau.

— Viens, maman ! cria Liam.

Zeke et lui faisaient un match d'aquabasket.

— Je suis bien là où je suis, dit-elle.

— Allez, viens ! insista Liam.

— Vous vous débrouillez très bien sans moi.

— Zeke peut te ramener dans l'eau, fit valoir Liam. Il est assez fort pour te porter.

Elle lança un regard vers Zeke pour lui demander en silence de s'abstenir.

— Je ne vais pas t'attirer dans l'eau, dit-il, tenant compte de son avertissement. Mais je serais heureux que tu nous rejoignes.

— *S'il te plaît*, supplia Liam.

— D'accord, céda-t-elle.

Liam méritait d'avoir une mère encline à s'amuser. Et puis, elle était censée établir une amitié avec Zeke, et non rester loin de lui.

— Je dois d'abord mettre une protection solaire, dit-elle.

Elle se leva pour aller prendre le flacon de crème sur la table. Sans crier gare, Zeke sortit de la piscine, le corps ruisselant.

— Qu'est-ce que tu fais ? demanda-t-elle, le souffle coupé.

— Je vais t'aider à appliquer ton écran solaire.

— Je peux le faire moi-même.

— Tu ne peux pas t'en mettre sur le dos, or c'est la partie la plus fragile chez toi.

Rien que le fait d'être près de lui la faisait frissonner. Elle lui donna le flacon et retira sa robe. Retenant son souffle, elle se prépara à leur contact physique.

Dieu merci, Liam ne les regardait pas. Il barbotait autour du panier de basket, s'encourageant lui-même et faisant semblant d'être une star de la NBA.

Tandis que Margot se tournait pour faire face à la piscine, Zeke se plaça derrière elle. Elle l'entendit ouvrir le flacon et frotter la crème entre ses mains pour la réchauffer.

Il commença par ses épaules puis descendit vers son dos, appliquant l'écran en mouvements circulaires.

— Je m'assure simplement que je n'oublie aucun endroit, dit-il.

Elle fut incapable de répondre quoi que ce soit. Partout où il la touchait, les terminaisons nerveuses de Margot se réveillaient. Quand il descendit jusqu'à la naissance de son fessier, elle faillit gémir.

Liam finit par regarder dans leur direction.

— Dépêchez-vous ! lança-t-il.

— J'ai presque fini, répondit Zeke.

Margot le sentit retirer vivement sa main, comme s'il venait d'être surpris en train de faire quelque chose d'interdit. C'était le cas, en un sens. Ils le savaient tous les deux.

Ils échangèrent un regard gêné.

— Je te laisse finir, dit-il, lui donnant le flacon.

Oui, elle terminerait. Mais le mal était fait : ce moment d'intimité avait fait renaître en elle des besoins charnels malvenus.

Il s'éclaircit la voix.

— Je ferais mieux de retourner dans l'eau avec Liam.

Elle hocha la tête, se demandant comment elle allait survivre à la présence de Zeke pendant tout l'après-midi. Une chose était sûre : plus jamais elle ne le laisserait la toucher ainsi.

Il plongea dans la piscine et vola le ballon à Liam. Tandis que le garçon riait aux éclats, ils reprirent leur match.

Margot étala le reste de l'écran solaire partout où elle le pouvait afin de protéger sa peau claire du soleil. Si seulement il existait une crème qui pourrait la prémunir de Zeke et de la chaleur brûlante qu'il faisait naître en elle…

- 4 -

Zeke passa l'heure suivante à voler des regards à Margot pendant qu'elle nageait, merveilleusement ruisselante. Être près d'elle était douloureux, mais aussi exaltant. Ses doigts picotaient encore après leur contact physique.

À présent, Margot, Liam et lui faisaient la course, avançant d'un bout à l'autre du bassin sur des matelas gonflables. Zeke avait remporté deux manches, mais ensuite, ses adversaires avaient triché en se jetant sur lui, le poussant de son matelas en forme d'alligator.

C'était étrange… Il avait presque l'impression que Margot et lui étaient à nouveau mariés et que Liam était leur enfant. Ce qui était ridicule. Le fait que Zeke batifole dans la piscine avec Margot et son fils ne faisait pas d'eux une famille, loin de là. Zeke était simplement porté par l'instant et piégé dans les griffes séductrices de Margot.

Surmonterait-il un jour son désir pour elle ? Le fait qu'aucun d'eux n'ait eu d'autre partenaire après leur divorce semblait prouver qu'ils étaient un peu trop liés l'un à l'autre.

— On peut avoir le dessert, maintenant ? demanda Liam à sa mère.

— Oui, absolument.

Elle avança jusqu'au bord de la piscine sur sa sirène étincelante. Zeke ne parvenait pas à la quitter des yeux.

Elle lui lança un regard.

— Tu veux du pudding, Zeke ?

C'était elle qu'il voulait. Elle était bien plus savoureuse que n'importe quel dessert.

— Volontiers.

Elle saisit une serviette et se sécha.

— Je l'apporte à table, dit-elle.

Tandis qu'elle retournait dans la maison, il sortit de la piscine et prit une canette de thé glacé dans le réfrigérateur. Il avait bien besoin de refroidir sa libido. Après avoir ouvert la canette, il la but d'un trait.

Zeke donna ensuite une boisson à Liam qui venait de le rejoindre. Le fils de Margot était un petit garçon charmant. Et il suivait Zeke comme son ombre.

Margot revint avec trois bols en plastique transparent posés sur un plateau. Chacun se servit.

— Combien de temps avez-vous été mariés ? demanda Liam à brûle-pourpoint.

Zeke ne s'était pas attendu à ce genre de questions. Manifestement, Margot non plus car elle se figea net.

Après un instant, elle répondit :

— Nous avons été mariés pendant trois ans, mais nous nous connaissons depuis longtemps.

Liam eut l'air perplexe.

— Alors, pourquoi vous avez divorcé ?

— Parfois, les gens s'entendent mieux quand ils sont juste amis.

Elle lança un regard à Zeke, qui approuva d'un signe de tête. Il espérait que cette déclaration était vraie. Pour l'instant, il était difficile de se prononcer. Leur amitié était encore naissante.

— Comment c'est de posséder une société de sécurité ? demanda Liam à Zeke.

Bien qu'il soit surpris, Zeke se réjouissait de ce changement de sujet.

— J'aime protéger mes clients, alors, c'est un métier qui me plaît. Parfois, je travaille comme garde du corps, mais ce n'est pas toujours aussi amusant que ça en a l'air. Je passe beaucoup de temps à faire le chauffeur et à accompagner les célébrités dans leurs activités quotidiennes.

Liam réfléchit un instant.

— Tu as déjà été le garde du corps de ma mère ? questionna-t-il.

— Non.

Mais de nombreux agents de sa société étaient disponibles pour elle. Autrefois, elle lui disait que son personnage de garde du corps était excitant. Dommage qu'il n'ait pas éprouvé la même excitation vis-à-vis de la célébrité de Margot, même s'il la trouvait très belle dans les robes de soirée chatoyantes qu'elle portait parfois.

Margot s'agita sur son siège. Tandis qu'il l'observait, Zeke fut envahi par un afflux soudain de chaleur. Ou d'embarras ? Il n'arrivait plus à faire la différence.

Pour dissiper la tension en lui, il lança :

— Liam, tu te débrouilles à merveille dans l'eau. Qui t'a appris à nager aussi bien ?

— La maman d'une de mes familles d'accueil. Elle était maître-nageuse et donnait des cours chez elle. La piscine avait une grande clôture pour que les enfants ne puissent pas tomber dedans, expliqua l'enfant en se balançant sur son siège. Maman dit que tu aimes le surf. Je n'ai jamais essayé mais j'aimerais bien, un jour.

— J'ai commencé par le bodyboard quand j'avais ton âge. C'est plus facile que le surf pour débuter. Je peux t'apprendre, si ça t'intéresse. Nous pouvons le faire chez moi.

Parce qu'il avait lancé l'invitation avant de consulter Margot, il ajouta :

— Ta mère peut venir aussi, bien sûr.

— Ce serait super ! s'exclama Liam.

Il se tourna vers sa mère.

— On peut aller chez Zeke pour apprendre ? On peut, s'il te plaît ? implora-t-il.

— Oui, répondit-elle calmement. Mais nous devrons trouver un moment qui nous convienne à tous les trois.

— D'accord ! Je peux retourner dans la piscine, maintenant ? Je veux faire semblant de faire du bodyboard.

— Vas-y, dit-elle en souriant.

Il alla prendre le dauphin qu'il avait enfourché plus tôt. Puis, se ravisant, il monta sur l'alligator de Zeke.

Tout en regardant Liam s'amuser, Margot coinça des mèches de cheveux derrière ses oreilles. Zeke songea qu'elle était jolie avec ses boucles humides qui encadraient son visage.

— Désolé de t'avoir prise au dépourvu concernant les cours de bodyboard. J'aurais dû t'en parler d'abord.

— Il n'y a pas de mal. Ça lui fera du bien d'apprendre un nouveau sport. Il n'était pas ravi de ta visite, au départ. Il avait peur de s'ennuyer. Mais tu es sans doute la personne la plus fascinante qu'il ait jamais rencontrée.

— Ça a été une journée amusante. Très active.

Plus que Zeke ne l'aurait jamais imaginé.

Le téléphone de Margot émit un bip, annonçant un message.

— Tu m'accordes une seconde ? demanda-t-elle.

Après avoir lu le message, elle expliqua :

— C'est mon assistante, qui me rappelle que j'ai un bal de charité samedi prochain. Je me suis engagée à y aller.

Il y aura un dîner et une vente aux enchères sur le thème de l'âge d'or d'Hollywood. J'avais complètement oublié.

Elle soupira.

— Entre l'adoption de Liam et ton retour en ville, j'ai été distraite.

— Tu as encore le temps de te préparer. Tu as toujours adoré ce genre de soirées.

Et lui les avait toujours détestées. Une des raisons pour lesquelles ils n'étaient pas compatibles…

— Je sais, mais maintenant, je dois rapidement trouver quelqu'un pour m'accompagner. Je ne peux pas solliciter Bailey, elle assiste à une retraite d'écriture ce week-end-là. Je vais peut-être téléphoner à Jordan et voir s'il est disponible.

— Jordan ?

— Oui, Jordan Nichols. Tu te souviens de lui, n'est-ce pas ?

— Le type de tes anciens ateliers de comédie ?

Zeke avait toujours soupçonné que Jordan avait un faible pour Margot. Ce n'était plus son problème à présent. Pourtant, cela le contrariait quand même.

— À quand remonte votre dernière rencontre ?

— Il a fait une apparition dans ma série la saison dernière, et nous nous sommes retrouvés plusieurs fois autour d'un café depuis. Il vient d'obtenir un rôle dans un film d'espionnage.

Jordan pourrait être le prochain James Bond, cela lui serait bien égal. Mais soudain, il se sentit jaloux à nouveau.

— Et maintenant, tu vas l'inviter à un bal chic ?

— Ce ne sera pas un rendez-vous galant. Nous sommes amis, rien de plus.

— Dans ce cas, je peux t'accompagner, en tant qu'ami.

— Toi ? Tu viendrais dans mon monde ? Tu détestes

les soirées d'acteurs. Tu n'es jamais venu à aucun événement quand nous étions mariés, alors pourquoi le ferais-tu maintenant ?

Parce qu'il voulait éviter que Jordan accompagne Margot. Il craignait que ce type transforme cette soirée en rendez-vous sentimental.

— Quel intérêt de devenir amis si nous ne sortons pas de notre zone de confort ?

— Tu es sûr d'être prêt à cela ?

— Je sais comment me comporter dans ce milieu. Certains invités sont peut-être des clients de Z-One.

— C'est vrai. Mais tu as toujours mis un point d'honneur à rester en dehors de tout cela. Et maintenant, tu proposes de te mettre en première ligne.

— J'ai foulé quelques tapis rouges avec ma mère. Ce bal ne peut pas être pire.

— Soit. Tu peux m'accompagner, céda-t-elle. Mais il ne faut pas que ça tourne au désastre.

— Ne t'en fais pas. Je saurai gérer la situation.

Du moins, il l'espérait. Sinon, il se retrouverait piégé dans l'une des plus longues soirées de sa vie.

Margot jeta un regard circulaire dans sa chambre, dont la décoration éclectique était faite de chrome, de verre et de bois peint. Combien de fois avait-elle couché avec Zeke dans cette pièce ?

Trop souvent.

Elle observa les robes de style ancien que sa styliste lui avait fait envoyer, accrochés sur un portant à roulettes. Le bal de bienfaisance aurait lieu dans quatre jours seulement, et elle n'avait toujours pas choisi sa tenue. Au moins, son amie Bailey l'aiderait à se décider. Margot avait toujours du mal à croire que Zeke serait son cavalier.

Bailey saisit une robe verte à sequins.

— Cette couleur t'irait bien au teint.

— Elle est trop voyante. Bailey, tu crois que je commets une erreur ?

— En ne portant pas une tenue colorée ?

— Non, en laissant ton frère m'accompagner.

— Difficile à dire. Cette soirée pourrait renforcer votre amitié, ou se transformer en rendez-vous galant. Un bon dîner, du vin, un tour sur la piste de danse…

Margot étudia une robe mauve au décolleté plongeant. Elle l'exclut d'office.

— Je n'ai jamais dit que j'allais danser avec lui.

Ils avaient dansé le jour de leur mariage, mais elle ne souhaitait pas s'attarder sur ces souvenirs. C'était trop douloureux. Elle avait tant aimé Zeke qu'elle avait cru à l'époque que leur union durerait pour toujours.

— En temps normal, j'apprécie ce genre d'événements. Mais aujourd'hui, je n'arrive pas à me concentrer.

— Je te comprends. Moi aussi, je suis préoccupée. Le lendemain de ma retraite d'écriture, maman se fait opérer.

— C'est gentil de ta part d'avoir accepté de veiller sur elle.

— Je ne sais pas où j'avais la tête quand je me suis laissé convaincre. Je suis folle.

— Oui, mais c'est pour ça que je t'adore.

— Je t'adore aussi. Bien, il faut que tu choisisses une robe, maintenant. Sinon, tu iras à ce bal en tenue d'Ève.

— Quelle bonne idée, être nue devant ton frère après avoir mis un terme à notre liaison !

— Ce serait un peu gênant, en effet. Tu devrais peut-être porter une robe horrible pour le décourager. La monstruosité jaune avec les plumes devrait faire l'affaire.

Margot rit.

— Je vais ressembler à un volatile.

— Exactement. Sérieusement, est-ce que c'est une plaisanterie de ta styliste ? Plutôt qu'une danse de salon, tu pourras faire la danse des canards !

— Je ne vais pas danser du tout, je te rappelle.

Margot sélectionna trois tenues et les accrocha les unes à côté des autres.

— J'espère que l'une de ces pièces conviendra, dit-elle.

Elle essaya la première, une robe longue sexy dont le haut moulait son corps.

— Tu as besoin d'aide pour la fermer ? demanda Bailey.

— Non, ça ira.

La fermeture se trouvait sur le côté. Mais la robe était trop serrée. Margot arrivait à peine à respirer.

La deuxième robe était trop large et bâillait là où il ne le fallait pas. Margot semblait engloutie dedans.

Et la troisième…

— Ah, là, nous tenons quelque chose ! s'exclama Bailey. Elle te va à merveille.

Margot regarda son reflet dans la psyché. Le vêtement de satin soulignait sa taille et une longue fente mettait en valeur ses jambes. La tenue était flatteuse, pas de doute.

— Chignon ou pas ? demanda Margot, relevant ses cheveux puis les laissant retomber.

— Je ne sais pas. Vois plutôt cela avec ton coiffeur. Qui vas-tu appeler ?

— J'ai déjà pris rendez-vous avec Martell Johnson. Il débute, mais il est doué. Il réalisera aussi mon maquillage.

— Il viendra chez toi ?

— Oui, je ne veux pas aller au salon de coiffure.

— Moi aussi, je préfère les éviter. Bon sang, je déteste ces endroits pleins de ragots.

Bailey croisa son regard dans le miroir.

— Et les accessoires ? demanda-t-elle.

— Je pourrais porter des pendants en émeraude. J'ai aussi des escarpins dorés et une pochette assortie. Il faudra que je vérifie si les teintes fonctionnent.

— Tu sauras faire les bons choix. Tu t'habilles toujours avec style. Je me demande quel genre de tenue m'irait pour notre réunion d'anciens du lycée.

Margot haussa les épaules.

— Quelle importance ? Nous n'y serons pas, de toute façon.

— C'est ce que nous avions décidé, mais je songe à y aller.

— Tu es sérieuse ?

Selon Margot, c'était une très mauvaise idée. Cela faisait quinze ans qu'elles avaient quitté le lycée. Elles y avaient vécu l'enfer du harcèlement. Les autres élèves s'en étaient pris à Bailey parce qu'elle était la fille peu gracieuse d'un sex-symbol, et ils s'étaient moqués de Margot parce qu'ils trouvaient que le personnage impertinent qu'elle interprétait à la télévision était stupide. Avant l'annulation de la série, elle avait suivi des cours avec un tuteur sur les tournages, ce qui ne l'avait pas aidée à développer ses compétences sociales. Bailey avait connu des problèmes plus graves. Elle s'était mise à bégayer lorsqu'elle était sous pression. Parfois, cela lui arrivait encore.

— Qu'est-ce qui t'a fait changer d'avis ?

— Je veux prouver à tout le monde, et à moi-même, que j'ai changé. Que je suis plus forte qu'avant. Mais j'ai encore un peu de temps pour y réfléchir. La réunion n'a lieu que dans quatre mois.

Margot avait mis en valeur ses points forts et montré au monde qu'elle avait changé. Mais de là à assister à la réunion…

— Tu es plus courageuse que moi, Bailey.

— Nous verrons. Je ne suis pas encore certaine d'y aller, dit-elle, s'asseyant au bord du lit. Je me demande si Wade Butler sera présent.

— Eh bien ! Cela faisait des années que je n'avais pas entendu ce nom !

Wade était l'un de leurs anciens camarades, un génie de l'informatique qui avait été harcelé, lui aussi. De nature discrète, il avait pourtant pris la défense de Bailey chaque fois qu'il avait vu quelqu'un s'en prendre à elle.

— Il était ton héros.

La sœur de Zeke soupira.

— Je l'aimais beaucoup, bien qu'il soit très réservé. Je crois qu'il m'appréciait aussi, mais il n'a jamais rien tenté.

— Ce n'est sans doute pas plus mal, vu comment les choses ont tourné à l'époque.

À la fin de leur année de terminale, Wade avait été emprisonné pour avoir piraté les systèmes du FBI et résolu certains crimes de leur cyberdivision. Mais pas avant de s'être vanté en ligne de ses exploits.

— Il est milliardaire, maintenant, glissa Bailey.

— Ah ?

— Oui. J'ai lu un article sur lui dans le magazine *Entrepreneur*. Il vit à San Francisco. C'est sans doute idiot de penser qu'il pourrait venir à la réunion.

— Mais non. Il voudra peut-être montrer sa réussite aux crétins qui l'ont harcelé, lui aussi.

— Je crois qu'il l'a déjà fait. Même le FBI lui a pardonné et l'a engagé comme consultant. C'est un philanthrope, aujourd'hui. Il finance toutes sortes de bonnes œuvres dans le monde entier.

— Peut-être, mais cela reste un ex-détenu, et cela lui

pèse peut-être. Ils l'ont arrêté au lycée et l'ont menotté. Ça ne s'oublie pas.

— Tu te souviens de son long manteau noir et de ses grosses bottes militaires ? J'ai toujours pensé qu'il ressemblait davantage à un jeune gothique qu'à un génie de l'informatique. Il est très élégant, maintenant. Sur les photos que j'ai vues, en tout cas.

— J'imagine que tu découvriras à quel point il a changé si vous vous retrouvez à la réunion.

Bailey haussa les épaules.

— Peut-être que je me trompe en pensant que je devrais y aller. J'ai beau penser que j'ai changé, je suis encore ringarde, sans doute.

Margot sourit.

— Si tu es encore ringarde, alors moi aussi.

— Une ringarde qui va à un bal avec mon frère.

— Au moins, je porterai une robe fabuleuse, railla-t-elle.

Margot plaisantait, mais au fond d'elle, elle était nerveuse à l'idée de revoir Zeke. Et, malgré ce qu'elle avait prétendu plus tôt, elle voulait danser avec lui.

Et se lover dans ses bras.

Vêtu d'un smoking noir, Zeke se tenait sur le perron de la maison de Margot. Une limousine blanche était garée dans la rue. Il n'avait pas encore sonné à la porte. Il se demandait toujours pourquoi il avait décidé d'accompagner Margot à un bal de bienfaisance.

Il avait eu peur qu'elle choisisse un autre cavalier. C'était la seule raison pour laquelle il s'infligeait cette soirée.

Il finit par appuyer sur la sonnette. La mère de Margot, June, vint lui ouvrir.

Elle lui adressa un sourire appréciateur.

— Eh bien, regardez qui voilà ! Le garde du corps de ma fille. Ou, devrais-je dire, son meilleur ami ?

Il se fendit d'un petit rire. Il avait toujours apprécié June, une femme franche et pragmatique.

Elle l'invita à entrer. Liam arriva en sautillant, habillé d'un pyjama et en train de manger un cookie.

— Salut, Zeke ! Devine quoi ? C'est grand-mère qui a fait ces cookies. Tu en veux un ? Ils sont à l'avoine et aux raisins secs.

— Non, merci. Je préfère ne pas manger avant le dîner.

Il jeta un coup d'œil circulaire.

— Où est ta mère ? demanda-t-il.

— Dans sa chambre. Le monsieur qui l'a coiffée et maquillée vient de partir, alors elle est sûrement en train de s'habiller. C'est ça, grand-mère ?

— C'est ça, approuva June.

Elle reporta son attention sur Zeke.

— Tu devrais t'asseoir en attendant, suggéra-t-elle.

— Merci.

Ajustant son gilet de costume, il s'installa sur le canapé.

Liam s'assit sur le sol face à lui tandis que June prenait place dans un fauteuil près de la fenêtre. Le petit garçon continua à manger son biscuit, faisant tomber des miettes sur le tapis. C'était un enfant désordonné, comme Margot. Elle avait tendance à étaler ses vêtements partout quand elle se préparait avant une sortie. Sa chambre était sans doute un beau bazar.

Quelques minutes plus tard, elle descendit l'escalier telle une déesse d'or. Zeke se leva pour mieux l'admirer. Liam et June l'imitèrent.

La robe de Margot flattait sa silhouette élancée et scintillait sous la lumière. Ses cheveux tombaient en vagues épaisses et brillantes sur une épaule. Elle ressemblait à

Veronica Lake et à Jessica Rabbit. Elle était sexy, mais aussi élégante.

— Tu es la plus belle maman du monde, s'extasia Liam, se jetant dans les bras de la femme qui l'avait adopté.

Pour Zeke, elle était l'ex-amante la plus jolie du monde. Il n'arrivait pas à la quitter des yeux.

— Tu es splendide, en effet, enchérit-il. Tout à fait renversante.

— Merci à vous deux.

Elle fit une révérence à son fils puis soutint le regard de Zeke.

— Toi aussi, tu es superbe.

À présent, il avait l'impression d'être un adolescent nerveux avant un bal de promotion, avec pour cavalière une fille qui voulait uniquement être son amie.

June avança vers sa fille.

— Tu es absolument magnifique. J'adore ce que Martell a fait avec ton maquillage et ta coiffure.

— Ça correspond au thème, dit Margot, battant de ses faux cils. Des yeux très chargés et une bouche rouge.

Des lèvres teintées de désir, pensa Zeke. Rouge sang et passionnées. Mais ce n'était pas le moment de les embrasser.

— Tu es prête ? demanda-t-il.

Elle hocha la tête puis serra brièvement Liam contre elle. Elle ne semblait pas craindre d'avoir des miettes de biscuit sur sa robe. Heureusement, le vêtement était intact.

Margot et Zeke sortirent de la maison. Dès qu'il fut dehors, Zeke expira. Mais cela dissipa à peine sa nervosité.

Il escorta Margot jusqu'à la limousine. Le chauffeur ouvrit leur portière. Zeke s'installa à côté de Margot sur la banquette arrière, puis ferma la vitre de séparation.

Le bal avait lieu dans un hôtel non loin, le trajet serait donc court.

Maintenant qu'ils n'étaient que tous les deux, Margot et lui étaient muets.

— Tu veux boire quelque chose ? demanda-t-il pour briser le silence.

— Non, merci. Je prendrai un cocktail à la soirée.

— Moi aussi.

Le silence, à nouveau.

Il regarda par la fenêtre.

— C'est étrange. D'habitude, nous sommes plus bavards.

— Je peux trouver un motif de dispute, si tu veux, glissa-t-elle.

— Très drôle.

Il se détendit un peu et se retourna vers elle.

— À quel sujet veux-tu te disputer ?

— Eh bien, je ne sais pas. La façon dont tu m'as regardée à la maison, peut-être ? Heureusement que ma mère ne t'a pas vu en train de me dévorer des yeux.

Il ricana.

— Je ne te dévorais pas des yeux. Enfin, peut-être un peu, concéda-t-il. Ton rouge à lèvres est sexy. Et tu sens très bon.

Il se pencha vers elle, humant une bouffée de son parfum. Il détecta un mélange de jasmin et de notes délicieusement boisées, peut-être du cèdre ou du cyprès.

— Tu veux bien danser avec moi ce soir, Margot ? Cela fait bien longtemps que nous n'avons pas dansé ensemble.

Elle joua avec la chaînette en or de son sac pailleté.

— Je t'ai déjà dit que je n'allais pas danser. Que ce n'était pas une bonne idée. Mais repose-moi la question quand j'aurai bu un cocktail ou deux.

— Il te faut un remontant pour danser avec un vieil ami ?

Elle soutint son regard. S'ils étaient encore amants, il glisserait la main sous la fente de sa robe.

— Tu n'es pas un vieil ami.

— Un nouvel ami, alors.

Il se redressa.

— Je ferai ce que tu me diras, je t'inviterai à danser plus tard.

Il lui laisserait le temps de rassembler son courage. Il aurait sans doute besoin d'un verre d'alcool, lui aussi.

Ou alors, il retrouverait la raison et s'abstiendrait de danser avec elle.

- 5 -

La salle de bal était étincelante, avec sa décoration en noir et blanc rehaussée de touches de rouge, en accord avec le thème de l'âge d'or d'Hollywood. Les marque-places sur les tables étaient en forme de claquoir et le sol était orné d'étoiles colorées. Des stands de pop-corn entourés de confettis en bobines de film apportaient un peu de fantaisie. Partout dans la salle, des fontaines à champagne étaient dressées. Les invités se pressaient autour des vitrines pour observer les pièces mises aux enchères.

Aujourd'hui, dans la plupart des ventes, les offres étaient enregistrées sur des appareils électroniques. Mais la vente de ce soir étant organisée à l'ancienne, les enchères étaient notées sur des feuilles de papier.

Tout en sirotant son champagne, Margot tenta de ne pas s'inquiéter pour la suite de la soirée. Le dîner serait servi par des serveurs en uniforme d'époque, et, pendant le dessert, un orchestre jouerait des classiques.

Margot risqua un regard vers Zeke. Il buvait un scotch allongé d'eau et discutait avec Lenny Newberg, un éminent réalisateur. Après quelques instants, Zeke la rejoignit devant une vitrine contenant un accessoire d'un film d'horreur des années 1930.

— Tu connais Lenny ? demanda-t-elle.

— C'est un vieil ami de ma mère. Il savait que j'étais

son fils et m'a demandé de lui transmettre ses amitiés. Il était aussi membre du même club de golf que mon père. Je lui ai donné ma carte et je lui ai rappelé qu'il pouvait appeler Z-One si jamais il avait besoin d'un garde du corps.

— Tu as raison de développer ton réseau.

— Le potentiel de nouveaux clients est infini.

— Tu as déjà croisé un de tes clients actuels ce soir ?

— Oui, et ils avaient l'air surpris de me voir en tant qu'invité, ce que je peux comprendre. D'habitude, je porte une oreillette et je me tiens au fond de la pièce, pas au centre avec un verre à la main.

— Je suis contente que tu sois mon cavalier.

— C'est vrai ? demanda-t-il d'une voix un peu bourrue.

— Oui, tout à fait.

Pour elle, il était l'homme le plus séduisant de la soirée. Mais il la rendait nerveuse, aussi.

Il étudia une broche colorée ayant appartenu à Ann Sheridan.

— Tu vas essayer d'acheter un objet ? questionna-t-il.

— Je réfléchissais justement à faire une offre pour cette broche. Ma mère m'a toujours dit que je lui rappelais Ann Sheridan.

Elle montra une photo de l'actrice à côté du bijou.

— On ne le voit pas sur cette photo, mais elle était rousse, elle aussi.

— Je connais peu sa carrière. Quel genre de rôles jouait-elle ?

— Elle pouvait être douce ou sensuelle. Une fille ordinaire ou une femme fatale.

Zeke soupira.

— Tout comme toi, certainement. Parfois, je me dis que c'est ton charme qui a provoqué ma chute.

Margot frissonna. Elle vit brûler dans son regard leur passion d'autrefois.

— Je vais placer une enchère pour toi, déclara-t-il.

— Inutile. Je peux le faire moi-même.

— Non, laisse-moi faire. Si je remporte la vente, je pourrai t'offrir la broche. Dans tous les cas, ce sera une incertitude de plus dans cette soirée.

— Comment ça ? demanda-t-elle, interloquée.

— Je ne sais toujours pas si tu vas danser avec moi ce soir, ou même si je dois continuer d'espérer, indépendamment du nombre de verres que nous aurons bus.

Son pouls s'accéléra.

— Mon verre de champagne est encore à moitié plein, dit-elle. Ou à moitié vide, tout dépend du point de vue duquel on se place.

Zeke inscrivit une offre pour la broche. Margot ne pouvait rien faire pour l'en empêcher, hormis enchérir sur lui. Mais cela ne ferait que créer une compétition inutile.

— Je vais surveiller les enchères jusqu'à la clôture et j'augmenterai mon offre s'il le faut. Je ferai de mon mieux pour l'obtenir. C'est pour la bonne cause.

Parlait-il de charité ? Où était-ce elle, la cause à laquelle il faisait référence ? Margot détourna le regard, troublée par l'effet que Zeke avait sur elle. Pour chasser ces pensées, elle lança :

— Je vais peut-être mettre des enchères sur quelques autres objets, pour ma mère.

Parcourant les allées, elle repéra cinq articles différents. Si elle les remportait tous, sa mère serait en possession d'un trésor conséquent. Lorsqu'elle eut placé la dernière enchère, Zeke et elle retournèrent vers le centre de la salle.

Ils marchèrent côte à côte, s'arrêtant pour parler à d'autres invités. C'était surtout Margot qui faisait la conversation.

Zeke était silencieux. L'inviterait-il à danser plus tard ? Ou renoncerait-il ?

Lorsque le cocktail toucha à sa fin, ils allèrent s'asseoir à leur table. Mais Margot ne pensait qu'à la perspective de danser avec Zeke et d'être dans ses bras.

Le repas était succulent. Zeke avait choisi une assiette terre et mer, et Margot un plat végétarien, bien qu'elle ne suive aucun régime particulier. Avec elle, il ne savait jamais à quoi s'attendre. Elle était toujours pleine de surprises.

Certains acteurs de la série de Margot étaient assis à leur table. Ils savaient que Margot et lui étaient des ex-époux restés en bons termes. Mais ils ignoraient que Zeke était encore attiré par elle. Son désir pour Margot était toujours présent, et Zeke avait bien du mal à ne pas la dévorer des yeux.

Elle discutait avec sa voisine, une présentatrice de journaux télévisés. Elles parlaient de leurs enfants, montrant des photos sur leurs téléphones. Le sujet étant étranger à Zeke, il ne pouvait pas participer à la conversation. Il avait toujours été du genre taiseux, de toute façon. C'était peut-être un cliché, mais cela lui correspondait, et c'était une qualité dans son métier.

Margot aurait-elle été plus heureuse si elle avait épousé un acteur ? Et lui ? Avec quel genre de femme devait-il être ? Quand il était tombé amoureux de Margot, elle avait semblé parfaite pour lui. Pourtant, leur mariage avait tourné au désastre. L'accompagner à ce bal n'avait pas de sens, songea-t-il. Il aurait dû laisser sa place à Jordan.

Quand Zeke eut fini son assiette, il était d'humeur maussade. Il se leva pour aller voir où en était la vente de la broche.

Il se rendit dans l'espace des enchères et constata qu'il

lui fallait enchérir. S'il n'était pas si têtu, il laisserait quelqu'un d'autre la remporter. Le dernier bijou qu'il avait offert à Margot était l'alliance sertie de diamants qu'il avait glissée à son doigt, et qu'elle n'avait plus de raison de porter. Alors pourquoi cette broche lui semblait-elle si importante ?

Parce qu'elle représentait bien Margot, pensa-t-il. Elle lui rappelait son innocence et son côté sauvage. Tout ce qui nourrissait son désir pour elle.

Marmonnant un juron, il augmenta son offre. Puis il retourna s'asseoir à côté de Margot. Elle dégustait le dessert qui venait d'être servi : une forêt-noire au glaçage généreux et garnie de beaucoup de cerises.

— C'est délicieux, commenta-t-elle.

— Je veux bien te croire.

— Tu vas manger ta part ?

— Pas en entier.

Il enfonça sa fourchette dans le gâteau. Margot le regarda prendre sa première bouchée.

C'était un dessert exquis. Épais, moelleux et plein de saveurs. Zeke avait toujours aimé le sucre. En cas d'excès, il dépensait les calories à la salle de sport. Rester en forme faisait partie de son mode de vie.

Un serveur s'arrêta à leur table, proposant du café, du thé ou du porto. Zeke et Margot choisirent le vin. Peu après, le groupe de musique monta sur scène et commença par une chanson de Frank Sinatra. Le père de Zeke étant un grand admirateur du chanteur, ce dernier avait déjà entendu cet air.

Il sirota son porto, laissant l'alcool réchauffer son corps. La chanson suivante était tout aussi lente et mélodieuse. Bien qu'il ne la connaisse pas, il appréciait sa douceur.

Des gens se levèrent pour rejoindre la piste de danse.

Margot s'attendait-elle à ce qu'il l'invite à danser ? Préférerait-elle qu'il s'abstienne ? Il n'y avait qu'un moyen de le découvrir.

— Tu as bu assez d'alcool pour avoir le cran de danser avec moi ? demanda-t-il.

— Je n'ai pas fini mon champagne tout à l'heure et je n'ai bu que quelques gorgées de porto. Je ne suis pas éméchée.

— Moi non plus.

Il n'en était qu'à son deuxième verre.

— Tu prévois d'être éméchée plus tard ?

— Probablement pas. Et toi ?

— Je préfère garder l'esprit clair, dit-il, fixant la bouche de Margot avec envie. Néanmoins, je pense que nous devrions danser ensemble. Comme ça, nous n'aurons plus à y penser.

— Tu as peut-être raison, concéda-t-elle d'une voix douce. Mais tu ne pourras pas m'embrasser sur la piste. Ce n'est pas ce que ferait un ami.

— Je n'ai jamais parlé de t'embrasser.

— Non, mais on dirait que tu en as envie.

Il détourna le regard de sa bouche.

— Je ne ferai aucune tentative. Je serai le genre d'ami dont tu as besoin.

Quelqu'un en qui elle pouvait avoir confiance, quelqu'un qui garderait son désir sous contrôle.

— Je ne vais pas profiter de toi, Margot.

— Moi non plus. Pas de flirt. Pas d'encouragements.

Elle retira sa serviette de ses genoux et la plia soigneusement. Se donnait-elle du temps pour calmer sa nervosité, pour se préparer à être dans ses bras ?

Lui aussi était nerveux. Malgré tout, il lui tendit la main et la conduisit sur la piste.

Margot dansait dans les bras de Zeke, envahie par une attirance qu'elle aimerait voir disparaître. Zeke avait promis de ne pas l'embrasser, et elle savait qu'il tiendrait parole. Mais était-elle aussi digne de confiance que lui ? Arriverait-elle à ne pas lui envoyer de signes ?

Une part d'elle avait envie de le séduire, de le charmer pour l'attirer dans son lit à nouveau. Mais elle devait respecter ses propres limites.

Elle leva le menton. Leurs visages étaient assez près pour qu'ils fassent précisément ce qu'ils étaient convenus de ne pas faire.

Devinait-il à quoi elle pensait ? Savait-il à quel point elle avait envie d'un baiser ? Provoqueraient-ils un scandale s'ils s'embrassaient sur la piste ? Cette soirée n'était pas très médiatisée mais elle n'était pas totalement privée. Des photographes étaient présents.

Margot posa la tête contre son épaule, rendant leur danse plus intime encore. La seule barrière qui les séparait était son petit sac de soirée pailleté, qu'elle avait accroché en bandoulière. Zeke lui avait appris à ne jamais laisser ses affaires sans surveillance.

Lorsqu'il plongea le regard dans le sien, l'imagination de Margot s'emballa. Était-il encore envoûté par son rouge à lèvres ? Elle n'avait pas fait de retouche maquillage, mais c'était un rouge longue tenue. Elle était sûre que sa bouche était encore colorée, comme les cerises de leur dessert.

Tout ce qu'ils faisaient ce soir lui semblait sensuel. Leurs ébats lui manquaient.

Elle recula.

— J'ai besoin de prendre l'air, dit-elle.

— Tu veux que nous sortions un moment ?

— Oui, s'il te plaît.

Elle avait désespérément besoin de s'échapper. Mais

c'était elle, la fautive. C'était elle qui désirait ce qu'elle ne devrait pas désirer.

Zeke l'emmena sur la terrasse. Bien que la température soit douce, Margot frissonna. Zeke retira sa veste et la posa sur ses épaules.

— Merci, dit-elle.

Le vêtement trop grand lui apportait un sentiment de sécurité. À l'inverse, son attirance pour Zeke lui donnait l'impression d'être en danger.

— Ça va mieux ? s'enquit-il.

— Oui.

Elle replia les manches plusieurs fois pour ne pas ressembler à un épouvantail.

Au-delà de la terrasse se trouvait un jardin éclairé par des guirlandes lumineuses.

— C'est joli, ici, remarqua-t-elle. Il y a beaucoup de fleurs.

— Si mes souvenirs sont exacts, tu as toujours préféré les œillets. Tu en vois ?

— D'ici, c'est difficile de savoir.

Au premier plan, elle ne voyait que des fleurs hautes. Des pieds-d'alouette, peut-être.

— Mais tu as raison pour les œillets. Ils ne sont ni chic ni exotiques, mais ils sont résistants, et c'est ce qui me plaît.

— Quand je suis dans le jardin de ma mère, ça me rappelle encore notre mariage. Ce maudit labyrinthe !

Il fronça les sourcils.

— Désolé, je n'aurais pas dû aborder le sujet.

— Il n'y a pas de mal. Nous ne pouvons pas faire comme si nous n'avions pas été mariés. Être honnête l'un envers l'autre est sans doute le seul moyen pour que notre amitié fonctionne.

— Alors, je vais être honnête : danser ensemble était une erreur. Notre liaison me manque encore plus après cette danse.

— C'est pareil pour moi. Mais peut-être qu'avec le temps, cela changera.

— Je l'espère, dit-il, se détendant un peu. C'est agréable de pouvoir te parler franchement.

Elle aussi se sentait mieux à présent.

— Tu sais ce qui rend les choses plus faciles, Zeke ? Le fait qu'aucun de nous n'ait dit avoir la nostalgie de notre mariage. Nous regrettons uniquement notre liaison.

Il passa la main dans ses cheveux.

— La liaison était moins douloureuse, observa-t-il. Toutefois, j'ai eu le sentiment de faire partie d'une famille quand j'étais dans la piscine avec Liam et toi. J'avais presque l'impression que nous étions encore un couple et que Liam était notre fils. Mais ça n'a duré qu'une seconde.

Elle le dévisagea.

— Comment se fait-il que tu aies ressenti cela, ne serait-ce qu'une seconde ?

— Je l'ignore. Je crois que je me suis laissé emporter. Mais je ne me fais aucune illusion, je sais que nous ne sommes pas une famille. Nous sommes divorcés, Margot, c'est ainsi.

En effet. Leur mariage était terminé, et Margot refusait de s'inquiéter juste parce que Zeke s'était laissé emporter un court instant.

— Merci de t'être ouvert à moi. Étant donné la façon dont nous nous confions l'un à l'autre, mais sommes peut-être sur la bonne voie pour devenir de vrais amis.

Il afficha un petit sourire.

— Je veux vraiment que nos conversations soient plus faciles.

— Moi aussi, approuva-t-elle, lui rendant son sourire.

Elle était heureuse qu'ils aient pu converser sans se disputer.

— Et la broche, au fait ? demanda-t-elle.

— J'ai fait une autre offre, mais je devrais sans doute aller vérifier qu'elle est assez haute. La vente se termine à 22 heures.

Il consulta sa Rolex classique, parfaitement assortie à son costume.

— Ce qui me laisse à peine cinq minutes. Je peux surveiller tes enchères aussi.

— D'accord. Mais inutile de changer mes offres. Je verrai bien ce que ça donne.

Il retourna dans la salle de bal tandis que Margot restait sur la terrasse. Le jardin était loin d'être aussi beau que celui dans lequel ils s'étaient mariés. La mère de Zeke avait dépensé une fortune pour faire reproduire le labyrinthe disparu de Versailles. Margot avait été ravie quand Eva avait suggéré de l'utiliser pour la cérémonie. Tout avait semblé magique. La lune de miel avait été tout aussi spectaculaire. Zeke et elle avaient parcouru les îles Samoa, l'air tropical caressant leurs corps nus le soir venu. Mais elle ne devait pas penser à ces instants. Bien que tout ait été éblouissant au début, leur vie de couple n'avait pas été un conte de fées.

Zeke fut rapidement de retour.

— J'ai remporté la broche. Tu as obtenu un seul objet : la photo dédicacée de *Citizen Kane*.

— Ma mère sera enchantée. Elle adorait ce film.

— Nous pourrons récupérer nos achats avant de partir ce soir.

— Que faire, maintenant ?

— À toi de voir. C'est ton milieu, pas le mien.

Elle hocha la tête. La salle de bal était pleine de monde. Les gens que Zeke connaissait étaient des clients de Z-One ou des associés de sa mère. Ce n'étaient pas vraiment des amis.

— Nous pouvons rester ici encore un peu, suggéra-t-elle. J'apprécie l'air frais du soir.

— Ça ne t'ennuie pas de rester debout ? Tous les bancs sont pris.

— Ça ne me dérange pas. J'aime regarder les fleurs. C'est apaisant.

Elle remarqua que d'autres personnes marchaient dans l'allée du jardin, un verre à la main.

— Ton bouquet de mariée contenait-il des œillets ? Je ne me rappelle plus.

Elle s'en souvenait. Un peu trop bien.

— Il était composé d'œillets roses, de roses blanches et de gypsophile. Ta boutonnière était une rose.

— J'étais si heureux ce jour-là.

— Moi aussi. Mais les choses n'ont pas évolué comme nous l'avions prévu.

Loin de là.

— J'ai encore notre album de mariage, confia-t-elle. Je l'ai rangé dans le garage.

— Je suis étonné que tu ne l'aies pas jeté.

— Je ne jette jamais rien. C'est sans doute en partie pour cela que tu me trouves si désordonnée. Moi et mon bazar.

— Je n'aurais pas dû te critiquer là-dessus.

Il effleura sa main.

— Tu as conservé d'autres souvenirs de cette journée ?

— J'ai tout gardé.

Sa robe et son voile, son bouquet, sa bague de fiançailles,

son alliance. Elle aurait pu vendre les bijoux, pourtant. Le diamant coupe princesse de son solitaire était énorme.

— Je suis sans doute masochiste, dit-elle.

— Alors nous sommes deux. Sinon, nous n'aurions pas commencé notre liaison. L'encre sur les papiers du divorce était à peine sèche, et pourtant, tout en nous disputant, nous avons fini par…

Il s'interrompit. Mais elle devinait la suite.

— Nous n'avions pas les idées claires, fit-elle valoir.

Ils avaient couché ensemble chaque fois qu'ils le pouvaient, pendant trois terribles années.

La brise souffla plus fort. Margot se réjouit de porter la veste de Zeke.

— Cela te dirait, une balade dans le jardin ? demanda-t-il. Les allées sont bien éclairées.

— Avec plaisir.

Ils quittèrent la terrasse et entrèrent dans le parc par un portail ouvert, les talons aiguilles de Margot résonnant sur le béton. En silence, ils suivirent le chemin bordé de plantes luxuriantes.

Enfin, ils s'arrêtèrent près d'un saule pleureur chargé de guirlandes et prirent un instant pour l'admirer.

— Quand te reverrai-je après cette soirée ? demanda Zeke.

— Tu veux déjà planifier notre prochaine rencontre ?

— Ce n'est pas ce que font les amis ?

— Que dirais-tu de samedi prochain ? Tu pourrais donner à Liam son premier cours de bodyboard.

Elle savait à quel point son fils serait heureux. Et s'il était heureux, elle le serait aussi.

— Entendu.

Zeke approcha d'elle, faisant de la place pour un couple qui marchait sur le chemin dans l'autre sens.

Margot dut se serrer contre lui pour laisser passer les gens, avec qui ils échangèrent des civilités.

L'allée semblait trop étroite, tout à coup. Un pas de travers et elle se retrouverait piégée dans les bras de Zeke. Son pouls s'affola tandis qu'un désir puissant la submergeait. Si seulement elle pouvait l'embrasser, rien qu'une fois, pour contenir ce désir… Mais un seul baiser ne serait pas suffisant.

— Nous devrions rentrer, suggéra-t-elle.

Il acquiesça d'un signe de tête. Ils suivirent l'autre couple sur le chemin, en maintenant une distance polie.

Lorsqu'ils furent de retour dans la salle de bal, ils allèrent chercher leurs objets, rangés dans des saes cadeaux. Puis Margot alla dire au revoir aux autres acteurs de sa série.

Le trajet en limousine fut calme. Ils arrivèrent chez elle sans incident, si l'on ne tenait pas compte du chaos qui faisait rage en elle. Elle pensait encore au baiser qui ne se produirait pas.

Zeke l'accompagna jusqu'à sa porte. Elle retira sa veste et la lui rendit.

— Merci de m'avoir accompagnée à cette soirée. Et merci pour la broche.

— Pas de quoi. Je te vois la semaine prochaine. J'achèterai une planche et une combinaison pour Liam, ainsi que les autres accessoires dont il aura besoin. Envoie-moi simplement sa taille, son poids et sa pointure.

— Entendu. Je préparerai un pique-nique. Tu n'as rien contre les sandwichs beurre de cacahuète-bananes ? Ce sont les préférés de Liam.

— Je ne suis pas difficile.

Il fit un pas en arrière.

— Bonsoir, Margot, dit-il doucement.

— Bonsoir.

Elle ouvrit sa porte et entra, le cœur battant. Si cela avait été un rendez-vous galant, Zeke et elle se seraient embrassés, certainement. Mais ce n'était pas le cas. Leur liaison était bel et bien terminée.

- 6 -

Durant les six jours suivants, Margot avait passé l'essentiel de son temps à penser à Zeke. Elle avait encore du mal à contenir son attirance pour lui, et elle craignait que celle-ci ne disparaisse jamais.

Toutefois, en ce vendredi après-midi, elle se changeait les idées chez Bailey. Au cœur de son jardin boisé, debout sur une haute échelle de métal, la sœur de Zeke attachait une balançoire à un arbre. Au pied de l'échelle, Margot la regardait faire.

— J'ai toujours voulu en avoir une quand j'étais enfant, expliqua Bailey, nouant une corde autour d'une branche robuste. Mais nous avions déjà un terrain de jeu avec des balançoires, alors maman a refusé. Tu penses qu'elle plaira à Liam ? J'espère qu'il s'en servira aussi.

— Je suis sûre qu'il va adorer.

Le fils de Margot aimait beaucoup jouer à l'extérieur.

— Il pense déjà que ta maison ressemble à celle du film *Les Robinsons des mers du Sud*.

— Il a déjà lu le livre ?

— Pas que je sache.

— Alors il faudra que je le lui achète.

Bailey termina d'attacher les cordes puis descendit de l'échelle.

— Pas mal, non ? lança-t-elle.

— C'est très joli. Tout le charme d'antan.

Bailey s'installa sur la balançoire pour la tester.

— Je vais bien m'amuser.

Elle prit de l'élan puis s'élança, allant de plus en plus haut à chaque mouvement.

— J'aimerais avoir une liane à laquelle m'accrocher. Je pourrais faire comme Tarzan.

— Tu avais le béguin pour lui quand nous étions enfants, je crois ? demanda Margot.

— Pas du tout. Mais certains des acteurs qui l'ont interprété étaient craquants. J'aurais volontiers eu une histoire avec l'un d'eux.

— Je veux bien te croire.

Margot passa à un sujet plus sérieux.

— Comment va ta mère ? Comment s'est passée l'opération ?

Bailey avait passé le début de la semaine à jouer les gardes-malades.

— Tout va bien. Je crois qu'elle a apprécié ma présence. Mais c'est une vraie diva, elle m'a épuisée. J'étais vraiment aux petits soins. Son personnel de maison veille sur elle à présent.

— Combien de temps durera sa convalescence ?

— Six semaines environ. J'espère que ce sera sa dernière opération.

— Je doute qu'elle s'arrête là. Elle luttera contre son âge aussi longtemps qu'elle le pourra.

Margot ne pouvait imaginer Eva supporter les ravages du temps.

— Pas moi, répondit Bailey, cessant de se balancer. J'accueillerai mes rides et mes seins tombants avec sérénité. Mais j'imagine que c'est différent pour ma mère. Elle était la star de sa génération. Les femmes voulaient lui ressembler. Sa beauté est son identité.

— Nous avons toujours quelque chose que nous pensons être notre identité. Moi, c'était la comédie. Il fut un temps où je me définissais aussi comme l'épouse de Zeke.

— Jusqu'à ce qu'il demande le divorce, glissa Bailey en soupirant. Comment cela se passe entre vous ? Comment s'est déroulée votre soirée ?

— Bien. Ou aussi bien qu'on pouvait l'espérer. Mais j'ai fait l'erreur de danser avec lui. Même lui pensait que c'était une mauvaise idée, et il était désolé de l'avoir suggérée. C'était trop sensuel. Trop tentant. Et c'est la dernière chose dont nous avions besoin.

— Au moins, vous connaissez vos limites, maintenant.

— Je me rends chez lui demain. Zeke donnera un cours de bodyboard à Liam.

Bailey l'observa d'un air intrigué.

— Pourquoi parais-tu inquiète ? Tu as peur que Liam ne soit pas prêt à affronter les vagues ?

— Non, c'est un excellent nageur, et je pense qu'il deviendra un grand surfeur. C'est Zeke qui me perturbe. Penses-tu que j'arriverai à tourner la page un jour ? À oublier Zeke pour de bon ?

— Et à ne plus le désirer ? Je l'espère, sinon, tu vas me parler de lui sans cesse et me rendre chèvre, comme quand nous étions adolescentes.

— À ce sujet, tu as pris une décision pour la réunion des anciens du lycée ? Si tu y vas, je t'accompagne. Ça ne me semble pas juste de te laisser toute seule. Et puis, ça pourrait me faire du bien de me réconcilier avec cette partie de ma vie.

— Je serais ravie que tu viennes avec moi. Mais comme je te l'ai dit, nous avons encore quelques mois devant nous, alors rien ne nous oblige à nous décider maintenant. Il y a autre chose dont je voulais te parler et qui me tient à cœur. Je vais lancer une fondation pour aider les enfants victimes de harcèlement. Je songe à un organisme axé sur le travail de terrain, notamment à travers des événements destinés aux enfants et à leur famille.

— C'est un merveilleux projet ! Dis-moi si je peux t'aider. Je serais heureuse de participer. Je me demande si tu ne devrais pas contacter Wade Butler. Peut-être via ses réseaux sociaux ? Tu m'as dit que c'était un milliardaire et un philanthrope. Puisqu'il a subi un harcèlement lui aussi, je pense que cela l'intéressera.

— Peut-être, mais je n'ai même pas de plan de développement pour l'instant. Je ne suis pas encore prête à rechercher des fonds. Si Wade se montre à la réunion, je pourrai aborder le sujet à ce moment-là.

— Mais tu viens de dire que tu n'es pas certaine d'y aller. Comment pourrais-tu lui parler si tu n'y es pas ? Et puis, tu n'es pas curieuse de découvrir ce qu'il est devenu ?

Bailey sembla sur la défensive.

— Je ne lance pas cette organisation pour pouvoir renouer avec Wade.

— Désolée. Tu as raison, je suis allée un peu vite en besogne.

Elle ne devait pas pousser Bailey à discuter avec son ancien coup de cœur. Margot avait assez de problèmes sentimentaux de son côté.

Bailey descendit de la balançoire.

— Tu veux l'essayer ? suggéra-t-elle.

— Avec plaisir.

Margot avait bien besoin de se changer les idées. Tout ce qui pouvait l'empêcher de penser à Zeke était bon à prendre.

Installée sur la plage, Margot occupait une chaise équipée d'un pare-soleil et regardait Zeke donner un cours de bodyboard à Liam. Le petit garçon était adorable avec sa combinaison et ses palmes. Il s'était transformé en Atlante, finalement. Où en hybride, peut-être. Elle n'était pas experte en mondes perdus.

En revanche, elle s'y connaissait en cœurs perdus, songea-t-elle en soupirant. Zeke et elle avaient fait le serment de s'aimer pour le meilleur ou pour le pire, mais il n'avait pas respecté sa part du contrat. Pourtant, elle était ici, et elle acceptait qu'il fasse partie de la vie de son fils.

Liam s'attachait déjà à Zeke, c'était une évidence. Au fil du temps, commencerait-il à voir Zeke comme une figure paternelle ? Zeke jouerait-il ce rôle sans même s'en rendre compte ? Elle espérait que rien de tout cela n'arriverait. Ce ne serait bon ni pour l'un ni pour l'autre.

Elle observa son fils qui nageait dans l'océan. Il arborait un grand sourire même lorsqu'il avait du mal à attraper une vague. Dans l'ensemble, il s'en sortait plutôt bien. Il avait compris les techniques et savait déjà faire un canard, ce qui consistait à plonger sa planche sous l'eau. Toutefois, il aurait besoin de plus de pratique pour se perfectionner. En tout cas, il était doué. Il fallait dire qu'il avait aussi un excellent instructeur. Zeke se montrait patient et gentil. Il lui expliquait ce qu'était l'océan et lui apprenait à le respecter.

À la fin du cours, Liam courut vers elle, suivi de Zeke.

— Tu m'as vu ? s'exclama-t-il. Tu m'as regardé ?

— Bien sûr que je t'ai regardé, et tu étais fantastique ! Je me doutais que tu apprendrais vite.

Elle était fière de son fils.

— Zeke et moi allons ranger nos combinaisons chez lui, puis on reviendra déjeuner. Je vais construire un château de sable avec le seau et les pelles que j'ai apportés. Maman, le bodyboard est vraiment amusant ! J'aimerais bien vivre au bord de la plage.

Liam ignorait qu'autrefois, Zeke et elle avaient possédé une propriété en bord de mer.

Zeke avança vers elle, sa planche sous le bras.

— Tu as assez d'ombre ? railla-t-il.

— Oui, ça va.

En plus du pare-soleil au-dessus de sa tête, elle portait un chapeau à larges bords.

— Le déjeuner sera servi quand vous reviendrez, les garçons.

Comme prévu, elle avait préparé des sandwichs au beurre de cacahuètes et à la banane. Elle avait aussi apporté des fruits et différents snacks.

— Margot ?

— Oui ?

— Je ne suis pas un garçon.

— Je te demande pardon ?

— Tu nous as appelés, Liam et moi, « les garçons ».

Elle promena son regard sur lui. Pourvu qu'il ne retire pas sa combinaison devant elle…

— C'était juste une façon de parler.

Il haussa les épaules et passa la main dans ses cheveux humides.

— Je plaisantais, dit-il en souriant. Tu peux m'appeler comme tu veux.

À quelques exceptions près. Elle ne pouvait pas le désigner comme son mari. Ou son amant.

Elle jeta un coup d'œil vers Liam. Il avait déjà ôté sa combinaison.

— Viens, Zeke ! lança-t-il avec impatience.

— Attends, bonhomme. Donne-moi une seconde.

Zeke s'écarta de Margot pour se déshabiller, mais elle ressentit malgré tout l'effet qu'il avait sur elle. L'émotion, le désir, la peine bataillaient en elle. Avec un peu de chance, elle se ressaisirait pendant que Liam et Zeke seraient en train de se changer.

Plutôt que de les regarder partir, elle sortit une bouteille d'eau de la glacière et avala une grande gorgée désaltérante. Puis elle étala une couverture et y déposa le déjeuner.

Quand « les garçons » revinrent, ils avaient une faim de loup. Liam s'assit et posa devant lui un sandwich, deux petits paquets de chips et trois biscuits. Zeke, quant à lui, prit deux sandwichs, une pomme rouge luisante ainsi que des crackers et du fromage. Margot choisit un peu de tout, y compris un des yaourts, auxquels personne n'avait touché.

— Les sandwichs sont très bons, la complimenta Zeke. Très nourrissants.

— Ce sont les meilleurs, enchérit Liam.

L'enfant croqua une grosse bouchée qu'il mâcha rapidement. Margot le soupçonnait de se dépêcher de manger pour pouvoir aller construire son château de sable.

En effet, en un rien de temps, il termina son déjeuner et fila vers le rivage.

Margot reporta son attention sur son ex-mari, captivée par les reflets du soleil sur sa peau. Il n'était pas son premier amant, elle avait perdu sa virginité avec un autre garçon. Si elle avait su qu'elle épouserait Zeke un jour, elle aurait peut-être attendu afin qu'il soit son premier partenaire. Mais peut-être était-ce mieux ainsi. Leur alchimie sexuelle était déjà bien assez forte.

— Il faudra remettre ça, pour que je puisse donner d'autres cours à Liam.

— Il a tout le temps d'apprendre.

— C'est vrai, mais ce sera plus difficile d'accorder nos emplois du temps quand nous reprendrons le travail, toi et moi.

— Nous trouverons bien, répondit-elle d'un ton léger. Mais fais-moi une faveur, tu veux bien ? Ne laisse jamais ce sentiment revenir.

Il sembla interloqué.

— Quel sentiment ?

— Pendant le bal, tu m'as dit que, quand tu étais dans la piscine avec Liam et moi, cela t'a donné le sentiment que nous formions une famille.

— J'ai dit que nous ressemblions *presque* à une famille, rectifia-t-il, posant sa pomme entamée sur ses genoux. Et je pensais que nous avions déjà réglé la question.

— Certes. Mais Liam et toi, vous vous rapprochez beaucoup.

— Ça ne veut pas dire que je vais éprouver d'autres sentiments de ce genre. C'était juste une émotion bizarre pendant le premier jour. Je n'oublie pas la nature de ma relation avec toi ou avec ton fils.

— Je voulais juste mettre les choses au clair.

Il captura son regard.

— Alors, c'est plus clair maintenant ?

— Oui.

Mais d'autres problèmes la tracassaient encore. Comme cette tension sexuelle entre eux qui ne disparaissait pas… Néanmoins, elle n'aborderait pas ce sujet aujourd'hui.

Ils finirent leur repas dans un silence inconfortable.

Margot finit par reprendre la parole.

— Je vais voir comment le château de Liam avance.

Elle se leva et rejoignit son fils sur la plage.

— C'est superbe ! s'enthousiasma-t-elle.

Liam avait créé une structure à un niveau, avec un toit carré et quelques tours.

Il leva les yeux vers elle.

— Merci. Ce n'est pas encore fini, je vais mettre des coquillages autour des douves pour faire joli.

Elle s'agenouilla à côté de lui.

— Tu deviendras peut-être architecte un jour. Tu es doué, c'est sûr.

— Grand-mère me l'a dit aussi.

Il essuya les mains sur son short.

— Mais je serai peut-être écrivain.

— Comme Bailey, nota-t-elle.

— Oui.

Il écarta les cheveux qui lui barraient les yeux.

— Tu crois que Zeke pourra venir demain ? J'aimerais lui montrer le livre que j'écris avec Bailey.

Après la discussion qu'elle venait d'avoir avec Zeke, elle ignorait comment celui-ci réagirait à l'invitation. Mais elle n'allait pas refuser à Liam une occasion de revoir Zeke.

— Il a peut-être d'autres projets. Mais tu peux lui poser la question.

— Super. Je peux lui demander maintenant ?

— D'accord.

Liam courut aussitôt vers Zeke, laissant Margot et son château derrière lui.

Bien vite, il revint avec Zeke.

— Zeke dit qu'il peut venir si *c'est sûr* que tu es d'accord.

— Je le suis, dit-elle, s'adressant à Zeke.

Elle retira son chapeau, laissant ses cheveux voler autour de son visage. Pour l'instant, elle devait cesser de s'inquiéter. Zeke finirait par reprendre le travail et par voyager à nouveau. Il ne verrait pas beaucoup Liam, de toute façon.

— Je suis tout à fait d'accord, ajouta-t-elle.

— Alors, je viendrai, promis, répondit Zeke.

Il maintenait une distance prudente entre elle et lui, remarqua-t-elle.

Après un instant, il reporta son attention sur Liam.

— C'est un très beau château que tu as fait là. Quand tu l'auras fini, tu pourras l'offrir à la mer en guise de cadeau pour nous avoir accueillis aujourd'hui.

— Tu crois qu'il y a des sirènes et des créatures de ce genre dans la mer ? lui demanda l'enfant.

— Je me plais à le penser.

Zeke s'accroupit et dessina une sirène dans le sable humide, lui faisant des cheveux ondulés comme ceux de Margot.

Lorsqu'il se releva, Zeke et elle échangèrent un regard. Et un frisson la parcourut, comme chaque fois.

Installé à côté de Liam sur le canapé du salon, Zeke lisait le manuscrit du jeune garçon. Margot était dans son bureau. Zeke supposait qu'elle les avait laissés seuls exprès. Essayait-elle de prouver qu'elle ne voyait plus d'inconvénient à ce qu'il se rapproche de son fils ? Ou voulait-elle simplement respecter l'intimité de Liam et le laisser présenter son travail seul ?

— Au début, je ne savais pas quel chien prendre pour créer Nina, expliqua Liam, mentionnant le personnage canin qu'il avait inventé. Mais j'ai choisi un setter irlandais parce que ce sont des chiens intelligents et affectueux, et qu'ils s'entendent bien avec les enfants et les autres animaux. J'ai fait des tas de recherches sur toutes les races avant de me décider. Bailey a dit que c'était important. Elle fait des recherches sur les choses qu'elle écrit.

— Ma sœur a toujours eu le sens du détail. Quand

elle était plus jeune, elle passait beaucoup de temps seule. C'est une bonne chose que Margot et elle soient devenues amies. Elles avaient besoin l'une de l'autre.

— J'ai un nouveau copain à l'école. Peut-être qu'il deviendra mon meilleur ami un jour. Je me fais facilement des copains, mais c'est parce que j'ai l'habitude.

Liam était passé de foyer en foyer et avait dû s'adapter à des environnements différents. L'enfance de Zeke n'avait pas été idéale, mais ce n'était rien comparé à celle de Liam.

— C'est formidable que tu saches te faire des amis.

— Tu es mon ami, maintenant, nota Liam en souriant.

— Oui, en effet.

Liam était un petit garçon épatant. Mûr pour son âge, mais avec un cœur tendre.

Zeke jeta un coup d'œil au manuscrit.

— Tu vas faire les illustrations toi-même ?

— Oh ! non ! Bailey va engager quelqu'un. Mais je peux dire comment je veux que Nina soit dessinée. Si j'ai choisi un setter irlandais, c'est aussi parce qu'il est roux.

— Comme Margot ?

— Et comme ma mère biologique. Elle s'appelait Daisy.

Zeke savait qui était Daisy. Pour des raisons de sécurité, il possédait un dossier sur Liam qui contenait ces informations, ainsi qu'une photo de Daisy. Contrairement à Margot, la mère biologique de Liam n'était pas une vraie rousse. Ses boucles courtes et ébouriffées étaient teintes.

— Margot t'a parlé des cheveux de Daisy ?

— Non, elle m'a donné une photo d'elle. Je la garde dans ma chambre, mais je peux aller la chercher. Tu veux la voir ? demanda-t-il avec espoir.

— Oui, absolument.

C'était sans doute la même photo que dans le dossier,

mais Zeke ne voulait pas priver Liam du plaisir de la lui montrer.

Pendant que le petit garçon gagnait l'escalier en courant, Zeke réfléchit. Margot aurait dû le prévenir qu'elle avait donné à son fils une photo de Daisy. D'un point de vue sécuritaire, ce genre d'élément était important. Zeke aborderait la question avec Margot un peu plus tard.

Liam revint rapidement, tenant dans les mains une photo encadrée d'une jeune femme au visage fin, aux cheveux cuivrés et au doux regard noisette. Oui, c'était bien le même cliché.

L'enfant se laissa tomber sur le canapé.

— C'est elle, dit-il, montrant la photo.

Zeke la saisit et l'observa de plus près.

— Tu as son sourire. Ses yeux, aussi.

— Merci.

Liam se rapprocha de lui.

— Je peux te dire un secret ?

— Ça dépend du secret.

— C'est à propos de ma mère.

— Laquelle ?

— Margot.

Mince.

— Oui, tu peux me le dire. Mais si j'estime que c'est quelque chose que tu devrais partager avec elle, je t'encouragerai à le lui confier.

— Entendu.

Il s'agita un peu puis poursuivit :

— Avant qu'elle devienne ma mère, je l'ai rencontrée pendant un événement de charité dans mon foyer d'accueil. Il y avait beaucoup de stars ce jour-là.

— Oui, Margot m'a raconté votre rencontre et ton adoption.

— Ah, d'accord. Mais voilà la partie secrète : j'aimais déjà Margot avant de la rencontrer, je regardais sa sitcom. J'ai même vu son ancienne série sur Internet, celle où elle est enfant. C'est mon actrice préférée à la télé, et je rêvais d'avoir une mère comme elle. Mais je ne lui ai jamais dit que j'étais un fan.

— Pourquoi ça ? s'étonna Zeke.

— Je ne veux pas qu'elle croie que je voulais être son fils juste parce qu'elle est connue. Elle sait que je regarde sa série maintenant, mais pas que je l'ai toujours regardée.

— Tu devrais le lui dire. À mon avis, elle sera flattée que tu aies rêvé d'avoir une mère comme elle. C'est peut-être le destin qui vous a réunis.

— C'est quoi, le destin ?

— Cela veut dire que quelque chose est fait pour se produire.

— Tu seras là quand je lui dirai mon secret ?

— Si c'est plus facile pour toi. Il est important qu'elle sache ce que tu ressens.

Les propres sentiments de Zeke sur la célébrité de Margot étaient aux antipodes de ceux de Liam. Son mariage avec elle s'était dissous à cause de cette série. En revanche, grâce à cette sitcom, Liam avait trouvé sa mère parfaite.

— Je ne me souviens pas de Daisy. Mais tu crois que je me rappelle la couleur de ses cheveux, malgré tout ? Que c'est pour ça que, quand j'ai vu Margot à la télévision, j'ai imaginé qu'elle pouvait être ma mère ?

— C'est tout à fait possible. Mais le lien que tu as avec Margot va au-delà de ça.

— Je l'aime beaucoup.

— Et elle t'aime aussi.

Liam se pencha vers Zeke.

— Je devrais lui parler maintenant, tu crois ? demanda-t-il.

— Si tu es prêt, oui.

Zeke posa la photo de Daisy sur la table basse, puis ils allèrent trouver Margot.

Elle était encore dans le bureau, assise dans un fauteuil gris, les jambes ramenées sous elle.

Elle leva les yeux de sa tablette.

— Tu as fini de montrer ton livre à Zeke ? demanda-t-elle à Liam.

— En quelque sorte…, bredouilla l'enfant, l'air nerveux.

Elle fronça les sourcils.

— Que se passe-t-il, Liam ?

Elle se tourna vers Zeke. Le pensait-elle responsable de la nervosité soudaine de son fils ?

— Liam a quelque chose à te dire, expliqua Zeke. Un secret à te révéler.

À présent, elle paraissait encore plus inquiète. Elle se leva et se dirigea vers son fils.

— De quoi s'agit-il, mon chéri ?

— C'est à propos de ta série.

Il lui expliqua tout en détail, répétant ce qu'il avait confié à Zeke.

Le regard de Margot s'emplit de larmes.

— Je trouve ça vraiment adorable, murmura-t-elle.

Elle prit Liam dans ses bras.

— Je suis très heureuse d'être devenue la mère que tu as toujours voulue.

Elle regarda Zeke et lui murmura : « Merci. » Elle avait deviné que c'était lui qui avait encouragé Liam à faire cet aveu.

Zeke resta en retrait pendant que la mère et le fils s'étreignaient. Quand ils se séparèrent enfin, il déclara :

— Je ferais mieux de rentrer chez moi.

Cette scène tendre était un peu trop émouvante pour lui, et il se sentait exclu. Au moins, il n'avait pas l'impression de faire partie de leur famille, comme l'autre jour dans la piscine.

— Tu reviendras bientôt ? demanda Liam. Peut-être cette semaine ? Tu pourrais m'aider avec mon projet de sciences. Je dois dessiner une carte du système solaire et faire un exposé que je présenterai devant ma classe.

— Je serais heureux de t'aider. J'aime l'astronomie.

— Super.

Liam donna à Zeke une rapide accolade en guise d'au revoir puis il quitta la pièce, laissant Zeke et Margot seuls.

— Tu me raccompagnes ? demanda Zeke. Il y a quelque chose dont je dois te parler.

Elle hocha la tête et le suivit.

— Il y a un problème ? s'enquit-elle quand ils furent sur le perron. On dirait que j'ai fait quelque chose de mal.

En un sens, oui.

— Liam m'a montré la photo de Daisy. Tu aurais dû me prévenir que tu la lui avais donnée.

— Quelle importance ? Tu as déjà une copie.

— C'est une question de sécurité, Margot. S'il poste cette photo en ligne et précise qu'elle est sa mère biologique, cela pourrait attirer l'attention malvenue de personnes qui connaissaient Daisy. Elle menait une existence chaotique, et certains dans son entourage n'étaient pas fréquentables. Or, son fils a été adopté par une célébrité.

— Oh ! mon Dieu ! J'aurais dû y penser. Mais je ne laisse pas Liam surfer sur Internet sans surveillance. Il y a un contrôle parental sur tous nos appareils.

— Peut-être, mais ça ne veut pas dire que les appareils de ses amis sont sécurisés. Il pourrait facilement utiliser l'ordinateur de quelqu'un d'autre. Tu es une personne publique, Margot. Être prudent, c'est une nécessité dans ton métier. Je ne dis pas que Liam n'a pas le droit de posséder la photo de Daisy. Je dis juste que tu aurais dû me prévenir, pour que l'équipe chargée de votre sécurité puisse surveiller la situation.

— Merci pour tes conseils. Je ne ferai plus ce genre de choses sans te consulter au préalable.

— Je veux juste assurer la sécurité de ton fils. Et la tienne.

— C'est effrayant de penser qu'il y a des gens quelque part qui pourraient être néfastes pour Liam. Pas seulement des gens qui connaissaient Daisy, mais aussi des inconnus.

— Je le protégerai. Plutôt mourir que de laisser quelqu'un vous faire du mal.

Elle eut le souffle coupé.

— Tu n'as pas à mourir pour nous protéger, Zeke.

C'était déjà le cas. Pas au sens littéral. Mais il mourait d'envie de la toucher. De l'embrasser. Elle l'observait d'un air perplexe. Chacun d'eux semblait plongé dans un chaos émotionnel. Être amants était bien plus facile que d'être des amis qui se consumaient de désir l'un pour l'autre.

— Quel jour puis-je passer ? l'interrogea-t-il, s'efforçant de se ressaisir.

Elle le dévisagea.

— Je te demande pardon ?

— Afin d'aider Liam pour son projet.

— Oh ! c'est vrai. Mardi soir ? Cela me laissera le temps d'acheter les fournitures dont il aura besoin pour sa carte.

— Mardi, cela me va.

Il se rendrait disponible.

Mais il ignorait comment agir vis-à-vis de Margot.

Que pouvait-il faire hormis mettre fin à leur amitié et ne jamais la revoir ? Il était impossible qu'il se résolve à une solution si radicale. Car Margot lui manquerait beaucoup trop.

- 7 -

Margot avait préparé un pavé aux courgettes dans la cuisine, selon une recette de sa mère. Mais surtout, elle s'était efforcée de ne pas regarder Zeke. Assis à la table de la salle à manger, il aidait Liam à réaliser son projet de sciences.

Pendant que Liam créait une grande carte colorée du système solaire sur une planche cartonnée, Zeke faisait des recherches en ligne et imprimait des informations pour la rédaction de l'exposé. Liam avait emprunté un livre sur le sujet à la bibliothèque, qu'il avait lu lui-même. Margot n'aurait pas admis qu'il laisse quelqu'un d'autre faire tout le travail à sa place. Liam devait expliquer pourquoi Pluton avait été reclassée en planète naine et quels étaient les critères pour être une planète à part entière. Il devait aussi expliquer d'où Pluton tirait son nom. C'était sur ce point que Zeke travaillait.

— Est-ce que ça vient de Pluto, le chien de Disney ? demanda Liam.

— Non, répondit Zeke avec un petit rire. Ça vient du dieu romain des Enfers. En fait, c'est une fille de onze ans qui a suggéré le nom Pluton. C'était la petite-fille de l'homme qui a découvert la planète.

— C'est vrai ? Super ! Merci d'avoir trouvé ces informations, Zeke. C'est amusant d'avoir un assistant.

Zeke gloussa.

— C'est ce que je suis ?

— Oui !

Liam sourit puis reprit son dessin.

Il était évident que Liam adorait Zeke, pensa Margot. Il voulait le voir aussi souvent que possible. Hélas, elle aussi. Elle se consumait de désir pour Zeke, jour et nuit.

— Ça sent drôlement bon ! lança Liam.

— Ce sera bientôt prêt, répondit-elle.

Du moins, elle l'espérait. Elle avait oublié de mettre le minuteur en marche et ne se rappelait pas à quelle heure elle avait glissé le plat dans le four. Être avec Zeke troublait son esprit. Et son corps.

Lorsqu'elle avait pris sa douche ce matin, elle s'était remémorée l'époque où Zeke et elle se douchaient ensemble. La bouche de son amant sur sa peau humide… Ses mains savonneuses… Elle avait revécu chaque souvenir euphorisant, en regrettant qu'il ne soit pas avec elle. Mais elle devait briser ce cycle et cesser d'avoir ce genre de pensées.

Cela l'aiderait-il de voir quelqu'un d'autre ? De franchir ce cap ?

Elle n'était pas prête pour une relation sérieuse, mais elle pourrait commencer en douceur. Elle considéra les possibilités et les moyens de procéder. Bien qu'il existe des sites de rencontres exclusifs pour les célébrités, elle ne souhaitait pas passer par Internet. Ce serait trop dur pour ses nerfs.

Pourquoi pas quelqu'un qu'elle connaissait déjà ? Et si elle téléphonait à Jordan pour lui proposer un rendez-vous ? Ils étaient juste amis, mais autrefois, il s'intéressait à elle. C'était peut-être encore le cas. Quoi qu'il en soit, cela valait la peine d'essayer.

Elle avait besoin d'une diversion, et elle avait confiance en Jordan. C'était un type bien. Et puis, elle avait déjà envisagé de l'inviter au bal de charité, avant que Zeke se propose.

Elle lança un regard vers ce dernier.

Il la surprit en train de l'observer, et une onde de chaleur monta en elle. Elle détourna les yeux et se rendit compte qu'elle avait encore oublié le pavé aux courgettes. Bon sang, ce qu'elle pouvait être distraite ! Contrariée, elle saisit des maniques et ouvrit le four. Elle piqua le pavé avec un cure-dent. Heureusement, il n'était pas trop cuit.

Elle sortit le plat du four et le posa sur le plan de travail. Elle attendit que la terrine refroidisse pour la trancher, étala un peu de beurre sur le dessus puis servit deux parts qu'elle apporta à table.

— Merci, maman.

Liam mit sa carte de côté et mordit aussitôt dans sa part.

Zeke remercia Margot également. Mais elle avait l'impression qu'il préférerait la croquer, elle, plutôt que le pavé.

Aucun d'eux n'avait le contrôle sur son désir. Mais au moins, elle essaierait de remédier à ce problème, dès que possible.

Deux jours plus tard, Margot et Bailey marchaient le long d'une piste près de la maison de Bailey, située en surplomb du canyon. Bien que le chemin soit bien connu des randonneurs et des coureurs, il y avait peu de monde ce matin. Elles marchaient tranquillement tout en buvant leur café dans des tasses isothermes.

— Je suis contente que tu fasses ce qu'il faut pour te rendre la vie plus facile, dit Bailey.

— Merci.

Margot regarda le soleil se lever au-dessus des collines.

— Jordan avait l'air enthousiaste quand je l'ai invité à

dîner, et je suis contente d'avoir sauté le pas. Tu te rends compte ? Ce sera mon premier rendez-vous depuis mon divorce !

— Tu es nerveuse ?

— Non. Mais Jordan, contrairement à Zeke, n'a pas cet effet sur moi.

Il ne faisait pas battre son cœur, et ne la faisait pas frissonner de désir.

— J'appréhende le moment où je dirai à Zeke que j'ai un rendez-vous avec quelqu'un.

Bailey serra sa tasse entre ses mains.

— Pourquoi devrais-tu le prévenir ? Ça ne le regarde pas.

— Je sais mais, vu tout le temps que nous avons passé ensemble, ça me semble plus juste. Je ne me sentirais pas à l'aise si je voyais Jordan ou un autre homme sans le dire à Zeke. Je pensais lui téléphoner, mais c'est un peu lâche. Je vais le lui annoncer en personne.

— Vraiment ? Lui dire les choses ne fera que provoquer une dispute. Soyons réalistes, que ressentirais-tu si la situation était inversée et que Zeke comptait voir une autre femme ?

— Franchement, je serais blessée et jalouse. Mais nous sommes censés être amis, alors peu importe mes sentiments.

Margot observa les broussailles qui bordaient la piste.

— Nous ne pouvons pas continuer à éprouver ce désir mutuel. C'est trop de pression.

Bailey poussa un soupir qui se perdit dans le canyon.

— Si j'étais toi, je choisirais la lâcheté et je le préviendrais par téléphone.

— Il sera sûrement fâché quelle que soit la manière dont je lui apprendrai la nouvelle. Si je fais l'effort d'aller le voir, au moins, j'aurai la conscience tranquille. D'ailleurs, je pense que nous pourrons en parler calmement. Maintenant que nous sommes amis, nous apprenons à communiquer.

— C'est une bonne chose. Car votre dernière grosse dispute s'est terminée au lit.

— Je le sais bien.

Margot but un peu de café.

— Ce sera différent, cette fois, assura-t-elle. Je ne coucherai plus avec lui. Cette partie de notre relation est finie. J'irai le voir ce soir, mais à l'improviste. Si je lui envoie un message pour le prévenir, il se doutera qu'il se passe quelque chose.

Or, cette fois, Margot voulait avoir l'avantage et mener le jeu.

À 19 heures, quelqu'un sonna à la porte de l'appartement de Zeke. Il n'attendait pourtant pas de compagnie. En fait, il était sur le point de regarder un film pour se détendre. Bien qu'il soit en congé, il avait passé l'essentiel de sa journée à diriger des visioconférences avec les membres de son équipe internationale.

Il jeta un coup d'œil vers l'Interphone et vit Margot sur l'écran. Quel était le motif de cette visite ? se demanda-t-il en ouvrant la porte.

Elle était charmante dans sa robe estivale et ses sandales à lanières. Mais elle semblait nerveuse.

— Entre, dit-il.

Elle franchit le seuil de son appartement. Le logement de Zeke reflétait sa personnalité, avec ses meubles massifs et ses touches exotiques : poteries, rideaux en bambou et parquets patinés.

— Désolée de débarquer sans prévenir. Mais il faut que je te parle de quelque chose.

Lorsqu'il l'invita à s'asseoir, elle prit place sur une chaise.

Zeke se posta à côté du bar. Il aurait bien proposé à Margot un verre de vin ou un soda, mais il était trop impatient d'entendre ce qu'elle avait à dire.

— Que se passe-t-il ?

— Je sors avec Jordan samedi soir.

Bon sang. Il n'avait jamais fait confiance à ce type.

— Et pourquoi ça ?

— Je l'ai invité à dîner. J'ai décidé qu'il était temps pour moi de me remettre sur le marché. Je vais commencer par sortir avec un ami et voir où cela mène.

Il la fusilla du regard.

— Comment ça, où cela mène ?

— Sur le plan sentimental. Et, s'il te plaît, cesse de me regarder comme si j'allais te tromper. Nous ne sommes plus en couple, et je ne suis pas venue pour me disputer avec toi.

— Ne me fais pas de sermon, tu veux ? Et ne joue pas les pacifistes. Tu es aussi douée que moi pour les disputes.

— Je ne cherche pas la bagarre.

— Alors, pourquoi es-tu venue ? rétorqua-t-il, le ventre noué. Afin de me mettre ta nouvelle relation sous le nez pour me rendre jaloux ?

— Non, absolument pas.

Elle serra les mains dans son giron.

— Puisque notre amitié se renforce de jour en jour, j'ai pensé que je devais te tenir au courant, par courtoisie.

Il ne voulait pas être son ami, pas si cela le faisait souffrir.

— Pourquoi veux-tu tellement fréquenter quelqu'un d'autre, tout à coup ?

— Parce que j'essaie d'avancer. De surmonter le désir que tu m'inspires toujours.

— Et ce dîner est censé tout régler ?

Il ne comprenait pas son raisonnement.

— Tu combats tes sentiments pour moi, alors tu cours après quelqu'un d'autre ? Que pense Jordan de ça ?

— Je ne lui ai rien dit. Le problème que j'ai avec toi est personnel. Ce n'est pas le genre de choses que je peux confier à quelqu'un.

Il ricana.

— Je parie que tu en as parlé à ma sœur.

— C'est différent.

Elle porta son attention sur le bar.

— Tu pourrais me donner un verre ? J'ai la bouche un peu sèche.

— Viens te servir.

Il voulait qu'elle approche.

— Prends ce que tu veux, ajouta-t-il.

Elle lui lança un regard incertain, comme s'il y avait un sous-entendu dans ses paroles. Malgré cela, elle vint jusqu'au bar et passa en revue les boissons. Elle opta pour un jus d'ananas.

Quand elle voulut retourner s'asseoir, il lui bloqua le passage en la piégeant derrière le bar.

— Qu'est-ce que tu fais ? demanda-t-elle.

Je marque mon territoire. C'était plus fort que lui. Même si Margot ne lui appartenait pas, il ne pouvait supporter l'idée qu'elle couche avec quelqu'un d'autre.

— Je ne te laisserai pas sortir avec ce type.

— Tu n'as pas le droit de m'en empêcher. Maintenant, laisse-moi passer. Je le répète, je ne suis pas venue pour me disputer avec toi.

Dommage. Il essayait de la provoquer pour qu'elle ressente la même chose que lui. La rage. La faim. Le désir. Il ne voulait pas être le seul à souffrir.

— Et si j'ai envie de me disputer ? lança-t-il. Et si j'ai envie de te montrer qui commande ?

— Je suis sérieuse, Zeke. Ôte-toi de mon chemin pour que je puisse boire ce verre et rentrer chez moi.

Il avait enfin réussi à la mettre en colère.

— Tu peux le boire ici, répliqua-t-il.

— Soit.

Elle avala le jus de fruits d'un trait puis posa bruyamment le verre vide sur le bar.

— Maintenant, écarte-toi.

Aucune chance.

— Désolé, je suis très bien où je suis.

Il afficha un sourire arrogant, qui eut pour effet d'irriter Margot davantage. On aurait dit qu'elle voulait le frapper. Mais il faudrait un bulldozer pour qu'elle puisse l'assommer, et elle le savait.

— Va au diable, espèce de mufle ! pesta-t-elle.

— Tu n'as pas mieux ? ironisa-t-il.

Elle plissa les yeux.

— Je n'ai pas besoin que tu te comportes comme un goujat.

Et lui n'avait pas souhaité qu'elle vienne chez lui pour lui annoncer qu'elle s'intéressait à un autre. Donc, ils étaient quittes. Il devait la laisser passer.

Au lieu de quoi, il haussa les épaules et répondit :

— Ça ne marchera pas, de toute façon.

— Qu'est-ce qui ne marchera pas ?

Il la regarda droit dans les yeux.

— Te servir de Jordan pour m'oublier.

— Je ne me sers de personne !

— Je dis les choses comme je les vois. Rien ne te guérira de moi, hormis moi.

Elle rejeta sa chevelure flamboyante par-dessus son épaule.

— Si c'est le moyen que tu as trouvé pour me ramener dans ton lit, tu en seras pour tes frais, prévint-elle.

— D'accord. Tu as gagné.

Il recula, lui laissant la liberté de s'en aller. Mais elle ne se précipita pas vers la porte. Non, elle resta figée sur place, comme si une force naturelle l'y avait clouée. Ils s'observèrent dans un silence tendu, les yeux dans les yeux.

— Va-t'en, Margot.

Elle poussa un soupir tremblant.

— C'est vraiment ce que tu veux ?

— Non.

Il avait très envie qu'elle reste, et qu'ils passent la nuit ensemble.

— Mais c'est à toi de choisir. Je ne suis pas ton geôlier.

— Si, tu l'es ! protesta-t-elle d'une voix stridente. Tu as toujours contrôlé une part de moi.

— Pas de manière intentionnelle.

Il attendit qu'elle fasse le premier pas. Qu'elle approche et qu'elle laisse leur désir exploser. Ils étaient sur le point de reprendre leur liaison. Il le sentait.

Elle avança vers lui.

— Est-ce que je vais le regretter, Zeke ? Est-ce que je vais me détester d'avoir cédé ? Ou est-ce que ce sera si bon que rien d'autre ne comptera ?

— Je ne peux pas répondre à ces questions à ta place.

Mais il espérait vraiment que c'était la troisième hypothèse qui se vérifierait. Tout ce qu'il voulait, c'était qu'elle se jette sur lui. Il avait le souffle coupé rien que d'y penser. Il comptait même les secondes dans sa tête.

Soudain, elle se précipita sur lui, plaquant son corps contre le sien. Il prit possession de ses lèvres, et ils s'embrassèrent comme si c'était une question de vie ou de mort. Elle avait le goût de tout ce qui lui avait manqué. Il l'étreignit et la sentit enfoncer les ongles dans son T-shirt. Le baiser se poursuivit, torride et passionné.

Enfin, ils reprirent leur souffle.

— Enlève ta robe, Margot.

Elle obéit, laissant le vêtement glisser au sol.

— Et maintenant, que dois-je faire ?

— Rien. Je m'occupe du reste.

Il la hissa sur le bar. Elle était sexy en diable dans son soutien-gorge rose, sa culotte bleue et ses sandales à talons aiguilles. Il retira soigneusement les chaussures de Margot, faisant mine de prendre son temps. Puis, sans crier gare, il saisit sa culotte et la baissa brusquement, la faisant haleter. Elle ne le quitta pas des yeux quand il la retira entièrement et la jeta au sol, et qu'il fit de même avec son soutien-gorge.

L'attirant vers le bord du bar, il s'agenouilla devant elle.

Il glissa la main entre ses jambes, caressant son sexe brûlant et lui arrachant un gémissement d'excitation. Oui, elle le désirait autant qu'il la désirait.

Il connaissait ses préférences sexuelles, car elles correspondaient aux siennes. Elle était l'amante la plus compatible qu'il ait jamais eue. La plus réactive, aussi.

Dès qu'il blottit le visage entre ses jambes, elle se balança contre ses lèvres en émettant de petits soupirs. Il leva les yeux vers elle et vit qu'elle taquinait ses propres tétons. Quoi d'étonnant à ce qu'il n'arrive pas à l'oublier ? Il pourrait lui faire l'amour pour le restant de ses jours sans jamais être rassasié. Elle était excitée et déjà moite.

Ses yeux brillants étaient si bleus, pensa-t-il. Si captivants. Elle tendit le bras pour le toucher, posant la main sur son visage. Il lui procura du plaisir avec chaque fibre de son être. Elle se cambra, tel un arc sur le point de se rompre.

Ou une femme sur le point de connaître la jouissance. Avec sa barbe naissante, il effleura ses cuisses, la faisant frissonner de tout son corps. Les bruits qu'elle émettait étaient sauvages à présent. Elle trembla quand un orgasme la balaya.

Il resta à genoux, absorbant son plaisir extrême de la plus intime des façons. Lorsque les spasmes se dissipèrent, il se releva. Margot l'embrassa langoureusement, s'abandonnant entre ses bras.

Il était trop tard, se dit Margot. Elle ne pouvait pas revenir en arrière. Elle avait laissé Zeke l'emmener sur les cimes du plaisir. Tous deux étaient maintenant face à face. Son esprit était en ébullition et son cœur battait la chamade.

— Pourquoi est-ce que je n'arrive pas à rester loin de toi ? demanda-t-elle.

— Pour la même raison qui explique que je m'accroche à toi. Il y a une alchimie exceptionnelle entre nous.

Elle savait exactement ce qu'il voulait dire. Le sexe était la seule chose qui semblait toujours fonctionner entre eux. Margot n'envisageait même pas d'avoir des regrets. Elle ne voulait pas se détester pour avoir couché avec lui.

Elle caressa la joue de Zeke du bout des doigts, fascinée par les angles de son visage.

— À ton tour de te déshabiller, Zeke.

Il obtempéra. Elle l'aida à se débarrasser de sa chemise, exposant son torse et ses abdominaux fermes. Zeke était d'une beauté à se pâmer. Lorsqu'il retira son short, elle constata qu'il était déjà à moitié en érection. Elle le caressa pour attiser son excitation.

Il rejeta la tête en arrière et, quand elle se mit à genoux, il faillit exploser de plaisir.

— Échange de bons procédés, dit-elle.

Elle voulait lui donner le même plaisir brut que celui qu'il venait de lui faire connaître.

— Il faudra que tu t'arrêtes quand je te le dirai, murmura-t-il.

Elle leva les yeux vers lui. Il semblait encore plus grand et fort maintenant qu'elle était agenouillée devant lui.

— Je n'ai pas encore commencé que, déjà, tu me donnes des ordres.

Elle ne l'écouterait pas. Elle était bien décidée à agir comme elle l'entendait.

Lorsqu'elle passa la langue sur la peau de Zeke, il l'observa, attendant la suite. Elle l'accueillit dans sa bouche et le sentit se raidir de tout son corps.

Il plongea la main dans ses cheveux, les enroulant autour de ses doigts.

— Bon sang, gronda-t-il.

Elle sentait l'excitation de Zeke se renforcer, tout comme la sienne. Il était comme une drogue dont elle n'arrivait pas à se sevrer.

Ils créèrent un rythme ensemble, Zeke avançant et reculant entre ses lèvres sans la quitter des yeux. Puis elle accéléra la cadence.

Il était tout près de la jouissance, elle le savait. Elle lui avait déjà donné ce genre de plaisir de nombreuses fois et reconnaissait les signes.

— Tu ferais mieux d'arrêter, la prévint-il d'une voix essoufflée.

Elle continua, enfonça les ongles dans ses muscles fessiers, devenant plus acharnée. Il marmonna un juron d'une voix sèche. Rocailleuse. Il tenta à nouveau de la pousser à arrêter. Mais elle refusait d'obéir. Elle aimait le torturer ainsi.

Il abandonna la lutte et, secoué de spasmes, atteignit l'orgasme en elle. Être la source de son plaisir faillit la faire jouir à nouveau, elle aussi. Elle attendit quelques minutes, laissant le moment les envelopper tous les deux. Enfin, il l'aida à se relever.

Elle sourit.

— Je devrais me rhabiller et m'en aller, maintenant.

— Quoi ? Non ! Nous n'avons pas encore fini. Je te veux dans mon lit.

— Il te faut du temps pour être à nouveau opérationnel.

— Ça ne prendra pas longtemps, assura-t-il, tendant les bras vers elle. Nous pouvons nous blottir dans les bras l'un de l'autre en attendant.

C'était tentant, très tentant. Mais se blottir contre lui était la pire chose qu'elle puisse faire. Ils ne s'étaient pas étreints tendrement depuis leur mariage.

Elle recula d'un pas.

— Ma mère s'occupe de Liam, elle va s'inquiéter si je ne rentre pas.

Elle ramassa ses sous-vêtements sur le sol et les enfila pendant que Zeke remettait son short.

— Tu ferais mieux d'annuler ton rendez-vous avec Jordan, sinon je vais devenir fou.

— Tu crois vraiment que je pourrais sortir avec lui après ce qui vient de se passer ? Alors que j'ai repris ma liaison avec toi ?

Elle avait souhaité fréquenter un autre homme pour couper ses liens physiques avec Zeke. Or, son plan avait lamentablement échoué.

— Alors, dînons ensemble samedi, comme tu avais prévu de le faire avec lui.

Elle agrafa son soutien-gorge et passa sa robe.

— Ce n'est pas nécessaire.

— Tu veux bien passer chez moi samedi, au moins ?

— D'accord.

Mais il lui faudrait être prudente, et prendre garde à ne pas s'attacher.

Car elle ne pouvait pas répéter les erreurs du passé.

- 8 -

Le samedi matin, pendant que Liam faisait les courses avec sa grand-mère, Margot s'affairait dans son potager. Elle n'était pas experte en jardinage, mais c'était pour elle un passe-temps agréable. Cette année, elle avait planté des tomates, des poivrons et différentes herbes aromatiques.

Une heure plus tard, elle avait terminé de jardiner et se détendait sur la terrasse en sirotant un thé glacé garni de menthe fraîche. Alors qu'elle parcourait sur son portable les derniers articles de presse, son téléphone sonna. Le nom de Bailey apparut sur l'écran. Margot hésita à décrocher. Elle n'avait pas parlé à Bailey de son dernier rendez-vous avec Zeke. Son amie pensait toujours que Margot dînait avec Jordan ce soir.

Si Margot ne décrochait pas, Bailey enverrait un SMS. Et si Margot ignorait son message, sa meilleure amie s'inquiéterait. Elles ne restaient jamais plus de quelques jours sans prendre de nouvelles.

Mince.

Elle décida d'accepter l'appel.

— Allô ? dit-elle avec une décontraction feinte.

— Bonjour, répondit Bailey. Je voulais juste prendre de tes nouvelles et te souhaiter bonne chance pour ton rendez-vous avec Jordan.

Margot devait-elle mentir et prétendre que le rendez-vous était toujours d'actualité ? Non. Elle se devait d'être honnête.

— Merci, mais je l'ai annulé. Quand je suis allée voir Zeke pour lui parler de Jordan, ça ne s'est pas passé exactement comme prévu, et je…

— Oh ! mon Dieu ! Tu as couché avec lui !

Margot grimaça.

— Plus ou moins. Je le revois ce soir.

— Tu es sérieuse ? Tu veux reprendre votre liaison ?

— Je sais que ça paraît fou, mais je crains que, si j'arrête trop tôt, mon obsession pour lui ne disparaisse jamais.

Elle retira la menthe de son verre et suçota les feuilles. Le simple fait de penser à Zeke affolait son cœur.

— Tu n'aurais pas dû lui parler de Jordan en personne, fit valoir Bailey. Si tu l'avais fait par téléphone, rien ne serait arrivé.

— Je sais, mais je refuse de m'en vouloir. Ma liaison avec Zeke est excitante. Elle ne va pas durer éternellement. Et quand elle prendra fin, ce sera pour de bon.

— Tu crois que ton désir pour lui va s'éteindre, juste comme ça ? Et si tu retombes amoureuse de lui ?

— Ça n'arrivera pas. Crois-moi, je suis consciente du danger.

Elle savait qu'il ne fallait pas s'attacher. Elle comptait bien faire preuve de prudence.

— J'ai conscience que les choses ont changé et que Zeke et moi sommes amis à présent. Mais ça ne veut pas dire que je vais me permettre d'être vulnérable avec lui. Notre aventure sera purement charnelle.

Époustouflante. Renversante.

— Comme avant, ajouta-t-elle.

Non, ce n'était pas tout à fait vrai. Leur aventure était différente car leur amitié créait un nouveau lien entre eux.

Et pour couronner le tout, Zeke était aussi l'ami de Liam, à présent. Il était gentil avec son fils. Néanmoins, elle ne retomberait pas amoureuse de Zeke. Elle ne pouvait pas se permettre ce genre de douleur. Et elle ne ferait pas subir cela à Liam.

Elle était bien décidée à se protéger, et à protéger son fils.

Margot était devant chez Zeke, mais, avant d'aller frapper à sa porte, elle prit un instant pour admirer l'océan. Sous le clair de lune, il semblait mystérieux. Elle observa les vagues écumantes qui s'écrasaient sur la plage, respira l'odeur du sel et de l'eau. Elle imagina même des sirènes en train de s'ébattre dans les vagues.

— Ça te dirait, un bain de minuit ? dit une voix masculine.

Elle fit volte-face et repéra son amant, assis dans un coin sombre du jardin.

— Tu m'as fait peur, Zeke.

— Désolé.

Il se leva et avança vers elle.

— Je t'attendais et, quand je t'ai vue regarder l'océan, j'ai gardé le silence et je t'ai observée. J'ai eu l'impression d'être un voyeur.

Elle eut le souffle coupé.

— Le voyeurisme est une de tes nouvelles obsessions ?

— Non, mais ça pourrait le devenir si c'était toi que j'espionnais. Tu n'as pas répondu à ma question. Je me disais que nous pourrions nous baigner nus.

À cette pensée, un frisson la parcourut.

— Ce n'est pas une plage privée. Un de tes voisins pourrait nous voir. Ou nous filmer.

Il approcha encore. Il était maintenant assez près pour l'embrasser.

— Alors ce sera ta première scène de nu.

Il la taquinait, pensa-t-elle. Il n'avait aucune intention de créer un scandale potentiel. Cette conversation était une sorte de préliminaire.

Il la fit entrer chez lui et, dès qu'il eut refermé la porte, il l'embrassa. Elle gémit, s'accrochant à lui comme à un roseau dans la tempête. Elle brûlait de l'avoir en elle, de connaître la nuit la plus fougueuse et la plus déchaînée de sa vie.

Il la porta et l'emmena dans sa chambre, où il la laissa tomber sur le grand lit. Il l'avait laissé défait, sans doute en prévision de leurs ébats. Elle atterrit sur le matelas avec un bruit sourd.

Il grimpa sur elle, lui retirant son chemisier et sa jupe de style bohème. Après quoi, il lui ôta ses ballerines en quelques secondes.

Margot, en revanche, n'était pas en mesure de le débarrasser de ses vêtements. Elle était coincée sous son corps puissant. Sa minuscule culotte avait réveillé la bête en lui. Il faillit la déchirer lorsqu'il entreprit de la lui retirer. Lorsqu'elle fut enfin nue, il lui releva les hanches et les appuya contre ses propres épaules.

Il passa la langue sur son sexe. Elle s'agita sous cet assaut sensuel. Cette fois, le sexe oral était l'entrée et non le plat principal.

Elle saisit les montants de la tête de lit, s'efforçant de réfléchir malgré les sensations qui l'envahissaient. Mais Zeke continuait de faire opérer sa magie sur elle. Sa vision se troubla et son corps sembla se briser en mille morceaux.

Il la fit jouir si vite qu'elle se rendit à peine compte de ce qui lui arrivait.

Quand il relâcha ses jambes, elle les reposa sur le matelas, les écartant pour s'offrir à lui.

Il s'empressa de retirer son T-shirt, puis son jean, sous lequel il ne portait pas de caleçon. Elle tendit la main vers son sexe dressé tandis que Zeke prenait possession de sa bouche.

Il recula le temps de prendre un préservatif dans le chevet et de le mettre en place. Puis il s'étendit au-dessus d'elle.

— Je veux faire en sorte que ça dure, Margot.

Parlait-il de ces ébats ou de la longévité de leur liaison ? Elle ne lui posa pas la question. Car, au bout du compte, tout finirait par s'arrêter.

Enfin, il se glissa en elle. Margot hissa les hanches pour aller à la rencontre de ses généreux coups de reins. Ils s'embrassèrent, gémirent, roulèrent sur le lit et firent tomber les oreillers au sol, dans la lumière tamisée de la chambre.

Ils changèrent plusieurs fois de position. Lorsqu'elle se retrouva à califourchon sur lui, elle prit un instant pour admirer son corps d'athlète. Ses bras musclés, ses jambes puissantes, ses abdominaux fermes. Elle se mit à onduler sur lui avec frénésie.

Il se redressa pour l'embrasser et, bien vite, il fut à nouveau sur elle. Elle roula des hanches au même rythme que lui.

Ce fut elle qui atteignit l'orgasme en premier. Le dos arqué, elle trembla et s'accrocha à lui. Il la suivit de près, submergé par son propre plaisir brûlant, dans un grondement rauque.

Quelques minutes plus tard, il se leva et alla dans la salle de bains. Margot en profita pour reprendre son souffle.

Lorsque Zeke revint, il resta debout et l'observa. Elle s'appuya contre la tête de lit et soutint son regard.

— Tu as faim ? demanda-t-il. Je peux nous préparer quelque chose.

— D'accord. J'attends ici ou tu veux que nous mangions à table ?

— Tu peux rester ici.

Il fouilla dans sa commode et saisit un caleçon.

Quand il eut quitté la chambre, elle enfila son soutien-gorge et sa culotte, puis remit les oreillers sur le lit et les retapa. La chambre de Zeke était aussi étonnante que le reste de son appartement, avec sa décoration aux couleurs vives et ses grandes marines accrochées aux murs.

Zeke réapparut avec un plateau dans les mains. Dès qu'elle vit le contenu, elle éclata de rire. Zeke avait préparé des sandwichs à trois étages dans lesquels il avait enfoncé des piques à brochette pour les faire tenir.

— Que veux-tu ? dit-il en souriant. J'ai faim.

— Je te crois. Mais comment suis-je censée manger ça ? Primo, le sandwich est bien trop gros pour moi. Deuxio, je ne croque pas d'énormes bouchées comme toi.

— Je sais. Mais d'habitude, tu sépares tous les ingrédients de tes plats, alors je me suis dit que tu allais le disséquer, de toute façon, et ne manger que les parties que tu aimes.

Il avait raison. Elle avait toujours été difficile en matière de nourriture.

— Quel genre de boissons as-tu apporté ? demanda-t-elle.

À cette distance, elle n'arrivait pas à lire les étiquettes.

— De l'eau aromatisée, dit-il, lui lançant une canette.

Il lui donna un sandwich, posé sur une assiette en plastique, puis s'assit face à elle et ouvrit sa canette. Il la leva comme pour porter un toast.

Elle retira la pique de son sandwich, souleva la première tranche de pain et prit un peu de viande et de fromage.

Comme ses doigts étaient tachés de mayonnaise, elle les lécha. Elle leva les yeux et, voyant que Zeke l'observait, se mit à rougir.

Elle saisit une serviette et s'essuya les mains.

— Je veux que notre liaison soit exclusive, cette fois, déclara-t-il.

— Aucun de nous n'a fréquenté quelqu'un d'autre la dernière fois, fit-elle valoir.

— Je sais. Mais nous nous sommes laissé cette possibilité. Et je ne veux pas prendre le risque que tu fréquentes un autre homme pendant que tu es avec moi. Pas seulement Jordan. Je parle des autres hommes, aussi.

— Personne d'autre ne m'intéresse. J'ai besoin de me rassasier de toi d'abord.

— Moi aussi.

Il posa sur elle un regard possessif.

— Je suppose que ça rend la chose officielle, alors. Notre liaison est exclusive.

— Oui, approuva-t-elle.

Un silence s'ensuivit.

Zeke attaqua son sandwich. Quand il l'eut presque fini, elle avait à peine entamé le sien. Elle n'avait plus faim, de toute façon.

— Sais-tu quelle heure il est ? demanda-t-elle. J'ai dit à ma mère que je serais rentrée pour 23 heures.

Il prit son téléphone sur la table de chevet et consulta l'écran.

— Il est 21 h 38. Ta mère sait que tu es avec moi ce soir ?

— Non. Je ne voulais pas qu'elle se demande pourquoi nous passons autant de temps ensemble, alors j'ai dit que j'allais voir des amis de mon cours de gym.

— Bailey est au courant que nous avons repris notre liaison ?

— Oui. Je ne pouvais pas me résoudre à lui mentir. Ça ne lui plaît pas, mais je me doutais de cette réaction.

— Je me fiche de ce qu'elle pense. Je veux juste faire des choses indécentes avec toi. Tu veux remettre ça ? suggéra-t-il.

Elle sentit son cœur s'emballer.

— Je n'ai pas le temps. Je dois me rendre présentable avant de partir.

— Nous pouvons faire court.

— Ça me tente.

Beaucoup trop.

— Mais je ferais mieux de me préparer dès maintenant, avant que tu me convainques de prendre des risques que je ne devrais pas prendre.

Décidée à rester raisonnable, elle demanda :

— Tu veux bien aller chercher mon sac ? Je l'ai laissé dans l'entrée. Il contient mon maquillage et un peigne.

— On dirait que tu avais tout prévu. Tu es sûre que je ne peux pas te faire changer d'avis ?

— S'il te plaît, Zeke, contente-toi de m'apporter mon sac.

— D'accord. J'aurai essayé, au moins. Je reviens tout de suite.

Elle gagna la salle de bains et, pour patienter, porta son attention sur les produits de toilette de Zeke : savon liquide, eau de toilette, rasoir électrique.

Zeke ne tarda pas à lui apporter son sac qu'il posa sur le plan de toilette. Elle crut qu'il retournerait dans la chambre mais il se plaça derrière elle et la regarda dans le miroir.

— Qu'est-ce que tu fais ? s'étonna-t-elle.

— Je t'admire, dit-il avant d'approcher. Tu es très belle, Margot. Vraiment très belle.

Ses cheveux étaient emmêlés, son mascara avait coulé

et son rouge à lèvres avait disparu. Elle ressemblait à ce qu'elle était : sa maîtresse passionnée. Et maintenant, elle avait à nouveau envie de lui.

— Tu m'as proposé une rapide répétition. Ton offre tient toujours ? demanda-t-elle dans un souffle.

Son bon sens s'était envolé par la fenêtre.

— Évidemment.

Il ouvrit l'armoire à pharmacie pour lui montrer une boîte de préservatifs.

— Alors, c'est d'accord.

Elle n'eut pas besoin de retirer ses vêtements puisqu'elle ne portait que son soutien-gorge et sa culotte. Elle fixa le miroir, impatiente de voir Zeke prendre possession d'elle.

Sans attendre, il fit glisser sa culotte sur ses hanches puis, baissant son caleçon, il saisit un préservatif. Lorsqu'il eut déroulé la protection sur lui, Margot se pencha en avant, se préparant à l'accueillir. Il entra en elle d'un coup de reins puissant. Elle agrippa le plan de toilette et regarda avidement leur reflet.

Il alla et vint en elle, en lui mordillant le cou. Elle ouvrit le robinet et s'aspergea d'eau, le mouillant aussi au passage. Mais cela ne le déconcentra pas. Il maintint une cadence effrénée.

Ses mouvements étaient si brusques et rapides qu'elle sentit la pièce tourner autour d'elle. Sa vision se troubla, l'empêchant de regarder plus longtemps leurs ébats dans le miroir.

Elle jouit violemment, emportée par un tourbillon de sensations. Et elle trembla lorsqu'il atteignit l'orgasme à son tour.

Zeke glissa les bras autour d'elle, la retenant pour éviter qu'elle s'effondre sur le sol.

Il lui fallait encore se rhabiller et se refaire une beauté

avant de rentrer chez elle, se dit-elle. Et faire comme si rien ne s'était passé.

Zeke ne savait pas vraiment ce qui lui arrivait. La seule chose dont il était certain, c'était qu'il éprouvait un besoin impérieux de revoir Margot. Quoi d'étonnant ? Ils étaient amis autant qu'amants, et c'était un mélange addictif. Et puis, il s'était attaché au fils de Margot. Voilà pourquoi il était chez eux en ce lundi soir. Il était venu à Hollywood rencontrer un client potentiel et s'était arrêté chez Margot ensuite, recourant à l'excuse bien connue : « J'étais dans le quartier. »

Margot était assise à côté de lui sur le canapé. Tous deux écoutaient Liam avec attention. L'enfant leur présentait son exposé sur Pluton, comme il devrait le faire devant sa classe le lendemain.

Lorsqu'il eut terminé, sa mère prit la parole.

— C'était vraiment très bien. Mais recommence en parlant plus lentement. Tu allais un peu trop vite.

— D'accord.

Il prit une grande inspiration puis fit une nouvelle lecture. Il prononça les mots qu'il avait oubliés la première fois, et tout devint plus clair. À la fin de son exposé, il sourit, et Zeke leva un pouce pour le féliciter.

— C'était parfait, commenta Margot. Je suis très fière du travail que tu as fourni. Tu as écrit un devoir très complet, et ta carte est superbe. Maintenant, tu devrais aller prendre ton bain et te préparer à dormir.

Liam eut l'air déçu.

— Je ne peux pas rester encore un peu ?

Margot secoua la tête.

— Non, désolée. Demain, il y a école. Et puis, il faut que tu sois en forme pour ta présentation.

— D'accord, céda-t-il, rassemblant ses documents. Zeke peut me border après mon bain ? Je peux revenir le chercher quand je serai prêt.

— Je pense que oui, dit-elle.

Elle se tourna vers Zeke.

— Si tu es d'accord ?

— Je suis tout à fait d'accord, dit-il.

Ça ne le dérangeait pas de border le fils de Margot. Il s'imagina la border aussi, ou même passer la nuit avec elle. Mais il avait conscience que ce n'était pas possible. Ils avaient une liaison, certes, mais ce n'était pas une relation sérieuse. Tous deux savaient qu'ils ne devaient pas trop s'attacher. Mais le sexe était phénoménal. Il ne pouvait s'empêcher de vouloir une autre nuit avec elle.

— Je reviens, dit Liam.

Il monta l'escalier en courant, laissant les adultes seuls.

Margot se pencha vers Zeke.

— Tu avais vraiment un rendez-vous dans le quartier ?

— Oui, vraiment. Mais c'était aussi une bonne excuse pour te voir. Honnêtement, j'aurais pu laisser Vick se charger du rendez-vous.

Son associé était disponible ce soir.

— Tu sais ce qui serait amusant ? demanda-t-il. Que nous puissions prendre quelques jours ensemble, juste toi et moi. Ce serait génial si je pouvais t'emmener quelque part, sans avoir à trouver d'excuses pour venir ici ou pour que tu viennes chez moi. Mais seulement si ça ne t'ennuie pas de laisser Liam avec ta mère. Je ne voudrais pas qu'il soit perturbé.

— Je ne vois pas pourquoi il le serait. Liam aime beaucoup être avec ma mère, et elle adore passer du temps avec lui. Elle le garde déjà quand je travaille ou que je sors.

Elle hésita.

— Mais si nous nous accordons une escapade, où irons-nous ?

— Je connais une maison dans la montagne que j'ai réservée pour certains de mes clients. Elle dispose d'une grotte, et d'une piscine en forme de lagon, et la propriété est entourée d'une forêt. Nous pourrions nous baigner nus sans nous inquiéter que quelqu'un nous voie.

Elle sourit.

— C'est une obsession chez toi.

Il lui rendit son sourire.

— Je veux juste être nu avec toi, par tous les moyens.

Il sonda son regard.

— Alors, tu vas demander à ta mère de surveiller Liam ?

— Oui, mais il faudra que je trouve un prétexte. Je ne peux pas lui avouer que je passe quelques jours avec toi, dit-elle en soupirant. Je pourrais lui raconter que je prends quelques jours dans un spa.

— D'accord. Mais laisse-moi le temps de voir quelles dates sont disponibles. Il faudra peut-être que je tire quelques ficelles pour que nous puissions y aller bientôt.

— D'accord, tiens-moi au courant. Mais nous devrions changer de sujet, pour éviter que Liam surprenne notre conversation.

Lorsque l'enfant revint dans le salon, habillé en pyjama, ils paraissaient aussi détendus que possible.

Zeke n'avait jamais bordé un enfant, mais il ferait de son mieux.

Il monta à l'étage avec Liam, s'efforçant de ne pas se retourner pour regarder Margot. Il était impatient de commencer leur escapade clandestine.

Chassant ces pensées, il entra dans la chambre de Liam,

un grand espace lumineux orné d'affiches de films et de sport, et plein de jouets et de bandes dessinées.

Liam montra les deux lits superposés en métal qui trônaient dans la chambre.

— Je dors dans le lit du bas parce qu'il est plus grand, expliqua Liam. Celui du haut, c'est pour quand un ami dormira à la maison. Il y a aussi un lit gigogne là-dessous.

— Tu as déjà reçu des amis ?

— Pas encore, mais maman dit que je pourrai faire des soirées pyjama cet été.

Liam grimpa dans son lit et se glissa sous la couette.

— Tu avais ta propre chambre quand tu étais petit ? demanda-t-il.

Zeke s'assit au bord du lit.

— Oui. Bailey et moi avons grandi à Beverly Hills dans une grande maison, avec beaucoup de chambres. Notre mère était actrice et notre père était son agent.

— C'est vrai ? Ta mère est célèbre ?

Zeke hocha la tête.

— Très célèbre. Elle s'appelle Eva Mitchell. Mais tu ne la connais peut-être pas. Ses films sont anciens.

L'enfant observa Zeke d'un air surpris.

— Je croyais que, Bailey et toi, vous aviez des pères différents.

— C'est le cas. Je te l'ai dit.

— Oui, mais tu parles comme si vous aviez le même père. Pour l'homme qui était l'agent de ta mère, tu as dit *notre* père.

— Désolé. J'aurais dû être plus précis. Mon père est mort quand j'étais bébé, et ma mère a épousé son agent, un homme qui s'appelait Caine Mitchell. Il m'a adopté et m'a donné son nom. Cinq ans plus tard, Bailey est née.

— Waouh ! fit Liam, les yeux écarquillés. Tu es adopté, comme moi !

— Tout à fait. J'adorais mon père adoptif. Il était tout pour moi. J'étais vraiment triste quand il est mort.

— Ça te rend triste que ton premier papa soit décédé aussi ?

— Oui. J'ai des tas de photos de lui. C'était un cascadeur, et il était encore plus grand et musclé que moi. C'est à lui que je ressemble. Il avait des origines choctaws et samoanes.

Quand il se rendit compte que Liam n'avait aucune idée de ce qu'il voulait dire, il expliqua :

— Les Choctaws sont une tribu amérindienne, et les Samoans sont des autochtones polynésiens des îles Samoa. Mon père est né là-bas. C'est un endroit magnifique. Je m'y rends pour voir mon grand-père depuis que je suis enfant.

— C'est super, dit Liam.

L'enfant semblait songeur.

— Tu vas te remarier ou avoir des enfants ? demanda-t-il.

La question désarçonna Zeke. Comment était-il censé penser à cela alors qu'il avait une aventure avec Margot ?

— Je ne sais pas.

— Tu crois que ma mère va se marier ou avoir des enfants ?

— Aucune idée.

Il n'avait pas envie d'imaginer Margot mariée à un autre.

Liam cala la tête sur son oreiller.

— J'aimerais avoir un papa adoptif si ma mère se remarie un jour. Des frères et sœurs, aussi. J'aidais les enfants plus jeunes que moi quand je vivais en foyer.

— Je parie que tu étais doué.

Mais Zeke n'avait pas envie de poursuivre cette conversation. Elle le rendait nerveux. Ou triste.

— Tu devrais dormir, maintenant. Ta mère ne sera pas contente si tu passes la moitié de la nuit à discuter avec moi. Elle veut que tu sois reposé pour ton exposé demain.

— Oui, elle s'inquiète beaucoup parfois, dit Liam en souriant. Merci de m'avoir bordé.

— Pas de quoi.

Il passa la main dans les cheveux de Liam puis se leva, éteignit la lumière et ferma la porte en sortant.

Quand il fut dans le couloir, il chassa les sentiments perturbants qui l'avaient envahi. Il ne devait pas être nerveux ou triste. L'avenir de Margot ne le concernait pas. Cependant, comment allait-il faire si leur liaison s'arrêtait brusquement ? Margot et lui auraient-ils du mal à rester amis ? Son fils pâtirait-il de la situation ? Ou ne remarquerait-il rien ?

Zeke ne savait pas à quoi s'attendre. Mais, pour éviter d'être dépassé, il devait contrôler ses émotions et avancer au jour le jour.

- 9 -

La propriété nichée dans la montagne était spectaculaire. Pas seulement la maison d'architecte en verre et en bois, mais aussi le domaine qui l'entourait : des arbres à perte de vue, des fleurs sauvages sur les collines, un ruisseau qui courait entre les branches et les rochers. Le meilleur de la nature, songea Margot.

Elle respira l'air chargé de parfums pendant que Zeke sortait leurs sacs du SUV. Tous deux voyageaient léger puisque le séjour serait court.

— Prête pour la visite ? demanda-t-il.

— Oui.

Elle lui emboîta le pas. Il ouvrit la porte et s'effaça pour la laisser entrer.

— Combien de fois es-tu venu ici ? s'enquit-elle.

— Une seule fois. J'étais venu vérifier que la maison était convenable pour mes clients. Je n'y ai pas dormi mais j'ai appris tout ce qu'il y avait à savoir par les gardiens.

— C'est superbe.

Le salon crème et or offrait une vue splendide sur le lagon artificiel que Zeke avait mentionné et sur un jardin luxuriant. Margot alla jusqu'à la baie coulissante pour l'admirer de plus près.

— C'est une ambiance très tropicale.

Zeke la rejoignit.

— La piscine est le point central de la maison, expliqua-t-il. Elle est aussi accessible depuis les chambres.

— C'est bon à savoir. Merci de m'avoir emmenée ici. Je n'avais pas quitté la ville depuis des lustres.

— Tout le plaisir est pour moi, dit-il, la prenant par la main. Viens, je vais te montrer la cuisine. J'ai demandé aux gardiens de remplir le réfrigérateur de plats préparés, pour que nous n'ayons pas à cuisiner.

Elle sourit.

— J'imagine que se faire livrer n'est pas possible ici.

— Non, il n'y a pas de réseau. Mieux vaut ne pas venir ici avec quelqu'un qui te tape sur les nerfs, plaisanta-t-il.

Elle serra la main de Zeke.

— Alors c'est une bonne chose que tu ne m'énerves plus.

— Et réciproquement.

Il ponctua ses mots d'un petit baiser.

Elle sentit son pouls palpiter. Elle adorait quand Zeke l'embrassait, même quand ce n'était qu'une bise fugace.

Ils entrèrent dans la cuisine ensoleillée.

Margot ouvrit le réfrigérateur pour inspecter son contenu.

— Il y a des plats gastronomiques là-dedans, observa-t-elle.

— Je voulais que ce séjour soit luxueux, tout en étant axé sur le grand air.

— Tu as réussi.

Elle referma le réfrigérateur.

— Où logent les gardiens quand il y a des invités ?

— Ils ont un chalet de l'autre côté de la montagne. C'est un couple marié.

Pas comme Zeke et elle, se dit-elle.

— Tu me montres les chambres ? demanda-t-elle, tâchant de chasser ces pensées de son esprit.

— La chambre principale est au rez-de-chaussée. Les deux autres sont dans un sous-sol doté d'un salon supplémentaire.

— Alors, je me contenterai de la chambre principale pour l'instant. Je verrai le reste plus tard.

Empoignant leurs bagages, il l'emmena dans une grande pièce décorée de meubles en merisier. Le lit était élevé sur une grande estrade, et de l'autre côté de la pièce se trouvait un luxueux espace salon.

La salle de bains adjacente était dotée d'une baignoire à l'ancienne et d'une douche moderne assez immense pour une orgie. Ou pour deux ex-époux avides qui ne pouvaient se passer l'un de l'autre.

Zeke posa les sacs de voyage sur le lit.

— Si nous mettions nos maillots de bain avant d'aller voir le jardin ? suggéra-t-il.

— J'ai apporté trois bikinis différents. Mais je n'étais pas sûre d'en avoir besoin. Tu n'arrêtais pas de dire que nous pourrions nous baigner nus.

— J'ai pensé que nous pourrions arriver à cela. Mais avant, j'aimerais te montrer un espace dans la grotte où les invités sont encouragés à dessiner ou à peindre sur les murs. Il y a toutes les fournitures artistiques nécessaires. Le propriétaire est un artiste et un excentrique, c'est lui qui a eu l'idée de ces graffitis. Il vivait ici, mais lorsqu'il est devenu trop vieux, il est retourné à la civilisation. D'après ce qu'on m'a dit, il ne laisse pas n'importe qui occuper les lieux. Il préfère les acteurs et les artistes.

— Dans ce cas, je coche la bonne case.

Elle attendit une seconde puis ajouta :

— J'ai repris une contraception.

Il ouvrit de grands yeux.

— Vraiment ? Quand ?

— Cette semaine. J'ai pensé que ça faciliterait les choses.

— Tu veux dire que nous n'avons pas besoin d'utiliser les préservatifs que j'ai apportés ? Ça va te paraître excessif, mais j'ai paniqué à l'idée d'être au milieu de nulle part, alors j'ai emporté une boîte entière.

Elle gloussa.

— Une grande boîte ?

— Une boîte de trente, je crois, dit-il en riant.

Il reprit rapidement son sérieux.

— Merci d'avoir fait cet effort, Margot.

— Comme je te l'ai dit, j'ai pensé que ce serait plus facile ainsi. Je vais aller mettre mon bikini. Mais je vais me changer dans la salle de bains.

Elle avait besoin d'un moment d'intimité pour rassembler ses pensées désordonnées. Elle prit dans son sac le premier bikini qu'elle trouva et se rendit dans la salle de bains. Cela l'ennuyait d'être encore nerveuse en présence de Zeke. Après toutes ces années, après l'avoir épousé et avoir divorcé, elle devrait être plus détendue.

Après avoir retiré ses vêtements, elle enfila le bikini à l'imprimé fleuri. Le haut faisait pigeonner ses seins et le bas couvrait à peine ses fesses. Non pas que sa tenue minuscule compte. À la fin de la journée, Margot serait sans doute nue, de toute manière.

Elle retourna dans la chambre. Zeke portait maintenant un short de surf vert écume. Il était comme à son habitude : grand, bronzé et d'une beauté à couper le souffle.

— Regardez-moi ça, fit-il. Ce bikini te va à ravir.

— Quoi ? Ce vieux machin ?

Elle fit un tour sur elle-même. En réalité, elle avait acheté ce maillot spécialement pour ce voyage.

Il l'observa intensément.

— Tu es une tentatrice.

— J'essaie, plaisanta-t-elle. Si on allait voir ce lagon de plus près ?

Il hocha la tête et ouvrit la voie. Le jardin était encore plus magique de près. Les formations rocheuses autour de la piscine étaient incrustées de pierres roses brillantes.

— Qu'est-ce que c'est ? demanda-t-elle.

— Du quartz rose. Le propriétaire croit à l'énergie des pierres. Selon les gardiens, le quartz rose est réputé pour favoriser l'amour. Mais les gens ne tombent pas amoureux à cause d'une pierre.

Pour elle, tout semblait possible dans cette maison au charme atypique. Mais elle savait que Zeke avait raison. Ces cristaux scintillants ne pouvaient pas jeter de sorts. Ou du moins, pas sur elle ou sur Zeke. Aucun d'eux ne tomberait amoureux ce week-end.

Il désigna d'un geste un groupe de cycas.

— Il y a un sauna derrière ces plantes, ainsi que des douches extérieures.

Puis il montra un escalier couvert de mousse.

— Le long de cette crête, il y a un brasero, et, un peu plus loin, une impressionnante exposition de sculptures en bois.

— Il y a tant de choses à voir. Ce jardin va nous occuper, c'est sûr.

— Il est encore plus fou que le labyrinthe chez ma mère.

— Bien plus fou.

Mais elle n'avait pas envie de penser à l'endroit où ils s'étaient mariés.

— Que veux-tu faire en premier ? demanda-t-elle pour changer de sujet.

— Allons nager, ensuite, nous ferons des graffitis dans la grotte.

— Je ne suis pas très douée en dessin, l'avertit-elle.

— Moi non plus.

— Tu l'es davantage que tu ne le crois.

La sirène aux cheveux rebelles qu'il avait dessinée sur le sable l'autre jour était très jolie.

— J'ai un niveau correct. Mais c'est juste pour le plaisir, de toute façon. Nous pouvons aussi tester la peinture sur corps.

— C'est vrai ? Et tu ne m'en parles que maintenant ?

Il lui offrit un sourire sensuel.

— Tu es partante ?

Elle hocha la tête, le cœur battant.

— Où est la grotte, exactement ? demanda-t-elle.

— Sous la cascade.

— Je te suis.

Elle le regarda plonger dans la partie la plus profonde du bassin.

Il remonta à la surface et l'attendit. Elle prit une grande inspiration puis sauta dans l'eau à son tour. Lorsqu'elle sortit la tête de l'eau pour reprendre son souffle, Zeke se dirigea vers la cascade. Margot nagea derrière lui avec le sentiment de rejoindre un monde englouti. Alors qu'en réalité, ce n'était qu'une grotte artificielle conçue pour le divertissement.

Lorsqu'ils eurent passé la cascade, la grotte fut facile à trouver. Elle était plus grande que Margot ne l'aurait cru, avec des alcôves et des chemins reliant les différentes parties. Certains espaces étaient peu éclairés, d'autres très lumineux. Margot et Zeke marchèrent côte à côte pour explorer les lieux.

Des œuvres d'art ornaient les murs, le sol et le plafond. Les gens qui les avaient précédés s'étaient exprimés par toutes sortes de moyens merveilleux. Margot s'attarda sur des peintures aux styles surréaliste, impressionniste et réaliste. Il y avait même des contes picturaux imitant l'art préhistorique.

— Cet endroit est fantastique, s'extasia Zeke.

Margot approuva d'un signe de tête. Plus loin se trouvait l'espace réservé à la peinture sur corps. Il y avait même une douche en forme de minicascade, afin que les invités puissent retirer les pigments sur leur peau avant de retourner dans la piscine.

— Quel genre de dessins devrions-nous faire ? demanda-t-elle.

— Si nous écrivions simplement nos noms ? Comme ça, nous ne serons pas en compétition avec toutes ces créations.

— D'accord, mais seulement nos prénoms. Je ne peux pas révéler qui je suis exactement.

— Pourquoi ? s'enquit-il, capturant son regard. Tu as peur que quelqu'un découvre que tu as couché avec moi ici ?

— Nous n'avons rien fait.

— Pas encore. Mais ce n'est qu'une question de temps.

Il utilisa un marqueur noir et écrivit son prénom en lettres capitales.

Margot choisit une écriture plus légère et plus féminine. Elle dessina des visages heureux de chaque côté de son prénom.

Zeke haussa les épaules.

— C'est comme ça que les filles sages font des graffitis ?

Elle haussa les épaules.

— Je n'ai jamais prétendu être sage.

— Parfois tu l'es, et parfois non.

Il la prit par la main et la conduisit dans l'espace destiné à la peinture sur corps.

— Maintenant, tu vas être vilaine. Et moi aussi.

Miséricorde, pensa-t-elle. Déjà, des endroits intimes de son corps pulsaient. Cela l'excitait, d'être vilaine.

Les kits de peinture contenaient des pinceaux, des pots à eau et des chiffons blancs. Zeke décida d'utiliser ses doigts pour créer son œuvre. Il demanda à Margot de retirer son bikini car il tenait à ce qu'elle soit nue. Elle défit les liens de son haut et le laissa tomber. Ensuite, elle retira le bas, lentement, lui offrant un petit strip-tease.

Il plongea les doigts dans la peinture, choisissant le rouge comme première couleur. Il suivit la forme de ses courbes, appliquant le pigment en lignes élégantes. Puis il traça des fleurs autour de ses tétons, utilisant du mauve et du bleu. Il se rinça les mains après chaque application afin de ne pas mélanger les teintes. Sur son ventre, il peignit des vignes vertes et feuillues.

Quand il s'agenouilla et traça un joli cœur rose sur son pubis, elle songea au quartz rose. Cette pierre avait-elle un pouvoir, finalement ?

Non. Le cœur qu'il avait dessiné symbolisait le sexe, et non l'amour.

Il se plaça derrière elle. Elle se demanda ce qu'il avait en tête, jusqu'à ce qu'il pose les mains sur son postérieur. Il avait appliqué des empreintes de ses paumes sur les fesses de Margot. Était-ce sa manière de marquer son territoire ?

La touche finale fut un éclair qui descendait le long

de sa colonne vertébrale. Elle sentit le mouvement de zigzag sur sa peau.

— De quelle couleur est-il ? demanda-t-elle.

— Argenté, avec des paillettes.

Il revint face à elle et la regarda dans les yeux.

Ils s'embrassèrent, mais juste une seconde. Margot n'était pas prête à se laisser déconcentrer. Elle voulait le peindre aussi.

Son large torse constituait une belle toile. Elle saisit un pinceau et dessina des symboles qui représentaient son amour de la plage. Des lignes ondulées pour l'eau, un chevron pour représenter un coquillage et une forme linéaire avec des ailes stylisées censées ressembler à une mouette. Elle voulut ajouter un dauphin, mais, n'étant pas sûre d'y parvenir, elle dessina un simple poisson.

Après cela, elle baissa son short, que Zeke termina de retirer. Elle réfléchit à ce qu'elle dessinerait ensuite, et opta pour un soleil autour de son nombril, utilisant de l'orange, du jaune et des touches d'or.

À présent, il ressemblait à un dieu ancien. Si elle avait été une artiste douée, elle aurait dessiné des tatouages tribaux. Zeke n'était pas tatoué. Mais il le serait un jour. Les tatouages étaient très répandus dans ses deux cultures, et Margot savait qu'il attendait le bon moment dans sa vie pour honorer ces traditions.

— Tu en as fini avec moi ? demanda-t-il.

— Pas encore.

Elle écrivit des mots au bas de son ventre, juste au-dessus de sa zone pubienne, une obscénité destinée à l'exciter.

Il baissa les yeux et lut le message. Cela fonctionna car il fut aussitôt en érection, remarqua-t-elle en souriant. Il l'attira vers elle et lui donna un baiser, frottant son corps coloré contre le sien.

Ensuite, il la poussa à reculer jusqu'à ce qu'ils soient tous deux sous le jet de la douche, sans cesser de l'embrasser.

Margot rinça l'œuvre d'art qu'elle avait créée sur lui. En un rien de temps, il n'y eut plus de symboles sur son torse, plus de soleil sur son nombril, plus d'obscénité au-dessus de son pénis.

Zeke la rinça à son tour. Les couleurs filèrent, et Margot regarda le cœur rose se dissoudre dans l'eau.

Lorsqu'il eut terminé, il la poussa vers le mur, l'éloignant du jet d'eau. Saisissant ses hanches, il la pénétra brusquement. Il ondula en elle à un rythme effréné, comme s'il n'y avait pas de lendemain. Mais peut-être n'y en avait-il pas. Peut-être y avait-il uniquement aujourd'hui : cette heure, cette minute, cette seconde.

Il la plaqua dans un coin pour avoir un meilleur appui. La roche était poreuse et bosselée, irritant la peau de Margot. Mais elle s'en moquait. Elle aimait cette sensation brute. Elle en redemandait, même.

Et lui aussi. Lorsqu'il la porta, elle s'accrocha à lui, enroulant les jambes autour de sa taille et les bras autour de son cou.

Il continua de la caresser, d'aller et venir en elle, de plus en plus fort, de plus en plus loin. Zeke la poussait vers l'orgasme, et elle n'avait pas d'autre choix que de se laisser porter. Ses coups de reins la faisaient frissonner jusqu'au cœur de son être.

Son orgasme jaillit sous le regard intense de Zeke. Quand il fut secoué d'un frisson, elle sentit sa semence brûlante comme de la lave se déverser en elle.

Tout semblait si puissant, si chaud, si explosif. Margot avait du mal à reprendre son souffle. Zeke respirait fort, lui aussi.

Lorsqu'il la reposa au sol, elle se sentit chanceler.

Il l'aida à retrouver l'équilibre en la tenant doucement. Le feu de la passion avait disparu, mais les étincelles demeuraient. C'était une douce sensation.

Elle posa la main sur l'épaule de Zeke tandis qu'il caressait ses cheveux humides. C'étaient des gestes normaux entre amants, se dit-elle. Il n'y avait pas à s'inquiéter. Le monde n'allait pas s'écrouler si elle se blottissait dans ses bras.

S'accordant le luxe d'être tendre avec lui, elle ferma les yeux et accepta ce cadeau pour ce qu'il était.

Un moment romantique.

- 10 -

Dans la soirée, Zeke suggéra une bouteille de pinot gris et une assiette de fruits et de fromage. Ils dégustèrent leur dîner dans le salon.

Tandis que Margot posait une tranche de brie sur un cracker aux graines, Zeke songea qu'il appréciait énormément cette escapade. Une parenthèse qui s'achèverait bientôt. Retourner dans son appartement vide ne le réjouissait guère. Il n'aimait plus l'idée d'être seul.

Serait-ce plus facile une fois qu'il aurait repris le travail et qu'il se remettrait à voyager ? Il passait l'essentiel de son temps libre avec Margot, et ce n'était peut-être pas une si bonne chose.

Il fixa son verre de vin. Pourquoi était-ce si agréable d'être avec elle ? Il ne pensait pas seulement à leurs ébats, mais aussi à tous les autres moments.

— Qu'y a-t-il ? demanda Margot, assise face à lui sur le canapé.

Il leva les yeux vers elle.

— Rien.

— Tu as l'air renfrogné.

Bon sang. Il avait pourtant appris à ne pas être transparent.

— J'ai des miettes dans mon vin.

Il n'avait pas pu trouver d'autre excuse.

— Je ne savais pas que tu étais si pointilleux avec ton pinot.

— En temps normal, je ne le suis pas. Mais c'est un grand cru.

Cette fois, ce n'était pas un mensonge.

— Tu en veux encore ? offrit-il.

Elle tendit son verre.

— Merci.

Il la resservit puis remplit son propre verre. Reposant la bouteille sur la table basse, il remarqua une marque rouge sur l'épaule de Margot, près de la bretelle de son débardeur.

— Comment t'es-tu fait ça ? demanda-t-il.

— Je crois que c'est arrivé quand nous…

Quand ils faisaient l'amour dans la grotte ? Quand il l'avait plaquée contre le mur ?

— Je suis désolé. Je ne voulais pas…

— Ce n'est pas ta faute.

— J'aurais dû faire plus attention. Tu vas sûrement avoir un gros bleu.

Elle chassa son inquiétude du revers de la main.

— Ça va. D'ailleurs, je t'ai fait pire avec mes ongles.

— C'est différent. Je suis censé te protéger. Mon travail consiste à assurer ta sécurité.

— Notre liaison ne fait pas partie de ton travail, Zeke.

— Je sais, mais je suis responsable de toi quand tu es avec moi, et je devrais mieux prendre soin de toi.

— Ce n'est rien, vraiment.

Elle termina son cracker au fromage puis saisit une fraise.

— Ne t'inquiète pas pour ça, ajouta-t-elle.

Comme s'il pouvait s'en empêcher ! Il était même inquiet à l'idée de rentrer chez lui seul et d'être séparé d'elle.

Bon sang, quel était son problème ? La seule fois où il avait connu ce genre de sentiments, c'était quand il était tombé amoureux d'elle. À l'époque, il voulait désespérément passer chaque minute de son temps avec elle. Et aujourd'hui ? se demanda-t-il. L'histoire était-elle en train de se répéter ? Était-il en train de retomber amoureux ?

Quand bien même ce serait le cas, cela ne marcherait jamais entre eux. Margot était toujours une personnalité publique, et lui était toujours cet homme qui ne voulait pas être le mari d'une célébrité. Rien que l'idée d'être au centre de ce monde lui donnait des sueurs froides. Il avait vécu toute son enfance sous un microscope, et il n'avait aucune envie de passer sa vie d'adulte sous les projecteurs. Mais c'était ce qui risquait de se produire si Margot et lui redevenaient un vrai couple. Il ne devait pas l'aimer. Ni même penser qu'il *pourrait* l'aimer.

Ayant soudain du mal à respirer, il porta son attention sur la piscine éclairée.

— Je vais aller nager, dit-il. J'espère que ça ne t'ennuie pas si j'y vais seul.

Il devait reprendre le contrôle de ses émotions, et il ne pouvait pas le faire si elle était avec lui.

— Non, ça ne me dérange pas. Je suis loin d'être une aussi grande nageuse que toi. De toute façon, je préfère rester ici. Je suis plutôt fatiguée après cette journée.

Il se leva, laissant son verre de vin à moitié plein. Il n'allait pas le finir maintenant. Il devait garder les idées claires.

— Je vais sans doute être absent un moment.

Aussi longtemps qu'il en aurait besoin pour se ressaisir.

— Alors tu me retrouveras dans la chambre.

Elle se leva et ajusta son débardeur.

— Que dirais-tu d'un baiser avant de partir ? demanda-t-elle.

— Juste un baiser rapide.

Il avança, effaçant la distance qui les séparait. Il comptait lui donner une simple bise. Mais dès que leurs lèvres se touchèrent, elle se lova contre lui, l'attirant dans sa toile. Elle avait un goût léger et frais, plein de saveurs, comme le pinot. Il enlaça sa taille, la serrant comme s'il n'allait plus jamais la laisser partir.

Avant qu'il aille trop loin, il mit fin à leur baiser, tentant de retrouver un peu de bon sens. Il ne voulait pas aimer Margot à nouveau. Il n'avait aucune envie de revivre les souffrances du passé.

Il recula d'un pas.

— Inutile de m'attendre, dit-il.

— Je suis un peu fatiguée, mais nous verrons.

Elle se mordilla la lèvre inférieure.

Il avait très envie de l'embrasser encore. Mais ce n'était pas leur attirance physique, le problème. C'était son cœur qui le préoccupait. Néanmoins, il aurait préféré que Margot ne soit pas si charmante et si douce. Il n'avait pas besoin de cette distraction.

— Je vais débarrasser, lança-t-elle.

— Tu as besoin d'aide ?

— Non, merci, ça ira.

Pendant qu'elle emportait l'assiette de fruits et de fromage dans la cuisine, Zeke sortit sur la terrasse. Après avoir retiré son short, il plongea dans la piscine, impatient de s'échapper.

Il remonta à la surface, entouré par les cascades et les formations rocheuses. Il ignora les incrustations de quartz rose, refusant de croire à leur prétendu pouvoir. Ce qui lui arrivait n'avait rien à voir avec ces pierres.

Zeke nagea pendant ce qui lui parut des heures, avec de longs mouvements, bien décidé à se sentir mieux. Mais son plan ne fonctionna pas. Malgré tous ses efforts, il ne parvint pas à chasser son anxiété. Peu importait qu'il soit un excellent nageur. Il était en train de se noyer dans sa peur de l'amour.

Zeke fut réveillé par les rayons du soleil qui filtraient par les fenêtres. Margot était allongée à côté de lui. La veille au soir, elle dormait quand il était allé se coucher.

Était-elle réveillée à présent ? Puisqu'elle avait le dos tourné, il ne voyait que sa chevelure emmêlée et la forme de son corps sous le drap.

Il écarta ses cheveux sur le côté et observa la marque sur son épaule. C'était un bleu, pas de doute.

Comme le bleu qu'il avait au cœur ?

Aussi effrayants ses sentiments soient-ils, Zeke ne pouvait les nier. Oui, il aimait Margot. Mais quoi d'étonnant à cela ? S'il avait éprouvé cela pour elle autrefois, il était certainement capable de ressentir encore la même chose aujourd'hui.

— Qu'est-ce que tu fais ? demanda-t-elle d'une voix ensommeillée.

— Je vérifie juste que tu vas bien.

Il déposa un petit baiser sur son hématome.

Elle émit un son doux.

— Quelle heure est-il ? s'enquit-elle.

— Aucune idée. Tu peux te rendormir si tu es fatiguée.

— Je préfère rester éveillée.

Elle se retourna et lui sourit tendrement.

— Désolée de ne pas t'avoir attendu hier soir.

— Pas de problème. Je ne m'attendais pas à ce que tu

veilles pour moi. Tu avais eu une longue journée. Tu ne supportes pas le plein air aussi bien que moi.

— La malédiction des rousses. Mais au moins, je n'ai pas eu de coup de soleil. Tu es réveillé depuis longtemps ?

— Non, juste quelques minutes.

Il sonda le regard de Margot et vit son propre reflet dans ses pupilles. Elle était la seule femme qu'il ait jamais aimée, qui lui ait jamais fait un tel effet.

Il caressa sa joue.

— Tu es toujours très jolie le matin.

— Et tu es toujours très passionné, quel que soit le moment de la journée.

— C'est plus fort que moi, je suis comme ça. Et puis, n'est-ce pas pour cette raison que tu as eu un faible pour moi autrefois ?

— Si. Ce que je pouvais être idiote ! Je me suis laissé avoir par ton côté sombre et taciturne.

— Tu es toujours sous mon charme, tu couches encore avec moi, tu partages encore mon lit, fit-il remarquer.

Il baissa le drap et exposa leurs corps nus.

Elle se colla à lui, lui donnant un baiser langoureux. Bien vite, il se retrouva sur elle. Il ne pourrait pas faire disparaître ses sentiments pour elle. Pas cette fois. De toute façon, ils revenaient tel un boomerang. Dans sa tête, il la maudit. Mais surtout, il se maudit lui-même.

Elle écarta les jambes, s'offrant à lui. Il s'inséra en elle. Elle était chaude, moite, et il accepta ce qu'elle lui donna, en s'efforçant de garder le peu de raison qui lui restait. Elle promena ses mains partout sur le corps de Zeke.

Ses coups de reins devinrent plus rapides, plus puissants, et Margot accompagna le rythme de ses va-et-vient. Il lécha tour à tour ses tétons roses et pointus et souffla dessus, lui arrachant des frissons de plaisir.

Elle saisit les draps et les froissa entre ses doigts. Elle semblait sauvage, libre et passionnée. Elle avait toujours été une amante sans inhibitions.

Enroulant les jambes autour de lui, elle le prit en étau. Des gémissements et des grondements emplirent la pièce. Des bruits pleins de passion, de désir et de chaleur. L'orgasme qui la balaya provoqua celui de Zeke, et ils jouirent ensemble dans une explosion enfiévrée.

Après quoi, il la serra dans ses bras. Margot posa la tête au creux de son épaule. Ses cheveux lui chatouillaient le menton, une sensation qui lui rappela l'époque où ils étaient mariés, et où s'étreindre tendrement avait un sens. Il devait la relâcher, se dit-il. Pourtant, il ne bougea pas. Et il s'interrogea.

Devait-il lui avouer qu'il l'aimait ? Ou enfouir ses sentiments sous terre ? Aucun de ces scénarios ne lui plaisait.

Il lança un regard vers Margot. Elle avait à peine bougé.

Peu importait si elle s'endormait. Ils n'avaient aucune obligation aujourd'hui, rien de pressant à faire.

Margot ferma les paupières. Elle était en train de se rendormir, en effet. Maudissant sa faiblesse envers elle, il resta éveillé et la garda tout contre lui.

Plus tard dans la journée, les émotions de Zeke étaient toujours en alerte. Toutefois, il s'efforça d'agir comme si de rien n'était, d'autant plus que Margot semblait en pleine forme. Ils avaient pris un long déjeuner, et maintenant, ils s'apprêtaient à faire une balade dans les bois. Au moment où ils allaient sortir, le téléphone de Margot sonna.

Elle vérifia l'écran.

— Tu veux bien m'accorder une minute ? Il faut que je réponde.

Zeke hocha la tête. Margot descendit les marches du perron pour prendre l'appel. À l'évidence, c'était une conversation privée. Il resta au sommet du perron et l'observa. À en juger par son expression, elle venait d'apprendre une mauvaise nouvelle. Était-ce lié à son travail ? Ou était-ce personnel ? Il n'en avait aucune idée.

Lorsqu'elle eut raccroché, elle revint vers lui et s'assit sur une chaise de bois, comme si elle accusait le coup.

Il prit place à côté d'elle.

— Que se passe-t-il ?

— C'est à propos de ma série, dit-elle d'une voix tremblante. La chaîne et les producteurs ont eu un conflit, et la chaîne a annulé la série. Je n'ai rien vu venir… Je croyais vraiment que notre contrat serait renouvelé pour une autre saison. Et peut-être d'autres saisons par la suite. Nos taux d'audience étaient bons. Tout allait bien. Mais maintenant, je n'ai plus de travail.

— Je suis vraiment navré.

Il ne savait pas comment la réconforter. Le fait que Margot joue dans cette série avait été un point de discorde. C'était la principale raison pour laquelle il avait souhaité divorcer. Et maintenant, cette série était finie.

— Ça va aller, financièrement parlant ? s'enquit-il. Je peux te prêter de l'argent si tu en as besoin.

— C'est gentil, mais j'ai assez d'économies pour tenir un moment. J'ai fait des investissements et j'ai mis de l'argent de côté pour les mauvais jours. Mais j'ai l'impression d'être en suspens. Ma carrière pourrait rester au point mort.

La série s'arrêtait au moment où il prenait conscience

qu'il aimait Margot. Était-ce une coïncidence ? Le destin ? Ou un entre-deux ?

— C'est peut-être un signe, avança-t-il.

— Un signe ? demanda-t-elle, intriguée.

— Celui qu'il faut procéder à des changements dans ta vie.

Et peut-être revenir en arrière, laisser une seconde chance à leur relation. Était-ce possible ? Ou se berçait-il d'illusions ? Il n'aurait su le dire.

Elle lui lança un regard réprobateur.

— Tu me suggères d'abandonner mon métier d'actrice ?

— Tu l'as déjà fait.

— Et ça m'a rendue malheureuse.

— Mais c'est différent cette fois. Maintenant, tu as Liam. Peut-être que cela te conviendrait de travailler dans un autre domaine. Des tas d'anciens acteurs ont des carrières à succès hors de l'industrie du cinéma.

— Je n'en reviens pas ! Tu veux me pousser à jeter l'éponge ?

— Tu viens de dire que ta carrière pourrait rester au point mort, alors, quelle différence cela ferait-il ?

Elle soupira.

— J'ai besoin d'encouragements. Pas que mon ex-mari me ressorte ses vieilles rengaines.

— Je ne cherche pas à me disputer avec toi. J'ai juste…

Elle se rembrunit.

— Tu as juste *quoi* ?

Devait-il répondre ? Devait-il lui avouer qu'il l'aimait ? Que tous ses sentiments d'autrefois étaient revenus ?

— Nous devrions faire cette promenade, comme prévu, dit-il. Ça pourrait nous faire du bien à tous les deux.

— D'accord.

Il déposa un baiser fugace sur sa joue.

Elle tressaillit.

— Pourquoi cette bise ?

— Pour te faire savoir que j'aime être avec toi.

C'était bien plus facile que de lui avouer qu'il l'aimait tout court.

— J'aime passer du temps avec toi, moi aussi, quand tu ne me donnes pas de conseils sur ma carrière, dit-elle. Ce n'est pas ta faute si la série s'arrête. Je regrette seulement qu'elle soit annulée.

Et il regrettait d'être pris dans ses filets. Il se leva et aida Margot à se relever. Elle l'étreignit brièvement.

Ils se dirigèrent vers les bois. La propriété était entourée de pins ponderosa à l'odeur sucrée. Les sentiers couverts de brindilles et de feuilles mortes étaient assez larges pour qu'ils marchent côte à côte.

Ils empruntèrent un chemin qui montait dans les collines. Tandis que les écureuils couraient dans les arbres et qu'un faucon à queue rouge volait au-dessus d'eux, Zeke observa Margot. Elle s'arrêta le temps de cueillir une fleur jaune et la glissa dans sa queue-de-cheval.

Quand ils atteignirent un plateau, ils firent une pause pour admirer la vue.

— C'est splendide, commenta-t-elle. J'adorerais amener Liam ici. Mais il faudrait que je loue un chalet ou une maison. La propriété où nous séjournons n'est pas adaptée pour un enfant de son âge.

— Je suis d'accord. C'est plutôt un sanctuaire pour adultes. Si tu veux, je peux demander aux gardiens s'ils ont un logement à me conseiller.

— Volontiers. J'ignore si Liam est déjà allé à la montagne. Il y a encore beaucoup de choses que je dois découvrir sur mon fils. Il aime discuter le soir, avant de dormir. C'est à ce moment-là que j'apprends vraiment à le connaître.

— Il était bavard le soir où je l'ai bordé. Il m'a posé beaucoup de questions.

— Quel genre de questions ?

— Eh bien… il voulait savoir si j'allais me remarier ou avoir des enfants. Il m'a demandé la même chose sur toi.

— C'est vrai ? s'étonna-t-elle.

— Il espère que tu te remarieras un jour. Il aimerait avoir un père adoptif, ainsi que des frères et sœurs.

— Oh ! mon Dieu ! J'ignorais qu'il avait ce genre de pensées.

Elle parut songeuse.

— Liam est très attaché à toi, et je craignais qu'il commence à te considérer comme une figure paternelle. Il n'a pas mentionné la possibilité que tu deviennes son père, dis-moi ?

— Non. Il a évoqué l'idée que tu épouses quelqu'un d'autre. D'ailleurs, c'était un peu difficile à accepter pour moi. Je sais que nous sommes divorcés, néanmoins je n'ai jamais vraiment imaginé que tu aurais un nouveau mari.

Elle soupira.

— Je ne suis pas prête pour ça de toute façon. J'ai une liaison avec toi, et je viens de perdre mon travail. Les choses sont compliquées pour moi en ce moment.

— Pour moi aussi. J'allais bien quand nous sommes arrivés ici mais, hier soir, je ne savais plus où j'en étais. C'est pour cette raison que je suis allé nager seul.

Elle joua avec la fleur dans ses cheveux.

— De quoi parles-tu ? Je ne te suis pas.

Il l'étudia, rassemblant la force de lui avouer la suite.

— Je ne voulais pas me rapprocher de toi à ce point.

Nous sommes censés n'être que des amants. Des amis. Mais pour moi, les choses ont changé.

Il marqua un temps, sentant son cœur battre à coups redoublés.

— Je t'aime, Margot. Je suis retombé amoureux de toi. Et, franchement, je ne sais pas du tout ce que je dois faire.

- 11 -

Margot était incapable de prononcer le moindre mot. Elle avait besoin d'un instant pour empêcher ses jambes de se dérober, ses mains de trembler.

Zeke l'aimait ?

Une crainte monta en elle. Celle de l'aimer aussi. Le seul fait de l'entendre dire qu'il l'aimait, de savoir qu'il éprouvait des sentiments pour elle créait un tunnel vers le passé, vers toutes ces années durant lesquelles elle avait été amoureuse de lui.

Elle soutint son regard. Il l'observait de près, semblant guetter sa réaction.

Enfin, elle rassembla le courage de parler.

— Je comprends que tu sois tiraillé. Mais qu'est-ce qui t'a poussé à me dire ce que tu ressentais ? Je trouve bizarre que tu m'en parles justement le jour où je perds mon emploi.

Il secoua la tête.

— J'ignorais que ta série allait être annulée.

— Mais tu n'as jamais voulu que je joue dans cette sitcom. Tu n'as jamais voulu avoir une actrice dans ta vie.

— C'est vrai, et pourquoi le voudrais-je ? J'ai passé ma jeunesse à vivre dans le chaos engendré par la célébrité de ma mère. Les paparazzis en permanence, l'invasion de la vie privée de ma famille, les inconnus qui nous traquaient, qui fouillaient nos poubelles.

— Je sais tout cela.

Il le lui avait seriné dès le début de leur relation. Elle avait vu comment la célébrité d'Eva avait affecté Bailey aussi.

— Je ne suis pas naïve, je sais que c'était difficile pour toi. Mais j'avais le droit de poursuivre mes rêves et mes buts.

— Je n'essayais pas de te voler ton bonheur. Mais je ne pouvais pas passer mes jours à redouter que tu deviennes aussi célèbre que ma mère un jour.

— Tu ne devrais pas m'aimer. Ce n'est pas bon pour toi. Ni pour moi, d'ailleurs.

— Je le sais bien. Mais je ne peux pas m'empêcher de ressentir ce que je ressens. Si la situation était différente, je te demanderais de m'épouser à nouveau, de prendre un nouveau départ. Mais rien n'a changé, et cela fait aussi mal qu'avant.

Son aveu était douloureux à entendre, et son air torturé la peinait aussi. Elle voulut le toucher, le réconforter. Mais elle garda les mains contre ses côtes.

— Je crains d'être amoureuse de toi, avoua-t-elle. Mais même si c'était le cas, je n'abandonnerais pas ma carrière et je ne cesserais pas d'être qui je suis. Ça me détruirait.

— C'est ce qui rend les choses si difficiles. Nous sommes déjà passés par là, et nous avons fini par nous détester.

— Nous ne sommes pas obligés d'en arriver là, cette fois, dit-elle en se rapprochant de lui. Nous pouvons rester amis.

— Et notre liaison ? Tu veux continuer à coucher avec moi ?

Elle frissonna. Partager son lit ne ferait que créer plus de souffrance. Pourtant, elle répondit :

— Nous pouvons peut-être le faire.

— Combien de temps ?

— Je ne sais pas.

Elle jouait avec le feu et, tôt ou tard, elle se brûlerait, forcément.

— Mais je ne peux pas supporter l'idée de renoncer à toi maintenant, ajouta-t-elle.

— Je n'y suis pas prêt, moi non plus. Pourtant, je le devrais.

Il leva les yeux au ciel. Cherchait-il une intervention divine, quelque chose ou quelqu'un pour le raisonner ? La seule chose qu'elle vit fut un banc de nuages qui cachait le soleil.

— Nous sommes tous les deux en pleine confusion, conclut-elle.

— Oui. Mais j'ai vraiment envie de t'embrasser maintenant.

— M'embrasser, c'est tout ?

Elle voulait faire l'amour, et tant pis si c'était dangereux. Elle était en plein conflit intérieur et n'arrivait pas à contrôler son désir.

— Je pense que nous devrions faire plus, avança-t-elle.

— Tu es sûre que c'est le moment et le lieu pour ça ? demanda-t-il d'un ton prudent.

Elle regarda autour d'eux.

— Ici, dans les collines, au milieu des fleurs ? Ça me paraît parfait.

Il se pencha vers elle.

— Alors qui suis-je pour te dire non ?

Heureuse qu'il accède à sa demande, elle l'attira vers le sol. Ils s'embrassèrent, encore et encore, tenaillés par la douleur, la peur, le désir. C'était un mélange détonnant. Un tourbillon d'émotions. Déjà, la tête lui tournait.

Elle retira rapidement ses bottes, son jean et sa culotte.

Elle portait une tunique qui faisait office de robe, qu'elle choisit de garder.

Quant à Zeke, il enleva uniquement son jean et son caleçon. Margot grimpa sur lui. Ici, personne ne pouvait les voir. Ils étaient sur une colline au milieu de nulle part.

Zeke était déjà prêt. Et elle aussi. Sans plus attendre, elle descendit sur lui, poussant un gémissement.

— Si seulement…, murmura-t-il.

Elle savait exactement ce qu'il voulait dire. Si seulement ils pouvaient bâtir une vie ensemble, si seulement leurs différences ne faisaient pas obstacle… Mais elle n'avait pas envie d'en parler. Elle voulait se concentrer sur le sexe. Pourtant, tandis qu'elle se mouvait de bas en haut tout en ondulant des hanches, elle prit conscience qu'elle aimait Zeke, tout comme il l'aimait.

Malgré tout, peu importait qu'elle partage ses sentiments. Cela ne changeait rien à leur situation. Elle n'allait pas l'épouser une seconde fois. Elle n'allait même pas continuer à coucher avec lui. Il fallait que cette journée marque la fin de leur liaison. Tout était différent maintenant que l'amour faisait partie de l'équation. S'ils continuaient à être amants, ils ne feraient que souffrir davantage. Ils n'étaient pas faits l'un pour l'autre, voilà tout.

Elle le chevaucha avec toute la passion qui faisait rage en elle, grattant le sol de ses ongles. Le lendemain, elle lui annoncerait qu'ils ne pouvaient plus poursuivre leur histoire, que tout était fini.

De toute façon, le lendemain, ils rentreraient chez eux. Cette escapade touchait donc à sa fin. Pour l'heure, elle avait simplement besoin de se perdre dans leur désir mutuel et de les conduire tous deux à la jouissance, aussi vite et aussi fort qu'elle le pouvait.

Le lendemain matin, Margot se réveilla tard. Zeke n'était pas à côté d'elle dans le lit, mais elle ne s'inquiéta pas de son absence. Au lieu de quoi, elle songea qu'elle devait faire ses bagages. Bien entendu, il lui fallait aussi contenir ses émotions et déterminer ce qu'elle allait dire à Zeke.

Devait-elle lui avouer qu'elle l'aimait ? Ou simplement lui annoncer qu'elle mettait un terme à leur liaison ? Elle décida qu'il était plus juste de tout lui dire. C'était étrange de l'aimer à nouveau. Mais peut-être n'avait-elle jamais cessé. Peut-être avait-elle réprimé ses sentiments toutes ces années, prétendant être indifférente alors qu'elle avait toujours des sentiments pour lui. Mais quelle importance, au fond ? L'amour n'était pas la réponse à ses problèmes. Il n'y avait pas d'avenir pour eux, en dehors d'une amitié. Ils étaient tous les deux allés trop loin, et maintenant, elle devait revenir en arrière et espérer que tout irait pour le mieux.

Après s'être douchée et habillée, elle se mit à la recherche de Zeke. À présent, elle avait hâte de lui parler. Elle ne le trouva pas dans la cuisine mais constata qu'il avait préparé du café. Elle se servit une tasse qu'elle dilua avec de l'eau chaude. Elle avait toujours trouvé le café de Zeke trop fort pour elle. Elle ajouta du lait et du sucre, en se demandant où pouvait bien être son ex-mari.

Peut-être près de la piscine, songea-t-elle. En effet, elle le trouva assis sur une chaise dans un coin du jardin, en train de regarder l'eau du bassin. Il semblait d'humeur maussade, toutefois elle le trouva très séduisant dans son T-shirt blanc, son jean troué et ses baskets noires.

Il leva les yeux quand elle marcha vers lui. Ces moments en sa compagnie lui manqueraient. Même maintenant, elle avait envie de l'attirer dans leur lit et de continuer leur liaison un jour de plus.

— Tu te joins à moi ? demanda-t-il, brisant le fil de ses pensées.

Comme elle ne répondait pas, il montra la chaise vide à côté de la sienne. Nerveuse, elle prit place et posa son café sur la table basse.

— Je suis désolé d'avoir disparu. Je ne pouvais pas rester enfermé.

— Depuis combien de temps es-tu assis ici ?

— Depuis l'aube. J'ai regardé le soleil se lever.

— Tu as mangé ?

C'était une question sans intérêt, mais elle n'avait pas trouvé mieux.

— J'ai pris des toasts à la confiture. Et toi ?

— Juste un café pour l'instant. Je n'ai pas très faim.

Assez de banalités, décida-t-elle. Il était temps de passer aux choses sérieuses.

— Zeke ?

Il plongea le regard dans le sien.

— Oui ?

— Ce que tu m'as confié… ça m'est arrivé aussi. Je parle de l'amour, précisa-t-elle.

Il poussa un soupir tremblant.

— Mince. C'est vrai ?

— Oui. Je crois que ça dure depuis un moment. Il est très possible que je n'aie jamais cessé de t'aimer, et que je ne m'en rende compte que maintenant.

Il se pencha vers elle.

— C'est peut-être ce qui s'est passé pour moi aussi, avança-t-il.

— Peut-être. Mais l'amour ne nous sauvera pas. Notre

liaison doit cesser, pour de bon cette fois. À quoi bon coucher ensemble si c'est pour souffrir davantage plus tard ?

Il se rembrunit.

— Je ne veux pas continuer à souffrir, pas plus que toi, Margot. Mais j'aimerais que nous puissions avoir une vraie relation. Tu ne peux pas reconsidérer tes choix professionnels ?

— Et abandonner la comédie parce que ma série s'arrête ? Ça ne m'a pas réussi la première fois, et ce n'est pas la solution cette fois non plus.

— Mais que vas-tu faire ? L'essentiel de ta carrière tourne autour du même personnage.

— Je sais. Et c'est effrayant de penser que je ne l'interpréterai plus jamais. Mais peut-être que perdre ce rôle est un mal pour un bien. Ça me pousse à tenter quelque chose de différent.

Elle réfléchit aux possibilités qui s'offraient à elle.

— Je voulais déjà me tourner vers le cinéma, et ce pourrait être l'occasion d'obtenir un rôle marquant.

— Et de te libérer de moi au passage ? Bon sang, j'ai l'impression que je divorce une nouvelle fois !

— Moi aussi. Au moins, nous sommes courtois l'un envers l'autre. La dernière fois, nous étions comme chiens et chats.

Il afficha un sourire triste.

— Nous n'étions pas amis comme nous le sommes maintenant. Alors, il y a du progrès, au moins.

Il porta son regard vers les collines.

— Quand nous retournerons en ville, je vais réserver un vol au départ de Los Angeles.

— Ah ? s'étonna-t-elle. Pour aller où ?

— Samoa. J'ai besoin de passer du temps avec mon grand-père. Il a toujours su apaiser mes maux.

Elle avait des souvenirs merveilleux de leur lune de miel à Samoa. Les plages de rêve, les forêts tropicales, le romantisme de leur statut de jeunes mariés.

— Tu transmettras mes amitiés à ton grand-père ?

— Bien sûr.

Il se leva de toute sa hauteur.

— Je devrais aller faire mes bagages.

— J'ai déjà fait les miens, alors je vais rester ici et finir mon café. Je suis désolée de la tournure que les événements ont prise.

— Moi aussi.

Il fit quelques pas puis se retourna vers elle.

— Je vais sans doute t'aimer pour toujours. Mais c'est horrible d'aimer quelqu'un qu'on ne peut pas avoir.

Elle réprima une montée de larmes.

— C'est la même chose pour moi.

C'était terrible d'aimer quelqu'un qui ne pouvait pas comprendre ses choix de carrière, qui ne pouvait pas être le partenaire de toute une vie dont elle avait besoin. Zeke demeurerait pour toujours le mari qu'elle avait aimé et perdu.

Quand Margot revint de son escapade à la montagne, elle découvrit que Liam était malade.

Était-ce parce qu'elle était partie ? Parce qu'elle avait menti à sa mère sur sa destination ? Parce qu'elle avait cru que Liam n'aurait pas besoin d'elle ? La culpabilité la tenaillait à présent.

— Pourquoi ne m'as-tu pas prévenue qu'il ne se sentait pas bien ? demanda-t-elle à sa mère. Je serais revenue tout de suite.

— Les symptômes n'ont commencé qu'aujourd'hui. Je crois que c'est juste un rhume. Il n'a pas de fièvre, il n'a pas mal à la gorge. Il a juste le nez bouché. Je lui ai donné un décongestionnant et je lui ai dit de se reposer.

Margot était inquiète malgré tout. C'était la première fois que Liam tombait malade depuis qu'elle l'avait adopté.

— Il dort ? s'enquit-elle.

— J'en doute. Quand je suis allée le voir tout à l'heure, il était assis dans son lit et cherchait une vidéo à regarder.

— Il faut que j'aille le voir.

Margot se précipita vers la chambre de son fils. La porte était entrouverte. Elle jeta un coup d'œil par l'embrasure et vit qu'il regardait la télévision, adossé à une pile de coussins.

Elle frappa à la porte pour s'annoncer. Dès qu'il la vit, un grand sourire se peignit sur ses traits.

— Bonjour, maman !

Il mit le film en pause.

— Bonjour, mon chéri.

Elle s'assit au bord du lit.

— Grand-mère dit que tu as un rhume.

— Oui. Je regarde de vieux dessins animés. Il y a un loup qui pourchasse un oiseau très rapide qui fait bip-bip. Mais le loup ne l'attrape jamais.

— Ce n'est pas un loup, c'est un coyote, et l'oiseau est un grand géocoucou. Ce sont de très vieux dessins animés. Ils passaient déjà à la télévision avant même que je sois née.

— C'est vrai ? Incroyable ! C'était bien, ton truc au spa ? Grand-mère dit que tu t'es fait pomponner.

Elle ne savait que dire sur son faux week-end au spa. Elle ne pouvait certainement pas avouer qu'elle avait menti sur sa destination, ou qu'elle souffrait à cause de sa rupture avec Zeke.

— Je suis juste heureuse d'être à la maison avec toi.

— Je suis content que tu sois là, moi aussi. Je commence à avoir faim.

— Je vais te préparer quelque chose. Une soupe et des crackers, ça te dit ?

— Super. Je peux avoir une glace avec de la chantilly, aussi ?

— Entendu. Je te prépare ça tout de suite.

Elle retourna à la cuisine et prépara nerveusement le repas de son fils. Sa mère resta avec elle. Attendait-elle que Margot se calme un peu avant de rentrer chez elle ?

Quand tout fut prêt, Margot apporta un plateau à Liam. Il contenait deux coupes de glace et beaucoup de crackers.

— C'est une soupe aux nouilles et au poulet, dit-elle.

Il sourit.

— Merci, maman. Je t'aime.

— Je t'aime aussi.

C'était un amour si facile, pensa-t-elle. Si différent de l'amour torturé que Zeke et elle ressentaient.

— Je vais te laisser tranquille. Mais envoie-moi un message si tu as besoin de quoi que ce soit.

Elle lui avait offert une montre pour enfant qui lui permettait de communiquer avec elle. Il y avait même un GPS pour permettre de le localiser.

Elle se dirigea vers la porte.

— À tout à l'heure, trésor.

— À tout à l'heure.

Il commença sa soupe et reporta son attention sur le dessin animé.

Margot retourna dans le salon, pensant que sa mère allait partir. Mais June ne semblait guère disposée à s'en aller. Elle se planta sur le canapé.

— Que se passe-t-il ? demanda Margot.

— Je me disais que, pour quelqu'un qui a passé deux jours et demi dans un spa, tu ne sembles pas très reposée.

Parce qu'elle n'était pas allée au spa, pensa Margot, envahie par une nouvelle bouffée de culpabilité.

— Pourquoi aurais-je l'air reposé ? Je suis rentrée à la maison et j'ai trouvé mon fils malade.

— C'est compréhensible. Mais tu semblais bizarre avant de savoir que Liam n'était pas en forme. Je l'ai remarqué dès ton arrivée.

Pourquoi faire semblant plus longtemps ? Maintenant, cela ne servait plus à rien de protéger son secret.

— Je suis désolée, je t'ai menti. J'étais en voyage avec Zeke. Nous avons…

— Vous avez une relation ? demanda poliment sa mère.

— Non. Nous couchons ensemble, c'est tout. Je sais que ça peut paraître brutal, mais je ne vois pas d'autre manière de le dire. Nous avions déjà eu une liaison avant, quelques années après le divorce.

— Ça alors ! Comment ai-je fait pour ne rien remarquer ?

— J'étais douée pour le cacher. Nous nous aimons encore, mais ça ne marchera pas entre nous.

Elle expliqua pourquoi leur relation était vouée à l'échec.

— Ce sont les mêmes raisons pour lesquelles vous avez divorcé, observa sa mère.

— Et cette fois, je n'ai même plus de travail. Pour couronner le tout, la série *Les Années adultes* s'arrête. Les producteurs ont eu un différend avec la chaîne.

— Oh ! trésor ! Je suis vraiment navrée. Je me souviens que tu étais dévastée quand *Les Années jeunesse* a été annulée, et maintenant celle-ci. Tu as eu beaucoup d'épreuves ces derniers temps. Ce n'est pas juste.

— J'accuse le coup, tu peux me croire. Mais je vais dire à mon agent que je suis intéressée par d'autres projets.

Pas de sitcoms. J'aimerais tourner des films. J'ai besoin d'un changement dans ma vie.

— Je suis contente que tu sois décidée à agir. Mais c'est vraiment dommage que tu souffres à cause de Zeke. Pourquoi faut-il qu'il soit si têtu ? Il devrait se battre pour toi, et non baisser les bras.

— Il ne sera jamais capable d'accepter mon métier. Ses problèmes avec la célébrité remontent à loin.

Quand Margot sentit son regard se remplir de larmes, elle détourna la tête pour que sa mère ne la voie pas pleurer.

Zeke ne changerait pas de point de vue, elle le savait. Il y avait déjà trop d'angoisses en lui, trop de tourments anciens que rien ne pourrait apaiser.

- 12 -

Seul sur une bande de sable blanc, Zeke observait les vagues qui s'échouaient sur le rivage. Il était arrivé dans les îles Samoa depuis près d'une semaine. En temps normal, être ici l'apaisait. Mais pas cette fois.

Son grand-père – ou Tama, comme Zeke l'appelait – dirigeait un complexe hôtelier sur la côte ouest d'Upolu. Les clients pouvaient lézarder sur la plage, nager, faire de la plongée et louer des bateaux de pêche. Il y avait un restaurant, un bar et une boutique. Hélas, aucune de ces activités ne pouvait calmer Zeke. Le surf ne le tentait pas non plus, pourtant il n'était qu'à dix minutes en bateau de certains des meilleurs spots de la région.

Margot l'obsédait. Elle était dans sa tête, jour et nuit, et plus il pensait à elle, plus il se sentait seul.

Tama le rejoignit. Zeke se retourna vers son grand-père, aussi grand que lui. Les cheveux de Tama étaient longs et gris, et sa peau burinée était couverte de tatouages. L'art gravé sur son corps était une marque de fierté. Il vivait dans un bungalow au sein du complexe hôtelier, mais quand il était enfant, il habitait dans un *faré* traditionnel, une hutte au sol en pierre, au toit de chaume et dépourvue de murs.

Tama avait rencontré la grand-mère de Zeke ici, sur cette île. Elle était venue en touriste avec un groupe d'amis, et Tama et elle étaient tombés follement amoureux. Peu après, ils s'étaient mariés et avaient eu un fils appelé Joseph. En samoan, il s'appelait Sefa. Mais Sefa n'était pas resté sur l'île. C'était un homme séduisant, un risque-tout qui avait déménagé aux États-Unis, où il était devenu un cascadeur respecté. Il avait épousé une célèbre actrice d'Hollywood.

Et puis, je suis arrivé, pensa Zeke. Le fruit d'une union tragique. Peu après la naissance de Zeke, son père avait perdu la vie. Sa grand-mère était décédée à la même époque. Zeke n'avait aucun souvenir d'eux.

— Comment vas-tu aujourd'hui ? demanda Tama.

Zeke haussa les épaules.

— Comme quand je suis arrivé.

Le vieil homme fronça les sourcils. En général, c'était un homme joyeux et espiègle. Mais il pouvait aussi être sérieux.

— Qu'attends-tu de la vie, Zeke ? Quelle est la chose la plus importante pour toi ?

— Pour être franc ? Je ne sais même plus.

— Alors quelle était la chose la plus importante pour toi quand tu as épousé Margot ?

— Être avec elle et bâtir une vie ensemble. Je nous imaginais avoir des enfants et faire tout ce que les familles font.

Zeke enfonça les pieds dans le sable.

— Mais c'était avant que tout aille de travers.

— Tu te souviens que je t'apprenais la *Fa'a Samoa* quand tu étais enfant ? Te rappelles-tu à quel point c'est important ?

— Bien sûr. C'est le mode de vie samoan.

Des traditions qui remontaient à des milliers d'années. Un code culturel complexe conçu pour apprendre aux gens comment mener leur vie et atteindre le bonheur.

— Et qu'est-ce qui est au cœur de nos coutumes ?

— L'*aiga*. La famille.

— La famille est centrale pour les Choctaws aussi. Ta grand-mère venait d'un groupe soudé, et elle a instillé ces croyances chez ton père. Mais il pratiquait aussi les coutumes samoanes. Il devait apprendre à évoluer dans les deux mondes. Parfois, il vacillait et avait des difficultés avec son identité. C'est l'une des raisons pour lesquelles il s'est exilé en Amérique. Il essayait de se trouver, et finalement, il a trouvé une star de cinéma. Ta mère.

Zeke tenta d'imaginer tous ces moments de la vie de son père.

— Quel genre de relations avaient mes parents ? Je sais qu'ils se sont rencontrés sur le tournage d'un film et qu'ils sont tombés fous amoureux. Mais je ne sais pas grand-chose de leur vie quotidienne. Ma mère n'en parle jamais. Je crois que ça la rend trop triste.

— Elle aimait ton père, et il l'aimait aussi. Leur relation était stable et heureuse. Ils passaient autant de temps ensemble que possible. Mais après leur mariage, Sefa a commencé à s'inquiéter de la célébrité croissante de sa femme. Tout le monde voulait un morceau d'elle, or il souhaitait juste l'avoir pour lui seul.

Zeke l'ignorait.

— Je ne savais pas que mon père avait eu des problèmes avec la carrière de ma mère. Comment les a-t-il surmontés ?

— Comme il ne voulait pas la perdre, il ne lui a pas parlé de ses peurs. Il est simplement devenu le mari dont elle avait besoin, sans qu'elle sache tout ce qui lui avait traversé l'esprit.

— Je suis content qu'il ait pu y parvenir. C'était une

bonne chose, pour eux deux. Mais je ne gère pas mes peurs aussi bien que lui.

Tama secoua la tête.

— Tu es la dernière personne qui devrait avoir peur d'avoir une épouse célèbre. Tu protèges des célébrités. Tu les soutiens, ainsi que leurs familles. Tu leur donnes le meilleur de toi-même. Alors pourquoi ne peux-tu pas offrir cela à la femme que tu aimes ?

— Parce que j'ai besoin que ma vie privée soit calme, et non centrée autour de son personnage public. Ça va peut-être te sembler bizarre, mais j'ai toujours su qu'être le mari d'une vedette serait difficile pour moi.

— Pourtant, tu as épousé une actrice.

— Elle ne l'était pas quand nous nous sommes mariés. Elle avait quitté le milieu, à l'époque.

Zeke regarda un bateau filer sur l'eau.

— Quand Margot a repris sa carrière, j'étais si blessé et furieux que j'avais du mal à avoir les idées claires.

— Tu devrais peut-être parler à ton père de cela. C'était un jeune homme, comme toi, mais il avait résolu ses problèmes.

Zeke expira l'air contenu dans ses poumons. Son grand-père pensait qu'il n'y avait pas de séparation entre la vie et la mort. Il conversait régulièrement avec ses chers disparus, les traitant comme s'ils étaient encore en vie. Mais Zeke n'avait jamais vraiment appris à faire de même.

— Désolé, mais je ne peux pas aller le trouver pour lui parler de mes problèmes, pas comme je peux le faire avec toi.

— Tu le peux certainement. Ton père est décédé aux États-Unis mais c'est ici qu'il est enterré. Et maintenant, c'est ici que son esprit demeure.

— Si je lui parle, va-t-il me répondre ? Va-t-il me dire quoi faire ? Ou comment composer avec la situation ?

— Il pourrait bien, répondit Tama. Mais tu ne le sauras jamais si tu n'essaies pas.

Le vieil homme lui donna une tape sur l'épaule.

— Je dois retourner travailler. Quoi qu'il se passe maintenant, c'est à toi de décider.

Zeke regarda son grand-père partir, se sentant plus seul et plus perdu que jamais. Il se passa la main dans les cheveux, se demandant s'il devait essayer de parler à son père.

Mais comment procéderait-il ?

Il ne pouvait pas le faire ici. Des touristes venaient d'arriver. Ils avançaient dans sa direction, leurs équipements de plongée dans les bras.

Des vacanciers heureux, pensa-t-il.

D'autres gens jouaient et s'amusaient pendant que lui cherchait le meilleur endroit pour discuter avec un homme décédé qu'il n'avait jamais vu.

Devait-il trouver un coin reculé près du lagon ? S'asseoir sous un cocotier ? Ou simplement retourner dans sa chambre ?

Zeke choisit la dernière option. Il regagna le bungalow mais resta devant la porte, ne sachant pas du tout par où commencer.

Peut-être devait-il s'accorder plus de temps. Il ne pouvait pas se forcer à parler à son père s'il n'était pas prêt.

Il décida de se rendre dans la boutique de cadeaux. Il rapportait toujours des souvenirs de l'île pour sa mère et sa sœur. Peut-être pourrait-il acheter quelque chose pour Margot et Liam cette fois. Après tout, il était toujours ami avec Margot. C'était une amitié douloureuse, mais une amitié tout de même.

Lucy, la vendeuse, salua Zeke par un sourire. Elle gérait la boutique d'aussi loin que Zeke se souvienne. C'était une femme au visage large et aux yeux pétillants. Elle avait grandi dans le même village que Tama et avait une flopée de petits-enfants.

Zeke inspecta les rayons. Il choisit un bol à kava pour Bailey, un éventail en feuille de cocotier pour sa mère et un T-shirt orné d'un dessin tribal pour Liam. Choisir un cadeau pour Margot n'était pas si aisé. Rien ne lui semblait adéquat. À nouveau, il fit le tour des rayons. Il finit par repérer un petit panier rempli de pierres peintes.

Elles étaient marquées de mots et de phrases samoanes sur leur surface, leurs traductions étant inscrites de l'autre côté.

« Bienvenue », « bonne journée », « s'il vous plaît », « non » et « merci ». Un autre groupe de pierres se rapportait à la famille : « père/grand-père », « mère/grand-mère », « frère/sœur », « tante/oncle », et « cousin ». Les pierres « mari » et « femme » attirèrent particulièrement son attention.

Devait-il les acheter ? Zeke observa à nouveau les galets. L'un d'eux portait l'inscription « amour ».

Plutôt que de trop réfléchir, il apporta les trois pierres « mari », « femme » et « amour » sur le comptoir avec ses autres achats. Lucy encaissa son règlement et rangea le tout dans un sac avant de lui souhaiter une bonne journée.

En chemin vers son bungalow, Zeke décida de parler à son père, à voix haute.

— Bonjour, papa. Je suis désolé de ne m'être jamais confié à toi auparavant. Tout est si nouveau pour moi… J'essaie de trouver quoi dire.

Il continua à marcher dans le sable.

— J'ai été marié, mais peut-être que tu le sais déjà.

Peut-être que Tama t'a parlé de mon mariage, qui remonte à des années.

Il jeta un coup d'œil au sac qu'il portait.

— Quoi qu'il en soit, je viens d'acheter un cadeau à mon ex-femme.

Il marqua un temps puis ajouta :

— Je suis encore amoureux d'elle, et je veux être avec elle, mais son métier me pose problème. Elle est actrice, comme maman. Tama a dit que tu avais du mal avec la célébrité de maman, mais que tu avais surmonté tes difficultés.

Zeke expliqua son enfance, racontant à quel point elle avait été chaotique pour lui. Il parlait encore quand il entra dans le bungalow.

S'asseyant sur le lit, il posa les pierres sur le matelas.

— C'est ce que j'ai acheté pour Margot.

Il n'y eut pas de réaction de son père. Zeke n'entendit pas de voix, ne remarqua aucun signe d'un esprit. Mais quand il regarda dans le miroir de l'autre côté de la pièce, il découvrit une vision troublée de lui-même. Il vit un homme qui avait fait du mal à la femme qu'il aimait.

Était-ce ce que son père voulait qu'il voie ? Le message qu'il était en train de lui faire parvenir ? Un message qui avait toujours été là, pensa Zeke.

Il rompit le contact visuel avec lui-même et étudia la pierre « mari », se sentant honteux d'avoir été un piètre époux. Margot méritait mieux, beaucoup mieux de sa part.

Il reprit sa conversation avec son défunt père.

— Tu as été un bon mari pour ma mère. Tu as bien agi, tu lui as prouvé que tu l'aimais, et elle ne sait même pas quel sacrifice tu as fait pour elle.

Les regrets le poignardèrent en plein cœur.

— Je n'étais pas comme toi. Je n'ai pas été à la hauteur

pour ma femme. Elle est tout pour moi, pourtant je l'ai quittée.

Il saisit la pierre « amour ».

— Je veux être là pour elle à présent. Je veux être le genre d'homme que j'aurais dû être depuis le début. Lui prouver que je l'aime, pas seulement par les mots, mais par les actes.

Il replia les doigts autour du galet.

— Mais acceptera-t-elle de me reprendre ? Croira-t-elle que je peux changer ?

Oui, il pouvait changer. Il le savait, il le sentait. Il avait passé bien trop d'années à s'inquiéter de la façon dont la célébrité de Margot l'affecterait, au lieu de se concentrer sur ses vœux d'amour et d'engagement.

C'était différent désormais. Il était prêt à tout faire pour la reconquérir, et pour la soutenir, qu'elle soit célèbre ou non.

Pourtant, l'éventualité qu'elle le rejette le terrorisait. Après la façon dont il avait agi, il redoutait le pire.

— Tu crois qu'elle me reprendra ? demanda-t-il à son père.

Seule Margot avait la réponse à cette question.

Le jour de son retour à Los Angeles, Zeke décida de passer chez sa mère. Son soudain besoin de la voir était sans doute lié à sa tentative de communion avec son père. Néanmoins, sa visite serait brève. Il n'était pas en état de rester plus longtemps car il pensait sans cesse à Margot. Quand devait-il lui téléphoner ? Ce soir ? Demain ?

Il se gara dans l'allée circulaire puis monta les marches du perron. Un employé de maison l'accueillit et l'informa que sa mère allait recevoir pour le thé. Apparemment, il tombait mal. Il s'aventura tout de même dans le jardin.

Il trouva sa mère en train de s'affairer autour de la table. Elle était élégante, comme toujours. Aujourd'hui, elle portait un chemisier à volants ainsi qu'un pantalon en lin, et avait relevé ses cheveux en chignon.

— Zeke ! s'exclama-t-elle en souriant. Je te croyais à Samoa.

— Je suis revenu plus tôt que prévu. Désolé de passer à l'improviste. Je voulais juste te dire que j'ai passé de bons moments avec Tama.

Il avait aussi parlé à son père défunt. Mais il aborderait ce sujet une autre fois.

— Je voulais aussi te donner ça.

Il lui tendit l'éventail en feuille de cocotier.

— Merci. C'est splendide.

Elle le posa à côté d'un panier de fleurs qui faisait office de centre de table.

— Je dois te prévenir, ta sœur ne va pas tarder, et elle sera accompagnée de June et de Margot. C'est pour elles que j'ai préparé ce goûter.

Il crut que son cœur allait bondir hors de sa poitrine.

— Dans ce cas, je ferais mieux de m'en aller.

Il n'avait aucune intention de s'imposer.

Il hésita un instant puis demanda :

— Je suppose que tu es au courant de ma liaison malheureuse avec Margot ?

Elle hocha la tête.

— June m'a téléphoné. Elle s'inquiétait pour sa fille. C'est pour cela que je les ai invitées. Pour essayer d'apaiser la peine de Margot et discuter entre femmes.

— C'est gentil de ta part.

Il était content que sa mère veuille aider Margot.

— J'ai tout gâché, mais je veux me remarier avec elle. Je veux soutenir ses espoirs et ses rêves. Je veux être l'époux exemplaire que j'aurais dû être la première fois. Mais aujourd'hui, ce n'est pas le bon moment pour lui parler.

— Oh ! mon fils ! C'est toujours le bon moment pour dire à une femme ce que tu ressens.

— Alors ça ne t'ennuie pas si je reste ?

À présent, il n'avait plus envie de partir.

— Bien sûr que non, assura-t-elle, posant la main sur la joue de Zeke. J'ai confiance en toi.

Mais Margot ressentirait-elle la même chose envers lui ?

— J'espère qu'elle ne pensera pas que nous l'avons piégée.

— J'expliquerai que tu es passé par hasard. C'est la vérité, après tout.

Peu de temps après, Bailey, June et Margot arrivèrent. Mais Zeke n'avait d'yeux que pour Margot. Elle était charmante dans sa robe jaune pâle qui tourbillonnait autour de ses hanches. Dès qu'elle le vit, elle s'arrêta net.

Comme promis, sa mère intervint aussitôt.

— Zeke vient de revenir de Samoa et il est passé m'apporter un cadeau. Il ne savait pas que tu serais présente.

— Tu ne restes pas ? demanda Margot.

— Si. Mais pas pour le thé. Maintenant que tu es là, j'espérais que nous pourrions discuter. Si nous nous promenions dans le labyrinthe ?

Le lieu où ils s'étaient mariés, pensa-t-il. Cela lui semblait être un endroit adéquat pour remettre son cœur en jeu.

Elle accepta de l'accompagner. Ils quittèrent la roseraie et se dirigèrent vers le labyrinthe, qui contenait trente-neuf fontaines et des centaines de sculptures en métal.

Margot risqua un regard vers lui. Elle attendait manifestement qu'il parle. Mais il ne savait pas par où commencer. Quand ils atteignirent la première fontaine, il était encore plus nerveux. Toutefois, il ne pouvait pas temporiser éternellement. Il fallait qu'il se lance.

— J'ai fait beaucoup d'erreurs stupides dans le passé, et je t'ai fait du mal. J'en suis navré. Sincèrement. Mais je suis prêt à te donner ce dont tu as besoin. Je veux te soutenir dans ta carrière et être à tes côtés.

Elle tressaillit.

— Depuis quand ?

— Depuis que j'ai fait un peu d'introspection à Samoa. Ma peur d'avoir une femme célèbre a gâché notre mariage. Ça m'a rendu fou alors que ça aurait dû me donner de la force et faire de moi un meilleur mari. Je n'ai pas été à la hauteur du défi. Je ne croyais pas en notre amour comme je l'aurais dû.

Il lui raconta toute l'histoire, y compris la partie qui impliquait son père. Il mentionna le cadeau qu'il lui avait acheté et le rôle qu'avaient joué ces pierres.

Elle répondit d'une voix douce :

— C'est merveilleux que tu aies établi un lien spécial avec ton père et que mon cadeau t'y ait aidé. Mais comment puis-je être sûre que, si nous nous remettons ensemble, tu ne vas pas fuir à nouveau ?

— Parce que je suis plus fort désormais.

Ils s'installèrent sur un banc.

— Je le jure, Margot.

— Je ne sais que penser, Zeke. Et si je tourne des films et que ma carrière décolle au-delà de mes plus folles espérances ? Et si tes pires craintes se réalisent et que je deviens aussi célèbre que ta mère ?

— Alors je renforcerai ton équipe de sécurité. Je serai ton garde du corps personnel, en plus d'être ton mari. Je ferai tout ce qu'il faut pour donner un semblant de normalité à notre vie, sans compromettre ta carrière.

Elle noua les mains dans son giron.

— En théorie, c'est parfait. Mais si ça ne marche pas, nous ferons face à une autre rupture. J'ai peur de prendre un engagement envers toi et que tout finisse par s'écrouler. Je dois aussi préserver Liam.

— La dernière chose que je veux, c'est mettre le chaos dans notre vie. Je t'aime, et j'aime ton fils. Je serais honoré de l'adopter et de devenir son père. Mais il faut que tu croies en moi, Margot. Il faut que tu me fasses confiance. J'ai besoin de ton aide pour m'aider à effacer le passé et à repartir de zéro.

— C'est tout ce que j'ai toujours voulu, mais maintenant ça semble irréel. C'est comme un rêve qui pourrait se briser.

— Je comprends.

Il ne pouvait pas chasser les craintes de Margot. Il n'arrivait à affronter les siennes que depuis peu.

— Nous pouvons y aller en douceur si cela peut te rassurer, suggéra-t-il. Nous pourrons faire des sorties publiques ensemble. Comme ça, tu pourras voir à quoi notre nouvelle relation ressemblera.

S'il ne tenait qu'à lui, il l'épouserait dès le lendemain. Mais ce n'était pas à lui de décider.

— J'apprécie tout ce que tu dis, et tout ce que tu proposes, mais, que nous allions vite ou lentement, le résultat pourrait être le même.

Il posa la main sur le genou de Margot, ayant besoin de la toucher.

— Je suis prêt à prendre le risque.

— Mais j'ignore si, moi, je le suis. J'ai besoin de temps pour y réfléchir.

— Je te laisserai autant de temps qu'il te faudra.

Il n'y avait rien de plus qu'il puisse dire pour la

convaincre. Rien qu'il puisse faire, excepté espérer qu'elle l'aime suffisamment pour décider qu'il valait la peine de prendre des risques.

Margot retourna seule dans la roseraie. Zeke s'en alla sans dire au revoir à leurs mères et à Bailey.

Lorsqu'elle arriva à table, le thé et les scones étaient déjà servis. Les trois femmes l'observaient, l'air nerveux.

— Où est Zeke ? demanda Bailey.

— Il est rentré chez lui, répondit Margot. Il me laisse du temps pour réfléchir. Pour faire le tri dans mes émotions.

— Tu n'as pas repris mon fils ? demanda Eva d'un ton doux.

— Non, je suis désolée. Je l'aime désespérément, mais je suis perdue.

Son pouls battait si vite que la tête lui tournait.

— Zeke dit qu'il a changé, mais je crains que les problèmes d'autrefois resurgissent. Tout est si déroutant.

— Tu devrais t'asseoir et te détendre, suggéra Bailey. Tu veux du thé ?

— Oui, merci.

Elle prit une chaise et accepta la tasse que sa meilleure amie lui avait servie. Dans le silence qui s'ensuivit, elle sentit trois paires d'yeux sur elle. Margot but quelques gorgées de thé à la bergamote avant de prendre la parole.

— Zeke veut m'épouser à nouveau et adopter Liam. Mais comment puis-je me marier avec lui alors que je suis tiraillée ?

Elle regarda sa mère, assise face à elle.

— Je me souviens à quel point tu étais dévastée quand papa est parti. Je t'ai souvent entendue pleurer.

Sa mère soupira.

— C'est terrible de voir la personne qu'on aime vous

quitter. Mais ton père n'est jamais revenu. Ce n'est pas la même situation.

— Zeke ne cesse de revenir vers moi, d'une manière ou d'une autre. Mais je redoute une nouvelle rupture. Comment puis-je être sûre qu'il a vraiment changé ?

— Tu ne peux pas, répondit June. Parfois, il faut simplement croire ce que l'autre dit. Lui faire confiance.

Eva acquiesça d'un signe de tête. Il était manifeste que les deux mères voulaient que Margot laisse une chance à Zeke. Mais elle ignorait si elle en était capable.

Elle se tourna vers la sœur de Zeke.

— Et toi, qu'en penses-tu ?

— Moi ? demanda Bailey. Je veux juste que tu sois heureuse, quoi que tu décides. Et je veux que Zeke soit heureux. Dans un monde parfait, vous seriez ensemble. Mais les mondes parfaits requièrent beaucoup d'efforts et, dans ton cas, cela impliquerait que tu lâches prise sur le passé.

Bailey cassa un morceau de son scone, répandant des miettes dans son assiette.

— Je n'ai jamais été amoureuse et je n'ai jamais eu de relation comme la vôtre, reprit son amie. Mais j'ai passé une partie de ma vie à vous voir trébucher, mon frère et toi.

— Mais Zeke n'en est plus à ce stade, confia Margot. Il affirme qu'il a trouvé son équilibre.

L'homme qu'elle aimait lui offrait son cœur comme il ne l'avait jamais fait auparavant, et il promettait de lui donner tout ce qu'elle avait toujours désiré. Pourtant, elle demeurait incertaine. Et elle avait toujours terriblement peur de souffrir.

- 13 -

Une semaine plus tard, Margot se réveilla un matin dans un état de détresse. Elle était toujours inquiète pour l'avenir. Une chose était sûre : sa peur de souffrir était liée aux abandons qu'elle avait subis. Le départ de son père, puis son divorce et le fait d'avoir perdu Zeke. Elle aurait tant voulu que son mariage fonctionne, que Zeke soutienne ses choix professionnels comme elle avait encouragé les siens, qu'il respecte leurs vœux de mariage, qu'il fasse des compromis…

Margot écarta les draps et sortit du lit. Elle se dirigea vers la commode, dans laquelle elle avait rangé les pierres samoanes offertes par Zeke. Il avait laissé à sa sœur le soin de lui donner son cadeau, ainsi que le T-shirt qu'il avait acheté pour Liam. Bailey avait tout déposé chez elle la veille au soir.

Ces jolies petites pierres lui rappelaient le quartz rose dans la maison au cœur de la montagne. Pour cette raison, elles la rendaient nerveuse. Il fallait dire que tout ce qui concernait Zeke mettait ses nerfs à vif.

Dans l'espoir de se ressaisir, elle se rendit dans la salle de bains. Elle se passa de l'eau sur le visage, se brossa les dents et noua ses cheveux rebelles en queue-de-cheval. Toujours vêtue de son pyjama, elle alla dans la cuisine pour se servir un café. Elle avait programmé la cafetière la veille au soir afin d'avoir du café chaud ce matin. Puisque c'était samedi, elle passerait la journée avec son fils. Mais elle n'avait pas encore de programme.

Elle s'appuya contre le plan de travail pour boire son café. Elle avait déjà annoncé à Liam que sa série avait été annulée. Étonnamment, il avait bien pris la nouvelle. Elle lui avait assuré qu'ils auraient de quoi vivre jusqu'à ce qu'elle trouve un autre travail. Ses finances n'étaient pas un problème. Heureusement, elle n'était pas obligée d'accepter le premier rôle venu.

Margot avait envie de jouer des choses différentes, loin du personnage espiègle qu'elle interprétait depuis l'enfance. C'était un risque, et ce ne serait peut-être pas facile, mais elle voulait tenter sa chance.

Elle fixa sa tasse, surprise par le fil de ses pensées. Elle avait envie de prendre des risques pour sa carrière, mais pas pour sa relation avec l'homme qu'elle aimait ?

— Bonjour, maman.

Elle leva les yeux vers Liam. Il était adorable avec son pyjama froissé et ses cheveux emmêlés.

— Bonjour, dit-elle en souriant. Tu es bien matinal.

— Je n'arrivais pas à dormir.

— Moi non plus.

Elle avait très peu dormi toute la semaine.

— Tu veux un petit déjeuner ? proposa-t-elle.

— D'accord, mais est-ce que je peux le faire ?

— Bien sûr. Que veux-tu préparer ?

— Des fruits et des céréales.

C'était un petit déjeuner qu'il pouvait réaliser seul.

— Céréales froides ou chaudes ?

— Je les préfère froides.

— Moi aussi. Je prendrai la même chose que toi.

Il choisit sa marque préférée de riz soufflé et prépara les fruits : fraises, myrtilles et bananes. Il rinça les fraises et les myrtilles, puis pela les bananes et les trancha. Margot adorait le regarder faire.

— Comment ça se fait que Zeke ne vienne plus en ce moment ? demanda-t-il.

— Il était à Samoa, il est rentré la semaine dernière. Il nous a rapporté des souvenirs. Je te donnerai le tien après le petit déjeuner.

— Super. Il rendait visite à son grand-père ?

— C'est ça.

Et maintenant, il voulait fonder une famille avec Margot. À cette pensée, une douleur lui serra le cœur. Une douleur qui pouvait être apaisée, se rappela-t-elle. Tout ce qu'elle avait à faire, c'était accepter la proposition de Zeke.

Mais était-elle prête ?

Liam versa les fruits dans un bol.

— Zeke m'a dit que le père de Bailey l'a adopté quand son premier père est mort. C'est drôle que sa mère soit si connue. Bailey et lui semblent normaux. On ne dirait pas qu'ils ont grandi dans une immense maison.

— En fait, leur enfance n'était pas si normale. Les photographes les suivaient partout.

— Tu crois que ça va nous arriver un jour ?

— Je ne sais pas. Mais si c'est le cas, Zeke renforcera notre protection.

Il avait offert bien plus que cela. Mais elle ne pouvait pas raconter à Liam toute l'histoire.

Son fils prit une myrtille et la glissa dans sa bouche.

— Ton agent t'a décroché une audition ?

— Non. Ces choses-là prennent du temps. Ça n'arrivera pas du jour au lendemain.

— Tu pourrais jouer une super-héroïne. Comme ça, je pourrais dire à tout le monde que ma maman combat le crime. À moins que tu joues une méchante. Mais ce serait bien aussi.

Il pencha la tête.

— Ça va te manquer d'être Fiona ?

Liam faisait allusion au personnage qu'elle avait interprété durant des années.

— Il y aura toujours une place dans mon cœur pour elle. Mais je veux prouver que je peux être quelqu'un d'autre que Fiona.

Tout comme Zeke voulait prouver qu'il pouvait être une version différente de lui-même. Mais lui ne jouait pas un personnage.

Ce qu'il proposait était bien réel.

Margot sentit son cœur se serrer. Elle devait croire Zeke, lui faire confiance, se débarrasser de ses peurs et renouer avec lui. Si elle était prête à prendre des risques dans sa carrière, ne devait-elle pas être capable de prendre des risques avec l'homme qu'elle aimait ?

L'homme qu'elle avait toujours aimé, rectifia-t-elle. Elle avait besoin de Zeke Mitchell autant qu'il avait besoin d'elle. Vivre le reste de ses jours sans lui paraissait impossible. Au diable sa peur de l'abandon.

— Ça va, maman ?

Elle reporta son attention sur son fils. Il avait un père potentiel. Tout comme elle avait le mari de ses rêves, qui n'attendait qu'elle.

— Ça va, répondit-elle, envahie par une douce chaleur.

Ce n'était pas de la peur. Mais de l'amour, de la confiance et de la force.

— Tu aimerais que nous passions du temps avec Zeke aujourd'hui ?

— Ça serait super ! répondit-il.

— Je vais lui envoyer un message pour lui demander s'il est disponible.

Connaissant Zeke, il vérifiait sûrement son téléphone régulièrement, espérant avoir des nouvelles d'elle.

— Nous devrions faire une sortie amusante aujourd'hui, dit-elle.

— Si on allait au musée où il y a des squelettes de dinosaures ?

— Le musée d'Histoire naturelle ?

— Oui, c'est ça. J'étais malade le jour où ma classe y est allée. C'était l'année dernière, avant que tu m'adoptes. Mais j'ai toujours voulu le voir.

— Dans ce cas, c'est là-bas que nous irons.

Pendant que son fils explorerait le musée et s'instruirait, elle pourrait être près de Zeke et lui faire part de ses sentiments.

Zeke patientait à l'entrée du musée. Margot lui avait envoyé un message plus tôt pour l'inviter à passer l'après-midi avec Liam et elle. Elle avait ajouté avoir quelque chose d'important à lui dire.

C'étaient forcément de bonnes nouvelles. Sinon, elle n'aurait pas choisi de le voir en compagnie de Liam. Malgré tout, Zeke était un peu inquiet.

Acceptait-elle d'avoir des rendez-vous galants avec lui, de voir comment leur relation évoluerait ? Ou était-elle prête à aller plus vite ?

Ce rendez-vous dans un lieu public était peut-être un test.

Non, Margot ne ferait pas cela devant son fils. Zeke devait se détendre et faire confiance à son propre jugement.

Dès qu'il aperçut Margot et Liam, son cœur battit à coups redoublés. Liam lui fit un signe de la main et courut vers lui. Margot continuait de marcher tranquillement, mais son expression tendre était bon signe. Oui, pensa Zeke. Elle lui apportait de bonnes nouvelles.

Des nouvelles heureuses. Des nouvelles aimantes.

À cet instant, il sut exactement pourquoi elle lui avait proposé de se joindre à eux aujourd'hui.

Elle voulait qu'ils forment une famille.

Soudain, le monde lui parut merveilleux.

— Salut, Zeke ! s'exclama Liam.

Essoufflé, l'enfant s'arrêta devant lui. Il portait le T-shirt que Zeke lui avait acheté à Samoa.

— Salut, bonhomme. Ravi de te revoir. Je suis content que le T-shirt soit à ta taille.

— Merci, il me plaît beaucoup. Tu savais qu'ils ont des dinosaures ici ? Et une immense collection de coquillages ?

Zeke sourit, imaginant que Liam était son fils. Son enfant et celui de Margot.

— Tu as l'air heureux d'être ici.

— Ils ont des tas d'activités pour les enfants. Si on venait la nuit, je me demande si ce serait comme dans les films *La Nuit au musée*, où tout revient à la vie. Ce serait bizarre, non ?

Avant que Zeke puisse répondre, Liam lança à sa mère :

— Dépêche-toi, maman ! Je veux entrer !

Zeke aussi avait envie qu'elle hâte le pas, mais uniquement pour qu'il puisse être près d'elle. Elle approcha et soutint son regard. Lorsqu'elle lui prit la main, il crut que son cœur allait s'arrêter. Ce n'était qu'un contact physique anodin, mais pour lui, cela signifiait beaucoup.

— Merci de m'avoir invité à votre sortie, dit-il doucement.

— Pas de quoi, Zeke.

— Allez, venez ! insista Liam.

— Il a raison, dit Zeke à Margot. Allons-y.

Elle hocha la tête, et leur premier jour non officiel

en tant que couple débuta. Une demi-heure plus tard, pendant que Liam jouait dans un espace pour enfants, Margot rendit la chose officielle.

— Tu as deviné ce dont je voulais te parler ? demanda-t-elle.

— Oui. Mais j'ai besoin de te l'entendre dire.

— Alors écoute bien. Je t'aime, Zeke, et je veux passer le restant de mes jours avec toi. Tu vaux la peine de prendre des risques. Je te fais confiance. Et je te crois.

Elle se pencha vers lui.

— Je pense que tu feras un merveilleux mari et un merveilleux père.

Il poussa un soupir de soulagement.

— Je serai un meilleur mari qu'avant, promis. Et je suis honoré que tu me laisses devenir le père de Liam.

— J'aimerais avoir d'autres enfants un jour. Mais je vais d'abord me concentrer sur ma carrière.

— Ça me convient. Je te soutiendrai, Margot. Je serai le compagnon dont tu as besoin. Et je serai à tes côtés. Je compte réduire mes voyages professionnels à l'avenir. J'ai suffisamment de clients à Los Angeles pour me le permettre.

Elle sourit.

— Tu pourras passer plus de temps avec ta famille.

— Oui, avec ma famille.

Cela sonnait drôlement bien.

Il jeta un coup d'œil vers Liam, qui jouait avec d'autres enfants.

— Quand vas-tu l'annoncer à Liam ? demanda-t-il.

— Aujourd'hui. Nous pourrons passer chez moi tout à l'heure et le lui dire ensemble.

— Parfait.

— Tu peux aussi dormir chez nous. Ça me plairait beaucoup. Et ça permettrait à Liam de s'habituer à ta présence.

— Je serai présent. Ce soir, et tous les autres soirs, en attendant que nous décidions où nous allons vivre.

— Nous devrions acheter une maison, suggéra-t-elle. Un endroit qui nous convienne à tous les deux. Je sais que Liam adorerait vivre au bord de la plage. Mais, quel que soit le lieu où nous habiterons, je tiens à ce qu'il reste dans la même école. Puisque c'est un établissement privé, ça ne posera pas de problème.

— Entendu. Juste pour te prévenir, il y a une femme dans un coin qui nous prend en photo. Elle t'a reconnue, à l'évidence. Mais elle fait semblant de photographier l'exposition derrière nous.

— Ça ne me dérange pas, et toi ?

— Pas du tout. C'est ce pour quoi j'ai signé quand je t'ai redemandée en mariage.

Désormais, Zeke était prêt à avoir une épouse célèbre et à accepter tout ce que cela impliquait.

— Elle pense sûrement que tu es mon garde du corps. Mais vu la façon dont je te regarde, elle se demande peut-être s'il y a quelque chose entre nous. Si c'est une fervente admiratrice, elle sait que tu es le fils d'Eva Mitchell et que tu es mon ex.

— Je ne suis plus ton ex.

Il était son futur mari, à nouveau.

— J'aimerais t'embrasser, dit-il, mais je préfère attendre que nous parlions à Liam.

— Je suis impatiente.

— Moi aussi.

Il lui tardait de commencer leur nouvelle vie ensemble.

Margot était assise dans le lit à côté de Zeke, trop excitée pour dormir. Leur discussion avec Liam s'était merveilleusement bien déroulée. L'enfant était ravi que

Zeke fasse partie de leur famille. Il avait même sautillé partout dans le salon et tapé dans la main de Zeke.

— La réaction de Liam m'a vraiment fait plaisir, commenta Zeke.

— À moi aussi. Son énergie est contagieuse.

Elle se tourna vers son futur mari.

— Quel genre de mariage imagines-tu cette fois ? questionna-t-elle.

Il s'appuya sur un coude.

— S'il n'y avait que toi et moi, je dirais une cérémonie simple, mais pour Liam, nous devrions faire quelque chose de plus festif. Ce serait génial pour lui que tout le monde soit réuni.

— Je suis d'accord.

Tout à fait d'accord, même. Liam était un enfant qui avait grandi dans des foyers d'accueil. Il n'avait jamais fait partie d'une grande fête joyeuse qu'il pouvait considérer comme la sienne.

— Nous pourrions nous marier sur une plage, avança-t-elle. Un mariage au crépuscule, ce serait joli. Le soleil couchant, les fleurs, les coquillages, une arche sous laquelle échanger nos vœux…

Son esprit débordait d'idées.

— Mais surtout, je pense que Liam devrait me conduire à l'autel.

Pour leur premier mariage, Margot n'avait eu personne pour l'accompagner. Mais maintenant, elle avait un fils qui avait sa place à ses côtés.

— J'adorerais vivre cette expérience avec lui. Bien que j'aie été heureuse pour notre premier mariage, une part de moi souffrait encore de l'absence de mon père. Mais j'apprends à m'en détacher, maintenant.

— Nous avons tous les deux changé et mûri. Il nous a

juste fallu du temps pour avancer. Ton père est peut-être parti, mais moi, je ne te quitterai plus jamais.

— C'est étrange, mais, par certains côtés, nous ne nous sommes jamais séparés. Combien de couples divorcés continuent à coucher ensemble ?

— Nous nous répétions que ce n'était que du désir sexuel. Mais c'était plus que ça. Nous nous sommes servis de notre liaison pour maintenir un lien entre nous.

— Nous sommes liés maintenant, c'est sûr.

— Absolument.

Il lui donna un long et tendre baiser.

Ils étaient déjà nus. Il n'y avait pas de vêtements à retirer. Pas de barrières à surmonter. Zeke passa les mains le long de son corps, lui donnant le sentiment d'être aimée. Mais ce n'était pas seulement un sentiment. C'était un vœu. Elle savait qu'il comptait tenir sa promesse de ne jamais la quitter. Elle lui faisait confiance. Quels que soient les obstacles, Zeke et elle les affronteraient ensemble.

Il l'embrassa encore, et elle gémit de plaisir, impatiente d'aller plus loin. Quand il la pénétra, elle le serra aussi fort qu'elle le put.

Elle respira son parfum si familier. Il lui chuchota des mots doux à l'oreille. Il venait de lui dire qu'il l'aimait en langue samoane. Il savait comment le dire en choctaw aussi. Zeke ne parlait pas ces langues couramment mais il se débrouillait. Et il en savait largement assez quand il s'agissait de murmurer des mots d'amour.

Elle enroula les jambes autour de lui, savourant le poids de son corps sur le sien. Une petite lampe douce créait des ombres sur son beau visage sculpté. Pourtant, bien qu'il soit à moitié dans l'obscurité, il n'y avait rien de caché, rien à craindre. Zeke s'était ouvert à elle, comme elle s'était ouverte à lui.

Il la regarda comme si elle était la femme la plus parfaite de la terre. Et, d'une certaine manière, elle l'était. Parfaite pour lui. Parfaite pour elle-même. Elle joignit les mains, cambrant le dos et ondulant au même rythme que lui, perdue dans la beauté de leur union charnelle.

Épilogue

La vie était belle, pensa Zeke.

Il avait repris le travail et accompagnait Margot à ses auditions en tant que garde du corps. Quand ils étaient de repos, ils passaient du temps chez lui. Zeke continuait de donner des cours de bodyboard à Liam.

Aujourd'hui, Margot et lui célébraient leurs fiançailles chez Eva, en compagnie de leur famille et de leurs amis. Eva avait tenu à accueillir la fête et en avait fait un événement haut de gamme.

La foule d'invités était éclectique. La plupart des amis de Margot étaient acteurs et ceux de Zeke étaient en grande partie des surfeurs ou des spécialistes en sécurité. Quant à l'entourage d'Eva, il était formé de grands noms d'Hollywood.

Sa mère était aux anges. Elle adorait mettre sa célébrité en avant. Mais un jour, Margot pourrait bien la surpasser en termes de notoriété. Elle était déterminée à relancer sa carrière, et Zeke était décidé à l'y aider. Les difficultés qu'il avait traversées lui semblaient très faciles à surmonter à présent.

Il lança un regard vers la terrasse et offrit à Margot un sourire aimant. Elle avait aidé Liam à s'habiller pour la fête. Le petit garçon était très beau dans son costume estival. Il avait invité quelques camarades de classe, émerveillés par la demeure somptueuse d'Eva. Zeke avait l'impression que sa mère allait gâter son petit-fils. Zeke n'y voyait pas d'inconvénient, Liam méritait d'être traité comme un prince.

Zeke termina sa conversation avec un collègue puis alla rejoindre Margot. Elle était splendide dans sa longue robe bleu indigo. Elle portait son ancienne bague de fiançailles, un énorme solitaire qu'il lui avait offert des années plus tôt. Zeke lui avait proposé de lui offrir une nouvelle bague mais elle avait tenu à garder l'originale, disant qu'elle avait une valeur sentimentale. Pour Zeke aussi, ce bijou était spécial. Il se souviendrait toujours de sa première demande en mariage et de l'excitation qu'il avait éprouvée ce jour-là. Et il était impatient de se remarier avec Margot.

Après l'apéritif, lorsque le dîner fut servi, Zeke et Margot rejoignirent Eva, June et Bailey à la table principale. Liam et ses amis avaient leur propre table.

Zeke saisit la main de Margot. Leurs projets de mariage étaient bien avancés. La cérémonie était prévue pour le début de l'automne.

— C'est une fête superbe, dit-elle. Tu sais que nous aurons des beignets de bananes en dessert ? Ta mère a obtenu la recette auprès de ton grand-père. Mais c'est un peu grâce à moi. J'ai appelé Tama et je lui ai dit que Liam adorait les bananes. C'est lui qui a suggéré des *panikeke*.

— J'adore ces beignets, et je pense que Liam va beaucoup les apprécier aussi.

— C'est gentil de la part de ta mère d'avoir choisi un dessert en fonction de Liam, et d'y avoir ajouté une touche samoane.

Zeke lança un regard vers Liam. Ses camarades et lui se comportaient comme de parfaits petits gentlemans.

— J'aimerais beaucoup emmener Liam à Samoa, dit-il. Et aussi à la réserve choctaw.

La grand-mère de Zeke avait grandi dans la réserve choctaw du Mississippi.

— Je suis sûre que ça lui plairait beaucoup. Tu vas lui offrir une belle vie. Et moi aussi.

Il se sentait déjà père, songea-t-il en observant Liam. Il l'adopterait peu après le mariage.

Durant le dîner, tout en dégustant sa côte de bœuf, Zeke capta le regard de Bailey, assise face à lui. Ils échangèrent un sourire complice. Sa sœur aidait Margot à organiser la cérémonie, comme la première fois. Pourtant, les mariages n'étaient pas sa tasse de thé.

— Tu te souviens quand j'ai raconté à maman et papa que tu voulais une poupée de mariée pour ton anniversaire ? demanda-t-il. Et qu'ils t'ont offert cette panoplie que tu détestais ? La mariée, le marié, la demoiselle d'honneur et tout le toutim ?

Il gloussa.

— Tu étais furieuse contre moi.

— Oui, dit-elle, levant les yeux au ciel. C'était l'année ou je t'avais dit que je ne me marierais jamais.

— Qu'est-ce que tu en savais ? Tu n'avais que sept ans.

— J'en avais huit, et je ne sais toujours pas si je veux franchir le cap un jour. Pas comme d'autres, qui se marient deux fois.

Zeke haussa les épaules.

— Eh bien, si j'étais toi, je prendrais des notes. Tu auras de la chance si tu trouves un type aussi génial que moi.

— Génial ? Toi ?

Bailey s'adressa à Margot.

— Tu peux le faire taire, Margot ? Sérieusement, chasse cet air arrogant de son visage, s'il te plaît.

Margot rit.

— Je pourrais l'embrasser, suggéra-t-elle. Mais ce n'est peut-être pas le meilleur moyen de le calmer.

— Si, ça l'est, intervint Zeke. C'est la seule chose qui me fera taire.

— Tu en es sûr ? taquina-t-elle.

— Absolument.

— Oh ! bon sang, marmonna Bailey, reportant son attention sur son assiette.

Pour sa part, Zeke n'avait plus faim. Tout ce qui lui importait, c'était Margot. Il se pencha vers elle, et quand leurs lèvres se touchèrent, tout se figea, même son cœur. Ce n'était qu'un simple baiser. Mais il était porteur d'amour, d'engagement, et de toutes les merveilleuses promesses que Margot et lui s'étaient faites.

Et il ne pouvait pas rêver mieux.

SHERI WHITEFEATHER

Amis et amoureux

Traduction française de
ROSA BACHIR

PASSIONS

HARLEQUIN

Titre original :
OUT OF THE FRIEND ZONE

- 1 -

Bailey Mitchell jeta un regard circulaire dans la célèbre salle de bal de l'hôtel Beverly Hills, à la décoration Art déco et à l'architecture splendide. La salle était pleine de monde, et, pour un œil non averti, Bailey semblait sans doute détendue et sereine, avec sa petite robe noire élégante et son chignon tendance. Pourtant, intérieurement, elle était si nerveuse qu'elle avait peine à respirer.

Cette soirée chic était l'un des événements organisés pour la quinzième réunion annuelle des anciens élèves du lycée. Bien que Bailey soit aujourd'hui une scénariste à succès, elle avait l'impression d'être une adolescente sur le point d'être harcelée à nouveau. Son stupide badge ne l'aidait pas à être à l'aise. Elle avait toujours détesté sa photo de terminale, et voilà que celle-ci était collée sur sa poitrine.

Était-elle l'unique ancienne élève à ne pas avoir de cavalier ? À se sentir seule ? Elle aurait aimé que sa meilleure amie Margot soit présente, mais cette dernière était en voyage et ne serait de retour que le lendemain. Heureusement, Margot serait disponible pour le second événement de la réunion, un pique-nique à Griffith Park. Ce soir, en tout cas, Bailey devrait se débrouiller sans elle.

Sa présence à cet événement lui tenait à cœur. Elle s'était dit qu'elle allait affronter le passé, et montrer aux crétins qui l'avaient persécutée qu'elle n'allait pas se cacher au fond de la salle. Pourtant, maintenant qu'elle était là, elle était seule dans un coin, un verre de chardonnay à la main. Certes, elle venait d'arriver, et c'était encore l'heure de l'apéritif. Trouverait-elle le courage d'aller parler aux autres ? De rester pour le dîner, de faire un tour sur la piste de danse ?

Bien entendu. Si elle partait, elle ne se le pardonnerait jamais. Elle espérait seulement ne pas bredouiller quand elle ouvrirait la bouche. Il lui arrivait de bégayer quand elle était nerveuse. Une conséquence probable du harcèlement scolaire qu'elle avait subi. Elle avait suivi de nombreuses séances de thérapie mais, dans les situations de forte anxiété, le bégaiement revenait parfois sournoisement.

Elle parcourut la salle du regard pour repérer Wade Butler. Son nom figurait sur la liste des invités, ce qui indiquait qu'il avait confirmé sa présence. Excepté Margot, Wade avait été son seul allié au lycée. À l'époque, c'était un garçon solitaire, harcelé lui aussi. Génie de l'informatique, il était venu à la rescousse de Bailey chaque fois qu'il avait vu quelqu'un la tourmenter. Wade n'était pas un passionné d'informatique typique. Son long manteau noir et ses bottes militaires lui donnaient plutôt un style gothique, qui avait paru décalé dans leur lycée huppé. Chez lui, ses vêtements de rebelle n'étaient pas qu'une façade. Il avait été arrêté pendant l'année de terminale pour avoir piraté le système informatique du FBI. Il avait accédé à des fichiers confidentiels et résolu certaines affaires criminelles de leur cyberdivision. Mais le FBI n'avait guère été impressionné par son exploit. Comme Wade avait déjà dix-huit ans à l'époque, il avait passé cinq ans dans une prison fédérale. À présent, il était développeur de logiciels, consultant en sécurité informatique et conférencier. Il était même devenu milliardaire. Pour lui, la roue avait tourné de manière spectaculaire. Même le FBI faisait appel à lui comme consultant.

Bailey ne l'avait pas revu depuis que la police était venue l'arrêter au lycée. Récemment, elle avait fait des recherches en ligne sur lui. Elle avait aussi lu l'article que lui avait consacré le magazine *Entrepreneur.* D'après les photos, il avait beaucoup changé. Il avait troqué son manteau trop grand et ses bottes militaires contre des costumes de créateur. Aujourd'hui, Wade Butler était tout bonnement éblouissant.

Elle continua de passer la foule en revue, espérant le voir. Il y avait beaucoup d'hommes sophistiqués ce soir. Beverly West Academy, ou Bev West, était l'un des meilleurs lycées privés de Los Angeles. La plupart des gens de leur ancienne classe étaient riches, comme Bailey. Adolescent, Wade n'était ni riche ni pauvre. Il était l'un de ces élèves dont les familles avaient dû faire des sacrifices financiers pour offrir la meilleure éducation possible à leurs enfants. Bailey ne connaissait pas grand-chose sur la famille de Wade. Elle savait seulement que sa mère était décédée avant qu'il entre à Bev West et qu'il avait été élevé par son beau-père.

À l'époque, Wade parlait rarement de lui. Parfois, il déjeunait avec Margot et Bailey, mais, la plupart du temps, il mangeait seul, sur la pelouse, le nez dans son ordinateur portable. Bailey et lui ne s'étaient jamais vus en dehors du lycée.

Soudain, elle sentit une présence masculine derrière elle. Était-ce l'un des garçons qui avaient voulu la fréquenter uniquement pour rencontrer sa mère, star de cinéma et ancien sex-symbol ? La plupart de ses harceleurs étaient des filles. Mais plusieurs garçons l'avaient humiliée aussi.

Bien décidée à ne laisser personne l'importuner, elle se retourna.

Et elle se retrouva face à Wade.

Il lui offrit un sourire qui faillit la faire fondre. Il avait toujours été grand, mais le côté dégingandé avait disparu. Il était désormais plus massif, et ses traits étaient plus aiguisés, créant des angles mystérieux. Ses cheveux châtain clair étaient coiffés avec élégance, mais c'étaient ses yeux qui étaient le plus marquants : ses iris gris étaient parsemés de touches de vert. Elle se souvenait que, parfois, ils changeaient même de couleur, le vert l'emportant sur le gris.

— Bonsoir, Bailey. Ça fait un bail.

— Bonsoir, Wade.

Il était si séduisant qu'elle en eut le souffle coupé. Il portait un costume noir élégant et une montre incrustée de diamants. Il avait un verre d'alcool à la main. De la vodka, peut-être, ou de la tequila.

— Je suis heureuse que tu sois venu.

— Moi aussi.

Il l'observa d'un air appréciateur.

— Tu es superbe, Bailey

— Merci. Toi aussi, tu as embelli.

Elle ne savait que dire d'autre. Elle avait un faible pour lui autrefois, et il semblait que l'histoire se répétait.

— Alors, comment vas-tu depuis tout ce temps ? demanda-t-elle.

— Depuis la prison et le reste ? Je vais bien. Je me suis accroché, fit-il avec un haussement d'épaules. Mais j'espère qu'ils ne mettront pas ma photo judiciaire dans le diaporama. Je n'étais pas vraiment à mon avantage.

— Et j'espère qu'ils ne ressortiront pas cette horrible photo de moi que Shayla Lewis a prise. Celle qu'elle a envoyée à tous ses amis pour qu'ils puissent la transférer à qui ils voulaient.

Une photo de Bailey en train de se changer dans le vestiaire, et sur laquelle on pouvait voir la raie de son postérieur à travers sa culotte.

— On ne voyait pas mon visage, mais Shayla a fait en sorte que tout le monde sache que c'était moi.

Bailey grimaça, tenaillée par la douleur du passé.

— Pourquoi est-ce que je te dis tout cela ? s'exclama-t-elle. Tu l'as sûrement vue.

Wade parut intrigué.

— Non. Personne ne me l'a envoyée.

— Tu aurais pu pirater l'ordinateur de Shayla pour avoir un aperçu.

Une tâche simple pour lui, bien plus que d'infiltrer le système du FBI.

— Je n'aurais jamais cherché à voir une photo destinée à t'humilier.

Une onde de chaleur envahit Bailey. Elle était touchée par ses mots, par la douceur dans son regard.

— Merci. Tu n'as pas raté grand-chose. Je ne suis pas une pin-up, pas comme ma mère.

C'était là tout le problème. Bailey avait été harcelée parce que sa mère, actrice ultra célèbre, avait été considérée comme l'une des femmes les plus sexy de la planète, et qu'elle-même était sa fille timide et gauche.

— Shayla Lewis est-elle présente ce soir ? demanda-t-il. Si oui, tu devrais prendre une photo d'elle en fâcheuse posture et l'envoyer à tout le monde.

— Elle est ici. Elle fait partie du comité qui a organisé la réunion.

Il regarda vers le centre de la salle, où beaucoup de leurs anciens camarades de classe étaient rassemblés.

— Je ne la vois pas. Est-ce qu'elle est vieille et laide à présent, avec des tas de verrues ?

Bailey rit.

— Hélas, elle est plus séduisante que jamais. Aux dernières nouvelles, son mari et elle ont fondé une ligne de vêtements pour hommes qui a beaucoup de succès.

— Rappelle-moi de ne jamais porter leur marque.

Il approcha d'elle.

— Pourquoi se cache-t-on ici au lieu de participer au cocktail ?

— J'ai déjà un verre, répondit-elle, prenant ostensiblement une gorgée de vin. Toi aussi, tu en as un.

— C'est vrai. Ici aussi, nous pouvons faire comme si j'étais ton cavalier pour le bal de promo.

Cela voulait-il dire qu'il l'embrasserait à la fin de la soirée ? Quand elle était adolescente, elle rêvait d'avoir un baiser de lui.

— Au cas où tu n'aurais pas remarqué, c'est une réunion d'anciens élèves, fit-elle remarquer. Pas un bal de promotion.

— C'est vrai. J'ai manqué le bal. Et toi ?

— Moi aussi.

À l'époque, elle n'était pas dans une prison fédérale. L'excuse de Wade était donc meilleure que la sienne.

— Personne ne m'a invitée, mais je ne voulais pas y aller, de toute façon.

Elle hésita un instant puis aborda le sujet qui lui tenait à cœur.

— Avant que la soirée batte son plein, il y a quelque chose dont je voulais te parler. Je suis en train de créer un organisme à but non lucratif.

Il parut interloqué.

— Tu essaies d'obtenir un don de ma part ?

— Oui. Que veux-tu ! Ta réputation de philanthrope te précède. Ce serait idiot de ne pas te solliciter. Et je tenais à t'en parler avant que nous soyons face à nos harceleurs.

— Pourquoi ? Ton œuvre de bienfaisance est consacrée à la lutte contre le harcèlement ?

— Eh bien, oui. Ma fondation s'appellera Libère ton cœur. Je suis en train de créer un forum en ligne où les gens peuvent partager leurs histoires, discuter avec d'autres personnes qui vivent un moment difficile ou présenter leurs excuses à ceux qu'ils auraient pu blesser, dans le passé ou aujourd'hui. Je compte aussi ouvrir un centre éducatif. Un espace sécurisé où les élèves harcelés pourront se réunir, et où je pourrai organiser des événements caritatifs.

— Bien sûr, je vais faire un don. Et je serais heureux de t'aider à trouver d'autres donateurs

— Merci ! Ce serait merveilleux. Ton soutien compte beaucoup.

Elle sentit son pouls s'accélérer. Être en sa compagnie la grisait.

— Tu viens au pique-nique demain ? demanda-t-elle. Nous pourrions en reparler à ce moment-là.

— D'accord. Au départ, je ne comptais pas y aller, mais je t'y retrouverai volontiers. Je ne pourrai pas rester très longtemps, cependant. Je vis à San Francisco et je reprends l'avion demain. J'ai quitté Los Angeles il y a des années.

— Moi, j'y vis toujours. J'habite à Laurel Canyon. Et je savais que tu avais quitté la ville. Sur tes profils de réseaux sociaux, il est précisé que tu vis à San Francisco.

Dans le quartier de Pacific Heights, et plus précisément dans une rue connue comme « l'allée des milliardaires ».

Wade s'était hissé jusqu'au sommet, et il avait maintenant d'autres géants de la technologie pour voisins.

Il observa à nouveau la salle de bal, et Bailey suivit son regard. Encore aujourd'hui, les gens populaires restaient ensemble. L'ancienne reine du bal portait une couronne de papier que quelqu'un avait plantée sur sa tête, et sa cour d'antan l'entourait.

— Tu as parlé de ta fondation au comité des anciens élèves ? Ils savent ce que tu mijotes ?

— Non. Mais je n'ai pas encore rendu mon histoire publique. Je compte rédiger un texte pour évoquer mon expérience dès que la fondation sera officiellement créée. Je ne donnerai pas tous les détails. Il y en a certains que je préfère garder pour moi. Pour l'instant, j'essaie juste d'être courageuse en restant jusqu'à la fin de la soirée.

Elle s'interrompit un instant pour rassembler ses pensées.

— Je voulais que tu saches, si j'ai voulu te voir ce soir, ce n'est pas seulement parce que tu es un philanthrope. Je voulais aussi te remercier d'avoir été mon sauveur au lycée. Tu es le seul garçon à m'avoir défendue.

Il avait même frappé Randall Kincaid, un garçon vulgaire qui ne cessait de la rabaisser. Pour un jeune garçon maigre, Wade avait fait preuve d'une force étonnante.

— Tu as été renvoyé deux semaines à cause de moi, rappela-t-elle.

— Mon beau-père était furieux. Il craignait que cela m'empêche d'entrer dans une bonne université. Mais j'étais bien content de pouvoir rester chez moi. J'ai eu plus de temps pour planifier les exploits du Bandit.

Le « Bandit » était le nom qu'il avait donné à son alter ego quand il piratait le système du FBI et s'en vantait sur le blog anonyme qu'il avait créé.

— Nous avons tous été choqués quand nous avons

découvert qui se cachait derrière ce personnage, glissa-t-elle. Certains de ceux qui t'ont harcelé étaient des fans du Bandit, et ils ne se doutaient pas que le pirate qu'ils admiraient, c'était toi.

— Personne n'a fait le lien, sauf les agents fédéraux qui ont fini par m'arrêter. Mais ça n'a plus d'importance à présent.

Il vida son verre.

— Je ne suis plus ce type-là, ajouta-t-il.

— Tu as encore ce code informatique tatoué sur ton poignet ? Ou l'as-tu fait effacer ?

Elle ne pouvait pas le savoir puisqu'il portait des manches longues.

Il leva le bras, les diamants de sa montre reflétant la lumière.

— Il est sous ma montre. Et toi ? Tu n'as pas de tatouages cachés, dis-moi ?

Elle secoua la tête. Mais elle regrettait que son corps ne soit pas entièrement tatoué, juste pour pouvoir le lui montrer. Soudain, elle éprouva l'envie de l'emmener chez elle ce soir, pour le conduire directement dans son lit.

Mais que lui arrivait-il ? Depuis quand avait-elle ce genre de pensées ? En général, Bailey n'avait pas d'aventures d'un soir. Elle n'avait eu que quelques partenaires, choisis avec prudence. Bailey avait toujours été difficile en matière de sexe, pourtant, ce soir, elle rêvait de se laisser aller avec Wade.

— Nous devrions entrer dans la fosse aux lions, suggéra-t-il. Le buffet va bientôt ouvrir, et le DJ installe son matériel. Il diffusera sûrement les grands tubes de nos années lycée.

Elle s'efforça de chasser les images érotiques de son esprit.

— Des chansons dont tout le monde se souvient.

— Exactement, dit-il en tendant le bras. Tu me suis ?

Elle passa le bras sous le sien, tentant encore de contrôler ses pensées interdites. Embrasser Wade était un fantasme d'adolescente qu'elle n'avait jamais assouvi. Et, ce soir, elle désirait bien plus qu'un simple baiser.

Wade aimait regarder Bailey manger. Son assiette était remplie. Sans doute avait-elle eu les yeux plus gros que le ventre. En tout cas, elle goûtait chaque entrée avec la finesse et la précision d'un critique culinaire.

Ils s'installèrent à une table avec un groupe d'anciens élèves qui avaient été corrects avec eux, le genre de camarades qui se concentraient sur leurs études et évitaient les confrontations. Ceux qui les avaient harcelés étaient de l'autre côté de la salle, en train de parler fort et de prendre des tas de selfies. Wade n'avait jamais vraiment compris pourquoi ils s'en étaient pris à Bailey. Quelle importance que sa mère soit une star d'Hollywood ? La moitié de l'école était liée au monde du cinéma. Certes, Bailey était une jeune fille calme et une rêveuse. Mais elle était aussi riche et privilégiée que les autres. Cela aurait dû suffire à lui épargner les ennuis. Pourtant des gens comme Shayla Lewis et Randall Kincaid avaient fourni de gros efforts pour la détruire, jusqu'à la faire bégayer.

Aux yeux de Wade, Bailey avait toujours été belle, avec ses longs cheveux blonds et ses grands yeux bleus. Et elle le captivait toujours.

Son projet de fondation contre le harcèlement scolaire était une excellente idée. Elle canalisait son énergie de manière positive, et c'était aussi ce que Wade s'efforçait de faire. Mais revenir à Los Angeles et se remémorer sa jeunesse était douloureux. Pas seulement à cause du harcèlement, mais aussi du secret de famille qu'il n'avait révélé à personne.

Avant ses années lycée, il était un adolescent normal. Mais, après avoir perdu sa mère, et après avoir appris la vérité sur son père, il était devenu sombre et taciturne, et s'était renfermé sur lui-même. À l'époque, il avait l'impression de vivre dans le brouillard. Des élèves s'étaient mis à le harceler parce qu'ils le trouvaient « bizarre ». Sa seule échappatoire : se cacher derrière son ordinateur et endosser le rôle du Bandit.

Il se pencha vers Bailey et murmura :

— J'ai un aveu à te faire. J'ai piraté l'ordinateur de Shayla.

— Tu as regardé ma photo ? s'étonna-t-elle.

— Non. Mais j'ai mis la pagaille dans certains de ses dossiers. J'ai même effacé ses dissertations. J'ai estimé qu'elle le méritait, après ce qu'elle t'avait fait.

— Bon sang ! Wade !

Elle posa sa fourchette et posa la main sur la joue de Wade.

— Cela me touche que tu aies pensé à moi, mais on ne répare pas le mal par le mal.

— Je sais, mais c'est le Bandit qui l'a fait.

Il posa la main sur celle de Bailey, excité par ce contact physique.

Ils se regardèrent. Les autres personnes à leur table discutaient, mais Wade les entendait à peine à présent. La musique du DJ sembla s'évanouir aussi. Wade concentrait toute son attention sur Bailey. Il aurait aimé être son petit ami au lycée, mais il était trop peu sûr de lui à l'époque pour l'inviter à sortir. Peut-être pourrait-il le faire maintenant ? Il y avait un hic : il n'entretenait pas de relations sérieuses. Il se contentait de liaisons discrètes et sans complications. Parce qu'il ne savait pas si cela conviendrait à Bailey, il retira sa main.

Elle retourna à son repas. Mais une seconde plus tard, elle demanda :

— Tu aimes les champignons ?

— Pourquoi ? demanda-t-il.

Il la regarda découper un champignon de Paris farci aux épinards.

— C'est un champignon hallucinogène ?

Elle gloussa.

— J'espère que non ! J'en ai déjà mangé deux. Je me suis dit que, si tu aimais les champignons, tu devrais goûter. Je vois que tu n'en as pas dans ton assiette.

— Oui, j'aime bien les champignons.

Elle piqua un morceau avec sa fourchette et le lui tendit.

— Attention, c'est chaud, l'avertit-elle.

Être nourri par Bailey était très excitant, songea-t-il. Il accepta la bouchée et la mâcha. Quand il l'eut avalée, elle lui en donna une autre. Et une autre, jusqu'à ce qu'il ait mangé tout le champignon.

Wade avait l'impression qu'il venait de partager des ébats torrides avec la fille qui incarnait tous ses fantasmes d'adolescent.

Non. Il ne fallait pas que son esprit s'aventure sur ce terrain.

Pour se ressaisir, il se concentra sur la musique. Le titre de Green Day, *Boulevard of Broken Dreams*, résonnait dans les haut-parleurs. C'était une chanson qui parlait de solitude. Était-ce un signe ?

— C'était mon hymne au lycée, confia Bailey.

— Même chose pour moi.

Il l'avait écoutée des centaines de fois, seul dans sa chambre, les rideaux tirés. Son beau-père, un directeur commercial nommé Carl, détestait ces rideaux et lui répétait sans cesse de laisser entrer la lumière. C'était Carl qui avait révélé à Wade la vérité sur son père.

Bailey soupira.

— Nous avions beaucoup en commun à l'époque, glissa-t-elle.

Si l'on excluait le harcèlement qu'ils avaient subi tous les deux, il n'était pas sûr que ce soit vrai. Pas à moins que Bailey n'ait des secrets inavouables. Quand cette soirée s'achèverait, Wade pourrait refermer la porte sur son passé et cesser d'y penser. Il avait fait tout son possible pour protéger son secret, et il refusait qu'il le hante à nouveau. Ce soir, il voulait s'amuser et apprendre à mieux connaître Bailey.

Il l'observa. Il aimait sa petite robe noire élégante, ainsi que sa coiffure, un chignon flou dont quelques mèches s'étaient échappées pour encadrer joliment son visage. Peut-être l'inviterait-il à danser un peu plus tard. Ce serait une bonne excuse pour être encore plus près d'elle.

— Cela m'étonne que tu sois venue seule. Je m'attendais à ce que Margot Jensen soit avec toi. Vous étiez toujours ensemble au lycée, et j'ai vu sur ton compte Instagram qu'elle est fiancée à ton frère. Ou qu'elle l'a épousé, je ne sais plus.

Elle lui lança un regard amusé.

— Tu nous as cyberespionnés, ma famille et moi ?

— Je n'ai espionné personne. J'ai juste regardé les photos. Je me suis dit que c'était un bon moyen de savoir où tu en étais dans ta vie avant nos retrouvailles.

— Pourquoi ne t'es-tu pas abonné, simplement ?

— Je pourrais te poser la même question. Tu ne suis pas non plus mes profils, pourtant tu les as explorés, toi aussi. Mais ce n'est pas grand-chose. Tout le monde regarde les profils des autres.

— C'est vrai, mais toi, tu connais sans doute les génies qui ont créé ces sites. Moi, je suis juste une utilisatrice régulière qui est perdue chaque fois que le format change.

Son honnêteté le fit sourire.

— La prochaine fois que tu es perdue, appelle-moi et je te guiderai.

Une bonne excuse pour lui donner son numéro.

Elle entra les chiffres dans son téléphone puis lui communiqua son propre numéro. S'ils avaient fait cela au lycée, ils auraient pu sortir ensemble. Une idylle aurait-elle amélioré leur situation ? Ou l'aurait-elle compliquée ?

— Je me demande si je dois dire à Shayla que j'ai piraté son ordinateur quand j'étais le Bandit.

— Pourquoi ? demanda Bailey.

— À cause de ce que tu as dit. On ne répare pas le mal par le mal. Je tenais à protéger ton honneur, mais je n'aurais pas dû me mettre au niveau de Shayla.

— Elle ne semble pas regretter ses actes. Ou du moins, elle ne l'a pas montré. J'en sais plus sur la psychologie des harceleurs à présent, et je soupçonne que quelque chose dans son passé a provoqué son comportement.

— Difficile de savoir ce qui l'a rendue si cruelle. Mais je croyais faire de bonnes actions. Je me suis persuadé que j'étais un pirate vertueux. Mais je suis tombé dans une zone grise. Je ne parle pas seulement de ce que j'ai fait à Shayla, mais aussi au FBI. J'ai mis en lumière leurs points faibles en me vantant d'être entré dans leur système. Quand ils m'ont arrêté, je ne voyais pas ce que j'avais fait de mal. Je pensais qu'ils me féliciteraient d'avoir résolu certaines affaires de leur cyberdivision.

— Ils t'apprécient, maintenant, dit-elle avec un petit

sourire. Tu es l'un des plus grands consultants dans ton domaine. Je devrais peut-être écrire un scénario sur toi.

Le cœur de Wade cogna contre ses côtes. Il ne fallait surtout pas que Bailey fouille dans sa vie.

— Tu perdrais ton temps. Personne ne voudrait voir un film sur moi.

— À mon avis, tu ferais un sujet intéressant, mais je n'écrirais jamais de scénario sans ta participation.

Dans ce cas, cela n'arriverait jamais. Il ne prendrait certainement pas le risque d'être exposé.

Bailey considéra son assiette.

— J'ai pris trop de nourriture, je ne pourrai jamais tout manger. Impossible que je finisse. Tu en veux encore ?

— Non, merci. Mon assiette est déjà pleine.

Ils continuèrent de manger jusqu'à ce que la musique s'arrête. Soudain, Bailey se tendit.

— Que se passe-t-il ? demanda Wade.

Elle désigna la scène d'un signe de tête.

— Ils vont passer le diaporama, et regarde qui se lève pour le présenter.

Wade vit Shayla se diriger vers le podium d'un pas assuré, telle une reine de bal.

— Logique, dit-il. Je parie qu'elle s'est nommée elle-même pour cette mission.

— C'était toujours elle, la maîtresse de cérémonie.

— Eh bien, tout à l'heure j'irai lui parler, pas seulement pour avouer mon méfait, mais aussi pour lui faire savoir que je n'ai pas oublié ce qu'elle t'a fait subir.

— Tu ferais ça ?

— J'espérais que tu viendrais avec moi. Si tu es à mes côtés, cela pourrait la pousser à présenter ses excuses. Ou au moins à montrer une sorte de remords. Elle te doit bien ça.

Bailey inspira.

— L’affronter ensemble ? C’est une idée intéressante.

— Nous ne sommes pas venus pour raser les murs.

Il la regarda dans les yeux.

— Bailey, nous sommes ici pour leur faire savoir que nous sommes forts. Pour leur montrer que nous sommes devenus des adultes brillants et sexy.

- 2 -

« Des adultes brillants et sexy ». Bailey adorait cette description.

Elle regarda la lumière des chandelles se refléter sur le beau visage de Wade.

— Merci pour ces paroles, dit-elle.

Cependant, le mot « sexy » la troublait. Il lui donnait presque l'impression que Wade et elle étaient amants.

— C'est une expression que je n'oublierai jamais, ajouta-t-elle.

Il lui sourit. Elle faillit se perdre dans ses grands yeux gris-vert. Avant qu'elle se laisse emporter, elle reporta son attention sur la scène. Shayla était en train de demander au président des anciens élèves de la rejoindre pour le lancement du diaporama.

Quelques instants plus tard, les pom-pom girls montèrent sur l'estrade. Habillées de leurs plus belles tenues, elles se placèrent en file indienne. Quand elles entonnèrent l'un de leurs anciens refrains, les applaudissements retentirent et les rires stupides fusèrent.

Après leur numéro, Shayla revint au centre de la scène.

Wade avait raison, pensa Bailey. Ce soir, ils devaient parler avec Shayla. Elle n'était pas la seule harceleuse de la soirée, mais elle avait été la meneuse, celle qui s'était donné le rôle de la méchante et qui avait entraîné les autres. Quelles que soient les raisons de son ancien comportement, Shayla n'avait pas perdu son air supérieur, et Bailey ressentait encore le poids de ses actes malveillants.

Enfin, le diaporama commença. Bailey était sûre que ni elle ni Wade n'y figureraient. Elle n'était pas près d'oublier la photo d'elle à moitié nue que Shayla avait prise. Pas plus que les autres anciens élèves, elle le craignait. Ce genre de choses marquait les esprits.

Pendant la diffusion, Wade prit la main de Bailey. Quinze minutes plus tard, le défilé de photos prit fin. Il n'y avait eu aucun cliché de Bailey. Mais elle avait remarqué une photo de Wade, sur laquelle il était derrière un groupe d'autres élèves, son manteau flottant au vent.

Elle se pencha vers lui.

— Est-ce que tu t'es vu sur l'une des photos ? Comparé aux autres, tu ressemblais à un super-héros.

— C'est ce que j'ai toujours voulu être. Ce manteau, c'était ma cape d'invisibilité.

— Tu te cachais en pleine lumière, observa-t-elle.

— Tout à fait.

Il se tourna sur sa chaise.

— Si nous allions saluer Shayla ? suggéra-t-il. Elle vient de retourner à sa table.

Bailey fut saisie d'une peur instantanée. Et si elle n'était pas aussi brillante et sexy que Wade l'avait dit ? Et si elle bégayait face à Shayla ?

Non, pensa-t-elle. Elle n'allait pas se comporter comme une adolescente anxieuse. Elle était une scénariste reconnue à présent, et elle ne devait pas avoir peur du passé.

Pourtant, malgré le chemin qu'elle avait parcouru, elle se sentait nerveuse.

— Tu parleras en premier ? demanda-t-elle à Wade.

— Absolument, assura-t-il. Tout ira bien, Bailey.

Ils traversèrent la salle de bal ensemble. La plupart

des invités restèrent à leur table tandis que d'autres se dirigeaient vers le bar à desserts. Personne ne dansait car la piste n'était pas encore ouverte. Le DJ faisait une pause.

Ils approchèrent de la table de Shayla. Elle regarda dans leur direction, mais juste une seconde. Cette belle brune élancée, au port altier, avait été l'une des filles les plus populaires du lycée. Autrefois, elle se vantait d'être l'héritière d'un empire du luxe, mais la chaîne de magasins était au bord de la faillite aujourd'hui. Néanmoins, elle n'avait pas laissé les difficultés de sa famille la décourager. Elle avait fait un beau mariage et fondé avec succès sa propre société. Bailey s'efforçait de ne pas souhaiter du mal aux autres mais, elle devait l'avouer, cela la contrariait que Shayla ait réussi à maintenir son statut social.

Wade se dirigea droit vers Shayla, qui se leva. Bailey se plaça à côté de Wade et tâcha de respirer lentement.

— Nous voulions juste te saluer, dit Wade. Et vous féliciter, ton comité et toi. Cette réunion est très réussie.

— Merci, répondit Shayla, l'air surpris.

À l'évidence, elle ne s'était pas attendue à ce que Wade la complimente. Elle observa sa coupe de cheveux classique, son costume taillé sur mesure, sa montre ornée de pierres précieuses. Elle ne semblait guère ravie que l'ancien pirate informatique soit devenu milliardaire. Sur le plan financier au moins, Wade avait pris sa revanche sur Shayla, songea Bailey avec un sentiment de satisfaction.

— Dis-moi, où est Randall Kincaid ? interrogea Wade.

— Il n'a pas pu venir, répondit Shayla.

— Il se remet encore du coup de poing que je lui ai asséné ? ironisa Wade.

Shayla se fendit d'un petit rire forcé.

— Je crois que Randall est à l'étranger pour affaires. Mais on ne peut jamais savoir si les gens disent vrai.

— En effet. Shayla, j'ai quelque chose à t'avouer, dit-il d'une voix calme et froide. J'ai piraté ton ordinateur quand nous étions au lycée. J'ai mis la pagaille dans certains de tes dossiers et j'ai effacé tes dissertations.

— C'était toi ? s'exclama Shayla. Je croyais que c'était une sorte de virus. J'étais loin de me douter que quelqu'un, que tu…

— Je suis désolé d'avoir agi ainsi. Sincèrement. Ce n'était pas juste. Mais je ne suis pas le seul à avoir fait des choses regrettables à l'époque.

Eh bien ! pensa Bailey. Wade ne manquait pas de cran. Mais Shayla ne mordit pas à l'hameçon. Elle ne reconnut aucun acte malveillant. Elle ne présenta pas d'excuses. C'était comme si elle n'avait jamais rien fait de mal.

Refusant de laisser la conversation se terminer ainsi, Bailey s'avança et s'adressa à Shayla.

— Je vais créer une fondation consacrée à la lutte contre le harcèlement scolaire. C'est un projet qui me tient beaucoup à cœur. J'aimerais t'envoyer des informations à ce sujet.

Shayla effleura sa boucle d'oreille en rubis.

— Oh ! je vois, fit-elle, l'air impassible. Si tu cherches des donateurs, tu peux retrouver mes coordonnées sur le site du comité des anciens élèves.

Elle posa la main sur le dossier d'une chaise, occupée par un homme aux cheveux bruns qui leur tournait le dos. Le mari de Shayla, sans doute. Il ne leur prêta pas attention et ne se retourna même pas.

— Je t'enverrai tous les détails, répondit Bailey. Ensuite, tu pourras décider de ce que tu veux faire.

Elle lança un regard à Wade pour lui faire savoir qu'elle en avait fini avec son ancienne harceleuse.

Wade la prit par la main, et ils s'éloignèrent. Bailey

prit conscience qu'elle s'était rapidement habituée à ce qu'il la touche.

— Tu vois ? Ce n'était pas si terrible, commenta-t-il. Nous avons dit ce que nous avions à dire, et nous lui avons donné matière à réflexion.

— Tu crois qu'elle va faire un don ? Ou tu penses qu'elle a juste dit cela pour que nous la laissions tranquille ?

— Impossible de prédire ce qu'elle fera. Mais tu sais quoi ? Le DJ est de retour. Tu veux bien danser avec moi ?

— Avec plaisir. Mais si nous y allons maintenant, nous serons les premiers sur la piste.

— Personnellement, je trouve qu'être les premiers serait un beau message. Mais si ça te met mal à l'aise, nous pouvons retourner à notre table et patienter.

Non, pensa-t-elle. Après leur confrontation privée avec Shayla, il fallait qu'ils s'exposent, et qu'ils montrent à la terminale de 2007 l'étendue de leur hardiesse.

— Allons-y, décréta-t-elle. Allons ouvrir le bal.

Il l'escorta jusqu'à la piste. Le DJ passa un slow, une ballade rock datant de leur année de seconde.

Wade prit Bailey dans ses bras, et ils se mirent à danser au rythme de la musique. À présent, Bailey se moquait que les gens les observent ou parlent d'eux. Elle leva les yeux vers Wade. La chaleur qui les enveloppait était palpable.

— Autrefois, je m'imaginais danser avec toi, révéla-t-il. C'était l'un de mes fantasmes. Mais je n'avais pas le courage de t'inviter à manger un burger, encore moins de t'emmener au bal du lycée.

— Moi aussi, j'avais des fantasmes en ce qui te concerne.

Et elle en avait encore. Elle rêvait de l'emmener chez elle, et d'être plus sexuellement aventureuse qu'elle ne l'avait été durant toute sa prudente vie d'adulte.

La deuxième chanson était aussi une ballade. Wade

et Bailey restèrent dans les bras l'un de l'autre. La piste commença à se remplir et, bientôt, ils furent entourés d'une foule de gens. Pourtant, c'était comme s'ils étaient seuls au monde.

Bien vite, les airs de musique furent plus rythmés et la fête battit son plein. Bailey tournoyait et se déhanchait, libre comme l'air, délibérément sensuelle. Wade dansait aussi. Il n'avait pas vraiment le choix puisque le DJ jouait toute une série de morceaux entraînants.

Bailey n'aurait pas su dire combien de temps ils dansèrent ainsi. Mais lorsqu'ils s'arrêtèrent, elle était morte de soif. Wade alla chercher des verres d'eau pétillante au bar. Elle but le sien si vite que les bulles la chatouillèrent jusqu'à la pointe des pieds.

Ils sortirent pour prendre l'air et s'assirent sur un banc.

— C'était amusant, observa-t-elle. Mais j'aurais dû retirer mes chaussures. Je ne porte pas souvent de talons. Je suis plutôt ballerines ou baskets.

— Tu peux les enlever maintenant.

Il lui offrit un sourire malicieux.

— Tu peux enlever tout ce que tu veux.

— C'est dangereux ? demanda-t-elle. Ce que nous sommes en train de faire ?

— Qu'est-ce que tu veux dire ?

— Toi et moi, en train de flirter ouvertement.

— Ça l'est seulement si nous laissons cela nous monter à la tête. Et nous serons plus sages pendant le pique-nique de demain.

Elle leva les yeux vers le ciel dégagé et clair. C'était une belle soirée estivale.

— J'ai toujours été sage. Je n'ai perdu ma virginité qu'à vingt ans.

— C'est vrai ? Moi aussi. Mais c'est parce que j'étais en prison.

— Personne ne t'a fait du mal à l'époque ?

Elle avait entendu des histoires sur les choses horribles qui pouvaient se produire en prison.

— Non. Du moins, pas sur ce plan. C'était un établissement où il n'y avait aucun détenu violent. Néanmoins, j'ai appris très vite à survivre et à me protéger. Je ne voulais prendre aucun risque.

— J'ai beaucoup pensé à toi au fil des années. Je ne devrais sans doute pas dire cela, mais j'ai imaginé t'emmener chez moi ce soir, avoua-t-elle, le cœur battant.

— C'est une invitation ? s'étonna-t-il.

— Je l'ignore. Je sais juste que l'idée ne cesse de surgir dans mon esprit.

— C'est peut-être un simple fantasme, comme quand nous étions jeunes.

— C'est le cas. Je ne devrais sans doute pas chercher à l'assouvir, même si j'en ai très envie.

La respiration de Wade devint saccadée.

— Ton fantasme sera-t-il plus facile à oublier maintenant que tu m'en as parlé ? demanda-t-il.

— Et que j'ai décidé de ne pas le réaliser ?

Elle l'espérait, mais elle ne pouvait pas en être sûre. Pour l'instant, rien ne lui semblait facile.

— Si je t'avais invité à venir chez moi ce soir, tu aurais accepté ?

— Sur le moment, oui, absolument. Mais… nous nous connaissons à peine, et coucher ensemble pourrait mener à des complications.

— C'est pour cela que je fais attention à bien choisir mes partenaires.

Dans ses scénarios, elle créait parfois des personnages

à la sexualité débordante. Mais sa propre vie était bien plus tranquille.

Wade écarta les mèches qui étaient tombées sur son front pendant qu'il dansait.

— Ça te dirait de faire une razzia au bar à desserts ? suggéra-t-il.

— Pour remplacer le sexe ? Je pourrais tout manger !

— C'est l'idée, répondit-il.

Ils retournèrent dans la salle de bal, se préparant à ingurgiter des montagnes de sucre.

Au bar à desserts, tout semblait délicieux. Wade aurait préféré passer la nuit avec Bailey, mais ce n'était pas envisageable.

Après avoir rempli leurs assiettes, ils cherchèrent un endroit pour s'asseoir car ni l'un ni l'autre ne souhaitait occuper la même table que précédemment. Ils s'installèrent dans un coin retiré près de la sortie, comme s'ils cherchaient déjà à s'échapper.

— Je vais aller chercher à boire, dit-il. Tu veux quelque chose ?

— Un café avec une double dose de crème.

Elle plongea sa cuillère dans une mousse napolitaine aérée.

— Comme ça, je serai droguée au sucre et au café.

Wade n'avait pas encore décidé quelle boisson choisir. Il savait seulement qu'elle contiendrait de l'alcool. Mais il irait d'abord chercher la boisson de Bailey. Le café et le thé étaient en libre-service.

Tandis qu'il traversait la salle, ses pensées revinrent à sa conversation avec Bailey. Il imagina à quoi ressemblerait une nuit avec elle. Et il visualisa toutes sortes de scénarios érotiques…

Maudissant son esprit indiscipliné, il arriva à l'espace des boissons. Il versa du café dans une tasse puis prit quelques doses de crème et un bâton mélangeur.

Il retourna à leur table et posa le tout devant elle.

— Je reviens tout de suite, annonça-t-il.

Il se dirigea rapidement vers le bar, impatient de prendre un remontant.

Au moment de passer commande, il choisit une crème de whisky Baileys. S'il ne pouvait pas avoir la femme, il pouvait au moins prendre une liqueur qui portait son nom.

Il but un peu de breuvage et s'imagina que c'était Bailey qu'il goûtait. Bon sang, voilà qu'il utilisait un alcool pour oublier son désir charnel ! C'était aussi dans cette intention qu'il comptait se gaver de desserts.

Il rejoignit Bailey. Elle avait fini sa mousse et venait de prendre un macaron rose.

— Qu'est-ce que tu as choisi ? demanda-t-elle, montrant son verre.

Il ne voulait pas révéler le nom de sa boisson. Du moins, pas tout de suite.

— Juste quelque chose que j'avais envie de boire, répondit-il.

Il prit un carré au citron et l'examina. Esquiver la question de Bailey était lâche, songea-t-il.

— En fait, c'est une crème de whisky Baileys, avoua-t-il.

Elle ouvrit de grands yeux.

— Je devrais être flattée ?

— Tout à fait. Tu as inspiré mon choix.

Il mordit dans son dessert au citron pendant qu'elle goûtait son macaron.

— Tu savais que les macarons sont faits de poudre d'amandes, de sucre et de blancs d'œufs ? demanda-t-il. C'est mon chef cuisinier qui me l'a appris.

— Tu as un chef privé ? Nous en avions un quand j'étais enfant. Ma mère en a toujours un mais, en ce qui me concerne, je préfère cuisiner moi-même.

— Tu es douée pour les petits déjeuners ? J'adore quand les femmes m'apportent le petit déjeuner au lit.

Les mots lui avaient échappé.

— Ton chef est une femme ? demanda-t-elle. Si oui, tu peux lui demander de faire cela pour toi chaque fois que tu le souhaites.

— Mon chef est un homme. Mon assistant personnel aussi. Ainsi que mon pilote.

— Y a-t-il des femmes qui travaillent pour toi ?

— Ma marchande d'art. Et mon tailleur. J'ai aussi une barbière.

Il se pencha vers elle.

— Je t'ai déjà dit à quel point j'aime tes cheveux ? Sont-ils aussi longs qu'avant ?

— Encore plus longs. Ils m'arrivent au bas du dos. Du moins, la partie la plus longue. Ils sont dégradés.

Il sirota sa liqueur, laissant le whisky le réchauffer.

— Tu les porteras lâchés au pique-nique demain ? J'aimerais les voir libres.

— Je les porte rarement détachés.

Elle soupira.

— Je ne sais pas si je devrais parler de coiffure avec toi. Ou de petit déjeuner au lit, d'ailleurs.

— Tu as raison, concéda-t-il. Nous sommes censés réprimer notre appétit l'un pour l'autre, pas l'exacerber.

— Ça ne fait rien. Je suis aussi coupable que toi. C'est moi qui ai commencé. Je n'aurais jamais dû te révéler la nature de l'intérêt que je te portais.

— Je crois que tu as bien fait, au contraire. Sinon, nous lutterions encore plus fort contre notre attirance.

Il sourit.

— Le sucre et la caféine t'aident ? demanda-t-il.

— Pas vraiment. Et l'alcool, ça marche ?

— Je le saurai quand je serai seul dans mon lit ce soir.

Il but le reste de son verre.

— Je suis descendu dans cet hôtel, dit-il. J'ai pris l'une des suites de luxe.

— Génial, maintenant je peux imaginer où tu dors. Mais un peu d'imagination n'a jamais fait de mal à personne, je suppose.

Lui-même en avait beaucoup quand il s'agissait de Bailey. Trop, sans doute. Pour se changer les idées, il reporta son attention sur la foule.

— C'est plus calme maintenant. Les gens commencent à partir.

— Je ne suis pas prête à m'en aller, dit-elle, rivant son regard au sien. J'aime être avec toi, et même un peu trop.

— Tu veux danser ? C'est un slow.

— D'accord. Mais cette fois, je retire mes chaussures.

Elle se leva et retira ses escarpins.

Pieds nus, elle semblait plus douce. Plus naturelle. Et il la trouvait encore plus séduisante.

— Tu es une si petite chose.

— Je suis petite, mais je ne suis pas une chose, répliqua-t-elle, le sourire taquin. Juste au cas où tu voudrais reformuler ta description de ma personne.

— Sérieusement ? Tu corriges mon langage ? Je devrais te porter et t'emmener sur la piste, pour te montrer avec quelle facilité je peux jeter sur mon épaule la *petite chose* que tu es.

Elle leva le menton.

— Tu n'oserais pas.

Le défiait-elle ?

— Ne me tente pas. Je peux me transformer en homme des cavernes en une fraction de seconde.

Elle rit et fila vers la piste. Il ne tarda pas à la rattraper et l'attira contre lui. Mais, plutôt que de la porter, il se contenta de l'enlacer et de danser avec elle. Ils se laissèrent transporter par ce tendre moment.

Il avait très envie de l'embrasser, ici, maintenant. Mais il se garderait de céder à son désir. Sinon, il pourrait finir dans un lit avec elle. Sa chambre d'hôtel était toute proche. Il leur suffirait de prendre un ascenseur.

— Restons jusqu'à la fin, suggéra-t-il. Jusqu'à la dernière chanson.

S'il ne pouvait pas être avec elle toute la nuit, au moins, il pouvait faire durer la soirée.

Elle se balança au rythme de la musique.

— Tu as déjà écouté les paroles de ce titre ? demanda-t-elle. Il parle des ravages de l'amour.

— Comme beaucoup de chansons. C'est un thème commun. En ce qui me concerne, je n'ai jamais connu l'amour.

— Moi non plus.

Elle leva les yeux vers lui.

— Je pense que l'amour fait souffrir, murmura-t-elle.

— Je suis du même avis.

La mère de Wade avait aimé son père, pourtant cette relation l'avait détruite.

— Je ne veux pas connaître ce sentiment, affirma-t-il.

Elle posa la tête contre son épaule.

— Moi non plus.

Un peu plus tard, ils dansèrent sur la dernière chanson de la soirée. Presque tout le monde était parti, même les gens du comité. Ils préparaient sans doute la fête du lendemain.

Wade et Bailey retournèrent à leur table pour qu'elle puisse récupérer ses escarpins. Il la regarda les chausser.

— Je peux t'accompagner jusqu'au stand du voiturier ?

— En fait, tu peux venir avec moi jusqu'à mon véhicule. Je n'ai pas utilisé le service de voiturier.

En silence, ils se dirigèrent vers le parking. Tout semblait étrangement calme maintenant.

— Quel genre de véhicule conduis-tu ?

— Un pick-up Ford F100 de 1956. Il était à mon père, et il me l'a légué. Il est entièrement restauré.

Lorsqu'ils arrivèrent devant le véhicule, Wade fut impressionné. Le pick-up noir aux chromes brillants était splendide.

— C'est une belle monture.

— Merci. Ce n'est pas un véhicule pour tous les jours. J'en ai un plus récent, mais il est loin d'être aussi voyant. Et toi ?

Elle fouilla dans son sac pour trouver ses clés.

— Pour mon séjour, j'ai loué une voiture.

— Je voulais dire, que conduis-tu quand tu es chez toi ?

— J'ai des tas de voitures. Je change selon mon humeur.

— Tu fais cela avec les femmes aussi ?

Il haussa les sourcils.

— Tu m'accuses d'être un play-boy ?

— Non. Mais ça ne veut pas dire que tu ne collectionnes pas les conquêtes.

— Je suis prudent en ce qui concerne mes liaisons, comme toi. Je ne collectionne rien du tout.

— C'est bon à savoir. Mais nous ne devrions sans doute pas parler de ça. Sauf que j'ai encore abordé le sujet, n'est-ce pas ?

Elle secoua la tête.

— Pourquoi est-ce que je continue de faire ça ?

— Parce que tu me trouves irrésistible, plaisanta-t-il.

— Je te résiste très bien. La preuve, je vais rentrer seule chez moi.

Il avait envie de la plaquer contre son beau pick-up et de laisser libre cours à son désir. Au lieu de quoi, il enfonça les mains dans ses poches et garda ses distances.

— Envoie-moi un message quand tu arriveras au parc demain, dit-il. Je t'y retrouverai.

— Entendu. Margot, son fils et mon frère viennent aussi. Nous pourrons passer du temps ensemble.

Elle ouvrit sa portière, monta sur le siège et baissa la vitre manuelle. Quand elle démarra, le moteur rugit.

— Bonne nuit, Wade.

— Bonne nuit, Bailey.

Il recula, tentant de réprimer son excitation.

Il aurait sûrement du mal à trouver le sommeil ce soir.

- 3 -

Bailey se leva tôt et conduisit jusqu'à la plage, où Margot vivait avec son compagnon Zeke, le frère de Bailey, et avec le petit garçon qu'elle avait adopté, Liam. Margot et Zeke avaient une relation mouvementée. Actuellement, ils étaient fiancés, mais ils avaient déjà été mariés par le passé. Après leur divorce, ils avaient entamé une liaison purement sexuelle. À présent, ils étaient à nouveau en couple et préparaient leur second mariage.

L'amour était étrange, pensa Bailey. Elle n'avait jamais compris ce sentiment. Mais elle était heureuse pour Margot et Zeke. Ainsi que pour Liam. Ils formaient une belle famille.

Elle arriva devant leur maison, une splendide structure de verre en front de mer, achetée récemment. Margot était assise sous la véranda. Quant à Zeke et Liam, ils étaient dans l'eau. Zeke faisait du surf et Liam, huit ans, du bodyboard. Dans quelques heures, tous iraient au parc ensemble.

Margot fit un signe à Bailey, qui se gara puis la rejoignit. Le père de Bailey avait été l'agent de Margot. Autrefois, son amie était une enfant actrice qui jouait dans une sitcom à succès. Des années plus tard, elle avait repris son rôle dans la suite de la série. À présent, elle se consacrait au cinéma.

— Bonjour, dit Margot, ses cheveux roux ondulés balayés

— Vous devez être l'ancien camarade de Bailey. Je suis Zeke Mitchell.

Portant toujours Liam d'un bras, il serra la main de Wade. Puis il présenta l'enfant. Liam sourit et serra la main de Wade à son tour. C'était un enfant charmant, aux cheveux blond foncé et aux grands yeux noisette innocents.

Tout le monde s'installa sur la couverture. Margot sortit des canettes d'eau aromatisée d'une glacière et les distribua.

Liam ne cessait de parler des jeux que le comité avait organisés, et qui commenceraient après le déjeuner. Les odeurs du barbecue parfumaient l'air.

Un quart d'heure plus tard, ils firent la queue pour aller chercher leur repas et revinrent le manger sur la couverture. Wade en apprit davantage sur Liam. Zeke avait entamé une procédure pour adopter l'enfant. Liam ne comptait l'appeler « papa » que lorsqu'elle serait finalisée, car il avait appelé Margot « maman » seulement après son adoption officielle.

Liam était ravi que Bailey devienne sa tante. Il raconta à Wade que Bailey et lui avaient écrit ensemble un livre pour enfants. Les recettes étaient reversées à un organisme caritatif qui aidait les enfants placés. Liam avait vécu dans des familles d'accueil avant que Margot entre dans sa vie.

Tout en écoutant le jeune garçon chanter les louanges de sa nouvelle famille, Wade pensa au cours de création littéraire qu'il avait suivi avec Bailey pendant leur année de seconde. C'était la première fois qu'il l'avait remarquée. Il était installé au fond de la salle, et Bailey, au premier rang. Il se rappelait que l'enseignant lisait toujours à voix haute les productions de Bailey. À l'époque, Wade était fasciné par son talent. Il avait de bonnes notes, mais il était loin d'être aussi doué que Bailey.

— Tu aimes ton plat ? demanda-t-elle.

Il se tourna vers elle.

— Oui, c'est très bon.

Mettant son assiette en équilibre sur ses genoux, il retira ses lunettes de soleil et les suspendit au col de son T-shirt pour mieux la voir.

— Tu vas participer à des jeux avec Liam ?

Ses jolis yeux bleus s'éclairèrent.

— Bien sûr ! Nous allons faire ensemble la course en sac. Elle est ouverte à tous les âges.

Wade sourit, amusé par son enthousiasme.

— Je viendrai vous encourager.

— Ils donnent des prix pour le premier et le deuxième, intervint Liam, qui avait entendu leur conversation. Bailey et moi, on va peut-être gagner. Ensuite elle pourra me donner son prix.

— Ah, oui ? fit-elle. Qu'est-ce qui te fait croire que je vais te donner mon prix ?

Liam rit. Wade était sûr qu'elle donnerait à l'enfant tout ce qu'il voulait. À l'évidence, ils étaient très liés. Wade ne s'était jamais attaché à personne, à l'exception de sa mère, et cela faisait longtemps qu'elle n'était plus de ce monde. Il aurait aimé qu'elle lui parle de son père. Son silence le faisait encore souffrir, au fond de lui.

Quand le début des jeux fut annoncé, Bailey et Liam se levèrent pour aller faire leur course. Wade les suivit, bien décidé à les soutenir.

La course était amusante à regarder. Mais la victoire de Liam et Bailey était improbable. Liam se donna à fond, mais il était tout simplement trop lent. Bailey trébucha et tomba plusieurs fois, se relevant tant bien que mal. Wade avait envie de l'aider, mais elle n'avait pas besoin qu'il vienne à son secours. Elle était une adulte qui participait de son plein gré à une course amusante, et non une adolescente persécutée par des camarades de lycée.

La journée se poursuivit, émaillée par d'autres jeux et d'autres activités. Des glaces furent offertes. Wade prit deux boules de glace à la menthe et aux pépites de chocolat. Bailey choisit trois parfums : fraise, chocolat et cookies. Parce qu'elle avait du mal à terminer sa glace, elle proposa à Wade un peu de sorbet à la fraise. Cela lui rappela le champignon qu'elle lui avait fait manger la veille. Il accepta volontiers sa proposition, léchant directement le cône de Bailey.

Zeke et Margot les observaient. Wade se rendit compte que Bailey et lui flirtaient de manière évidente. Mais c'était juste un moyen d'évacuer la pression, se dit-il. Du moins, il l'espérait.

Quand tout le monde eut fini sa glace, Bailey suggéra que Wade et elle emmènent Liam faire un tour de manège. Le jeune garçon était tout à fait partant. Il prit la main de Bailey tandis qu'ils se dirigeaient vers le carrousel. Wade aurait voulu en faire autant. Mais il se retint, tentant de contrôler son attirance pour Bailey.

Après avoir acheté leurs tickets, ils attendirent leur tour.

— Walt Disney emmenait ses filles sur ce manège, dit Bailey. Et devinez quoi ! C'est pendant une de ces sorties qu'il a eu l'idée de créer un lieu où les familles pourraient se réunir et s'amuser.

Elle donna un coup de coude à Liam.

— Et cette idée est devenue Disneyland.

— J'adore Disneyland ! s'exclama l'enfant.

— Moi aussi, dit Bailey. C'est bon de savoir que c'est ce manège qui a contribué à l'inspirer.

— Ton père te racontait ces anecdotes quand il t'emmenait ici ? demanda Wade.

— Oui. Il m'a dit que ce manège figurait dans des films et des émissions de télévision. Tu savais que mon père était agent artistique ?

— Tu l'as mentionné brièvement quand nous étions au lycée.

Il était clair que Bailey était proche de son père. C'était touchant. Néanmoins Wade ne pouvait pas se mettre à sa place. Il avait tout gâché avec Carl, un homme travailleur qui avait essayé d'être un bon beau-père. Malheureusement, Wade ne pouvait pas revenir en arrière pour réparer ses erreurs. Carl était décédé pendant que Wade était en prison. Quant à son vrai père, c'était un homme séduisant et manipulateur, un escroc qui avait brisé le cœur de nombreuses femmes. Son lien biologique avec Wade était terriblement entaché.

Après le tour de manège, Wade voulut remettre ses lunettes de soleil et découvrit qu'elles n'étaient plus accrochées à son T-shirt. Étaient-elles tombées sur le manège ? Ou les avait-il perdues avant ? Il n'allait pas revenir sur ses pas pour les retrouver. Il avait bien d'autres paires chez lui. Et puis, il lui faudrait bientôt repartir. Il fit remarquer à Bailey qu'ils n'avaient pas encore reparlé de sa fondation, et qu'il leur restait peu de temps.

— Alors nous ferions mieux de nous dépêcher, conclut-elle.

Il dit au revoir à Margot, Zeke et Liam, puis alla marcher avec Bailey. À présent, sa tresse était légèrement défaite, ses vêtements froissés et ses joues rosies par le soleil.

Après quelques instants, ils s'assirent à l'ombre d'un arbre.

— Tu m'enverras une copie de ton plan de développement ? demanda-t-il. Il me faut plus d'informations pour pouvoir les envoyer à mes amis et à mes associés.

— Je vais le faire dès aujourd'hui. Donne-moi ton adresse mail et je t'enverrai tout en pièce jointe.

Elle sourit.

— Ton soutien compte beaucoup pour moi, Wade.

— Je suis content de pouvoir t'aider.

La cause de Bailey était aussi la sienne. Le harcèlement était une expérience douloureuse qu'ils avaient en commun.

— Quel est ton plus gros poste de dépense ? demanda-t-il. Sur quel aspect devrais-je insister ?

— Le centre éducatif, sans hésiter. Dès que j'aurai récolté les fonds nécessaires, je vais commencer à chercher un lieu. Je souhaite que l'on s'y sente comme chez soi. Ce sera un endroit où nous pourrons éveiller les consciences et organiser des événements. J'aimerais aussi accueillir les galas de bienfaisance d'autres organisations caritatives qui œuvrent pour la même cause.

— Très bonne idée. Shayla pourrait être l'une de tes conférencières, plaisanta-t-il.

— Tout à fait, répliqua-t-elle en riant. Et Randall Kincaid aussi ! Je vais m'empresser de les embaucher.

Il rit à son tour. Puis, reprenant son sérieux, il affirma :

— Dès que tu m'auras envoyé toutes les informations, je ferai un don important.

Il n'avait pas encore décidé du montant, mais il tenait à ce qu'elle sache que son aide serait substantielle.

— Merci ! s'exclama-t-elle, portant la main à son cœur. C'est très généreux de ta part. J'ai beaucoup de chance de t'avoir dans mon camp.

L'inverse était vrai. Bailey lui donnait envie d'être meilleur. Elle avait toujours eu cet effet sur lui. Cela expliquait pourquoi il l'avait protégée lorsqu'ils étaient au lycée.

Il vérifia l'heure sur son téléphone.

— Il faut que j'y aille, mais peut-être que nous pourrons

nous parler par appel vidéo dans quelques semaines pour faire un point. Ou alors, je peux revenir à Los Angeles.

Il éprouvait le besoin d'être près d'elle à nouveau. Et cela le perturbait.

— Je peux réserver une chambre dans le même hôtel.

Elle sembla réfléchir puis répondit :

— Ou alors, tu pourrais être mon invité. J'ai une chambre d'amis et, si tu es chez moi, ça nous laisserait plus de temps pour travailler sur mon projet.

Il hésita, ne sachant s'il devait accepter. Refuser lui semblait impossible. Il voulait être avec Bailey, même s'il était risqué de se retrouver sous le même toit.

— Merci. Je serais ravi d'être ton invité.

— Alors, c'est entendu.

Elle passa la main sur ses cheveux pour tenter de dompter les mèches fines échappées de sa tresse.

— Préviens-moi quand tu seras disponible, dit-elle.

— Ce sera sans doute dans quinze jours. Je te confirmerai cela quand j'aurai consulté mon agenda. Je ferais mieux de filer à l'aéroport maintenant, sinon mon pilote va penser que j'ai disparu.

Il se leva et s'épousseta.

Lorsqu'elle fut debout à son tour, ils se regardèrent pendant plusieurs secondes. Ce fut Bailey qui baissa les yeux la première.

Il poussa un soupir tremblant.

— Je t'appelle bientôt, conclut-il.

Il ne savait pas vers quel genre d'ennuis il se dirigeait, mais il voulait absolument le découvrir.

Revoir Bailey était une tentation à laquelle il ne pouvait résister.

- 4 -

Bailey avait passé les deux dernières semaines à réviser un scénario. À présent, elle était libérée de sa tâche et s'affairait dans sa maison, se préparant à recevoir Wade. Elle ne cessait de réorganiser l'espace, pour tenter de rendre son intérieur présentable. Ce qui était idiot puisque tout était déjà bien aménagé. Simplement, sa manière de ranger n'était pas conventionnelle.

Elle collectionnait les livres, les pots de fleurs, les théières anciennes et les machines à écrire. Elle créait ses propres objets : tentures murales, aimants pour réfrigérateurs et bougies. Elle concoctait aussi des lotions, des shampoings, des gels douche et des baumes à lèvres. Son jardin était plein de légumes, d'herbes aromatiques et d'arbres fruitiers, dont elle s'occupait elle-même. Elle n'avait aucune envie d'engager un jardinier, une employée de maison ou un chef cuisinier. Elle avait grandi dans une immense demeure pleine d'employés, et elle avait détesté cela. Pour Bailey, tailler son gazon, nettoyer son intérieur et cuisiner ses repas elle-même était un vrai plaisir.

Sa maison de quatre pièces était perchée au sommet d'une route sinueuse. Elle était entourée de chênes, de saules et de sycomores. Plus loin, les conifères et les chaparrals poussaient en abondance.

Elle entra dans la chambre d'amis, que Wade occuperait.

Et il souhaite que la présence de ta mère soit garantie. Il rêve de la rencontrer.

Elle serra son verre.

— Tu lui as dit que j'étais la fille d'Eva Mitchell ?

— Non, il a fait des recherches de son côté. Mais ce n'est qu'une soirée. Un gala chic, ensuite l'endroit sera officiellement à toi.

Cela avait l'air simple. Mais pour Bailey, cette demande lui compliquait la vie.

— C'est une offre merveilleuse, et je ne veux pas paraître ingrate. Seulement, je n'aime pas l'idée d'impliquer ma mère. Elle sait que j'ai subi des brimades au lycée, mais elle ignore que c'était parce que j'étais sa fille. Et elle ne connaît pas l'étendue de mes souffrances. Je n'ai jamais trouvé le courage de tout lui avouer. Si je dois solliciter son aide pour obtenir cette maison, j'aurai l'impression d'être en porte-à-faux.

— S'il y a trop en jeu pour toi, dit-il avec douceur, tu n'es pas obligée d'accepter ce don. Je peux transmettre ton refus au propriétaire.

— J'ai besoin de temps pour y réfléchir. Cela soulève un autre problème. Si je cache les détails à ma mère, comment raconter mon histoire publiquement ?

— Tu n'es pas obligée de tout dévoiler, Bailey.

— Je sais.

Elle garderait les détails les plus humiliants pour elle.

— Mais n'est-ce pas hypocrite de ma part de créer une fondation de lutte contre le harcèlement tout en éludant ce qui m'est arrivé ?

Il détourna le regard. Avait-il des secrets inavouables, lui aussi ? Elle n'avait pas le droit de le questionner. D'ailleurs, elle avait assez de problèmes de son côté.

Elle soupira.

— Indépendamment de ce que je déciderai, je tiens à te dire que je suis impressionnée. Tu as accompli bien plus de choses en deux semaines que moi en plusieurs mois.

— J'ai juste un bon réseau, tempéra-t-il.

— Moi aussi. Dans mon cas, la plupart des donateurs potentiels sont associés à ma famille, et j'essaie de ne rien leur demander. En tant que scénariste, j'ai fait mon possible pour bâtir ma carrière toute seule.

Elle avança sur sa chaise.

— Je ne dis pas que je n'ai pas profité du succès de mes parents. Mon père m'a laissé bien plus que son pick-up. Avec l'argent de mon héritage, j'ai pu acheter cette maison. J'avais besoin d'un endroit calme pour pouvoir m'immerger dans mon travail. C'est mon havre de paix.

— C'est vraiment une superbe propriété, et tu as bien fait de ne pas la clôturer. J'aime son côté ouvert.

— Merci. C'était important pour moi. La plus grande menace pour la faune dans cette région est la clôture des terrains. J'ai tout de même des barrières en bois à l'arrière de la maison pour entourer le jardin. Mais je ne fermerai jamais toute la propriété. Je veux que la faune puisse se déplacer librement. J'aime entendre les coyotes hurler la nuit.

— Alors je suppose que je vais les entendre aussi pendant mon séjour.

Oui, pensa-t-elle. Il serait dans la chambre adjacente à la sienne, et ils entendraient les mêmes bruits.

— Tu as le sommeil léger ? demanda-t-elle.

— Oui, depuis toujours.

— Moi aussi.

Resteraient-ils éveillés en même temps, pensant l'un à l'autre, luttant contre leur attirance ?

— Pourquoi les coyotes hurlent-ils autant la nuit ? Ce

n'est pas un rituel d'accouplement, n'est-ce pas ? s'enquit-il d'une voix rauque.

Bailey sentit une onde de chaleur monter en elle.

— Ils ont un hurlement spécifique pour l'accouplement. Mais ils hurlent surtout pour communiquer et éviter les conflits territoriaux.

— Je me doutais que tu connaîtrais la réponse.

— J'aime faire des recherches sur tout un tas de sujets.

Elle remarqua qu'il avait presque fini son verre.

— Tu veux que je te resserve ? proposa-t-elle.

— Non, merci. Je me disais que nous pourrions dîner au restaurant. En début de soirée ?

— Si ça ne te dérange pas, je préfère cuisiner. C'est ma façon de te remercier pour tout ce que tu fais pour moi.

— Dans ce cas, qui suis-je pour refuser ? Je prendrai tout ce que tu me donneras. Absolument tout, murmura-t-il en la regardant intensément.

Elle sentit son pouls s'emballer.

— Tu as faim ? Je commence à préparer le repas ?

— J'ai très faim.

Tout comme Bailey. Mais elle avait aussi une autre sorte de faim. De même que Wade, apparemment. Quoi qu'il en soit, le dîner serait la seule chose qu'ils partageraient.

Pendant que Bailey préparait le repas, Wade se rendit dans sa chambre pour défaire ses bagages. Mais surtout pour se ressaisir et tenter d'étouffer son désir pour Bailey. Il envisagea de prendre une douche rapide, rien que pour pouvoir utiliser le gel qu'elle avait préparé. Mais cela ne ferait qu'attiser le feu en lui, se dit-il. Ce n'était pas le moment de se déshabiller et de s'imprégner du parfum qu'elle avait choisi en pensant à lui. Cela semblait trop animal, en quelque sorte. Trop primaire.

Il lui fallait simplement contrôler son désir, conclut-il. Il acheva de vider son sac à dos puis alla dans la cuisine.

Bailey était aux fourneaux. Elle avait mis un tablier par-dessus ses vêtements.

— Je peux t'aider ? demanda-t-il.

Elle se retourna vivement.

— Mon Dieu ! Tu m'as fait peur.

— Désolé.

Il jeta un coup d'œil vers sa poitrine. Il avait remarqué ses petits tétons dressés un peu plus tôt, mais il ne pouvait plus deviner leur forme sous son tablier.

— Je te demandais si tu avais besoin d'aide.

— Ah. Je veux bien que tu tranches les concombres pour la salade, dit-elle en montrant le plan de travail.

— D'accord. Qu'est-ce que tu mijotes ?

— Escalopes de poulet et pâtes au beurre citronné, épinards sautés et asperges rôties au four. La salade est à base de concombres et de fraises, et accompagnée d'une vinaigrette aux graines de pavot.

— Bon sang, où as-tu appris à cuisiner comme ça ?

— Je suivais notre chef cuisinier partout quand j'étais enfant. En fait, je suivais tout le monde. Les paysagistes, les techniciens, les employés de maison. Je voulais apprendre à faire tout ce qu'ils faisaient.

Elle s'affaira avec énergie et efficacité pendant qu'il coupait les concombres. Pour se rendre un peu plus utile, il lava et coupa les fraises. La vinaigrette aux graines de pavot était déjà prête.

Ils dînèrent à la table de la salle à manger, entourés de meubles anciens et de bibelots éclectiques. Pour Wade, la décoration ressemblait à un joli chaos. Bailey serait-elle tout aussi originale entre les draps ? Il n'était pas censé le découvrir. Elle ne l'avait pas invité chez elle pour qu'ils aient une aventure.

Il la complimenta sur sa cuisine. Le repas était réellement délicieux. Elle avait retiré son tablier mais avait enfilé un pull par-dessus son haut, prétendant que l'air climatisé la rendait un peu frileuse. Il la soupçonnait de vouloir simplement couvrir ses formes.

— Tu connais déjà la propriété à Pasadena ? demanda-t-elle.

— Non. Mais si tu souhaites la visiter, il me suffit d'appeler les gardiens.

Il marqua un temps.

— Je suis désolé qu'il y ait des conditions pour obtenir cette maison, dit-il.

— Et moi de me montrer aussi tatillonne concernant ma mère. Notre relation a toujours été difficile, expliqua-t-elle, enroulant des pâtes autour de sa fourchette. C'est fou que ton associé soit prêt à faire don d'une maison entière juste pour pouvoir la rencontrer.

— Il espère aussi danser avec elle.

— Elle a toujours fait de l'effet aux hommes. Comment s'appelle notre généreux donateur ?

— Gordon Scott. Il a plus de quatre-vingts ans.

— Oh ! J'imaginais un homme de l'âge de ma mère. Elle a soixante-deux ans. Bien qu'elle ait mené une vie de star, elle a connu des tragédies. Elle est deux fois veuve.

Wade était curieux d'en savoir plus.

— C'est pour ça que tu penses que l'amour fait souffrir ?

— En partie. Il y a aussi la façon dont mon père aimait ma mère. Il cherchait à la contenter en permanence. Je trouvais cela terrible. Et j'ai eu encore plus peur quand Margot et Zeke sont tombés amoureux et qu'ils se sont fait souffrir. Ils sont heureux à présent, mais autrefois, ça a été terrible.

Elle leva les yeux de son assiette.

— Et toi, qu'est-ce qui t'a effrayé ?

Wade ne comptait pas lui révéler ce que son père avait fait à sa mère alors qu'il prétendait l'aimer. Mais il ne pouvait pas non plus esquiver la question. Bailey méritait une explication, ne serait-ce que partielle.

— Après tout ce que j'ai traversé, je n'ai simplement pas envie de m'attacher à quelqu'un. J'ai travaillé dur pour remonter la pente après la prison, mais cela m'a conduit à être encore plus solitaire. J'ai quelques amis, mais je ne suis pas aussi proche d'eux que tu l'es de Margot.

Il n'y avait personne dans sa vie qui compte vraiment.

— Quant à mes partenaires, je préfère garder un peu de distance avec elles. Je n'ai jamais testé le sexe entre amis. Les femmes que je fréquente sont soit des amies, soit des amantes.

— Elles ne peuvent pas être les deux ?

— Je ne sais pas. Je n'ai jamais essayé.

Il compartimentait sa vie autant qu'il le pouvait.

— En tout cas, cela fait longtemps que je n'ai pas eu d'amante. Je n'ai pas le besoin constant d'être avec quelqu'un.

— Je ne suis pas aussi seule que toi. Comme tu l'as souligné, j'ai Margot, et j'ai ma famille. Mais je peux comprendre ce que tu ressens. Je n'ai jamais été très proche de mes partenaires, moi non plus, et ma dernière relation remonte à loin.

Ils finirent de dîner en silence.

Wade observa Bailey. Il avait envie de l'attirer dans son lit. Ou aller dans le sien. Ses besoins sexuels étaient peut-être sporadiques, mais le désir qu'il éprouvait pour

Bailey était puissant. Il avait un faible pour elle depuis très longtemps.

Après le repas, il l'aida à débarrasser. Ils passèrent le reste de la soirée à regarder un vieux film et à échanger des regards sensuels.

Quand ils décidèrent d'aller se coucher, Wade était au comble de l'excitation. Malgré cela, il souhaita bonne nuit à Bailey. Il l'entendit fermer la porte de sa chambre puis rejoignit la sienne.

Et il fut envahi par un grand sentiment de solitude.

Wade n'arrivait pas à trouver le sommeil. Il alluma la lampe de chevet et prit son téléphone, comptant surfer sur Internet comme n'importe quel insomniaque. Finalement, il se ravisa, se leva et s'habilla.

Il suivit les hurlements des coyotes et se retrouva dans le jardin. Il appuya sur un interrupteur près de la porte de service, allumant de petites guirlandes accrochées autour de la terrasse. L'effet était magique. *Comme Bailey*, pensa-t-il.

Il s'aventura dans le potager, marchant pieds nus sur un chemin de pierres. Alors qu'il venait de s'arrêter pour contempler le ciel et les étoiles, il entendit la porte de service s'ouvrir.

Il se retourna et vit Bailey sur la terrasse. Elle était charmante dans un long T-shirt qui lui arrivait aux genoux. Ses cheveux étaient rassemblés sur le sommet de sa tête et attachés avec deux grandes pinces.

— Wade ? C'est toi ?

— Oui.

Il la rejoignit.

— Qu'est-ce que tu fais là ? demanda-t-il.

— Je sors toujours dans le jardin quand je n'arrive pas

— Tu veux bien te déshabiller pour moi ? Et me laisser te regarder faire ?

Il était impossible qu'elle refuse sa demande, étant donné l'intensité avec laquelle il la fixait.

— Il n'y aura pas grand-chose à retirer, avertit-elle.

— Je veux regarder quand même.

— D'accord.

Elle saisit le bas de son long T-shirt. Elle n'était pas maîtresse dans l'art du strip-tease, mais Wade ne semblait pas s'en soucier. Du moment qu'elle finissait nue…

Elle retira le vêtement et se tint devant lui, ne portant plus que la culotte qu'elle lui avait décrite plus tôt. Ses seins étaient exposés, à présent. Wade fixait ses tétons roses et tendus.

Prenant une grande inspiration, elle enleva sa culotte et la lança dans un fauteuil.

Wade la détailla des pieds à la tête. Bailey s'efforça de réprimer sa pudeur. La toison qui recouvrait son sexe était taillée en forme de cœur. C'était son secret, et maintenant, elle venait de le dévoiler à Wade.

— C'est juste quelque chose que je fais pour mon amusement, pas pour quelqu'un d'autre.

— Tu es vraiment unique, Bailey. Je n'ai jamais connu de femme comme toi.

Il avança et l'attira dans ses bras. Elle se blottit tout contre lui, et Wade lui caressa le dos.

Quand il lui demanda de s'allonger, elle obtempéra. Il la rejoignit sur le matelas.

Plutôt que d'enlever son jean, il l'embrassa, déposant une série de baisers le long de son corps, suscitant des frissons dans le sillage de ses lèvres. Bailey adorait ce genre de préliminaires.

Il laissa planer sa bouche au-dessus de son sexe, qu'il

écarta avec ses doigts. Bailey retint son souffle. Puis, il l'embrassa, doucement. Lentement.

Elle voulut fermer les yeux mais n'y arriva pas. Elle voulait le voir faire. Elle plongea les mains dans ses cheveux, bien plus légers que sa propre chevelure, étalée sur les oreillers.

Avec ses mains et sa bouche, il continua de l'embrasser, de la caresser, de la lécher. Lorsqu'il leva les yeux vers elle, elle se mordilla la lèvre inférieure.

Elle serra les draps et poussa des gémissements aigus. Sa vision et son esprit se brouillèrent. L'ancien adolescent qui incarnait ses fantasmes était en train de la faire jouir.

Elle s'atomisa, le corps secoué de tremblements. Wade continua son assaut sensuel. Il ne s'arrêta que lorsqu'elle cria de plaisir.

Satisfaite, elle se laissa retomber sur le lit. Elle sourit quand Wade s'étendit à côté d'elle. Il lui rendit son sourire, puis entreprit de retirer son jean, lui rappelant qu'ils étaient loin d'en avoir fini.

Wade n'avait jamais été si hypnotisé, si excité par une femme. Il avait pensé à Bailey de nombreuses fois au fil des années. Il s'était demandé comment elle allait, espérant qu'elle était heureuse. À présent, elle était nue entre ses bras et se remettait de l'orgasme qu'il venait de lui donner.

— Quelle est ta position préférée ? murmura-t-il contre son oreille.

Il voulait lui donner du plaisir, de toutes les manières possibles.

— Cela dépend de la personne avec qui je suis. Mais avec toi, je suis prête à essayer n'importe quelle position.

Elle passa le pouce sur le bout de son sexe en érection.

— Et toi, que veux-tu ? murmura-t-elle.

— Je veux tout.

Il avait l'impression d'être un enfant dans une confiserie en feu, qui essayait de rassembler tout ce qu'il pouvait avant que les flammes le dévorent.

— Mais commençons par là, dit-il.

Il s'allongea sur le dos et la fit grimper sur lui.

Elle l'observa, ses cheveux encadrant son visage. Elle était très jolie, avec ses seins fermes et sa toison en forme de cœur. Il se redressa pour l'embrasser.

Elle se frotta contre son corps, attisant leur excitation. Il la saisit par la taille, se préparant à ce qu'elle lève les hanches pour l'accueillir en elle.

Elle interrompit le baiser et arqua le dos. Il attendit, fou de désir. À en juger par son petit sourire, elle semblait prendre du plaisir à le faire attendre,

Enfin, elle descendit sur son sexe dressé.

Wade émit un grondement tandis que Bailey se mettait à rouler des hanches à un rythme langoureux. Il l'aida à se mouvoir, la guidant, l'encourageant à aller plus loin. Elle se pencha pour l'embrasser, ses cheveux caressant son torse.

Puis elle se redressa. Et lorsqu'elle se caressa, il décida qu'elle était l'amante la plus tentante qu'il ait jamais eue.

— Regardez-moi ça, gronda-t-il. C'est très sexy.

Il voulait qu'elle sache à quel point c'était excitant pour lui de la voir se donner du plaisir tout en le chevauchant.

Étrangement, il trouvait aussi cela romantique.

Elle ferma les yeux et atteignit l'orgasme, secouée de petits spasmes, lui donnant la satisfaction de la voir jouir.

Quand elle rouvrit les yeux, il reprit les rênes et s'allongea sur elle. Il établit une cadence rapide, s'enfonçant en elle jusqu'à la garde, enchaînant les coups de reins puissants.

Elle gémit et enroula les jambes autour de lui, tout en

se remettant encore de son second orgasme. Y en aurait-il un troisième ? Il l'ignorait. Tout ce qu'il voulait, c'était en avoir un lui-même.

Ils s'embrassèrent et mêlèrent leurs langues avec ardeur. Elle enfonça les ongles dans son dos tandis qu'il suçotait ses tétons tour à tour.

Ils roulèrent sur le lit, enlacés, les mains jointes.

Les coyotes hurlaient-ils encore ou les sons étaient-ils dans sa tête ?

Il alla encore plus vite, encore plus fort. Plus rien ne comptait, sauf cet instant. C'était du sexe brut, sauvage, frénétique. Wade pourrait lui faire l'amour pendant mille ans sans être rassasié. Mais c'était son corps qui parlait. Ils auraient de la chance si leur liaison durait quelques mois.

Elle enfonça à nouveau les ongles dans sa peau, faisant monter le désir de Wade d'un cran. Comment était-ce possible ? Il était déjà fou d'excitation.

Quand elle saisit les piliers du lit à baldaquin, il espéra qu'elle n'arrache pas la moustiquaire. À ce stade, tout était possible, car elle était aussi agitée que lui.

Il chassa ses pensées et laissa son esprit plonger dans le brouillard. Sa vision aussi se troubla. Bientôt, la pièce se mit à tourner, l'attirant dans le chaos. Il se fichait qu'un tremblement de terre se produise et que le toit s'effondre sur eux. Rien ne pourrait arrêter l'orgasme qui était en train de le balayer.

Il jouit de manière brute et rapide. C'était si bon !

Avant que ses bras faiblissent, il s'allongea sur elle et enfouit le visage dans ses cheveux tandis qu'un doux silence les enveloppait.

Wade aurait pu dormir ainsi, blotti contre le corps nu de Bailey. Mais elle avait d'autres projets, manifestement.

Elle frotta son nez contre le sien.

— Il faut que j'aille à la salle de bains. Ça te dirait de prendre un bain avec moi ?

Il releva la tête pour l'observer.

— Je prends des douches, pas des bains. Et puis, comment pourrions-nous entrer tous les deux dans la baignoire ? À moins que ta baignoire soit plus grande que celle de ma chambre.

— Oui, c'est le cas. C'est une baignoire sur pieds, en fonte, avec robinetterie en laiton. Tu vas être impressionné.

— Pourquoi ? Tu l'as installée toi-même ?

— Non, gros malin. Elle était déjà là quand j'ai acheté la maison. Mais je l'aurais fait si j'avais pu.

Elle lui donna un coup de coude dans les côtes.

— Maintenant, ôte-toi de mon corps et laisse-moi prendre mon bain. Ton poids est considérable pour une femme frêle comme moi.

Il se releva.

— Alors, maintenant, tu es une femme frêle ? La dernière fois, tu m'as repris parce que j'ai dit que tu étais une petite chose.

Elle se mit en position assise.

— Appelle-moi comme tu veux, il n'empêche que tu es bien plus grand et plus lourd que moi.

Elle lui lança un regard en coin.

— Tu as de beaux muscles. J'aime tout ton corps, à vrai dire.

— Ah, oui ?

Il était tenté de répéter leurs ébats. Mais elle se leva et se dirigea vers la salle de bains.

Tandis qu'elle s'éloignait, il contempla sa chevelure, qui arrivait juste au-dessus de son postérieur. Un postérieur très attrayant, d'ailleurs.

— Attends ! lança-t-il.

Elle se retourna.

— Oui ?

— Je veux bien prendre un bain avec toi. Mais il vaudrait mieux que la baignoire soit aussi impressionnante que tu le dis.

Il sortit du lit et la suivit, charmé par son petit jeu de séduction.

Ils entrèrent dans la pièce, aussi chargée et charmante que le reste de la maison. La baignoire était immense, en effet. Du moins, pour ce qui était de la profondeur. Wade devrait tout de même plier les jambes pour y entrer. Mais pas Bailey. Elle pourrait s'étirer autant qu'elle le souhaitait.

— Je ne me souviens pas de la dernière fois que j'ai pris un bain. J'étais encore enfant, c'est sûr.

Elle fouilla dans un tiroir et en sortit quelques pinces à cheveux. Elle forma un chignon avec sa chevelure et le maintint en place à l'aide des pinces.

— C'était sans doute un bain moussant. Les enfants adorent les bulles. Nous pouvons en mettre dans le nôtre.

— Laisse-moi deviner. Tu fabriques ton propre bain moussant ?

— Évidemment ! Et sans produits chimiques.

Elle inspecta les bouteilles couleur ambre posées sur une desserte à côté de la baignoire.

— J'ai deux formules : une pour la relaxation, et une autre pour hydrater la peau.

Il l'observa, amusé par le sérieux dont elle faisait preuve pour un simple bain.

— Peut-on les mélanger ? demanda-t-il.

— Je suppose, oui. Comme ça, nous serons détendus et hydratés en même temps.

Elle ouvrit les deux bouteilles.

— Si tu le dis. Je te laisse le préparer.

Elle régla la température de l'eau et versa les bains moussants maison sous le robinet, créant un nuage de bulles blanches.

— Entre en premier, et je m'assiérai devant toi, suggéra-t-elle.

— Bien, madame.

Il se glissa dans la baignoire, s'attendant presque à ce que ses os craquent. Mais quand il fut immergé dans l'eau, il décida qu'il n'était pas si mal.

Lorsqu'elle le rejoignit, il écarta les jambes pour qu'elle puisse se caler entre elles. Elle appuya le dos contre son torse. Wade l'entoura de ses bras.

Elle ferma le robinet quand les bulles arrivèrent au niveau de sa poitrine.

— Tu es le premier homme avec lequel je fais ça. Les bains sont sacrés pour moi. Mais je voulais partager ce moment avec toi.

Soudain, il éprouva l'envie inhabituelle de partager son monde avec elle, lui aussi.

— La prochaine fois que nous nous verrons, tu viendras chez moi ? Je peux demander à mon pilote de venir te chercher.

Elle tourna la tête vers lui.

— J'aimerais beaucoup voir où tu vis. Mais je peux prendre un vol commercial. Quand j'étais petite, je prenais des jets privés, mais ça ne me semble plus nécessaire.

La plupart des femmes étaient émerveillées par son jet, mais Bailey n'était pas comme la plupart des femmes. Elle avait grandi dans le luxe. Cependant, la fortune de Wade excédait de loin celle de la famille de Bailey, désormais.

— Comme tu veux, dit-il.

Il enfouit le nez dans ses cheveux tandis que Bailey

par la brise. Tu veux une tasse de café ? demanda-t-elle, désignant la cafetière devant elle. Ou un jus d'orange ?

La bouteille de jus était aussi sur la table, ainsi que des bagels grillés.

— Je vais prendre un jus d'orange, dit Bailey.

Elle s'installa sur une chaise et se servit un verre. Puis elle saisit un bagel qu'elle tartina de fromage frais.

— Comment s'est passé ton voyage à New York ?

Margot s'était rendue à Manhattan pour rencontrer le réalisateur de son prochain film.

— Très bien. Mon rôle est mince, mais il est vraiment capital pour l'intrigue. Je suis ravie.

Margot se pencha vers elle.

— Et comment était le bal des anciens du lycée ? Je suis désolée de l'avoir manqué. Je t'ai laissée toute seule.

— Je n'étais pas seule. J'ai passé la soirée avec Wade Butler. Nous avons dîné, discuté, et même dansé.

Le simple fait de penser à Wade affola son pouls.

— Nous avons même parlé à Shayla Lewis. Je vais lui envoyer des informations sur ma fondation.

— Eh bien ! Ta soirée était intéressante, on dirait. Wade va faire un don ?

— Oui. Il m'a proposé de m'aider à trouver d'autres donateurs.

Elle goûta son bagel puis reprit la parole.

— Il est devenu très beau. Vraiment séduisant. J'ai même songé à l'emmener chez moi. Mais tu sais à quel point je suis prudente dans mes relations avec les hommes. Il m'a confié faire attention aussi. Ce qui ne veut pas dire que nous devrions avoir une aventure.

Margot porta son regard vers l'océan, où Zeke et Liam jouaient ensemble dans les vagues.

— J'aimerais que tu ne sois pas si frileuse dans tes relations sentimentales.

— Toi aussi, tu l'étais, après avoir vécu l'enfer avec mon frère, rétorqua Bailey.

Elle soupira.

— Je crois que je suis mieux seule, enchérit-elle. J'ai l'impression que Wade aussi. Comme moi, il pense que l'amour fait trop souffrir pour valoir la peine.

— Vous avez parlé d'amour ? s'exclama Margot.

— Oui, mais nous avons surtout parlé de sexe. Je n'arrêtais pas d'aborder le sujet malgré moi. Wade était si… sexy.

Il avait réveillé un désir en elle qu'elle n'arrivait pas à étouffer.

— Ton frère m'a toujours fait ce genre d'effet, fit remarquer son amie. Tu sais à quel point j'ai eu du mal à l'oublier.

— Et maintenant, tu vas te remarier avec lui !

Bailey ne pouvait pas imaginer ce que Margot ressentait. Elle n'avait jamais rêvé de se marier.

— Wade a-t-il évoqué son séjour en prison ? demanda Margot, brisant le fil de ses pensées.

— Nous en avons discuté brièvement. Il y a beaucoup de choses que j'ignore à son sujet. Et que je ne connaîtrai sans doute jamais. Il a un côté très mystérieux.

— Je me souviens qu'il était solitaire au lycée. Mais toi et moi, nous avions aussi nos problèmes.

En effet. Margot aussi avait été persécutée. Enfant, elle avait suivi des cours avec un tuteur pendant le tournage de sa sitcom. Lorsqu'elle était arrivée à Bev West, les autres élèves s'en étaient pris à elle car ils trouvaient son ancienne série démodée et ridicule. Heureusement,

Margot avait surmonté son traumatisme. Aujourd'hui, c'était une jeune femme épanouie.

— Tu t'en es très bien sortie. Je ne t'ai jamais vue aussi heureuse, observa Bailey.

Margot posa la main sur la sienne.

— Je veux que tu le sois, toi aussi.

— Ne t'en fais pas pour moi. J'adore mon travail, ma maison, ma solitude. Je n'ai pas à me plaindre. Simplement, j'ignore si je pourrai vivre heureuse avec un homme.

Et elle n'allait même pas essayer.

Quand Wade arriva au parc, Bailey venait de lui envoyer un message pour l'informer qu'elle était installée sur une butte près du manège.

Il repéra le carrousel au loin et passa le parc en revue. Shayla et sa bande étaient au centre du parc. La jeune femme aperçut Wade mais détourna rapidement le regard. La mettait-il mal à l'aise ? Il l'espérait.

Chassant Shayla de son esprit, il envoya un SMS à Bailey. Elle lui demanda s'il souhaitait la retrouver au manège. Il répondit par un pouce levé et se dirigea vers sa destination. Mais il n'était pas aussi enjoué que son émoticône le laissait supposer. Cette seconde réunion des anciens du lycée était la journée des familles, et cela lui rappelait que lui-même n'en avait plus.

Il approcha de la clôture qui entourait le manège et aperçut Bailey. Elle portait un T-shirt bleu, un short en jean et des baskets blanches. Ses cheveux n'étaient pas détachés mais tressés, hélas. Wade aussi avait choisi une tenue décontractée, complétée par des lunettes noires. Son humeur actuelle requérait qu'il cache son regard.

— Bonjour, dit Bailey quand il fut face à elle.

— Bonjour, Bailey.

Il avait très envie de toucher ses cheveux, de les décoiffer… Bon sang, Bailey lui faisait perdre la tête !

— La plupart de nos anciens camarades sont par là-bas, dit-il, désignant l'endroit qu'il venait de quitter. Au cas où tu voudrais te rapprocher du cœur de la fête.

— Je suis très bien ici. C'est tranquille, mais assez près pour voir ce qui se passe. Et puis, j'ai de bons souvenirs de ce manège. Mon père m'y faisait faire des tours quand j'étais enfant.

— Je ne suis jamais monté dessus. Je ne fréquentais pas ce parc à l'époque.

— Dans ce cas, nous devrions faire un tour avec Liam tout à l'heure. J'ai hâte que tu fasses sa connaissance. Pour l'instant, il joue au frisbee avec mon frère. Zeke a cinq ans de plus que moi, et nous avons des pères différents. Le sien était samoan et choctaw, et le mien européen. Nous ne nous ressemblons pas du tout, mais tu as sans doute vu des photos de Margot et de lui sur mon compte Instagram.

Wade acquiesça d'un signe de tête. Il savait que son frère était garde du corps et dirigeait une société de sécurité.

— Zeke est-il allé à Bev West ou tes parents l'ont-ils envoyé dans un autre lycée ?

— Il était à Bev West. Il était déjà à l'université quand je suis entrée au lycée, alors personne n'a fait le lien entre nous. Il a aimé ses années lycée. Contrairement à moi, il n'a pas subi de harcèlement.

Elle fronça les sourcils.

— Mais il était malheureux d'être le fils d'une célébrité, ajouta-t-elle. Il avait du mal avec les paparazzis, les ragots et tout le reste. Moi aussi, je détestais ces aspects.

— Je ne sais pas ce que ça fait.

Et il espérait ne jamais le savoir. Si quelqu'un découvrait

un jour son histoire familiale, la presse le descendrait en flammes, d'autant plus qu'il existait un maudit documentaire dans lequel les crimes de son père étaient exposés en détail. Heureusement, les journalistes n'avaient pas découvert que Wade était le fils d'un escroc. Personne ne savait. C'était un secret que sa mère avait caché à tout le monde, même à Wade. Il n'avait découvert la vérité qu'après son décès.

— Si nous y allions ? demanda Bailey.

Elle le conduisit vers sa famille. Ou du moins, vers Margot. Pour l'instant, la jeune femme était seule sur la couverture étalée sur la pelouse.

Margot se leva pour le saluer. Elle ressemblait encore à la jeune fille rousse et fougueuse qu'elle était autrefois, bien qu'elle soit devenue une actrice respectée à présent. À Bev West, ils étaient devenus amis uniquement parce qu'ils connaissaient Bailey tous les deux. Pour Wade, seule Bailey comptait à l'époque.

— Contente de te revoir, dit Margot en le serrant dans ses bras. Tu as l'air en forme.

— Toi aussi.

Il regarda par-dessus son épaule et vit Zeke se diriger vers eux, l'air déterminé, Liam sur les talons.

— Est-ce que je vais prendre une raclée ? demanda Wade à Margot.

Zeke semblait encore plus massif en vrai qu'en photo.

— Ton fiancé pourrait ne pas apprécier notre petite accolade, glissa-t-il.

Margot rit et relâcha Wade.

— Ne t'inquiète pas, je suis sûre qu'il va t'épargner.

— Je l'espère, plaisanta-t-il.

Zeke prit Liam dans ses bras et le porta sur le reste du trajet. Il s'arrêta devant Wade.

Elle avait refait le lit trois fois. Elle ne cessait d'imaginer Wade allongé entre les draps.

Dormait-il nu ? Était-il un lève-tôt ? Prenait-il de longues douches chaudes ? Utiliserait-il le shampoing et le gel douche qu'elle lui avait préparés ?

Elle ouvrit les stores un peu plus pour laisser entrer la lumière. Wade serait là dans une heure. Avait-elle commis une erreur en l'invitant à séjourner chez elle ?

Peut-être, mais elle n'avait pas pu s'en empêcher. Elle voulait passer autant de temps que possible avec lui.

Elle s'assit sur le bord du matelas et passa la main sur le couvre-lit. Wade menait une vie bien plus luxueuse que la sienne et profitait des avantages que lui apportait sa fortune. En revanche, il n'avait pas grandi dans l'opulence. Cependant, tous deux avaient été victimes de harcèlement scolaire, et c'était pourquoi ils collaboraient pour faire prospérer la fondation de Bailey. Elle était touchée par les efforts de Wade. Il était devenu son plus grand allié.

Elle se leva et lissa l'endroit du lit qu'elle avait froissé. Elle avait failli dormir dans cette chambre la veille, pour pouvoir se dire qu'elle avait occupé le même lit que lui. Mais elle avait changé d'avis, trouvant cela un peu extrême.

Autrefois, elle reprochait à Margot son obsession pour Zeke. Et maintenant, c'était elle qui était obnubilée par Wade. Mais cela ne voulait pas dire qu'ils allaient avoir une liaison interdite. Leur relation était strictement professionnelle. En tout cas, c'était ce qu'elle ne cessait de se répéter. Néanmoins, elle craignait de se jeter à son cou dès qu'il franchirait le seuil de sa maison.

Non. Elle n'agirait pas de manière aussi stupide.

Bien décidée à rester sage, elle quitta la pièce et alla préparer un pichet de citronnade.

Les citrons provenaient de son jardin. Elle ignorait

si Wade aimait la citronnade. Si ce n'était pas le cas, le réfrigérateur était plein d'autres boissons. Et de produits frais. Elle comptait cuisiner pour lui ce week-end. C'était le moins qu'elle puisse faire pour le remercier.

Après avoir terminé de mélanger la citronnade, elle se rendit compte qu'elle avait consacré plus d'énergie à ranger la maison qu'à soigner son apparence. Elle ne portait pas une once de maquillage et ses cheveux étaient décoiffés.

Elle se précipita dans la salle de bains pour se rendre plus présentable. Elle appliqua un peu de blush sur ses joues et noua ses cheveux en queue-de-cheval. Voilà qui était mieux, pensa-t-elle en se regardant dans le miroir. Elle portait un haut à bretelles des années 1970 et un pantalon légèrement déchiré. Elle aimait sa tenue, même si elle lui donnait l'air de venir de l'époque de la contre-culture. Laurel Canyon était autrefois un haut lieu de la culture hippie. Et puis, Bailey n'était pas une férue de mode comme sa mère. Elle n'avait pas de styliste personnelle pour choisir ses tenues. Elle préférait les vide-greniers et les marchés aux puces. C'était sans doute sa revanche, elle qui ne s'était jamais adaptée au mode de vie de Beverly Hills. Même la petite robe tendance qu'elle avait portée à la réunion la veille provenait d'une friperie.

Elle observa son reflet, en se demandant quel genre de femmes Wade fréquentait. Il avait affirmé être prudent dans le choix de ses partenaires, mais il n'avait pas précisé de préférences physiques. Quoi qu'il en soit, Bailey l'attirait, c'était certain. Autant qu'il lui plaisait.

Lorsqu'elle entendit quelqu'un sonner à la porte, elle se retourna vivement.

Était-ce Wade ? Si oui, il était en avance.

Elle prit une grande inspiration pour se détendre.

Ce qui ne l'empêcha pas de courir dans le hall.

Elle regarda par le judas pour être sûre que c'était Wade. Oui, c'était bien lui.

Elle ouvrit la porte à la volée.

— Bonjour, dit-il d'une voix joyeuse qui fit tressauter son cœur.

Elle invita Wade à entrer et, dès qu'il eut franchi le seuil, il promena son regard sur elle. Aussitôt, elle regretta de ne pas avoir mis de soutien-gorge. Elle aurait dû choisir un vêtement moins bohème. Ses fichus tétons pointaient sous le tissu. Seule consolation : l'imprimé floral faisait office de camouflage.

Aujourd'hui, les yeux de Wade étaient plus verts que gris. Et il était toujours aussi séduisant.

— Suis-moi, je vais te faire visiter, dit-elle.

Elle commença par la chambre d'amis.

— C'est ici que tu dormiras.

— Merci.

Il posa son sac à dos sur le lit puis alla vers la fenêtre.

— Tu as une superbe vue sur le canyon. C'est vraiment isolé.

Elle montra la salle de bains.

— Je t'ai préparé du shampoing et du gel douche. Mais tu n'es pas obligé de t'en servir.

— Tu les as faits toi-même ?

— Oui.

— Alors je les utiliserai, c'est sûr.

Il alla dans la salle de bains pour inspecter ses produits.

Elle resta en retrait pendant qu'il ouvrait les bouteilles et humait leur odeur. Elle finit par approcher.

— Pour le gel douche, j'ai ajouté un peu d'huile essentielle de cèdre afin de lui donner un parfum masculin. Pour le shampoing, j'ai associé des huiles de menthe poivrée et d'arbre à thé.

— Ça me touche que tu aies pensé à moi. Me doucher avec des produits que tu as concoctés pour moi, je trouve ça sensuel.

Il referma les bouteilles.

— Désolé, je n'aurais pas dû dire ça.

— Ça ne fait rien.

Elle tira sur son débardeur, regrettant à nouveau de ne rien porter dessous.

— Si on continuait la visite ? lança-t-elle.

Il acquiesça d'un signe de tête. Bailey l'entraîna de pièce en pièce, sans s'arrêter devant sa propre chambre. Il n'y avait aucune raison que Wade voie où elle dormait, où elle prenait son bain, où elle rêvait de lui…

— Cette maison était autrefois un chalet de chasse, expliqua-t-elle quand ils entrèrent dans le bureau. Elle date des années 1920 mais a été restaurée depuis.

— C'est une demeure charmante. Et elle est parfaite pour toi, Bailey.

Il explora les étagères sur lesquelles était exposée sa collection de machines à écrire.

— Elles sont belles. Il y a un grand mystère autour des vieilles machines et de la technologie.

— C'est vrai.

Elle aperçut le tatouage sur son poignet. Au lycée, Wade lui avait dit que les symboles représentaient l'un des premiers codes informatiques.

— Tu veux un verre de citronnade ? offrit-elle. Je viens de la préparer.

— Volontiers. Une citronnade maison ? C'est un autre de tes talents ?

— J'aime faire les choses moi-même.

Elle l'invita à s'asseoir sur la terrasse pendant qu'elle allait chercher la citronnade. L'air de la montagne était frais. Quand elle le rejoignit et posa un plateau sur la table en verre, elle remarqua que Wade contemplait son jardin. Il était très observateur, manifestement.

— Tout est si joli, commenta-t-il.

Elle supposa qu'il parlait du jardin. Mais ensuite, elle se demanda s'il parlait aussi d'elle. La trouvait-il charmante dans ses vêtements colorés – avec ses tétons qui pointaient sous son haut à bretelles ?

— C'est une belle journée, ajouta-t-il.

Bailey se contenta de hocher la tête. Une petite brise s'était levée et plaquait son haut contre sa poitrine.

Wade la regardait avec un peu trop d'intérêt à son goût. Pour le distraire, elle demanda de but en blanc :

— Que penses-tu de mon plan de développement ?

Bien qu'il semble interloqué par ce brusque changement de sujet, il répondit sans hésiter :

— Il est excellent. Pour tout te dire, j'ai déjà obtenu quelques promesses de dons. Et j'ai encore mieux : une propriété à Pasadena. C'est une maison de l'époque victorienne qu'un de mes associés prête à des œuvres caritatives. Il souhaite maintenant en faire don à ta fondation, afin que tu puisses y installer ton centre éducatif. Il y a des commerces autour, ce serait un endroit parfait.

Il se pencha vers elle.

— Mais il y a un hic.

Bailey n'était guère surprise. Beaucoup de donateurs posaient leurs conditions.

— Que veut-il ?

— C'est un vieux monsieur, un magnat de l'immobilier qui possède des propriétés partout dans le monde. Il adore passer du temps avec le gratin d'Hollywood. Il veut que ta fondation organise une soirée de bienfaisance.

à dormir. Mais je ne m'attendais pas à te voir. Qu'est-ce que tu fabriquais ?

— Je ne trouvais pas le sommeil, moi non plus. J'étais distrait par les coyotes. Ensuite par les étoiles, et maintenant par toi. Tu es très belle.

Il l'entendit haleter.

— C'est gentil, mais tu peux à peine me voir, objecta-t-elle.

— Je te vois suffisamment avec toutes ces lumières. Mais je n'arrive pas à distinguer la couleur de ton T-shirt, dit-il, tirant sur sa manche. Est-il rose ou blanc ?

— Lavande. Et toi ? Tu n'as pas froid sans T-shirt ?

— Pas du tout.

Il avait même chaud. Plus chaud qu'il ne le devrait.

— Mais je meurs d'envie de te toucher.

— Bon sang, Wade… C'est fou. Nous sommes ici, ensemble en pleine nuit, alors que nous devrions être seuls dans nos lits respectifs.

— Nous ne l'avons pas fait exprès. C'est arrivé comme ça.

— Mais je t'ai invité chez moi. Je t'ai fait venir ici. Et maintenant, j'ai envie que tu me touches.

Elle frissonna, comme si ses propres paroles la choquaient.

— Mais si nous allons trop loin, il n'y aura pas de retour en arrière possible, avertit-elle.

— Alors procédons par étapes.

Il retira les pinces de ses cheveux, les posa sur la table et regarda sa masse de boucles blondes tomber en cascade sur ses épaules.

— Je rêvais de faire ça depuis très longtemps.

Son fantasme devenait réalité.

— Tu ressembles à Raiponce. Je suis très excité, maintenant.

— Moi aussi. Tu es nu sous ton jean ?

— Oui.

Il attrapa une poignée de cheveux pour sentir les mèches glisser entre ses doigts.

— Tu es nue sous ton T-shirt ?

— J'ai une culotte. Mais pas de soutien-gorge.

Il remarqua que ses tétons pointaient sous son vêtement.

— Tu n'en portais pas non plus tout à l'heure, mais tu t'es couverte avec un pull.

Il continuait de jouer avec les cheveux de Bailey, fasciné. Tout chez elle le charmait.

— De quelle couleur est ta culotte ?

— Couleur chair.

Son imagination s'emballa.

— Et comment est-elle ? Quelle forme, quel style ?

— C'est un boxer. Sans nœud ni dentelles, dit-elle d'une voix haletante.

Elle marqua un temps pour reprendre son souffle.

— J'ai l'impression que nous faisons l'amour au téléphone, mais sans téléphone.

Il se rendit compte que les coyotes ne hurlaient plus. Le canyon était plongé dans le silence, à présent.

— Tu vas m'embrasser ? demanda-t-elle.

— Tu me laisseras faire ?

— Oui. Absolument.

Elle se pencha, l'encourageant à prendre possession de sa bouche aussi passionnément qu'il le pouvait.

- 5 -

Bailey noua les mains autour du cou de Wade, l'attirant vers lui. Elle avait envie de lui. Besoin de lui. Le baiser fut torride et impérieux, la langue de Wade glissant sur la sienne. C'était exactement ce qu'elle voulait.

L'air frais du soir caressait sa peau, mais un feu la consumait intérieurement. Wade la plaqua contre un mur, et tous deux perdirent un peu la tête. Quand il la porta, elle enroula les jambes autour de sa taille. Ils continuèrent à s'embrasser, échangeant des baisers avides et ardents.

Enfin, ils reprirent leur souffle.

— Quelle étape était-ce, au juste ? demanda-t-elle.

Il appuya le front contre le sien.

— Comment ça ?

— Tu as dit que nous allions procéder par étapes.

Elle percevait son érection ferme sous son jean.

— La première, j'imagine. Ou peut-être la deuxième. Nous avons peut-être sauté une étape quelque part.

Elle s'accrocha à lui.

— Que fait-on maintenant ?

— À toi de décider. S'il ne tenait qu'à moi, je t'embrasserais toute la nuit.

— Tu m'embrasserais, c'est tout ?

Elle effleura ses lèvres des siennes. S'ils étaient nus, ils feraient l'amour. Leur position actuelle le permettait, certainement.

Il l'étreignit.

— Tu cherches à me tenter.

— Je me tente moi-même.

Elle était submergée par une myriade de sensations.

— Viens dans ma chambre, Wade.

Il la relâcha, et elle remit les pieds au sol.

— Tu es sûre ? C'est toi qui as dit que, si nous allions trop loin, il n'y aurait pas de retour en arrière possible.

— Oui, mais nous savons tous les deux que nous ne serons pas amants pour toujours. Qu'aucun de nous n'est du genre à s'engager. Alors peut-être que le terme « retour en arrière » n'est pas pertinent.

Elle caressa son torse.

— Nous pouvons juste partager un moment ensemble.

Dans sa chambre. Dans son lit.

Il posa la main sur celle de Bailey.

— J'espère que tu as une contraception. Je n'ai rien apporté. J'aurais dû, étant donné la force de mon désir pour toi, mais je ne pensais pas que nous allions…

— Je prends la pilule. J'ai fait un test, aussi. Je suis en bonne santé.

Il soutint son regard.

— Moi aussi, je suis en bonne santé.

— Alors suis-moi.

Elle le conduisit jusqu'à sa chambre. La lampe de chevet qu'elle avait laissée allumée projetait une lumière douce dans la pièce.

— J'aurais dû me douter que ta chambre ressemblerait à ça.

Le lit à baldaquin était entouré d'une moustiquaire, et la coiffeuse était couverte de livres et non de flacons de parfums et de produits cosmétiques.

Il recula d'un pas pour la contempler.

passait un gant de toilette sur elle. Quand elle le glissa entre ses jambes, il lui mordilla l'oreille.

— Tu perds ton temps, murmura-t-il. Je vais à nouveau jouir en toi.

Elle inspira brusquement. Devinait-elle qu'elle l'excitait ? Qu'il était presque tout à fait en érection ?

— Je n'ai jamais fait l'amour dans une baignoire. Mais j'imagine que c'est logique, puisque tu es le premier homme que j'invite à partager mon bain.

Il taquina ses tétons avec ses pouces.

— C'est une première pour moi aussi, vu mon expérience limitée en matière de bains. Je ne sais même pas comment faire. Mais je veux bien essayer.

Elle lâcha le gant, qui disparut dans l'eau mousseuse.

— Je peux me mettre à quatre pattes pour te faciliter la tâche, offrit-elle.

— Cette idée me plaît.

Beaucoup, même.

— Mais je crois que nous devrions vider l'eau d'abord, avança-t-il. Sinon, nous risquons de glisser ou d'inonder le sol.

— Tu as raison. Mieux vaut prendre ses précautions.

Elle retira le bouchon de la baignoire puis se rinça à l'aide d'un pommeau.

Wade se rinça à son tour et regarda Bailey s'appuyer sur ses genoux et ses mains. Dans cette position, offerte, elle était extrêmement excitante.

Il s'agenouilla derrière elle, enserra sa taille et s'enfonça en elle. Elle gémit de plaisir et arqua le dos pour l'amener plus loin encore. Ils étaient à l'étroit et auraient sans doute des courbatures le lendemain, mais ces minutes délicieuses et torrides en valaient la peine.

Ils trouvèrent leur rythme, vivant pleinement l'expérience

ensemble. Wade décida que se baigner avec Bailey était l'une de ses activités préférées. Bailey était si enthousiaste. Si passionnée… Il adorait cela.

Il se baissa et se mit à caresser son clitoris, lui arrachant des gémissements de plaisir. Il continua de la stimuler, et elle atteignit l'orgasme en quelques secondes, pantelante et tremblante.

Lui non plus n'allait pas tarder à jouir. Il baissa les yeux et se regarda aller et venir en elle.

Enfin, son orgasme survint, l'emportant dans une vague de plaisir addictif et explosif.

Bailey se réveilla dans un état de confusion, sans savoir où elle était. Mais quand elle ouvrit les yeux et découvrit l'homme nu qui dormait à côté elle, les souvenirs de la veille l'assaillirent.

Wade. L'objet de son désir.

Était-il possible d'avoir une gueule de bois à cause du sexe ? Si oui, c'était ce dont elle souffrait. Après avoir batifolé dans la baignoire, ils étaient allés se coucher et s'étaient endormis dans les bras l'un de l'autre. Dans la nuit, ils s'étaient réveillés et avaient fait l'amour à nouveau, sans même échanger un mot. À présent, la lumière du soleil filtrait à travers les stores.

Bailey prit son téléphone sur son chevet et consulta l'écran. Il était plus de midi, mais elle n'allait pas paniquer pour autant. Il n'y avait aucune urgence.

Néanmoins, elle se leva sans attendre, prit un peignoir dans le placard et l'enfila.

— Qu'est-ce que tu fais ? demanda-t-il.

La voix ensommeillée de Wade la fit sursauter. Elle se retourna vers lui. Il était allongé sur le côté, les cheveux en bataille et les yeux à peine ouverts. Était-ce inquiétant qu'elle le désire à nouveau ? Qu'elle ait déjà envie de se glisser entre les draps ?

— Je me lève, dit-elle, nouant son peignoir et se forçant à rester sage.

Son désir persistant pour Wade n'était pas normal, se dit-elle. Elle n'était pas une chatte en chaleur.

Il passa la main dans ses cheveux.

— Pourquoi ?

Elle retint son souffle. Pourquoi fallait-il qu'il soit si séduisant ?

— Pour aller chercher du café.

— Tu m'apporteras une tasse ?

— Quel parfum ? J'ai plusieurs variétés.

— Peu importe. Surprends-moi, dit-il, un sourire ensommeillé éclairant son visage. J'aime les surprises.

Il avait dit aimer que les femmes lui apportent le petit déjeuner au lit. Devait-elle préparer un plateau complet ? Ou le café était-il suffisant ?

— Je reviens.

Impatiente de s'échapper, elle quitta la chambre d'un pas pressé.

Elle se sentit aussitôt en paix dans sa cuisine, dotée d'une fenêtre ancienne et d'un fourneau à bois. Bailey possédait aussi une cuisinière à gaz, mais elle préférait le fourneau, vestige d'un temps révolu. Parfois, Bailey si demandait si elle n'aurait pas dû naître à une autre époque, avant que le monde moderne arrive. Ironie du sort, elle couchait avec un homme qui avait fait fortune dans les nouvelles technologies.

Elle inséra une capsule de café à la vanille dans sa machine et choisit une capsule à la noisette pour Wade. Le petit déjeuner, ou le déjeuner, attendrait. Wade n'avait pas dit qu'il avait faim, et pour l'instant, Bailey avait uniquement besoin de café.

Elle apporta un plateau dans la chambre. Son amant était encore nu sous le drap qui le recouvrait jusqu'à la taille. Elle lui donna sa tasse puis s'assit dans un fauteuil. Baissant les yeux, elle remarqua la culotte qu'elle avait portée la veille, près d'un coussin brodé. Discrètement, elle glissa le sous-vêtement sous le coussin. Elle n'avait pas besoin d'un rappel des choses indécentes qu'elle avait faites avec Wade.

Ses yeux étaient-ils gris ou verts aujourd'hui ? Elle ne pouvait pas le dire à cette distance. Ils changeaient de couleur en fonction de son humeur, de la lumière ou des vêtements qu'il portait. Évidemment, à cet instant, il ne portait rien.

Il goûta son café.

— C'est très bon. Les saveurs s'accordent bien ensemble.

— Je ne peux pas en retirer le mérite. Ce sont des capsules toutes prêtes.

Elle coinça ses cheveux derrière ses oreilles. Elle regrettait de ne pas les avoir attachés car Wade la regardait comme si elle était une nymphe tout droit sortie d'une forêt.

— Peut-on aller voir la propriété de Pasadena aujourd'hui ? demanda-t-elle. J'hésite encore sur ma décision.

— Pas de problème. Je vais téléphoner aux gardiens et convenir d'un rendez-vous.

Il posa sa tasse de café.

— J'aime ton peignoir.

— Merci. Il date des années 1940.

En tissu de soie rose poudré et agrémenté de petites fleurs jaunes, le vêtement était l'un de ses préférés.

— Parfois, je porte aussi des robes de chambre. Mais ça me donne un côté grand-mère.

Elle jeta un coup d'œil au coussin, sous lequel sa culotte était cachée.

— J'aime les vêtements anciens.

Elle avait même des porte-jarretelles anciens, mais se garderait de le mentionner maintenant.

Il l'observa d'un air intrigué.

— Pourquoi es-tu assise si loin de moi ? J'ai l'impression d'être le grand méchant loup.

Son pouls tressauta.

— Je bois juste mon café. Le mien est à la vanille.

— Je peux goûter ? Tu veux bien venir m'en donner une gorgée ?

Elle se sentit chanceler.

— C'est un prétexte pour me ramener au lit ?

— Peut-être. Tu vas mordre à l'hameçon ?

— Tu n'imagines pas comme c'était difficile pour moi de contenir mon désir.

Il arqua les sourcils.

— Pour du café à la vanille ?

— Pour toi, et tu le sais très bien. J'ai joui tellement de fois hier qu'on pourrait croire que j'ai épuisé ma réserve d'orgasmes.

Pourtant, elle avait l'impression qu'elle pourrait en connaître un autre rien qu'en le regardant.

— Je n'avais jamais ressenti cela, avoua-t-elle.

— Moi non plus. Donc nous sommes à égalité. Bailey, viens ici avant que nous explosions tous les deux.

Elle se leva brusquement et le rejoignit. Dès qu'elle eut posé sa tasse à côté de la sienne, Wade l'attira dans ses bras et lui donna un baiser ferme.

Il tira sur la ceinture de son peignoir, marmonnant un juron parce qu'il n'arrivait pas à l'ouvrir assez vite.

Puis la déshabilla et jeta le vêtement au sol. Elle était à présent nue devant lui.

— Quelque chose ne va pas chez nous, remarqua-t-elle tandis qu'il s'allongeait sur elle et plaquait ses mains au-dessus de sa tête.

Ses yeux étaient gris orage à présent.

— Quel que soit le problème, faisons avec, gronda-t-il.

Il la regarda comme s'il allait la dévorer.

Elle libéra ses mains et le serra contre elle, aussi avide que lui. Wade était son obsession.

Et elle craignait de ne plus pouvoir se passer de lui.

- 6 -

Bailey trouvait la propriété de Pasadena fabuleuse. Pour l'instant, les gardiens attendaient à l'extérieur, les laissant, Wade et elle, explorer les lieux en toute tranquillité.

La demeure de mille deux cents mètres carrés, de style anglais, était dotée de baies vitrées, de pignons pointus, d'un magnifique escalier et d'une vaste galerie. À l'arrière, le jardin plein de fleurs colorées était traversé de sentiers charmants. La salle de bal, qui ne faisait pas partie du plan d'origine et avait été ajoutée plus tard, s'ouvrait sur ce jardin.

Bailey se tourna vers Wade.

— Je n'en reviens pas que Gordon veuille faire don de cette maison à ma fondation. Elle est parfaitement entretenue.

— Tu pourrais en faire ton centre éducatif, c'est sûr. La salle de bal accueillerait les conférences, les réceptions et les galas de bienfaisance. Et puis, il y a toutes sortes d'événements, pas seulement des bals mais aussi des pique-niques, des activités en extérieur.

— C'est vrai. Mais d'abord, il faudra que je me concentre sur la réception hollywoodienne que Gordon veut que j'organise.

Leur accord en dépendait. Mais, pour Bailey, cela impliquait de révéler à sa mère pourquoi elle avait été harcelée. Elle prit une grande inspiration.

— Je pense que je devrais accepter l'offre de Gordon, déclara-t-elle. Je serais folle de la refuser.

— Je suis d'accord. Cet endroit pourra vraiment t'être utile.

Bailey acquiesça d'un signe de tête.

— Tout dans ce domaine sera parfait, pas seulement la salle de bal et les jardins, mais aussi la pièce dans laquelle nous nous trouvons. Ce pourrait être l'espace d'accueil, et le salon au fond de la maison serait transformé en bureau.

Gordon avait même proposé de payer les domestiques afin qu'ils restent dans la propriété. Ils vivaient à l'étage, et, d'après ce que Bailey avait compris, ils avaient été d'une grande aide lorsque d'autres œuvres de charité avaient organisé des réceptions ici.

— Quand vas-tu dire à Gordon que tu acceptes son offre ? demanda Wade.

— Pas avant d'en avoir discuté avec ma mère. Elle devra accepter d'assister au bal.

— Tu penses qu'elle pourrait refuser ?

— Non, elle adore les fêtes, et à mon avis, elle sera flattée que Gordon lui porte un tel intérêt. Mais l'idée de lui révéler toute la vérité m'angoisse.

— Quand lui as-tu dit pour la première fois que tu avais subi du harcèlement ?

— Honnêtement, je n'y ai fait allusion qu'au printemps dernier, quand j'ai commencé à travailler sur ma future fondation. J'ai minimisé les choses.

En proie à une nervosité grandissante, elle poussa un soupir audible. Sa mère et elle n'avaient jamais été proches. Mais c'était en partie la faute de Bailey ; elle avait choisi de maintenir une certaine distance.

— Nous passons rarement du temps ensemble, et quand c'est le cas, nous avons tendance à nous disputer. Cela dit, j'ai passé quelques jours chez elle après sa dernière opération de chirurgie esthétique.

Il haussa les sourcils.

— Et comment cela s'est-il passé ?

Elle émit un petit rire.

— Elle m'a rendue chèvre, à me donner des ordres et à se comporter en diva. Mais je suis contente d'avoir pris soin d'elle. Malgré son côté autoritaire, j'ai senti qu'elle était heureuse que je sois à ses côtés.

Pour éviter que l'émotion la submerge, elle reporta son attention sur la maison.

— Si nous continuions la visite ? suggéra-t-elle.

Ils empruntèrent l'escalier menant aux chambres, où vivaient les gardiens. À l'avenir, l'étage ne serait pas accessible, mais aujourd'hui, ils pouvaient l'explorer librement. Comparées au reste de la maison, les chambres étaient petites mais charmantes, avec leur papier peint ancien et leurs meubles modernes.

— Ma maison est aussi une bâtisse victorienne rénovée, glissa Wade. Parfois, je trouve ça étrange d'avoir autant d'espace pour moi seul. D'autant plus que j'ai passé cinq ans dans une cellule.

Elle ne pouvait imaginer sa vie en prison. Mais elle savait à quoi ressemblait l'existence dans une grande demeure.

— Tu es passé d'un extrême à l'autre. Mais je parie que tu as un personnel formidable pour répondre à tes besoins.

Il se pencha vers elle.

— C'est vrai, mais ce n'est pas comme avoir une fée dans mon lit. Tu vas me manquer quand je rentrerai chez moi.

— Toi aussi. Mais je suis loin d'être une fée. Je n'ai pas de pouvoirs magiques.

Bien qu'elle proteste, elle était secrètement flattée qu'il la compare à une fée.

— Tu en as avec moi.

Il sourit, lui faisant comprendre quel genre de pouvoirs elle détenait.

Elle se mit sur la pointe des pieds et lui vola un baiser. Le sexe leur manquerait, certes, mais maintenant qu'ils étaient amants, cela compliquerait-il leur amitié ? Wade avait expliqué n'avoir jamais été ami avec ses partenaires. Bailey ne savait donc pas à quoi s'attendre.

Elle recula.

— Je suis impatiente de te rendre visite, dès que nous pourrons trouver un créneau.

— C'est drôle, nous avons hâte de nous revoir alors que je ne suis pas encore parti !

— Non, mais tu t'en vas demain.

Il leur restait une dernière nuit ensemble avant son départ.

Wade s'appuya sur un coude et observa Bailey. Ils étaient allongés dans le lit, après des ébats bruyants.

— J'ai faim, dit-elle, brisant le silence.

Il ne put s'empêcher de sourire.

— Tu veux manger ? Ou est-ce de moi que tu as faim à nouveau ?

— Je veux manger.

Elle s'assit et sourit à son tour

— Mais aucun doute, j'aurai envie de toi tout à l'heure, ajouta-t-elle.

— *Idem.*

Il n'avait jamais connu de femme qui le désire aussi fort. Et il n'avait jamais désiré une femme autant qu'elle. Il avait hâte qu'elle vienne le voir à San Francisco. Il voulait la voir nue dans *son* lit, allongée sur *ses* draps et *ses* oreillers. Il souhaitait aussi l'emmener au restaurant et lui montrer ses quartiers préférés.

Los Angeles était encore source de souffrances pour lui. Bien qu'il apprécie les moments qu'il passait avec Bailey, cette ville réveillait trop de souvenirs douloureux, liés à des histoires familiales sordides. Il admirait Bailey, car elle avait le courage d'affronter ses démons familiaux. Wade préférait enterrer les siens. Non, ce n'était pas entièrement vrai. Il avait fait ce qu'il pouvait pour racheter les crimes de son père et réparer les vies que son géniteur avait brisées. Tout cela dans le plus grand secret.

— Tu veux manger quelque chose ? demanda-t-elle. Guacamole et chips de tortilla ?

— Ça me va. Je vais t'aider à préparer le guacamole.

Il n'avait pas envie de rester au lit et de se torturer l'esprit à cause du salaud qui l'avait engendré. Il ne pouvait pas travailler sur sa relation avec son père. Et il n'en avait pas envie. La simple idée que son géniteur sorte un jour de prison lui hérissait le poil.

Wade savait que les prisonniers pouvaient faire amende honorable. Lui-même était un repenti. Mais il ne nourrissait pas ce genre d'espoir concernant son père. Au moins, cet homme ne connaissait pas son existence. Ce serpent avait disparu avant même que la mère de Wade sache qu'elle était enceinte. Elle ne l'avait jamais dénoncé. Par conséquent, la police ne savait pas qu'elle faisait partie de ses victimes.

Malgré tout, Wade craignait que quelqu'un puisse s'intéresser à nouveau aux crimes de son père. Le documentaire dans lequel ses autres victimes s'étaient exprimées avait été diffusé quatre ans plus tôt, et il y avait peu de chance qu'il soit rediffusé. Mais à présent, toute la série dont faisait partie le documentaire était disponible sur une chaîne de diffusion en continu. N'importe qui pouvait la visionner à n'importe quel moment. Wade espérait que le numéro consacré à son père ne ferait pas une immense audience, sinon, des détectives amateurs pourraient découvrir que Wade était le fils d'un escroc.

— Tu viens ? demanda Bailey, déjà en peignoir.

L'espace d'une seconde, il la regarda en clignant des yeux. Il avait été si perdu dans ses pensées qu'il n'avait pas remarqué qu'elle était sortie du lit. Avant qu'elle l'accuse d'agir de manière étrange, il se leva, mit son short et lui offrit un sourire taquin.

— Je préfère te prévenir, j'aime le guacamole relevé.

— Moi aussi, dit-elle en lui rendant son sourire. Plus c'est épicé, mieux c'est.

Ils sortirent de la chambre et gagnèrent la cuisine. Bailey réunit les ingrédients et posa tout sur le plan de travail.

Wade écrasa les avocats, auxquels elle ajouta des oignons rouges, du jus de citron frais, du sel de mer, du cumin moulu, des tomates et de la coriandre. Pour donner le piquant qu'ils aimaient tous les deux, elle ajouta un piment *serrano* au lieu du traditionnel *jalapeño.*

— Ce sont les graines qui le rendent piquant, expliqua-t-elle.

Wade hocha la tête, impatient de goûter la mixture. Lui-même cuisinait rarement. Il avait proposé à Bailey de l'aider uniquement pour se changer les idées.

Bailey sortit un sachet de chips de tortilla d'un placard et versa le contenu dans un grand saladier de bois.

— Maintenant, goûtons !

Wade prit un peu de guacamole avec une chips qu'il glissa dans sa bouche. S'il n'était pas un tel amateur de piments, de la vapeur serait sans doute sortie par ses oreilles.

— Bon sang, c'est délicieux !

Il se resservit.

— Mais maintenant, j'ai envie d'une margarita pour l'accompagner.

— Alors préparons-en. Tu veux que je te laisse faire ? Ou tu préfères que je m'en charge ?

— Je m'en occupe.

Il n'était peut-être pas très doué en cuisine, mais il savait préparer des cocktails. Il se dirigea vers le bar du salon et prit tout ce dont il avait besoin pour faire les margaritas.

Après avoir rempli un pichet, il sala les bords de leurs verres et y plongea des tranches de citron frais. Bailey le félicita en levant un pouce. Ils décidèrent d'aller sur la terrasse pour déguster leur en-cas.

Wade s'assit face à elle, impatient d'organiser leur prochaine rencontre.

— Quand pourras-tu venir me rendre visite ? Je pensais au week-end prochain, si tu es disponible.

Il s'imaginait déjà la retrouver chaque week-end, ce qui ne lui ressemblait guère. Allait-il trop vite ?

Non, se dit-il. Ils étaient deux adultes consentants qui avaient commencé une liaison. Il n'y avait rien de mal à cela.

— Il se trouve que je suis libre, répondit-elle. Le seul week-end où je ne suis pas disponible, c'est celui du mariage de Margot et Zeke, en octobre.

— Je suis étonné que tu n'aies aucun autre projet d'ici là. Tu me parais pourtant active.

— Ça dépend de la définition que tu donnes au mot « active ». J'assiste à des colloques d'écrivains quand je le peux mais, pendant mes jours de congé, j'aime surtout jardiner. Ou concocter des lotions. Ou encore, construire des cabanes dans les arbres.

— Tu n'as pas de cabane.

Il n'en avait pas vu, en tout cas. En revanche, elle avait une balançoire accrochée à un arbre. Il trouvait cela charmant.

— J'envisage d'en construire une. Il y a des kits pour les faire soi-même, et elles sont vraiment jolies. Mais il me faudrait de l'aide. Je ne pourrai pas porter toutes ces planches de bois toute seule.

— Je peux t'aider.

Les mots lui avaient échappé. Il n'arrêtait pas de se projeter quand il était avec elle.

— Ou je pourrais engager quelqu'un qui le fasse pour toi, tempéra-t-il.

— Mais ce serait moins drôle, non ?

Elle mit une généreuse quantité de guacamole sur une chips.

— Je vais te choyer quand tu seras chez moi, assura-t-il. Tu ne vas pas cuisiner, faire le ménage ou mettre les mains dans la terre.

— Comme si tu pouvais m'en empêcher ! rétorqua-t-elle en lui lançant une chips.

Il rit et mangea le projectile.

— L'offre tient toujours pour mon jet, si tu changes d'avis.

— Je ne sais pas. Peut-être. Je suis curieuse de rencontrer ton pilote et de savoir s'il a des secrets à révéler à ton sujet.

— Personne ne connaît mes secrets.

Non, vraiment personne.

— Mais il n'y a pas grand-chose à dire, de toute façon,

ajouta-t-il. Juste les manies de milliardaire habituelles, plaisanta-t-il.

Elle lui lança un regard de côté.

— Tu as une excellente réputation. Du moins, si l'on exclut tes années de prison. Mais personne ne t'en tient plus rigueur.

— Je suis un citoyen modèle à présent.

C'était ce qu'il avait toujours voulu être. Cela l'ennuyait d'être le fils d'un escroc manipulateur. Wade avait encore de la peine pour sa mère décédée. Elle avait tant souffert…

Il espérait que personne ne briserait le cœur de Bailey. Elle avait déjà subi suffisamment d'épreuves. Bailey, si douce et sensible… Il l'avait protégée au lycée, mais il ne pouvait pas le faire éternellement

Bon sang ! Et si c'était lui qui finissait par la faire souffrir ? Et s'ils se rapprochaient plus qu'il n'était raisonnable ? Wade devait faire attention à l'évolution de leur relation. Mais pour l'heure, il savourait le plaisir d'être son amant, et son ami.

— Pourquoi me dévisages-tu comme ça ? demanda-t-elle.

— Comme quoi ? rétorqua-t-il, feignant de ne pas comprendre.

— Comme si tu t'inquiétais pour moi. Tu ne crains pas que je vise trop haut concernant ma fondation, dis-moi ?

— Pas du tout. Je ne t'aiderais pas si je ne te pensais pas capable de réussir.

Il avala une gorgée de margarita.

— Tu te trompes sur la façon dont je te regardais. Je ne m'inquiète pour rien.

Rien qu'il veuille admettre, en tout cas.

Wade garderait ses sentiments ambivalents pour lui.

Bailey se blottit contre Wade, qui était allongé dans son lit. L'idée qu'il s'en aille ce matin la rendait un peu trop triste, songea-t-elle. Elle avait déjà accepté de lui rendre visite la semaine prochaine, mais ces quelques jours de séparation lui paraissaient être une éternité. Il fallait qu'elle contienne son attachement pour lui, s'avisa-t-elle. Au moins, elle n'était pas du genre à rechercher l'âme sœur désespérément. Elle était immunisée contre l'amour, tout comme Wade.

Quoi qu'il en soit, c'était agréable d'être dans ses bras, la tête contre sa poitrine, et d'écouter le rythme régulier de ses battements de cœur.

— Nous sommes toujours amis ? demanda-t-elle.

Il frotta le sommet de sa tête avec son menton.

— Bien sûr. Pourquoi cette question ?

— Tu as dit que tu n'avais été ami avec aucune de tes conquêtes. J'ai pensé que, peut-être, tu voudrais compartimenter les choses.

— Avec toi, c'est différent. Nous étions déjà amis quand nous étions plus jeunes. Nous avons un passé ensemble.

— Un passé douloureux.

Le harcèlement scolaire était une souffrance qu'ils partageraient à jamais.

— J'irai voir ma mère aujourd'hui, et je lui raconterai tout, dit-elle.

— Ton père savait-il ce qui se passait ? C'est un sujet dont tu as discuté avec lui ?

— Au début, je souhaitais lui en parler, mais il était absorbé par maman et par la crise qu'elle traversait à l'époque. Alors je me suis tue. Elle avait plus de quarante ans et paniquait à l'idée de perdre son statut de sex-symbol. Papa faisait tout son possible pour la rassurer, et je ne voulais pas être une source de pression supplémentaire pour lui. Il était préoccupé par mon bégaiement, mais comme je le faisais beaucoup moins à la maison qu'au lycée, ma famille n'a pas mesuré l'ampleur des dégâts.

Elle soupira.

— Cela dit, Papa m'a pris rendez-vous chez une orthophoniste. Mais quand elle m'a demandé ce qui provoquait mon anxiété et me faisait bégayer, j'ai menti. J'ai affirmé que je m'inquiétais pour mes notes et que j'avais peur de ne pas être acceptée dans une bonne université.

— Je comprends. Je t'assure.

Wade la serra dans ses bras.

— Je n'ai jamais dit à personne que j'étais harcelé. Mon beau-père croyait que c'était moi qui cherchais les ennuis, surtout après mon renvoi. Pour moi, la seule chose positive dans ce maudit lycée était notre amitié.

— Et maintenant, nous sommes ici, ensemble.

Il poussa un soupir tremblant.

— J'ai encore une heure devant moi, dit-il. Je me demande ce que nous pourrions faire pour tuer le temps.

— Oui, je me le demande aussi.

Elle se mit à califourchon sur lui. Le drap qui la recouvrait glissa, exposant son corps nu. Wade était nu aussi, et délicieusement séduisant.

Elle se pencha, impatiente de l'embrasser et de faire des choses indécentes avec lui pendant une heure entière.

Après le départ de Wade, Bailey passa le reste de la matinée à penser à lui. Et à redouter sa visite chez sa mère.

Enfin, elle se prépara à partir. En temps normal, elle était toujours un peu en retard, mais aujourd'hui, elle avait décidé d'être à l'heure, voire en avance.

Après un court trajet, elle arriva devant la maison de style français, une demeure immense de dix-huit chambres entourée de deux hectares de terrain magnifiquement entretenus. Il y avait même un labyrinthe végétal, réplique de celui disparu du château de Versailles. À l'intérieur de la maison, la décoration était riche et luxueuse.

Enfant, Bailey avait détesté y vivre. Elle avait eu l'impression d'être dans un musée où l'on pouvait admirer les choses mais non les toucher. Elle avait transgressé cette règle un jour en coloriant une console Louis XIV, pour essayer de se l'approprier. En guise de punition, elle avait été privée de dessert toute une semaine, un châtiment terrible pour une enfant de six ans qui adorait le sucre. Le deuxième jour, son père lui avait donné en cachette des biscuits, qu'elle avait mangés sous la couette avec un sentiment de triomphe.

Bailey chassa ces pensées de son esprit. Une nouvelle employée de maison que Bailey connaissait à peine lui ouvrit et la conduisit dans le salon pour attendre sa mère. Eva et elle se retrouvaient toujours dans cette pièce. La console était encore là. Bailey sourit en son for intérieur. Dommage qu'elle n'ait pas de craies grasses dans son sac pour faire un nouvel essai. Mais son sourire s'évanouit rapidement. Son père n'était plus là pour lui donner des cookies en cachette, songea-t-elle tristement.

Avec le recul, elle avait compris qu'aucun de ses deux parents n'avait été à la hauteur. Son père était trop laxiste, lui donnant tout ce qu'elle voulait, et sa mère était trop centrée sur elle-même pour le remarquer. S'il n'y avait pas eu les employés de maison, les cuisiniers et les équipes d'entretien pour la prendre sous son aile, Bailey ne serait pas devenue la femme qu'elle était aujourd'hui.

Elle prit place dans un fauteuil raide au cadre doré, essayant de trouver une position confortable. Elle ne comprendrait jamais pourquoi sa mère aimait les sièges rigides.

Dès qu'Eva entra dans la pièce, Bailey se leva d'un bond et remit ses vêtements en place. Face à sa mère, elle avait toujours le sentiment d'être peu soignée.

Comme d'habitude, Eva Mitchell était l'incarnation de la perfection. Elle portait un chemisier de soie et un pantalon noir haute couture, ainsi que des bijoux élégants en or rose. Ses cheveux blond platine parfaitement coiffés effleuraient ses épaules.

Elle avait encore la silhouette d'une déesse, grâce à ses habitudes alimentaires strictes et à sa pratique du yoga. Elle trichait, aussi, en ayant recours à la chirurgie esthétique. Pas seulement pour son corps, mais aussi pour son visage. Elle n'avait aucune intention de faire son âge, même si elle savait que le temps finirait par la rattraper.

— Bonjour, ma chérie, dit-elle. Je suis si contente de te voir. Tu es très jolie. Et tu as les joues roses.

Jolie ? Les joues roses ? Bailey portait un jean de seconde main et un T-shirt blanc classique, et elle n'était presque pas maquillée.

— J'ai mon air de tous les jours.

Eva pencha la tête.

— Non. Il y a quelque chose de différent aujourd'hui.

C'était peut-être l'effet que Wade avait sur elle, pensa Bailey. Mais elle se garderait bien d'en parler à sa mère.

— J'ai quelque chose d'important à te dire, annonça-t-elle. Mais je devrais peut-être nous servir un verre d'abord.

— Je prendrai un simple jus d'ananas, dit Eva.

— Moi aussi.

Bailey prépara les verres, y ajoutant des glaçons, et en donna un à sa mère. Eva avait l'habitude que les gens la servent. Elle semblait trouver cela parfaitement normal.

Mère et fille s'assirent face à face dans un silence pesant. Elles n'avaient jamais eu grand-chose à se dire.

Bailey sirota son jus de fruits et fixa ses pieds. Aujourd'hui, elle portait des sandales de cuir. Elle remarqua que son vernis était écaillé. Cela ne risquait pas d'arriver à Eva : elle ne sortait jamais sans une pédicure parfaite.

Mais Bailey n'était pas Eva. Elles étaient on ne peut plus différentes. Cependant, Bailey aurait aimé hériter de quelques-uns de ses traits physiques. Sa mère était grande et d'une beauté renversante. Bailey était petite et menue, et avait des traits ordinaires. Mais Wade la trouvait belle – comme une fée, rien de moins –, et Bailey était très flattée.

— Que se passe-t-il, Bailey ? De quoi veux-tu discuter ?

Elle répondit nerveusement :

— Tu te souviens, quand je t'ai parlé de ma fondation Libère ton cœur ? Eh bien, le lancement officiel approche. On m'a même proposé une propriété à Pasadena pour en faire un centre éducatif. Le donateur veut que j'organise un gala de bienfaisance hollywoodien. Un bal chic. Il souhaite absolument que tu y assistes pour qu'il puisse te rencontrer. Si tu ne viens pas, je ne pourrai pas avoir la propriété.

— Oh ! bonté divine ! Tu es sérieuse ? C'est un fan ?

— Apparemment. Il se nomme Gordon Scott. C'est un magnat de l'immobilier. Je ne l'ai pas encore rencontré mais on m'a assuré que c'était un homme charmant. Il a plus de quatre-vingts ans, alors il ne risque pas de t'épuiser sur la piste de danse.

Sa mère rit.

— Je serais honorée de le rencontrer et de te permettre d'avoir cette propriété. Si tu veux, je peux t'aider à organiser le bal et faire venir un parterre de stars.

— Merci, j'en serais ravie.

Le moment était venu d'aborder une question bien plus difficile. Bailey soupira, s'efforçant de contenir sa nervosité.

— Il faut que je t'avoue quelque chose.

Elle s'interrompit un instant, submergée par une montée d'adrénaline. Puis elle reprit la parole.

— Le harcèlement dont j'ai souffert à l'école était pire que ce que je t'ai laissée penser. Si on m'a persécutée, c'est essentiellement parce que j'étais ta fille. Les autres élèves se moquaient de moi parce que j'étais petite, timide et gauche, alors que tu étais grande, belle et sexy. Les seuls garçons qui m'ont invitée à sortir voulaient juste te voir en vrai.

Elle grimaça en voyant l'air horrifié de sa mère. Mais il était trop tard pour revenir en arrière. Alors, autant continuer.

— Il y a aussi une photo de moi à moitié nue qui a circulé.

Elle donna les détails de la photo terrible que Shayla avait prise.

— Mon bégaiement était le résultat de ce harcèlement. Mais je cachais mon anxiété à tout le monde, surtout à papa et à toi.

— Je suis terriblement navrée, dit sa mère dans un soupir. J'aurais aimé être au courant. Ton père serait allé directement au lycée et il aurait réglé le problème.

— Il avait beaucoup d'autres soucis en tête à l'époque. Mais je suis d'accord, si je lui avais expliqué ce qui se passait, cela m'aurait aidée.

— Au moins, tu m'en parles maintenant.

Eva but une gorgée d'ananas et tourna la tête vers la fenêtre, le regard lointain. Était-elle aussi perturbée qu'elle semblait l'être ? Ou essayait-elle de chasser toute cette histoire de son esprit ?

— Je vais publier un texte sur le blog de ma fondation, dans lequel j'évoquerai ce qui m'est arrivé.

À nouveau, sa mère parut horrifiée.

— Est-ce vraiment nécessaire ? Tu ne peux pas simplement dire que l'on t'a persécutée quand tu étais jeune, et t'en tenir à cela ? Je préférerais que le monde ne sache pas ce qui s'est passé. Ou que cela t'est arrivé à cause de moi.

— Je me doutais que tu réagirais ainsi. Au début, je pensais comme toi. Mais ensuite, j'ai compris que je devais tout révéler, non seulement à toi, mais aussi au monde, afin d'aider les autres enfants qui subissent du harcèlement au moment où nous parlons. C'est une épidémie, et je veux aider à y mettre fin, par tous les moyens possibles.

Eva couvrit brièvement son visage de ses mains.

— Les gens vont penser que j'étais une mère horrible parce que je n'ai rien vu.

— Tu ne pouvais pas connaître toute l'histoire à moins que je ne te la révèle. Et, à l'époque, t'avouer la vérité était trop difficile pour moi.

— Tout de même, cela va donner une mauvaise image de moi.

— Il ne s'agit pas de toi, maman.

— Je sais. Mais j'ai honte, car tu ne t'es pas sentie suffisamment à l'aise pour me confier tes problèmes. Étais-je une mère terrible, Bailey ? Le suis-je encore ?

— Bien sûr que non.

Bailey avait une part de responsabilité dans la fracture de leur relation.

— Mais c'est difficile de créer un lien avec toi, admit-elle.

— Je suis désolée si je ne t'ai pas soutenue comme je

l'aurais dû. Comme tu étais très proche de ton père, j'ai toujours pensé qu'il te suffisait.

— Ce serait formidable si tu me soutenais aujourd'hui et que tu étais à mes côtés quand je publierai mon texte. Peut-être que tu pourrais en écrire un aussi, pour donner ton point de vue de mère.

— Oui, bien sûr. Je pourrais expliquer qu'en tant que parents, nous sommes si pris par nos propres vies que nous ne voyons pas ce qui arrive à nos enfants, et qu'ils finissent par souffrir de notre manque d'attention. Je pourrais encourager les parents à regarder leurs enfants de plus près et à leur poser des questions. Et à agir s'ils soupçonnent que quelque chose ne va pas.

— C'est parfait.

Incroyablement parfait. Bailey n'aurait pas pu demander mieux.

— Puisque tu es une actrice adulée, ta voix sera entendue par beaucoup de gens. Et si nous nous exprimons ensemble, ce sera un message d'espoir.

— Je suis si heureuse de pouvoir t'aider !

Sa mère s'éventa comme si elle était au bord des larmes.

— C'est dommage que tu ne puisses pas dénoncer ceux qui t'ont harcelée, ajouta-t-elle.

— Je pourrais. Mais je ne le ferai pas. Je préfère leur laisser le choix de parler ou non.

Bailey se leva et finit son jus de fruit. Elle chancelait légèrement, sans doute à cause du trop-plein d'émotions et de la chute d'adrénaline.

— Je ferais mieux de rentrer. J'ai eu un week-end chargé.

Eva se leva à son tour.

— Chargé, de quelle manière ? Il y a un homme dans l'histoire ? C'est pour ça que tu sembles si différente ?

— Il y a quelqu'un, avoua Bailey. Mais c'est juste un ami.

— Et un amant, je pense. Je suis douée pour détecter ce genre de signes. Je pourrais faire sa connaissance ?

— Oui. Il m'aide à récolter des dons pour ma fondation. Il était mon sauveur au lycée. Il m'a protégée du mieux qu'il a pu.

— Alors, je veux absolument le rencontrer et le remercier d'avoir été si bon avec ma fille.

Bailey sourit. Elle prit même sa mère dans ses bras. C'était la conversation la plus chaleureuse qu'elles aient jamais eue. La plus calme aussi. D'habitude, elles finissaient par se disputer.

Était-ce une aube nouvelle pour leur relation ? Si oui, cela commençait très bien.

- 7 -

Bailey appréciait ce vol en jet privé, tout compte fait. C'était un trajct bien différent de ceux qu'elle effectuait avec ses parents autrefois. Elle pouvait se détendre, et aucun paparazzi ne l'attendrait sur le tarmac, prêt à dégainer son appareil-photo.

Le pilote de Wade, nommé Ken, était un homme d'une cinquantaine d'années, aux cheveux poivre et sel et au comportement de gentleman. Il était impossible qu'il dévoile des informations croustillantes sur son patron. De toute façon, Wade affirmait qu'il n'y avait pas grand-chose à dire sur lui.

Était-ce vrai ? Wade ne parlait pas de lui, du moins pas comme Bailey. Il savait presque tout de sa famille alors qu'elle ne savait quasiment rien de la sienne. Elle ignorait même s'il était encore en contact avec son beau-père ou si son père biologique avait fait partie de sa vie. Sa mère était décédée avant qu'il entre au lycée, et il avait rarement évoqué son souvenir.

Bailey lui poserait des questions ce week-end. S'il avait des photos de famille, peut-être accepterait-il de les lui montrer. Elle adorerait voir à quoi ressemblait sa mère. Lui avait certainement vu des clichés de la mère de Bailey. Eva était partout sur Internet. Les informations sur le père de Bailey étaient tout aussi faciles à trouver en ligne.

C'était peut-être ce qui la fascinait chez la famille de

Wade : on ne pouvait pas se contenter de taper leur nom dans un moteur de recherche pour découvrir qui ils étaient. Il fallait enquêter davantage, or Bailey aimait fouiller dans le passé des gens. Quand elle inventait des personnages, elle aimait particulièrement recréer leur passé. Apprendre des choses sur les personnes qu'elle côtoyait l'aidait à trouver l'inspiration. Dommage que Wade refuse que sa vie soit portée à l'écran. Elle aurait adoré écrire un scénario sur lui. Tout chez Wade la fascinait.

Elle jeta un coup d'œil au steward, un jeune homme blond et barbu d'une vingtaine d'années qui se prénommait Dax. Elle avait appris qu'il était le fils du pilote. Tous deux travaillaient en équipe.

L'avion était très confortable, avec ses grands sièges moelleux, son espace repas et sa luxueuse chambre à l'arrière de l'appareil. Bailey supposait que Wade y dormait quand il effectuait de longs vols.

Et ses anciennes petites amies ? Avaient-elles déjà voyagé avec lui ? Si oui, à quoi ressemblaient-elles ? Dax et Ken détenaient sûrement les réponses. Mais elle ne pouvait pas les interroger. Quoi que Bailey veuille savoir sur Wade, elle devait lui poser ses questions directement.

Reprenant ses esprits, elle but un peu de pinot et picora dans l'assiette de fruits et de fromages que Dax lui avait apportée.

Lorsque le steward lui eut resservi du vin, elle se leva et se dirigea vers la chambre, son verre à la main. Le lit était à sa disposition. Néanmoins, il serait inutile d'essayer de faire une sieste puisque le vol ne durerait qu'une heure environ. Chez elle, il lui fallait souvent plus de temps pour s'endormir. Cependant, elle voulait se rapprocher du lit et s'imaginer le partager avec Wade. Elle n'avait jamais fait l'amour dans un avion.

Et Wade ? L'avait-il déjà fait ?

Elle ferma la porte et s'assit au bord du matelas. Si elle était plus hardie, elle s'allongerait, relèverait sa robe et se caresserait. Elle portait un joli caleçon rose, rien que pour Wade.

Batifoleraient-ils dès qu'elle arriverait chez lui ? Ou plus tard dans la soirée ?

Tout en buvant son pinot noir, elle jeta un regard circulaire dans la chambre aux tons crème, l'esprit envahi par des pensées érotiques. Mais, étant une fille sage, elle garda ses mains loin de son entrejambe.

Un peu plus tard, elle retourna à son siège, impatiente que le vol se termine. Il lui tardait de voir Wade. Cependant, elle devrait attendre encore un peu. N'étant pas en mesure de venir la chercher à l'aéroport, il avait prévu une voiture avec chauffeur.

Pour s'occuper, elle ouvrit sa liseuse électronique. Mais ses pensées ne cessaient de revenir à Wade. Elle espérait que son obsession disparaîtrait bientôt. Elle aimerait pouvoir passer une journée sans songer à lui en permanence. D'une certaine manière, elle avait l'impression de perdre son indépendance, et cela lui faisait peur.

L'amour l'effrayait tout autant. Mais elle ne tomberait pas amoureuse. Elle gardait le contrôle sur son cœur. Quant à son corps ? La bataille était déjà perdue.

Après l'atterrissage, Dax lui proposa de l'accompagner jusqu'à sa voiture, une petite berline noire. Le chauffeur était une brune plantureuse, et, d'après les regards que la jeune femme échangea avec Dax, Bailey en conclut que ces deux-là avaient passé quelques nuits ensemble. Apparemment, Bailey et Wade n'étaient pas les seuls à avoir une liaison.

La conductrice se présenta sous le nom de Lorna et lui

ouvrit sa portière. Bailey grimpa sur la banquette arrière et, à travers la vitre teintée, vit Lorna et Dax échanger un dernier regard avant que le steward s'éloigne.

Lorna chargea les bagages dans le coffre puis se mit au volant. Bailey aurait aimé la questionner au sujet de Dax. Depuis quand se connaissaient-ils ? Depuis combien de temps couchaient-ils ensemble ? Dax l'obsédait-il ? Mais Bailey ne pouvait pas la bombarder de questions. Ce serait tout bonnement impoli. Et présomptueux, qui plus est.

Tandis que Lorna s'engageait sur la route, Bailey demanda :

— Vous êtes la conductrice habituelle de Wade ?

Au moins, elle pouvait se renseigner sur ce point.

— Parfois, répondit Lorna. Nous sommes plusieurs chauffeurs à son service. Avez-vous fait bon voyage ? s'enquit-elle.

— Oui, c'était agréable, confirma-t-elle, restant aussi correcte et polie que Lorna.

Elle observa le paysage urbain. Bien qu'elle ait assisté à quelques conférences à San Francisco, elle ne connaissait pas très bien la ville.

Quarante minutes plus tard, Lorna se gara devant la maison de Wade.

Bailey l'observa derrière la vitre. Avec ses fioritures et ses encadrements gris clair, la demeure de trois niveaux ressemblait à un château de l'ère victorienne. Une imposante clôture en fer forgé entourait toute la propriété. Bailey aperçut un jardin luxuriant et un vaste garage. Elle se souvint que Wade possédait plusieurs voitures.

Lorna envoya un message à Wade pour le prévenir de leur arrivée. Après quelques instants, il apparut sur le perron et le portail s'ouvrit.

Aujourd'hui, Wade arborait un style décontracté : jean

délavé, chemise blanche et baskets de cuir. Comme à son habitude, il avait coiffé ses cheveux en arrière. Pour sa part, Bailey avait opté pour une robe d'été et une veste en jean.

Wade vint ouvrir la portière de Bailey. Dès qu'elle sortit du véhicule, elle le regarda droit dans les yeux. Il afficha un sourire appréciateur qui fit battre le cœur de Bailey.

Lorna sortit les bagages du coffre. Wade la remercia puis l'informa qu'elle pouvait partir. La jeune femme hocha la tête et remonta dans le véhicule.

Dès qu'ils furent seuls, Wade saisit Bailey par la taille et l'embrassa. Le baiser fut si ardent que, lorsqu'il prit fin, Bailey était à bout de souffle.

Tandis qu'elle se remettait de ses émotions, Wade empoigna sa valise.

— Viens, je vais te faire visiter.

Elle le suivit jusqu'à la porte d'entrée. Wade ferma le portail à distance à l'aide de son téléphone. Se servait-il d'un système qu'il avait conçu lui-même ? L'essentiel du succès de Wade reposait sur les logiciels qu'il avait développés et sur les start-up dans lesquelles il avait investi. Toutefois, Bailey soupçonnait que le travail qu'il accomplissait pour le gouvernement était le plus épanouissant, surtout après ses démêlés avec le FBI.

Une fois à l'intérieur de la maison, Bailey retira sa veste et l'accrocha à un portemanteau. Les bois sombres et les vitraux donnaient une identité forte au vestibule.

Le reste de la demeure avait tout autant de caractère. Le rez-de-jardin comprenait deux petits salons, une pièce de vie lumineuse, une salle à manger traditionnelle et une cuisine rutilante. Un coin repas donnait sur un patio de briques et de béton. Les logements du personnel se trouvaient à l'arrière de la propriété et disposaient d'un jardin privatif.

À l'étage inférieur, Bailey découvrit une salle multimédia, une pièce supplémentaire dotée d'un bar, une piscine intérieure, deux vestiaires et une salle de bains.

Toutes les chambres étaient situées au premier étage, sauf celle de Wade. Sa suite occupait une grande partie de l'étage inférieur. Elle disposait d'un bureau, d'une salle de sport entièrement équipée et d'une salle de bains dont la porte en verre gravé donnait sur la piscine.

— C'est fabuleux ! s'exclama-t-elle. J'ai toujours aimé les piscines intérieures.

— Nous pourrons y nager quand tu veux.

Il posa sa valise près du dressing et se retourna vers elle.

— Je suis très heureux que tu sois là.

Elle soutint son regard, encore ébranlée par son baiser.

— Moi aussi.

À cet instant, il n'y avait aucun autre endroit au monde où elle souhaitait être.

— J'ai pensé à toi quand j'étais dans l'avion.

— C'est-à-dire ?

— Eh bien, je me suis demandé si tes autres petites amies avaient déjà voyagé avec toi, et si tu avais couché avec l'une d'elles dans ce jet. Puis je me suis imaginée en train de faire l'amour avec toi. Je suis même allée dans la chambre et j'ai envisagé de me caresser.

Elle soupira.

— Mais je ne l'ai pas fait.

— Alors, peut-être que je devrais le faire pour toi.

Il la plaqua contre le mur et passa les mains sur son corps.

Bailey ferma les yeux, le laissant volontiers faire.

— J'ai mis une culotte rose pour toi.

Il frotta sa barbe contre la peau sensible de sa joue.

— Qu'est-ce qui te fait penser que j'aime le rose ?

Elle rouvrit les yeux et l'observa, fascinée par sa beauté.

— Je ne sais pas. J'ai pris un soutien-gorge rose assorti, alors que je porte rarement des ensembles de lingerie.

Il passa la main sous sa robe, et, quand il la glissa dans sa culotte, elle laissa échapper un doux gémissement. Il suivit le tracé de sa toison en forme de cœur avant d'exercer sa magie, la caressant à l'endroit le plus sensible, là où c'était si bon, là où elle était déjà moite.

Il continua son exploration indécente. Elle remonta sa robe pour lui faciliter la tâche. Sa culotte était maintenant baissée sur ses cuisses.

Il inséra les doigts en elle puis les retira, la faisant frissonner.

— Je crois qu'il vaut mieux que je m'y prenne correctement, dit-il.

Il s'agenouilla, lui enleva ses chaussures et acheva de lui ôter sa culotte.

Plus excitée que jamais, elle passa sa robe par-dessus sa tête. À présent, elle ne portait plus que son soutien-gorge. Mais elle choisit de le garder. Wade se releva et la porta. Elle crut qu'il allait l'emmener dans sa grande chambre luxueuse. Mais il ne fit que quelques pas et la posa sur une console.

S'agenouillant à nouveau, il lui releva les jambes afin qu'elle les appuie sur ses épaules. Ce n'était pas le moment d'être timide, songea-t-elle. De plus, elle adorait l'audace dont il faisait preuve. Elle se mit à onduler des hanches.

Il lui donna du plaisir avec une ferveur toute masculine, avec la fièvre d'un homme qui s'était privé rien que pour connaître ce moment. Bailey savoura le plaisir chaud qui vrillait en elle. Elle serra le rebord de la console, enfonçant presque les ongles dans le bois.

Enfin, quand l'exquis supplice fut trop difficile à supporter, elle fut emportée par un orgasme brûlant qui la fit trembler.

Dans le silence qui s'ensuivit, elle retira les jambes des épaules de Wade et les laissa pendre sur le côté de la console, submergée par des sensations post-orgasmiques.

Il ramassa sa culotte, la lui donna puis se releva.

— Pour ton information, j'aime le rose, révéla-t-il. Ou plutôt, je l'aime sur toi. Merci d'avoir porté ces sous-vêtements pour moi.

Devait-elle le remercier pour les choses délicieuses qu'il venait de lui faire ? À dire vrai, elle n'en était pas capable, car elle était encore un peu secouée. Wade l'aida à descendre de la console. Elle remit sa culotte en place.

— Autre chose, dit-il. J'ai voyagé avec certaines de mes partenaires, mais je n'ai jamais couché avec aucune d'elles dans mon avion. Parce que je n'ai jamais désiré une femme à ce point.

Puis il murmura :

— Mais je ne prendrai plus jamais l'avion sans penser à toi.

Enfin, elle retrouva sa voix.

— Moi non plus. Tu seras sans doute dans mon esprit en permanence, que je sois sur la terre ferme ou dans les airs.

Elle se blottit contre lui, et il lui caressa le dos.

— J'ai des tas de projets pour ce week-end, déclara-t-il.

Elle leva les yeux vers lui.

— Autres que celui de me faire jouir ?

Il joua avec les crochets de son soutien-gorge.

— Oui. Mais je ne sais pas si nous arriverons à quitter la maison si tu continues de me tenter comme tu le fais.

— Dans ce cas, je ferais mieux de m'habiller.

Elle ne pouvait pas rester dans ses bras toute la journée, bien qu'elle en ait très envie.

Quelques heures plus tard, Wade emmena Bailey manger des fruits de mer. Ils se promenaient maintenant dans le quartier de Fisherman's Wharf, passant devant les boutiques de souvenirs et les snacks. Les touristes étaient nombreux dans ce quartier, mais les habitants de la ville l'appréciaient aussi. La foule était un mélange de gens éclectique.

— C'est la première fois que je viens sur ce quai, dit Bailey. C'est difficile de trouver du temps quand on est en voyage professionnel. Quand je venais ici avec mes collègues scénaristes, j'allais dans les musées.

— Il y a beaucoup de choses à voir à San Francisco. Comme dans la plupart des grandes villes, d'ailleurs. À Los Angeles, il y a des endroits que je n'ai jamais visités alors que je suis né là-bas.

— Los Angeles te manque ?

— Je ne sais pas. Peut-être. En tout cas, j'ai adoré être à Laurel Canyon.

— J'étais heureuse de te recevoir.

Elle espérait qu'il reviendrait. Elle lui prit la main tandis qu'ils approchaient de la rambarde qui longeait le quai. Des otaries se prélassaient sur des pontons de bois.

— Ces otaries nous offrent un beau spectacle, commenta-t-elle.

— La plupart ont déjà migré vers le sud pour l'été. Elles vont dans les îles du détroit pour se reproduire. Mais certaines restent ici toute l'année.

— Elles sont adorables. Elles attirent sûrement beaucoup d'attention.

— Ce sont de vraies vedettes ici.

— En parlant de vedettes, j'ai une bonne nouvelle. Ma conversation avec ma mère s'est étonnamment bien passée. Elle va même écrire un texte et le publier sur le blog de ma fondation. Et elle va m'aider à organiser le gala hollywoodien.

— C'est génial, Bailey. Je suis heureux pour toi.

Il lui sourit.

— C'est ainsi que votre relation devrait être, ajouta-t-il.

Bien qu'elle veuille lui poser des questions sur sa mère, elle se retint. Ce n'était pas le moment ni le lieu pour lancer une conversation sur la famille de Wade.

— Tu as contacté Gordon ? demanda-t-il.

— Oui. Je lui ai envoyé un mail pour l'informer que j'acceptais son offre et que ma mère était impatiente de faire sa connaissance. Je le laisserai choisir la date du gala de bienfaisance. C'est la moindre des choses puisqu'il fait don de sa propriété.

— Tiens-moi au courant, et je bloquerai la date sur mon agenda. Et comment se passe le reste de tes démarches ?

— J'ai déjà beaucoup de bénévoles, mais il faut que j'engage quelqu'un pour m'aider à gérer la fondation. Je ne peux pas tout faire toute seule. Maintenant que les choses avancent, je vais commencer à faire passer des entretiens.

— Je suis sûr que tu trouveras la bonne personne.

— Je l'espère.

Elle marqua un temps puis déclara :

— Ma mère souhaite te rencontrer. Je lui ai dit que tu avais été mon sauveur au lycée et que nous avions repris contact. Elle a deviné que nous étions amants, alors tu l'intéresses encore plus. D'habitude, je n'amène jamais d'hommes chez ma mère, mais tu es un vieil ami. Avec toi, c'est différent.

— Je pourrai voir ta mère au gala. Ou avant, si nous trouvons le temps.

— Je suis heureuse d'avoir pu me confier à elle. Et je suis soulagée qu'elle connaisse la vérité sur le harcèlement que j'ai subi.

— Quand va-t-elle rédiger son texte ?

— Dès que j'aurai écrit le mien, et je compte le faire à mon retour à Los Angeles. Faire savoir au monde ce qui m'est arrivé est assez effrayant. Mais je pense que ce sera libérateur. C'est pour cela que j'ai appelé ma fondation « Libère ton cœur ». Pour que les gens puissent libérer leur cœur des douleurs qu'ils ont subies, et qu'ils puissent tendre la main aux autres personnes qui ont souffert. Cela vaut aussi pour ceux qui souhaitent avouer qu'ils ont harcelé quelqu'un.

— Pour qu'ils libèrent leur cœur ? Certaines personnes n'ont pas de cœur, Bailey. Elles sont juste cruelles.

Bailey ne répondit pas. Car elle était trop occupée à observer Wade. Il avait le regard lointain, comme s'il pensait à quelqu'un en particulier. Mais pas à l'un de ses harceleurs du lycée. Elle avait le sentiment qu'il s'agissait de quelqu'un d'autre.

Il reporta son attention sur les otaries, et elle se demanda si elle avait tiré des conclusions hâtives. Elle avait une grande imagination, certes. Mais elle avait aussi une capacité innée à déchiffrer l'expression des gens. Or quelque chose semblait bizarre.

Une fois de plus, elle se dit que ce n'était pas le moment de tenter une incursion dans le passé de Wade.

Une douce brise soufflait sur eux. Wade se rapprocha tandis qu'elle resserrait sa veste autour d'elle. Wade aussi en portait une. La sienne était en cuir noir et lui donnait l'allure d'un rebelle.

Ils se dirigèrent vers un autre quai, s'arrêtant à nouveau pour contempler le panorama.

— C'est Alcatraz, là-bas ? demanda-t-elle.

— En effet.

— Tu y es déjà allé ?

— Oui. C'était étrange de visiter une ancienne prison fédérale alors que j'ai été détenu moi-même. Mais je n'ai pas pu résister.

Bailey trouvait cette prison effrayante, même de loin.

— Je parie que c'est particulièrement lugubre le soir, avança-t-elle.

— J'ai fait les deux circuits, en journée et en soirée. J'ai même fait la visite des coulisses. Je crois que je suis un peu masochiste.

L'esprit de Bailey s'emballa. La personne cruelle à laquelle Wade pensait un peu plus tôt était-elle un autre détenu ? Ses années d'emprisonnement avaient-elles été pires que ce que Wade avait laissé entendre ?

— Ça te dirait de prendre une douceur ? demanda-t-il.

Ce soudain changement de sujet la désarçonna. Heureusement, elle n'eut pas à chercher de réponse car Wade continua :

— Il fait un peu frais pour une crème glacée mais, un peu plus haut, il y a un magasin de donuts.

Elle se força à sourire.

— Cela me va très bien. Mon glaçage préféré, c'est celui au sucre. Le glaçage au chocolat arrive juste derrière, en seconde position.

— Tu devrais prendre un donut de chaque. Ensuite, murmura-t-il, je pourrai t'embrasser et goûter le sucre et le chocolat sur tes lèvres.

— Tu peux m'embrasser quand tu veux.

Elle avait aussi faim de lui que lui d'elle. Mais cela ne

changeait rien au fait que son esprit était plein de questions. Wade était un mystère qu'elle n'avait pas encore réussi à résoudre.

Après leur balade en front de mer, Wade fit l'amour à Bailey. Et il recommença le lendemain matin. Il éprouvait pour elle un désir insatiable. À l'évidence, elle le désirait aussi. Tous deux étaient pleinement investis dans cette liaison charnelle et passionnée.

Après leurs ébats matinaux, Bailey se rendormit tandis que Wade allait se doucher. Il utilisa le gel douche et le shampoing qu'elle avait fabriqués spécialement pour lui. Il les avait rapportés chez lui la semaine dernière et, chaque fois qu'il s'en servait, il pensait à elle. Leur parfum suffisait à l'exciter.

Après s'être séché et habillé, il envoya un message à son chef cuisinier pour lui commander le petit déjeuner : omelette aux épinards et aux artichauts, fruits frais, glace au yaourt, gruau d'avoine et galettes de choux-fleurs. Bailey aimerait sans doute ce menu. Elle semblait se nourrir de la même façon que lui : elle pouvait manger sainement un jour, et être moins raisonnable le lendemain. Aujourd'hui, décida-t-il, les repas seraient sains.

Quand le repas fut prêt, Bailey était réveillée. Elle était vêtue d'un de ses peignoirs anciens.

Ils mangèrent au bord de la piscine, entourés de grandes fenêtres et de lucarnes qui apportaient une lumière naturelle dans la pièce. Wade trouvait Bailey particulièrement jolie avec ses cheveux emmêlés rassemblés en chignon. Elle avait déjà mangé la moitié de son assiette.

— C'est délicieux. Mes compliments à ton chef. Je vais lui demander la recette des galettes de choux-fleurs. Ce petit déjeuner, c'est un moyen de compenser les donuts que nous avons dégustés hier soir ? demanda-t-elle en souriant.

Il lui rendit son sourire.

— Plus ou moins. Tout à l'heure, je t'emmène prendre un déjeuner tout aussi sain. Je me suis dit que nous pourrions passer du temps à Haight-Ashbury pour nous plonger dans une ambiance hippie. Il y a beaucoup de magasins de seconde main là-bas.

— Fantastique ! J'avais envie de visiter ce quartier lors de mes précédentes visites mais je n'en ai jamais trouvé le temps.

— Nous en aurons beaucoup aujourd'hui. Je me demandais, tu pourrais me préparer d'autres bouteilles de gel douche et de shampoing, pour que j'en aie d'avance ? Tu pourras sans doute trouver les ingrédients dont tu as besoin dans l'une des boutiques de Haight.

— J'en serais ravie. Mais à une condition : que tu m'aides à laver mes cheveux tout à l'heure.

— Tu es sérieuse ?

C'était une idée exaltante, étant donné qu'il était fasciné par la longueur et le volume de sa chevelure.

— Absolument, dit-elle.

— Dans ce cas, marché conclu.

Elle sirota son jus d'orange.

— Tu nous emmènes à Haight-Ashbury toi-même ? Et si oui, quelle voiture vas-tu prendre ? Tu n'as pas de bus à fleurs, dis-moi ?

— Oui, je nous y conduirai. Mais je n'ai pas de van de hippie, plaisanta-t-il. Je devrais peut-être en acheter un. Comme ça, nous pourrons nous balader comme Scooby Doo et sa bande.

Elle sourit.

— J'aimais beaucoup ce dessin animé quand j'étais petite. Je l'apprécie toujours, d'ailleurs.

— Moi aussi. C'était mon dessin animé préféré. J'adorais la façon dont ils résolvaient tous ces mystères.

Bailey ne répondit pas, et Wade se demanda pourquoi son humeur avait soudain changé. Elle semblait distraite. Ou pensive.

— Qu'y a-t-il ? questionna-t-il.

— Rien. Je me disais juste qu'hier soir, quand nous étions sur le quai, tu me semblais être un mystère que je n'ai pas encore résolu.

Il fronça les sourcils, troublé par la tournure que prenait la conversation.

— Il n'y a rien de mystérieux chez moi.

— Tu plaisantes ? Tu as toujours été énigmatique, même quand nous étions adolescents. Il y a tant de questions que je veux te poser, tant de choses que j'ai envie de savoir ! Hier soir, je me suis demandé si ton expérience en prison avait été pire que ce que tu as laissé entendre, et si quelque chose de vraiment terrible t'était arrivé là-bas.

— Pourquoi ? Parce que j'ai visité Alcatraz plusieurs fois ?

— Oui. Mais même avant que nous parlions d'Alcatraz, tu m'as dit que les gens pouvaient être cruels, et j'ai eu le sentiment que tu parlais de quelqu'un de précis. Pas un élève de notre lycée, mais quelqu'un d'autre. Quelqu'un de plus important pour toi.

— Ce n'est pas vrai, assura-t-il, tentant de ne pas paniquer. Tu te fais des idées, c'est tout.

— Tu en es sûr ? Si tu caches une douleur en toi, sache que je serai toujours là pour t'écouter. Je sais à quel point il est difficile de parler de ses peines, pour l'avoir fait récemment avec ma mère.

— C'est vrai. Mais je ne te cache rien.

Rien, à part sa vie entière, pensa-t-il. Mais il n'allait pas évoquer le terrible chagrin de sa mère ou les crimes de son père. Il ne lui parlerait pas de la honte et de la douleur qu'il avait essayé de chasser de ses veines.

— Je suis désolée, je ne voulais pas te perturber. Parfois, ton comportement me déroute, voilà tout.

— Ce n'est rien, dit-il, rapprochant sa chaise de la table. Ne t'en fais pas pour ça.

À partir de maintenant, il lui faudrait être encore plus prudent avec Bailey. Moins transparent, davantage sur ses gardes. Ou devait-il au contraire être plus spontané, en lui montrant une facette de lui plus décontractée ? Il ne savait pas comment apaiser ses doutes. Mais il savait mentir et dire des demi-vérités. Et c'était ce qu'il continuerait à faire.

Rien n'était plus important pour Wade que de protéger ses secrets.

- 8 -

Bailey revint de Haight-Ashbury avec de superbes objets anciens. Mais c'était Wade qui avait fait les plus belles trouvailles. Il lui avait acheté une collection d'accessoires pour cheveux. Certains étaient simples, d'autres étaient plus complexes et ornés de cristaux, de perles et de strass colorés.

Lorsqu'ils revinrent dans la chambre de Wade et qu'elle posa ses achats, il demanda :

— Quand pourrai-je te laver les cheveux ?

— Maintenant, si tu veux.

Elle avait un plan en tête, qui requérait plus qu'un simple shampoing.

— Il faudra que tu entres dans la douche avec moi. C'est trop compliqué de les laver dans un lavabo ou une baignoire. À moins que tu aies un lavabo de salon de coiffure, ce dont je doute.

— En effet, je n'en ai pas. Mais une douche, ça me va très bien. Quel shampoing devons-nous utiliser ?

— J'ai apporté l'une de mes bouteilles, à la menthe et à la lavande.

Elle lui avait promis de lui concocter un autre flacon de shampoing, mais cela pouvait attendre.

— Très bien, dit-il avec un sourire charmeur.

Était-il aussi détendu qu'il semblait l'être ? Malgré leur conversation un peu plus tôt, Wade la déroutait toujours.

Il avait affirmé qu'il ne lui cachait rien, mais elle n'était pas sûre de le croire. Son sourire ressemblait à un masque.

Bien entendu, il était possible qu'elle fasse une montagne d'un rien et cherche un traumatisme qui n'existait pas. Néanmoins, elle comptait tout de même l'interroger sur sa famille. Juste quelques questions pour satisfaire sa curiosité, et, avec un peu de chance, résoudre l'énigme Wade Butler.

Pour l'heure, ils avaient une autre tâche à accomplir. Elle sortit son shampoing et son après-shampoing de sa trousse de toilette puis suivit Wade dans sa salle de bains, éclairée par un élégant lustre noir et argent.

La douche était équipée de plusieurs jets, remarqua-t-elle. Ils se déshabillèrent et entrèrent dans la vaste cabine en marbre. Wade ferma la porte vitrée et activa les jets. Bien vite, ils furent tous les deux trempés. Elle se retourna pour qu'il puisse lui mouiller les cheveux à l'aide d'un pommeau, ce qu'il fit avec efficacité.

Il versa une généreuse dose de shampoing sur ses mains puis lui massa doucement le cuir chevelu. Il était doué, nota-t-elle. Les odeurs de lavande et de menthe tourbillonnaient dans l'air vaporeux, intensifiant l'intimité de cet instant.

Elle l'aida à rincer le shampoing et à appliquer l'après-shampoing. Quelques minutes plus tard, leur mission accomplie, elle ferma les robinets et se tourna vers lui.

Ils échangèrent un baiser, doux et langoureux, et Wade se frotta contre elle. Il était déjà à moitié en érection. Et ce n'était que le début… Elle détacha ses lèvres des siennes et s'agenouilla.

Quand elle lécha une goutte d'eau qui avait perlé sur son nombril, elle vit ses muscles abdominaux se tendre.

— Qu'est-ce que tu fais ? demanda-t-il d'une voix râpeuse.

— La même chose que ce que tu m'as fait.

Le cœur de Wade battait-il plus fort ? Le sien, oui, certainement. Elle le sentait cogner dans sa poitrine.

— Il n'y a aucune règle qui dit que tu dois…

— Je sais, l'interrompit-elle, mais c'était mon plan, depuis le début.

Il passa le pouce sur les lèvres de Bailey, semblant imaginer ce qui allait suivre.

— Tu es une petite maligne.

Elle décida de le laisser patienter un peu pour accroître son désir. Elle rouvrit le robinet, choisissant un jet unique pour asperger le dos de Wade. Il se pencha vers elle, et elle approcha tandis qu'il glissait les mains dans sa longue chevelure chargée d'eau.

Se sentant puissante et séductrice, elle attendit une minute encore, égrenant les secondes dans sa tête.

Enfin, elle le caressa avec ses mains et sa bouche, l'amenant rapidement au comble de l'excitation. Elle contrôla ses mouvements, mais il participa aussi, accélérant la cadence. Elle leva les yeux pour savoir s'il l'observait. C'était le cas. Il la regardait même intensément.

Elle l'accueillit plus profondément en elle, lui donnant autant de plaisir que possible. Il poussa des gémissements rauques. Elle saisit ses fesses, émerveillée par leur fermeté. Tout son corps la fascinait. Sa stature, ses muscles sinueux…

Elle leva les yeux à nouveau. Cette fois encore, il soutint son regard.

Elle sentait la pression monter en lui. Il essayait de tenir bon pour ne pas jouir trop vite. Mais elle ne ralentit pas le rythme pour autant. Au contraire, elle le renforça, voulant le conduire au bord du précipice comme il le faisait si souvent avec elle.

Il serra ses cheveux comme s'il tenait des rênes. Elle poursuivit son assaut sensuel pour l'amener jusqu'à l'orgasme.

Soudain, il haleta et trembla entre ses mains. Il parvint à se libérer à temps pour ne pas jouir entre ses lèvres mais sur ses seins. Bailey ferma les yeux, presque comme si elle jouissait aussi.

Elle se releva et activa les autres jets. Tandis qu'elle se rinçait, il l'attira entre ses bras et l'embrassa fougueusement, pour lui faire savoir à quel point il avait apprécié son initiative.

Le dimanche après-midi, Wade et Bailey retournèrent sur le front de mer. Cette fois, ils explorèrent la faune marine à l'Aquarium de la Baie. Ensuite, ils firent un tour de manège sur le quai, une manière de rendre hommage à celui sur lequel ils étaient montés ensemble lors de la réunion des anciens élèves.

Dans la soirée, ils se rendirent à Chinatown pour dîner et faire les boutiques. Bailey trouva toutes sortes d'objets, parmi lesquels une théière ancienne pour compléter sa collection.

— Je m'amuse comme une folle, dit-elle plus tard, tandis qu'elle posait ses achats sur le lit de Wade. Heureusement que je rentre avec ton jet privé, sinon, j'aurais dû acheter une valise supplémentaire pour y ranger tous ces objets.

Bailey rentrerait chez elle le lendemain matin. Elle lui manquerait beaucoup.

— Que fait-on maintenant ? demanda-t-il. Tu veux écouter de la musique ? Regarder un film ? Ou encore, faire un plongeon dans la piscine ?

— Allons nager. Je n'ai pas encore testé ta piscine, et c'est l'une des choses que je préfère dans ta maison.

Elle s'assit au bord du lit.

— Et puis, j'ai apporté un charmant maillot de bain rétro.

Il avait imaginé qu'ils nageraient nus, mais si elle voulait lui montrer son maillot, alors il porterait le sien.

Ils se changèrent l'un devant l'autre. Il sourit quand il découvrit la tenue de Bailey, un deux-pièces sage avec un haut à volants et une culotte taille haute. Il lui allait à ravir.

— Regarde ça, dit-elle.

Elle lui montra un bonnet de bain multicolore orné de fleurs en plastique. Il sourit à nouveau. Décidément, Bailey était unique en son genre.

— C'est original. Mais est-ce que tous tes cheveux vont rentrer là-dedans ?

— Mais oui. Ce bonnet évitera qu'ils soient mouillés. Ils mettent beaucoup de temps à sécher. Tu le sais puisque tu m'as aidée à les sécher hier après notre douche.

En effet, cela avait pris une éternité. Mais ce n'était pas cette partie de leur soirée qui avait marqué son esprit.

Ils entrèrent dans l'espace de la piscine, éclairé par des lampes à LED colorées.

Bailey coinça sa tresse sous son bonnet puis s'enfonça dans l'eau. Wade l'observa. Elle nageait sur le dos avec l'élégance d'une sirène.

Après l'avoir admirée quelques minutes, il la rejoignit. Ils nagèrent et s'amusèrent ensemble, remontant à la surface pour reprendre leur souffle et échanger des baisers sensuels.

Plus tard, après s'être séchés, ils s'assirent sur des chaises longues et sirotèrent des martinis au chocolat que Wade venait de préparer.

— C'est délicieux, dit-elle.

— Content que ça te plaise.

Il l'étudia. Elle était enveloppée dans sa serviette et avait retiré son bonnet extravagant.

— Le chef nous a laissé des snacks dans le réfrigérateur, au cas où nous aurions faim.

— Pour l'instant, je ne veux rien, répondit-elle. J'ai bien mangé pendant notre dîner.

— Moi aussi.

Mais il voulait être sûr qu'elle était bien nourrie. Il tenait à être un hôte correct.

Ils se turent pendant un instant, se contentant de boire leur cocktail. Enfin, Bailey brisa le silence.

— Si ça ne t'ennuie pas, j'aimerais te poser une question.

Une question personnelle, il le craignait.

— Que veux-tu savoir ?

— Tu aurais de vieilles photos de famille ? Je me demandais à quoi ressemblait ta mère.

Bon sang. Manifestement, Bailey était déterminée à percer son mystère. Mais cette fois, cela concernait sa famille. Le cœur de ses souffrances.

— Je n'ai aucune photo à portée de main. Tout ce qui a trait à ma jeunesse est au garde-meubles.

Car il ne supportait pas d'avoir ces affaires près de lui.

— Je lui ressemble un peu, avoua-t-il. J'ai son regard, en tout cas.

Pour le reste, il était le portrait de son escroc de père.

— Quel genre de travail faisait-elle ?

— Elle était coiffeuse quand j'étais enfant. Elle rêvait d'ouvrir son propre salon, mais ça ne s'est jamais fait.

Le père de Wade avait volé l'argent qu'elle comptait investir dans son activité. Il lui avait pris jusqu'au dernier dollar de l'héritage qu'elle avait reçu de ses parents.

— Plus tard, elle a arrêté la coiffure pour gérer une boutique de produits de beauté.

— Je n'aurais jamais deviné que ta mère travaillait dans ce domaine. Mais cela paraît logique, vu à quel point ma chevelure te fascine.

— Il n'y a pas que ta chevelure qui me fascine.

— Peut-être, mais ça me paraît tout de même logique. Je suis désolée que tu aies perdu ta mère. Je me souviens qu'elle était décédée bien avant ton entrée au lycée.

— Ma mère avait une santé fragile. Parfois, elle déprimait et ne prenait pas soin d'elle. Elle a eu une infection rénale qui a provoqué une septicémie. Elle n'a pas été traitée à temps. La perdre a été terrible.

Il n'arrivait pas à croire qu'il ait dit toutes ces choses à voix haute. Évoquer sa mère de cette façon le rendait vulnérable.

— J'ai beaucoup pleuré après son décès. Carl aussi.

— Carl ? Tu parles de ton beau-père ?

— Oui. Il est décédé quand j'étais en prison.

— Mon Dieu ! Et moi qui me demandais si tu avais gardé le contact avec lui et s'il vivait toujours à Los Angeles. J'ai supposé qu'il était toujours en vie.

— Il a eu un cancer, mais je ne l'ai su qu'après son décès.

À nouveau, Wade songea qu'il se plaçait dans une position vulnérable en avouant tout cela. Mais s'il ne satisfaisait pas la curiosité de Bailey, elle continuerait sans doute de le questionner. Mieux valait lui révéler une partie de l'histoire, aussi douloureuse soit-elle.

— Carl et moi n'avons jamais été vraiment proches, mais il a fait de son mieux pour m'élever. J'ai honte de le dire, mais j'ai ignoré les lettres qu'il m'a envoyées avant son décès. Et j'ai refusé qu'il me rende visite.

— Pourquoi ?

— Je lui en voulais toujours à cause de vieilles disputes. Mais je n'ai jamais eu l'occasion de mettre les choses à plat. Si j'avais su qu'il était malade, je l'aurais revu, bien sûr. J'ignore pourquoi il m'a caché sa maladie. Quoi qu'il en soit, il était gentil et patient avec ma mère. Ils étaient amis avant de se marier, et il la comprenait bien mieux que moi.

Carl avait toujours su la vérité sur le père de Wade.

— Voilà, tu sais à peu près tout, conclut-il.

Elle posa son verre.

— Et ton père biologique ? Où se situe-t-il dans cette histoire ?

Wade rassembla ses pensées. Il en avait déjà dit plus que prévu, et il n'avait aucune envie de parler de cette ordure. Mais s'il ne disait rien, Bailey aurait-elle des soupçons ? Sans doute. Il lui fallait donc choisir quelles bribes d'informations il pouvait dévoiler.

— Je ne sais pas qui est mon père.

Autrefois, cette affirmation était vraie.

— Tout ce que ma mère m'a dit, c'est qu'il est parti et qu'il n'a jamais été au courant de mon existence. J'ai supposé qu'il était mort, mais je n'ai jamais posé la question. Je sentais qu'elle n'avait pas envie de parler de lui.

— Elle ne t'a jamais révélé son identité ? s'étonna Bailey.

— Non.

Il avait appris son nom par Carl. Aujourd'hui, il connaissait aussi son matricule de détenu. Il l'avait retenu, comme il avait mémorisé le sien autrefois. Au moins, ils n'avaient pas été incarcérés dans le même centre pénitentiaire.

Bailey fronça les sourcils. Était-elle en train de réfléchir ? Allait-elle continuer à le questionner ?

Comme il s'y attendait, elle poursuivit son interrogatoire.

— Tu te poses des questions sur lui ? demanda-t-elle.

— Quand j'étais jeune, oui. Mais plus maintenant.

— Je me demande si ton père était un amant d'un soir. Ça expliquerait pourquoi il est parti et pourquoi il n'est pas au courant de ta naissance. S'ils avaient eu une relation sérieuse et qu'il était décédé, elle t'en aurait dit davantage sur lui, selon moi. À moins que l'histoire ne soit vraiment tragique.

Wade avala le reste de son martini. Il regrettait maintenant de ne pas avoir choisi un cocktail plus fort.

— Mon histoire n'est pas un scénario, Bailey. Inutile de l'analyser en détail. Ce qui est fait est fait. Ma mère n'est plus là, et le type qui l'a inséminée non plus.

— Je suis désolée. Je ne voulais pas paraître insensible. Ça me fait plaisir que tu me parles de ta mère.

Bailey se leva de sa chaise pour venir s'asseoir à côté de lui.

— Je crois qu'elle aurait été fière de l'homme que tu es devenu.

— Elle serait heureuse de mon succès.

Mais elle serait dévastée si elle savait à quel point il détestait son père. D'après Carl, sa mère n'avait jamais cessé d'aimer cet homme, et elle avait toujours espéré qu'il se rachète un jour.

Bailey posa la main sur sa joue.

— J'aurais aimé la connaître.

— Elle t'aurait appréciée.

Il n'avait pas envie de continuer cette conversation. Il avait besoin d'un répit, mais il avait besoin de Bailey, aussi.

Il se pencha vers elle.

— Peut-on oublier tout ça, maintenant ?

— L'oublier comment ?

Par tous les moyens.

— J'ai juste envie d'aller au lit. Avec toi. Maintenant.

En guise de réponse, elle l'embrassa. Son désir pour elle s'accrut, à tel point qu'il la prit dans ses bras et l'emporta directement dans sa chambre.

Il la reposa au sol, et ils retirèrent leurs maillots. Il la caressa, emplissant ses mains de sa chair, de ses douces courbes, de ses tétons roses et dressés. Il lui donna un autre baiser, et ils se laissèrent tomber sur le lit, enlacés.

Son cœur battait à se rompre et son corps brûlait de désir. Elle le caressa là où il en avait besoin, et il se raidit davantage, impatient de prendre possession de son corps. L'anticipation monta dans ses veines tel un feu de forêt.

Tremblante d'excitation, elle écarta les jambes. Il se glissa rapidement en elle, d'un coup de reins puissant, tandis qu'elle enfonçait les ongles dans ses épaules.

Il s'efforça de contrôler la pression et le rythme de ses mouvements de va-et-vient. Il savait déjà qu'une seule fois ne suffirait pas. Il les ferait jouir tous les deux, puis il recommencerait. Autant de fois qu'il le faudrait pour éteindre son désir. Si toutefois c'était possible.

Bailey se réveilla tôt et, comme Wade dormait encore, elle se rendit dans la salle de bains pour concocter le shampoing et le gel douche qu'elle lui avait promis. Pendant la soirée de la veille, elle s'était laissé distraire par leurs ébats. Des ébats torrides, sauvages, époustouflants.

Elle n'avait aucune envie de rentrer chez elle un peu plus tard. Tout ce qu'elle voulait, c'était passer plus de temps avec Wade. Mais il fallait qu'elle retourne à sa vie bien rangée, jusqu'à leur prochaine rencontre. Elle était heureuse que Wade lui ait parlé de sa famille. Lentement mais sûrement, elle dissipait le mystère qui l'entourait. Ou du moins, elle l'espérait. Wade semblait encore perdu par moments. Mais quoi d'étonnant, après les souffrances qu'il avait connues ?

— Bailey ?

Comme surgie de nulle part, la voix de Wade la fit sursauter. Bailey regarda dans le miroir et le vit derrière elle. Des mèches de cheveux lui barraient le front, et il était uniquement vêtu d'un caleçon. Elle aussi ne portait que ses sous-vêtements.

Elle avait laissé la porte de la salle de bains ouverte et l'avait sans doute réveillé sans le vouloir.

— Je ne voulais pas te déranger, dit-elle. J'ai oublié de préparer les produits hier.

— Ça ne fait rien. C'était étrange de me réveiller sans toi à mes côtés. Mais j'imagine que je vais devoir m'y faire, après ton départ.

Elle aussi devrait s'habituer à dormir sans lui.

— Je dois faire mes bagages, dit-elle.

— Je suis désolé de ne pas pouvoir te conduire à l'aéroport. J'ai un rendez-vous professionnel.

— Ça ne fait rien. Lorna peut m'emmener. Ou l'un de tes autres chauffeurs.

Elle croisa son regard dans le miroir.

— Pourquoi n'es-tu pas venu me chercher à mon arrivée ?

— J'avais du travail à finir.

— Je crois que Lorna et Dax ont une liaison.

— C'est vrai ? Qu'est-ce qui te fait dire ça ?

— Les coups d'œil qu'ils échangent. Cela ressemble beaucoup à la façon dont nous nous regardons, toi et moi.

— Alors tu as peut-être raison. Mais j'essaie de ne pas m'immiscer dans la vie privée de mes employés.

Il approcha et appuya le torse contre son dos.

— J'ai déjà assez à faire avec la mienne, ajouta-t-il.

— Même chose pour moi.

Il enserra sa taille, attirant son attention sur son poignet tatoué.

— Je devrais peut-être me faire faire un tatouage comme le tien, glissa-t-elle. Pas exactement le même, mais quelque chose qui me définisse.

Il sourit.

— Tu peux faire inscrire mon prénom sur ton postérieur.

Elle gloussa.

— Quelle bonne idée ! Personne ne regrette jamais d'avoir fait tatouer le nom de son amant sur son corps, n'est-ce pas ?

— Je devrais l'écrire sur ta peau avec un marqueur permanent.

— Ce ne sera pas permanent si c'est sur ma peau. Il finira par disparaître.

— Essayons, et voyons combien de temps il tiendra.

Il lui mordilla le lobe de l'oreille.

— Mais pas sur tes fesses. Tu ne pourras pas le voir, sinon.

— Alors où ?

Intriguée par son petit jeu, elle était prête à le laisser écrire son prénom où il le souhaitait.

— Je vais aller chercher un marqueur, ensuite je déciderai.

Il quitta la pièce, laissant Bailey seule face au miroir. Elle était impatiente qu'il revienne.

Il rapporta un marqueur à pointe fine. Elle se retourna pour lui faire face et soutint son regard. En aurait-elle jamais assez de lui ? Cette folie prendrait-elle fin un jour ?

— Faisons simple, décréta-t-il.

Il saisit son bras et inscrivit « Wade » sur son poignet.

— Maintenant, nous sommes pareils, dit-il.

Pas vraiment. Lui avait fait graver un code informatique, et elle portait le nom de l'homme avec qui elle couchait.

— Tu devrais peut-être ajouter une fleur ou quelque chose de ce genre, suggéra-t-elle.

— Et ça ? demanda-t-il.

Il dessina un cœur qu'il coloria en noir.

Elle faillit se pâmer comme une adolescente. Mais elle ne craignait pas que ce cœur soit un signe d'amour. Elle savait qu'il représentait leur passion charnelle.

Sans crier gare, elle l'embrassa. Il lâcha le feutre et le laissa rouler sur le sol. Bailey souhaitait presque que le tatouage soit vrai.

Elle était bien décidée à prendre tout le plaisir qu'il y avait à prendre, aussi longtemps que durerait leur liaison.

- 9 -

Durant les trois semaines suivantes, Bailey consacra l'essentiel de son temps à la préparation du gala de bienfaisance. En premier lieu, pour l'aider à gérer la fondation elle engagea une petite prodige fraîchement diplômée qui se révéla providentielle. La mère de Bailey aussi lui apporta une aide précieuse. Bailey et elle avaient écrit et publié leurs textes respectifs, marquant ainsi le lancement officiel de la fondation Libère ton cœur. Le texte d'Eva avait fait sensation et permis d'attirer l'attention des médias sur la fondation.

Bailey avait même reçu un mail privé de Shayla Lewis cet après-midi. Oui, son ancienne ennemie. Shayla souhaitait discuter autour d'un café le lendemain. Elle n'avait pas dit pourquoi, mais Bailey espérait que Shayla avait prévu de lui faire des excuses.

Quoi qu'il en soit, Bailey avait déjà envoyé un message à Wade pour l'informer de ce scoop. À cause de leurs emplois du temps chargés, ils ne s'étaient pas revus depuis qu'elle était allée le voir à San Francisco. Il viendrait à Los Angeles ce week-end, au grand plaisir de Bailey.

Pour l'heure, Bailey se trouvait chez sa mère. Elles étaient assises sur un canapé de velours mauve et feuilletaient un livre consacré à l'histoire de la mode. Eva avait choisi un thème victorien pour le bal et tenait à faire faire leurs robes. Elles consultaient des images des années 1830 à 1890 pour trouver l'inspiration.

— Je ne vois pas pourquoi je ne pourrais pas louer une robe, fit valoir Bailey. Ou acheter une tenue toute faite.

Sur Internet, de nombreuses boutiques vendaient des robes de style ancien.

— Il faut que tu portes une pièce originale, et non un vêtement que quelqu'un d'autre peut louer ou acheter. C'est ta grande soirée, ma chérie. Ton premier gala pour Libère ton cœur.

Eva montra un croquis d'une robe en taffetas à la crinoline spectaculaire.

— Tu serais fabuleuse dans une robe comme celle-ci.

Fabuleuse ? Sa mère n'avait jamais employé ce terme pour la décrire. Bailey fut touchée. Elle était heureuse de partager un moment privilégié avec Eva.

— C'est une robe splendide. Mais je crois qu'elle pourrait m'engloutir. Je préfère les modèles moins volumineux.

Elle montra une robe au corset plus discret et au bas plus étroit.

— Peut-être quelque chose dans ce genre ?

— J'ai une idée. Si nous t'achetions une authentique robe victorienne, avec la coupe que tu préfères ? Tu portes déjà beaucoup de vêtements de seconde main, alors pourquoi ne pas sortir le grand jeu pour le gala ? Ma styliste pourrait rechercher des modèles et te les faire essayer. Je suis sûre qu'elle a des tas de bonnes adresses.

— Ce serait fantastique !

Bailey adorait l'idée de porter une robe ancienne.

— Cela dit, même si elle en trouve une qui me convienne, il faudra la faire retoucher.

— Ne t'inquiète pas pour ces détails. Je m'occupe de tout. Je veux que ma fille soit la reine du bal.

Sa mère referma le livre et le posa sur une table basse en marbre.

— C'est drôle, je ne me souviens pas de t'avoir aidée à choisir ta robe pour le bal de promotion.

— C'est parce que je n'y suis pas allée.

— C'est vrai ? Comment se fait-il que je n'aie pas été au courant ?

— Tu étais en voyage. Tu posais pour un magazine dans différents endroits du pays. Et quand tu es revenue, ton esprit était encore ailleurs.

— Je pensais à ma carrière, comme d'habitude. Je suis vraiment désolée de ne pas avoir été présente quand tu avais besoin de moi.

— Tu es là, maintenant.

Et cela signifiait beaucoup pour Bailey.

— Et puis, je n'aurais pas assisté au bal même si tu m'avais aidée à choisir une robe. Ce n'est pas grave. Tout cela remonte à loin.

— Non. Ces occasions-là comptent.

Sa mère s'agita sur le canapé.

— Dommage que Wade et toi ne soyez pas sortis ensemble au lycée. Il aurait dû être ton cavalier.

— Il m'accompagnera au gala. Je n'arrive pas à croire qu'il ne reste plus qu'un mois. Je me sens déjà dépassée.

— Moi aussi. Mais il me tarde d'y être. Dis-moi, quand vais-je rencontrer Wade ? Je commence à m'impatienter.

— Il vient me voir ce week-end. Je ne manquerai pas de te le présenter.

— Quand tu parles de lui, tu es absolument radieuse.

Elle se pencha vers Bailey.

— Je crois que tu es en train de tomber amoureuse, glissa-t-elle.

Mon Dieu.

Bailey secoua la tête. Elle avait déjà rejeté cette possibilité de nombreuses fois.

— Ce sont des bêtises. Nous sommes juste amis.

— Et amants. Il est l'amant le plus important que tu aies eu.

— C'est vrai, mais le sexe, ce n'est pas de l'amour.

Certes, son cœur palpitait quand elle pensait à lui, mais cela ne voulait rien dire. Elle était toujours dans cet état quand il s'agissait de Wade.

— Je ne suis pas faite pour l'amour, et lui non plus.

— Eh bien, tu te comportes comme une femme amoureuse, en tout cas. Et dans ce domaine, je suis une experte. Je suis peut-être négligente sur d'autres sujets, mais pas sur celui-là.

— Tu te trompes. Je me connais.

— Mais connais-tu ton cœur ?

— Bien sûr.

Bailey avait envie de fuir, comme chaque fois que sa mère et elle étaient en désaccord. Mais elle garderait son calme. Eva et elle commençaient tout juste à bâtir une relation nouvelle. Ce n'était pas le moment de tout gâcher.

Heureusement, sa mère changea de sujet. Mais Bailey avait encore des palpitations. Quoi d'étonnant, après tout ? Malgré cette conversation agaçante, Bailey était impatiente de revoir Wade.

Le lendemain, installée en terrasse, Bailey buvait un café avec Shayla à l'ombre d'un parasol. C'était Shayla qui avait choisi ce lieu haut de gamme. Elle y semblait parfaitement à sa place, avec sa posture élégante et sa tenue monochrome. Mais sa belle assurance n'était-elle qu'une façade ?

Bailey commençait à se demander pourquoi Shayla

avait souhaité la voir. Jusqu'ici, l'ancienne reine du lycée n'avait rien dit de substantiel.

Mais elle finit par déclarer :

— J'ai lu le texte que tu as écrit.

— Et qu'en as-tu pensé ? demanda Bailey.

La jolie brune leva les yeux.

— Je l'ai trouvé angoissant. Je m'attendais à voir mon nom à chaque ligne.

— Je n'avais aucune intention de te nommer.

Shayla se pencha vers elle.

— Pourquoi ?

— Parce que je n'ai pas écrit ce texte pour te dénoncer. Je l'ai fait pour panser mes blessures, et pour aider tous ceux qui sont harcelés.

— Je crains encore que quelqu'un de Bev West ne me dénonce. Et si ça arrive, ma réputation sera entachée, et mon entreprise pourrait en pâtir. Je ne peux pas me permettre de perdre mon gagne-pain à cause de cette histoire.

Bailey haussa les sourcils.

— Tu m'as invitée à prendre un café parce que tu t'inquiètes pour toi ? Et moi qui espérais des excuses !

— Je voulais le faire. Mais je ne sais pas comment m'y prendre.

Elle coupa le muffin carottes-quinoa qu'elle n'avait pas encore touché.

— Je devrais écrire un texte, moi aussi ? Avouer ce que j'ai fait avant que quelqu'un mentionne mon nom ?

— Te sens-tu prête à révéler ton histoire publiquement ? demanda Bailey. Car, une fois que tu l'auras fait, tu ne pourras plus revenir en arrière.

— Je sais. Mon mari ne savait pas que j'humiliais les gens quand j'étais jeune. Cela lui a fait un choc quand je lui ai révélé que la fille dont tu parles dans ton texte, c'était moi.

Elle mâcha un morceau de muffin puis poursuivit :

— Il se souvient de vous avoir vus, Wade et toi, à la réunion. Mais il ne savait pas que nous avions un passif. Il n'a pas entendu ce que Wade et toi me disiez. Pour être honnête, si je me suis confiée à lui, c'est uniquement parce que je pensais que ce serait pire s'il apprenait la vérité par quelqu'un d'autre. Ta fondation suscite beaucoup d'intérêt, et depuis, je suis sur des charbons ardents.

— C'est grâce à ma mère que nos textes ont autant attiré l'attention. Tout ce qu'elle fait est repris par les médias. Mais je comprends qu'il ait été difficile pour toi de révéler la vérité à ton mari. J'ai dû faire la même chose avec ma mère.

— À travers son texte, je devine que vous réapprenez à vous connaître. Je suis vraiment désolée d'avoir gâché tes années lycée. Et je m'en veux d'avoir été si détestable pendant la réunion l'autre jour. Wade et toi sembliez tellement sûrs de vous que je ne savais pas comment réagir.

— Nous essayions de paraître confiants. Nous avions besoin de nous sentir forts. C'est devenu un ami proche, bien plus proche que quand nous étions au lycée.

— Je suis heureuse d'avoir mon mari pour me soutenir. Kirk est un homme merveilleux. Nous essayons de fonder une famille. Et maintenant, je me dis que ce serait terrible si quelqu'un martyrisait notre enfant. Si elle ou il allait à l'école chaque jour avec la boule au ventre. Personne n'a le droit de faire subir ça à quelqu'un.

À présent, Bailey croyait en la sincérité de Shayla. Son ancienne ennemie s'inquiétait peut-être pour sa réputation, mais elle semblait aussi sincèrement inquiète pour un enfant qu'elle n'avait pas encore conçu.

— Si tu veux rédiger un texte, je serais heureuse de le publier sur le blog de ma fondation. J'apprécie tes excuses, et je les accepte.

— Merci.

Shayla semblait soulagée.

— Tu le diras publiquement ? demanda-t-elle.

— Oui. J'accepterai tes excuses publiquement. Je n'aurais pas créé la fondation Libère ton cœur si je ne voulais pas que les gens se déchargent de leurs fardeaux.

— M'exposer de cette façon m'effraie. Mais au moins, je pourrai assumer la responsabilité de mes actes, au lieu de craindre qu'ils ne me rattrapent.

Shayla marqua un temps.

— Je n'ai pas encore fait de don à ta fondation. Mais je le ferai bientôt. J'ai entendu parler du bal que tu vas donner. Toute la ville en parle.

Shayla espérait-elle une invitation personnelle ? Bailey n'en était pas sûre. Mais, juste au cas où, elle déclara :

— Si Kirk et toi voulez assister à la soirée, vous êtes les bienvenus.

— Merci ! J'adore les bals. Mais je devrais peut-être attendre de voir si mon texte est bien accueilli. Sinon, les gens pourraient m'humilier.

— Personne ne va te faire de misères pendant une soirée consacrée à la lutte contre le harcèlement. Au contraire, les gens vont t'admirer pour avoir le courage d'aider les victimes à surmonter leurs traumatismes.

— Merci, Bailey. Kirk sera ravi quand je lui raconterai comment s'est passé ce rendez-vous. J'ai la chance d'avoir trouvé un homme qui m'aime autant. Parfois, je me demande ce que j'ai fait pour le mériter.

Bailey n'avait guère envie de songer à l'amour. Ou d'en parler. Wade serait là dans deux jours, et il ne serait pas question d'amour entre eux. Uniquement de passion et de sensualité.

Du moins, c'était ce qu'elle voulait croire.

Le dimanche après-midi, la situation prit une tournure étrange. Pour Bailey, en tout cas. Elle se trouvait chez sa mère, en compagnie de Wade. De temps en temps, Eva lui lançait un regard inquisiteur. Bailey avait l'impression d'être scrutée à la loupe.

Sa mère la jugeait-elle, ou cherchait-elle à savoir si elle était amoureuse ? Et Wade ? Sentait-il à quel point Bailey était mal à l'aise ? Ou avait-il l'esprit ailleurs ?

Ils déjeunaient dans la roseraie. Au menu : maïs grillé et risotto au citron. Bailey regarda le labyrinthe au loin. Quand elle était enfant, elle parcourait les allées en faisant comme si le dédale était son sanctuaire. Plus tard, son frère et Margot s'y étaient mariés, donnant une tout autre image à ce jardin.

— Ma styliste cherche une robe ancienne pour Bailey, déclara Eva. Elle a étendu ses recherches aux quatre coins de la planète. Et, vous, Wade, que comptez-vous porter ?

— Je ne sais pas, je n'y ai pas encore réfléchi. Quel genre de costumes les hommes portaient-ils à l'ère victorienne pour les grandes occasions ?

— Je peux vous prêter un livre sur le sujet. Je pense que les queues-de-pie étaient appropriées. Le noir était la couleur la plus commune, mais les dandys portaient parfois des gilets bleus. Des boutons fantaisie pouvaient être ajoutés. Le chapeau melon était facultatif.

Eva tapota sa bouche avec une serviette, se tenant très droite, en digne maîtresse de maison.

— Pour plus d'authenticité, vous devriez sans doute faire faire votre costume, conseilla-t-elle.

— J'en parlerai à mon tailleur. Comme je ne suis pas un dandy, je m'en tiendrai au noir. Mais j'aimerais beaucoup consulter votre livre.

— Merveilleux. Je vous le donnerai tout à l'heure. Je me réjouis que vous ayez pu rendre visite à Bailey ce week-end, et que vous et moi ayons pu faire connaissance.

Bon sang, pensa Bailey. Sa mère en faisait beaucoup trop. Mais ce déjeuner prendrait fin bientôt, et Bailey aurait Wade pour elle toute seule. En tout cas, elle était contente que Wade et sa mère s'entendent bien. Elle aurait préféré que sa mère n'ait pas instillé cette idée d'amour dans son esprit. Une idée qui ne grandirait pas, se rappela-t-elle. Elle n'était pas en train de tomber amoureuse, par conséquent, elle n'avait pas à s'inquiéter.

Tandis qu'Eva et Wade poursuivaient leur discussion, Bailey se concentra sur son assiette. Mais sa mère ne cessait de lui lancer des regards furtifs. Bailey commençait à regretter l'époque où Eva l'ignorait. Que disait le vieil adage ? « Méfiez-vous de vos vœux, ils pourraient se réaliser. »

Bailey fut soulagée quand le dessert fut servi. Elle plongea sa cuillère dans son granité à la pastèque. C'était en fait une purée de fruits servie dans une coupe élégante, mais peu importait. Au moins, Bailey avait de quoi s'occuper jusqu'à la fin du repas.

Après le déjeuner, Eva suggéra à Bailey et à Wade d'aller se promener dans le labyrinthe, telle une entremetteuse voulant leur offrir un moment en tête à tête. Bien que Bailey voie clair dans son jeu, elle accepta avec joie. Elle avait besoin de prendre l'air.

— C'est fabuleux, commenta Wade tandis qu'ils parcouraient les allées. Je n'ai jamais rien vu de tel.

— C'est une réplique du labyrinthe de Versailles créé pendant le règne de Louis XIV. Louis XVI l'a fait remplacer plus tard par un autre jardin. Les fontaines et les sculptures représentent les fables d'Ésope et, sur les cartels, on peut lire des quatrains d'un poète du XVIIe siècle.

— Eh bien, c'est un concept intéressant.

— Louis XIV n'a pas trouvé cela tout seul. C'est Charles Perrault qui a suggéré le thème des fables d'Ésope. Ces textes existaient depuis la Grèce antique.

— Et qui était Charles Perrault, exactement ?

— Un auteur de contes de fées. Il a établi les bases du genre, en adaptant « La Belle au bois dormant » et d'autres contes populaires célèbres.

Elle jeta un regard autour d'elle.

— Ma mère a fait construire ce labyrinthe pour compléter l'architecture de la maison. C'était ma cachette quand j'étais enfant. J'adorais m'y réfugier.

— Je comprends pourquoi. Il est facile de s'y perdre volontairement.

Il cessa de marcher, se tenant entre deux haies de cinq mètres de haut, face à une fontaine de style rocaille.

— Il s'est passé quelque chose entre ta mère et toi ? Je t'ai trouvée bien silencieuse pendant le repas.

Devait-elle lui expliquer ce qui n'allait pas ? Lui révéler les suppositions de sa mère ? Ou cela gâcherait-il la suite de leur week-end ?

Elle décida d'être honnête. Elle ne pouvait pas faire comme si tout allait bien.

— Ma mère me rend folle, lâcha-t-elle. Je pensais que les choses s'amélioraient, mais maintenant elle joue les mères surprotectrices, à surveiller tout ce que je fais et à se mêler de mes affaires.

— C'est sans doute sa façon de se racheter.

— Sans doute, mais elle va trop loin. Elle pense même que je suis en train de tomber amoureuse de toi.

Avant qu'il blêmisse, elle s'empressa d'ajouter :

— Je lui ai assuré que toi et moi sommes juste amis. Mais elle refuse de m'écouter.

— Bon sang.

Il passa la main dans ses cheveux. Après quelques secondes, il demanda d'une voix tremblante :

— Alors, il n'y a absolument rien de vrai là-dedans ? Je veux dire, tu n'es pas, tu ne vas pas…

— Non ! Bien sûr que non ! Tu es l'ami – et l'amant – le plus exceptionnel que j'aie jamais eu, mais je ne suis pas amoureuse de toi. J'étais là quand Margot est tombée amoureuse de mon frère, et c'était le chaos. Ce n'est pas ce qui m'arrive.

Bailey avait des moments de faiblesse, mais elle avait les pieds sur terre.

— Je suis forte. Mais je ne peux nier que je pense à toi en permanence.

— Moi aussi, je pense à toi. Énormément. Je n'ai jamais eu d'amante comme toi, moi non plus.

Il hésita.

— Mais tu n'étais pas obligée de me rapporter les dires de ta mère.

— Je le sais. Mais je ne veux pas avoir de secrets pour toi.

Il glissa les mains dans ses poches.

— L'amour m'effraie, Bailey. Depuis toujours.

— Je sais. Je ressens la même chose. Mais il n'y a pas

de raison de s'inquiéter. Ça ne nous arrivera pas. Nous pouvons aller de l'avant et oublier ça.

Cette conversation les rendait bien trop nerveux, songea-t-elle.

Ils reprirent leur promenade dans le labyrinthe, piégés par leurs esprits anxieux, où l'amour n'était pas censé exister.

- 10 -

Wade était installé sur le canapé de Bailey. Il était censé chercher un programme à visionner mais, incapable de se concentrer, il fixait simplement la grille des programmes sur le téléviseur. Bailey prenait un bain et ne tarderait pas à le rejoindre. Après leur longue journée, elle avait souhaité se détendre. Lui aussi avait envie de se relaxer. Mais il n'y arrivait pas vraiment. Car il ne parvenait pas à chasser leur conversation de son esprit.

Était-il possible que Bailey soit en train de tomber amoureuse de lui ? Ou qu'il ait des sentiments pour elle ? En tout cas, il était content que Bailey ne veuille plus en parler. Il ne pouvait pas composer avec l'idée qu'ils tombent amoureux. Ou qu'elle l'aime. Il voulait que les choses soient simples entre eux.

Il faillit rire. Il n'y avait rien de simple dans la peur de l'amour. Mais à quoi bon s'inquiéter ? Ils étaient tous deux décidés à ne pas tomber dans le piège, et cela lui apportait le soulagement dont il avait besoin pour l'instant. Une question demeurait : devait-il révéler à Bailey ses secrets et lui parler de son père ? Devait-il avouer à quel point il se sentait terni et perdu parce que sa mère n'avait jamais cessé d'aimer l'escroc qui l'avait ruinée ?

Sur l'écran, il sélectionna la chaîne qui diffusait le documentaire dans lequel les victimes de son père étaient interviewées. Il pourrait suggérer à Bailey de le regarder. Ensuite, s'il se sentait prêt, il pourrait lui dire la vérité.

Pourvu qu'il réussisse à lui parler… Il avait passé tant d'années à protéger son secret qu'il ne savait pas comment être honnête. Au moins, il ferait une tentative.

Impatient de lancer le programme à présent, il attendit que Bailey arrive.

Elle apparut enfin, vêtue d'un T-shirt et d'un short, les cheveux tressés. Elle sentait bon les fleurs et le miel. Était-ce un nouveau gel douche qu'elle avait préparé ? Les délicieuses fragrances lui donnaient envie de l'embrasser partout. Mais ce n'était pas le moment.

— Tu as trouvé quelque chose à regarder ? demanda-t-elle.

— Oui. Je n'ai pas envie de voir un film, alors j'ai pensé à une série sur les affaires criminelles. J'ai trouvé quelques numéros intéressants.

Il sélectionna l'épisode consacré à son père.

— Celui-ci est intitulé « Roméo Ron ». En résumé, cela parle de femmes dépouillées par le même homme. Un mystérieux bienfaiteur a remboursé l'argent qui a été volé aux victimes.

— Ça a l'air pas mal ! Je vais préparer du pop-corn.

Pendant que Bailey se rendait dans la cuisine, Wade resta sur le canapé, les nerfs en pelote. Son père avait utilisé de fausses identités, mais son vrai nom était Ronald Deacon Jones. D'où le titre : « Roméo Ron ».

Quelques minutes plus tard, Bailey revint avec un grand saladier de pop-corn au beurre et deux canettes d'eau aromatisée au citron. Elle posa le saladier sur la table basse et donna une canette à Wade.

Il la remercia et s'empressa de boire une gorgée, dans l'espoir que cela le calme un peu. Dès que Bailey eut pris place à côté de lui, il lança le programme.

Le père de Wade avait refusé d'être interviewé. Mais sa photo apparut à l'image, et la voix off fournit quelques informations à son sujet. Bailey déclara qu'il était très séduisant. L'espace d'une seconde, Wade se demanda si elle allait remarquer un air de famille entre eux. Bien que Wade ressemble son père, il n'était pas son portrait craché, heureusement.

Pendant que le documentaire se poursuivait, Bailey déclara qu'elle éprouvait de la compassion pour ces femmes, qui avaient fait confiance à un homme qui les avait trahies. Wade ressentait la même chose. Encore aujourd'hui, il avait de la peine pour sa mère. Personne ne savait qu'elle avait été liée à Ron. Personne sauf Carl, décédé aussi. Wade était le seul détenteur de ce secret qui soit encore en vie à présent.

Les femmes interrogées étaient toutes extrêmement reconnaissantes au bienfaiteur qui avait remboursé l'argent qui leur avait été volé. Mais elles ignoraient qui était cette personne anonyme, et pourquoi elle s'était intéressée aux victimes de Ron.

L'épisode se conclut sur la prudence avec laquelle le bienfaiteur protégeait son identité.

Bailey soupira.

— C'était fascinant. On se demande vraiment qui était le mystérieux justicier. Tu penses que c'est quelqu'un qui s'est intéressé à cette affaire par hasard, ou qu'il avait une raison cachée ?

Tout ce que Wade avait à faire, c'était avouer qu'il s'agissait de lui. Et ajouter que Ron était son père. Mais les mots moururent dans sa gorge. La peur de parler était trop forte. Il n'était pas prêt à reconnaître son lien de parenté avec Ron. Il n'était prêt pour rien, apparemment. Ni pour l'amour. Ni pour l'honnêteté. Ni même pour une véritable amitié avec Bailey. Il s'en voulait terriblement, mais il ne pouvait pas révéler la vérité, tout simplement.

Alors, comme toujours, il mentit.

— J'ignore pourquoi ce justicier est entré en scène, et le programme n'apporte pas de réponses.

Il but de grandes gorgées d'eau. Si seulement son cœur pouvait battre moins vite…

— Ça pourrait être n'importe qui, ajouta-t-il.

— C'est une personne qui a de l'argent. Les sommes remboursées sont énormes. Tu as remarqué comme toutes les victimes se ressemblaient ? Pas sur le plan physique, mais dans leur attitude ? Roméo Ron avait un genre précis.

Wade sentit son ventre se nouer.

— Il ciblait les femmes crédules et sensibles à son charme, fit-il valoir.

— Son histoire est triste, tout de même. Il a perdu ses parents très jeune, puis il a été élevé par un oncle dominateur.

— Il n'y a pas d'excuses pour ce qu'il est devenu.

Wade refusait d'éprouver de l'empathie pour son père.

Bailey posa le regard sur le saladier de pop-corn à moitié vide.

— Je me demande s'il sait qui est le justicier. Ou si, au moins, il est heureux que quelqu'un ait aidé ses victimes.

— Je doute qu'il sache de qui il s'agit.

Il était impossible que Ron soit au courant.

— Et il n'a jamais donné son avis sur les actes de ce héros mystérieux, enchérit-il.

Selon lui, cela prouvait que son père était indifférent. Toutefois, Wade n'avait pas remboursé l'argent pour faire plaisir à Ron. Il l'avait fait pour les victimes, afin de leur donner une chance de tourner la page.

Ce que sa mère n'avait jamais pu faire. Elle était encore

amoureuse de son père quand elle avait épousé Carl, et le pauvre homme avait accepté l'idée qu'elle ne l'aimerait jamais de la façon dont elle avait aimé l'escroc qui lui avait fait un enfant. Pour Wade, l'amour n'avait pas de sens, et il doutait que cela change un jour.

Plus tard ce soir-là, Wade prit Bailey dans ses bras. Elle grimpa sur lui, et ils firent l'amour. Elle le chevaucha telle une petite fée nue.

Après leurs ébats, tandis qu'ils étaient allongés et enlacés, Wade ferma les yeux pour tenter de contrôler ses pensées. En vain. Et si Bailey était en train de tomber amoureuse de lui ?

Elle se blottit tout contre lui, et il rouvrit les yeux. Si elle l'aimait, alors il pourrait la détruire et lui briser le cœur. Il passa la main le long de son dos, songeant qu'il n'était pas assez bien pour elle. Il avait eu beau tout faire pour s'excuser d'être le fils de Ron, il se sentait tout de même souillé. C'était encore pire maintenant qu'il avait regardé le documentaire avec Bailey.

— Je sais que nous étions convenus de ne plus parler d'amour, dit-il. Mais tu es sûre que tu n'as pas ce genre de sentiments pour moi ? J'ai besoin de savoir avec certitude que ça ne se produira pas.

Elle recula un peu et le dévisagea, l'air à la fois agacé et vulnérable.

— Je t'ai déjà dit que je ne suis pas en quête d'amour.

— Oui, mais juste par sécurité, je préfère te poser la question. Je ne veux pas te faire souffrir.

Comme son père l'avait fait avec sa mère.

— Inutile de prendre des précautions. Je ne vais pas tomber amoureuse de toi, et tu ne vas pas me faire souffrir.

Il était si perdu qu'il ne savait plus que penser.

— Je suis désolé. Je n'aurais pas dû aborder le sujet. Mais tu sais à quel point je serais dévasté si les suppositions de ta mère se révélaient vraies.

— Elles ne le sont pas. C'est une incorrigible romantique, et je ne suis pas comme elle. L'amour n'a jamais été possible pour moi.

Elle le regarda avec un air de défi.

— Et puis, je souhaite juste profiter de notre liaison au lieu de prêter foi aux dires de ma mère.

— Je veux savourer nos moments ensemble, moi aussi. Mais si quelque chose va de travers…

— Cesse de t'inquiéter, Wade.

Il se força à sourire.

— Alors, le ciel ne va pas nous tomber sur la tête ?

— Pas du tout.

Elle se blottit contre lui.

— Tout ira bien, assura-t-elle.

Bailey avait l'impression que sa vie était hors de contrôle. Elle n'avait pas revu Wade depuis sa dernière visite, le bal de bienfaisance aurait lieu dans une semaine… et elle avait du retard dans ses règles.

Elle n'y avait pas prêté attention au début. Elle avait été si occupée par le bal qu'elle avait mis cela sur le compte de la pression. Mais cela faisait maintenant six jours. Quelque chose n'allait pas.

Était-elle enceinte ? Était-ce possible ? Elle n'avait pourtant jamais oublié son contraceptif.

Margot était en chemin pour lui apporter un test de grossesse. Bailey craignait qu'il soit trop tôt pour une lecture précise. D'après ce qu'elle avait lu sur Internet, il valait mieux attendre au moins une semaine avant de se tester. Mais Margot avait fait valoir qu'entre six jours et une semaine, la différence était minime.

Assise à la table de la salle à manger, Bailey attendait son amie avec impatience. Qu'allait-elle faire si elle était enceinte ? Elle avait assuré à Wade que tout irait bien, et voilà qu'à présent, elle portait peut-être son enfant ! Une complication qu'aucun d'eux n'avait envisagée.

C'était sûrement une fausse alerte. Dès qu'elle aurait fait un test, ses craintes seraient apaisées. Le résultat serait sûrement négatif.

Elle alla dans la cuisine pour se préparer un thé à la menthe, qu'elle but debout, appuyée contre le plan de travail.

Quand la sonnette retentit, elle posa sa tasse et se hâta d'aller ouvrir.

Margot semblait agitée elle aussi. Elle franchit le seuil en brandissant un sac en papier.

— J'ai acheté deux tests de marques différentes, au cas où l'un serait plus précis que l'autre.

— Merci. Je suis si heureuse que tu sois là ! Je devenais folle.

Margot lui tendit le sac.

— Espérons que l'un des deux fonctionne. Je ne t'imagine pas enceinte. Tu as toujours été très sérieuse avec ta contraception.

— C'est vrai, je ne l'oublie jamais.

— Alors ne t'en fais pas. Tout ira bien.

— C'est ce que je ne cesse de me répéter. Zeke s'est-il demandé pourquoi tu es partie en hâte ? Il soupçonne quelque chose ?

— Il travaille aujourd'hui, alors il ne sait même pas que je suis là. Liam est chez un camarade, donc tu n'as pas à t'inquiéter pour lui non plus.

Margot soupira.

— Allez. Vas-y, l'encouragea-t-elle.

— D'accord. Il me faudra quelques minutes pour lire les consignes et choisir une marque.

Margot se laissa tomber sur le canapé.

— Je n'ai jamais fait de test, dit-elle. Mais ça a l'air simple.

Bailey hocha la tête puis alla dans la salle de bains. Elle n'aurait jamais cru faire un test de grossesse, encore moins avec Wade comme père potentiel.

Elle passa en revue les deux boîtes. L'une ou l'autre ferait l'affaire. Elle prit la marque qu'elle connaissait le mieux.

Quand elle eut terminé, elle posa le bâtonnet sur le lavabo. Il fallait attendre dix minutes pour obtenir un résultat. Elle mit une alarme sur son téléphone.

En attendant, elle alla retrouver Margot.

— Même si le test s'avère négatif, le fait que je n'aie pas mes règles pourrait indiquer un problème.

— Ne commence pas à envisager des scénarios catastrophes. Attendons le résultat du test, ensuite nous aviserons.

— Tu as raison.

Bailey s'assit sur le canapé, son agitation grandissant au fil des minutes.

Enfin, l'alarme retentit, les faisant sursauter toutes les deux. Margot la suivit dans la salle de bains. Bailey se pencha pour lire le résultat sur le bâtonnet.

— Mon Dieu… Je crois que c'est positif.

— Comment ça, tu crois ? C'est positif ou ça ne l'est pas.

— La ligne qui indique que c'est positif est vraiment légère, alors je ne peux pas être sûre.

Elle relut les instructions, les jambes tremblantes.

— Même si la ligne est faible, c'est quand même considéré comme positif, dit-elle.

Margot désigna l'autre boîte sur le plan de toilette.

— Tu devrais faire l'autre test pour être fixée.

— Heureusement que tu en as pris deux ! J'ai soif, tout à coup. J'ai laissé mon thé dans la cuisine, il faut que je le réchauffe.

— Je m'en occupe, déclara Margot.

Quand son amie revint, Bailey tremblait. Mais le thé chaud l'aida à se calmer. Elle l'avala rapidement, puis Margot la laissa seule à nouveau.

Bailey procéda au second test. Pour celui-ci, le temps d'attente n'était que de cinq minutes. Le résultat serait-il identique ?

Quand le temps fut écoulé, Margot revint. Il s'avéra que le test n'était pas concluant.

— Qu'est-ce que ça veut dire, au juste ? demanda Margot.

Bailey relut le mode d'emploi.

— Soit le test est défectueux, soit il est trop tôt pour savoir.

Bailey s'assit sur les toilettes. Devait-elle se fier à la faible ligne de l'autre test ? Ou était-ce un faux résultat positif ?

— Je ne peux pas rester dans l'incertitude, lâcha-t-elle. Il faut que je sache.

— Tu devrais voir un médecin.

On était samedi, et le médecin de Bailey ne travaillait pas ce jour-là. Bailey devrait donc attendre lundi pour prendre rendez-vous. Ce serait le week-end le plus long et le plus effrayant de sa vie. Tout ce qu'elle voulait, c'était être avec Wade. Et si elle prenait un avion pour le rejoindre ?

Après le départ de Margot, Bailey prit la décision de se rendre à San Francisco le soir même. Elle ne préviendrait pas Wade tout de suite, afin de ne pas l'inquiéter. Une fois arrivée à destination, elle lui téléphonerait et lui dirait qu'elle souhaitait le voir.

Bailey prit un vol commercial, mais il eut du retard, et elle arriva à San Francisco après 23 heures. Elle était trop fatiguée et nerveuse pour appeler Wade à cette heure avancée. Ayant besoin de repos, elle prit une chambre dans un hôtel. Elle appellerait Wade le lendemain, quand elle aurait les idées claires, décida-t-elle.

Elle se glissa sous les draps et essaya de trouver le sommeil. Mais le bébé occupait toutes ses pensées. Du moins, le bébé potentiel.

Elle dormit par intermittence et, le lendemain, quand la lumière filtra par la vitre, elle se leva sans tarder.

Elle consulta l'heure sur son téléphone : 7 h 45. Elle se servit un café et avala une bonne gorgée avant de rassembler son courage pour téléphoner à Wade. Plutôt que de commander un petit déjeuner, elle prit une barre protéinée qu'elle avait apportée.

Elle était aussi nerveuse à présent qu'à son arrivée la veille.

Puis, un événement se produisit, qui la secoua profondément.

Ses règles venaient d'arriver.

Elle se précipita dans la salle de bains pour mettre en place une protection.

Quand ce fut fait, elle revint s'asseoir sur le lit défait et fondit en larmes. Elle n'était pas enceinte. Il n'y avait pas de bébé. Sa vie allait continuer comme d'habitude.

Alors pourquoi n'était-elle pas plus soulagée ? Pourquoi

sanglotait-elle encore ? Était-ce l'effet du choc ? Elle essuya ses larmes, se sentant vide à l'intérieur. Elle était là, seule dans un hôtel, ne sachant que faire.

Elle saisit son téléphone et ouvrit son navigateur. Si ses deux tests n'avaient pas donné de résultat précis, il devait bien y avoir une explication.

Après quelques recherches, elle découvrit que le nouveau complément alimentaire qu'elle prenait était le coupable probable. Le mélange d'herbes avait sans doute interféré avec le résultat des tests.

Devait-elle rentrer chez elle et tenter d'oublier toute cette histoire ? Ou téléphoner à Wade et lui demander de passer, pour pouvoir se confier à lui ?

Elle alla camper devant la fenêtre et regarda au loin. Il fallait qu'elle voie Wade. Elle n'avait pas fait tout ce chemin pour repartir sans rien lui dire.

Prenant une profonde inspiration, elle composa son numéro. Il répondit à la quatrième sonnerie.

— Bonjour, Bailey. Que se passe-t-il ?

— Bonjour, dit-elle, s'efforçant de contrôler le tremblement de sa voix. Je sais que tu ne t'attendais pas à avoir de mes nouvelles ce week-end, mais il se trouve que je suis à San Francisco. Je suis descendue à l'hôtel Marriott. Tu peux passer me voir ? J'ai quelque chose à te dire.

— Tu es en ville ? Tout va bien ?

— Au départ, je suis venue parce que je pensais avoir un problème, mais il s'est résolu tout seul.

Le cœur serré, elle posa la main sur son ventre.

— Mais je ne veux pas retourner chez moi sans te raconter toute l'histoire. Je dois te parler en personne.

— D'accord. J'arrive dès que je peux. Tu es sûre que tout va bien ?

— Oui.

Elle l'espérait, en tout cas. Elle n'arrivait pas à surmonter l'étrange sentiment de vide en elle.

Après avoir raccroché, pour se changer les idées, elle fit son lit, rinça sa tasse de café et rassembla ses affaires.

Elle alluma le téléviseur mais, dérangée par le bruit, l'éteignit au bout de quelques secondes. Le vide en elle était-il de la tristesse ? Pleurait-elle la perte d'un bébé qui n'avait jamais existé ?

Quand Wade lui envoya un message pour l'informer qu'il était dans le hall, elle crut défaillir. Les femmes enceintes avaient des vertiges, non ? Certes, mais ce n'était pas pour cela qu'elle était au bord de l'évanouissement. Il n'y avait pas de bébé. Bailey était simplement submergée par l'angoisse. Ou le chagrin.

Elle ouvrit la porte pour que Wade n'ait pas à frapper.

Quelques minutes plus tard, il passa la tête par l'embrasure.

— Bailey ?

— Je suis là.

Elle se tenait près du téléviseur, se triturant les mains.

Wade entra et ferma la porte. Ses yeux changeants étaient gris aujourd'hui, presque de la même teinte que son T-shirt anthracite. Mais ce fut son expression qui la frappa le plus : l'inquiétude marquait ses traits.

Elle était nerveuse, elle aussi. Car elle venait soudain de comprendre pourquoi la perte de ce bébé fictif la dévastait.

Elle était amoureuse de Wade. Terriblement, effroyablement amoureuse de lui. Quelle autre explication à la douleur immense qui fracturait son cœur ?

Elle faillit s'effondrer. Elle avait envie de disparaître sous terre. Depuis le début de leur relation, elle avait affirmé ne pas être amoureuse. Elle avait nié être capable d'avoir ce genre de sentiments. Elle avait même promis à Wade que cela n'arriverait jamais. Malgré elle, elle avait menti.

Cependant elle ne pouvait pas lui avouer ses sentiments, pas avant d'avoir donné la raison de sa visite à San Francisco.

— Tu veux t'asseoir ? demanda-t-elle, désignant une chaise près de la fenêtre.

— Non, merci. Mais fais-le, si tu en as besoin. Tu n'as pas l'air en forme.

Non, en effet, et encore moins maintenant qu'elle avait pris conscience de ses sentiments pour lui. Son pire cauchemar s'était réalisé. Celui de Wade aussi.

S'asseoir ne changerait rien. Rien ne l'aiderait.

— Je croyais être enceinte, commença-t-elle. J'ai fait deux tests différents. Le premier était positif et le second, non concluant. Je comptais prendre rendez-vous avec mon médecin lundi, mais j'étais trop angoissée pour attendre seule, alors je suis venue à San Francisco pour être avec toi. Puis j'ai eu mes règles, et j'ai su que c'était une fausse alerte.

Wade garda le silence. Il semblait abasourdi. Et ce n'était que le début. Dès qu'il se serait remis de ses émotions, elle lui assénerait un autre coup de massue : elle lui avouerait son amour.

- 11 -

Wade avait l'esprit en ébullition. Et si la grossesse avait été réelle, et que Bailey avait porté son enfant ? L'aurait-elle gardé ? Quel genre de parents auraient-ils été ? Il ne pouvait s'imaginer papa, pas alors que son horrible géniteur n'était jamais loin de ses pensées.

— Je suis désolé que tu aies subi cela, dit-il, tentant de la réconforter.

Manifestement, elle était venue à San Francisco parce qu'elle avait besoin de lui.

— Si tu m'avais téléphoné hier soir, je serais venu te rejoindre.

— Merci, mais j'étais si nerveuse qu'il me fallait changer d'air. Je comptais te téléphoner hier soir mais mon vol a eu beaucoup de retard, alors j'ai préféré attendre aujourd'hui.

Elle posa la main sur son ventre.

— Et puis, ce matin, tout a changé, dit-elle.

— Qu'aurais-tu fait s'il y avait eu un bébé ? Comment aurais-tu géré la situation ?

— Je serais devenue une mère célibataire, je suppose. Je n'aurais pas attendu de toi que tu m'épouses ni rien de ce genre.

Il songea à sa mère, qui l'avait élevé seule avant de rencontrer Carl.

— Je t'aurais aidée, Bailey, et pas seulement sur le

plan financier. Je me serais efforcé d'être un bon père, malgré les crises de panique que j'aurais sans doute eues quotidiennement, pour le restant de mes jours.

Il poussa un soupir.

— Je veux dire, qu'est-ce que je connais à la paternité ?

Il n'avait jamais eu à se consacrer à une autre personne, à prendre soin d'elle, à lui apporter tout ce dont elle avait besoin. Élever un enfant était le métier le plus important du monde, or ses deux parents n'avaient pas été à la hauteur. Il adorait sa mère, mais elle s'était effondrée à cause du père de Wade, au point de se négliger. Elle était morte bien trop jeune.

— Carl est le seul père que j'aie jamais eu, et nous n'avons jamais vraiment communiqué comme nous l'aurions dû.

— Je vois la peur dans tes yeux. Je suis effrayée, moi aussi. Mais pas seulement à cause de ma grossesse présumée. Il y a quelque chose que je dois te dire.

Elle se dirigea vers la commode sur laquelle étaient posées deux bouteilles d'eau. Elle en saisit une et but une gorgée. Puis elle se retourna vers lui.

— Quelque chose qui m'a stupéfiée.

Wade sentit sa nervosité monter d'un cran.

— Je t'écoute.

— Je suis amoureuse de toi, Wade. Je ne l'ai compris que quand je t'ai vu aujourd'hui. Je croyais me sentir vide parce que le bébé n'existait pas, mais ensuite, quand tu es arrivé, j'ai su. J'ai su ce que je ressentais pour toi.

Il faillit chanceler. Mais il n'aurait pas dû être si ébranlé. Il avait toujours redouté que Bailey tombe amoureuse de lui. Son inquiétude était devenue une réalité.

— J'ignore quoi répondre. La dernière fois que je t'ai

vue, tu m'as assuré que l'amour ne faisait pas partie du contrat. Que ça n'arriverait jamais. Et maintenant tu…

Il secoua la tête, sentant son pouls s'accélérer.

— Que suis-je censé faire ?

Comment agir ?

— Ce que *tu* es censé faire ? Et *moi* ? Ce que je ressens pour toi est involontaire. Et cela me fait souffrir, lâcha-t-elle, sa voix se brisant sur ces mots.

Sa fragilité lui était insupportable. Il s'en voulait d'être la cause de sa détresse. Toute cette situation semblait terriblement injuste.

— Je veux juste que mes sentiments disparaissent, Wade. Que la douleur s'arrête.

Il eut le souffle coupé.

— Alors nous devrions probablement mettre un terme à notre liaison. Peut-être que tes sentiments s'évanouiront si on ne se voit plus.

C'était la seule solution qui lui était venue à l'esprit. Leur seule porte de sortie.

Elle tressaillit, manifestement choquée.

— Tu es sérieux ? C'est ça, ta solution ? Te débarrasser de moi ?

Mais, une seconde plus tard, elle sembla pleine d'espoir.

— Tu es sûr que tu n'es pas en train de tomber amoureux, toi aussi ? Et que ce n'est pas ta peur qui parle ?

Bien sûr, il avait peur. Dès le départ, il avait craint qu'ils ne s'attachent trop l'un à l'autre.

— Je tiens à toi, plus que je n'ai jamais tenu à personne. Mais je ne peux pas tomber amoureux.

Elle sonda son regard.

— Si tu tiens tant à moi, alors qu'est-ce qui t'en empêche ?

— C'est juste quelque chose en moi, quelque chose qui me rend distant et solitaire.

Une réponse vague, s'il en était. Mais que pouvait-il dire ? Qu'il était le fils d'une femme aveuglément amoureuse et d'un criminel ? Que, parfois, quand il se regardait dans un miroir, il voyait son père ? Wade ignorait comment vaincre ses démons, comment devenir l'homme dont Bailey avait besoin.

— J'aurais aimé que la situation soit différente.

Il fit un pas prudent vers elle.

— Mais je ne vois pas comment il pourrait en être autrement.

— Alors, je n'ai pas d'autre choix que de rentrer chez moi et de t'oublier ?

Son ton désespéré lui fendit le cœur.

— Je ne peux pas te changer, Wade, ou t'inspirer plus de sentiments que tu ne veux en avoir.

Il la regarda droit dans les yeux. Elle se résignait à mettre fin à leur liaison, et à leur amitié. Était-ce vraiment le bon choix ? Ou Wade les condamnait-il tous les deux à souffrir ? Il était aussi perdu et incertain qu'elle.

— Je suis désolé. Vraiment désolé.

Bailey ne répondit pas. Elle se contenta de rester là, comme si elle ignorait comment réagir.

— Quand tu seras prête, je peux demander à mon pilote de t'emmener à Los Angeles.

— Je peux prendre un vol commercial.

Elle recula, clignant des yeux pour retenir ses larmes.

— Tu n'as pas besoin de t'occuper de moi, ajouta-t-elle.

— Je n'ai jamais voulu te faire de mal, Bailey.

— Tu m'as affirmé dès le départ que tu n'étais pas fait pour l'amour. J'en ai fait autant. Hélas, ça m'est tombé dessus, et c'est un fardeau que je dois porter. Mais si nous n'avons pas d'avenir ensemble, tu devrais me laisser, maintenant.

Il acquiesça d'un signe de tête. Il l'avait déjà fait souffrir suffisamment. Il sortit de la chambre, et Bailey ferma la porte derrière lui, comme pour l'exclure de sa vie. Il resta dans le couloir, regrettant de ne pas pouvoir retourner auprès d'elle et la serrer dans ses bras jusqu'à ce qu'elle cesse de souffrir. Il ne pouvait pas être son sauveur. Il n'était même pas capable de se sauver lui-même.

Dès qu'elle atterrit à Los Angeles, Bailey alla directement chez sa mère. Elle fondit en larmes et lui raconta toute l'histoire, y compris les détails sur sa grossesse supposée qui s'était révélée être une fausse alerte. Elle se trouvait dans son ancienne chambre et était recroquevillée sur un lit blanc moelleux, la tête appuyée sur les genoux de sa mère. La pièce avait été rénovée depuis son départ, et il n'y avait plus aucune de ses anciennes affaires, pourtant, dans ce moment de détresse, Bailey se sentait chez elle.

— Ma pauvre petite chérie, dit sa mère d'une voix apaisante. Tu pleures un garçon du passé.

— C'est bizarre, non ?

Bailey sécha ses larmes avec le mouchoir froissé qu'elle tenait dans la main.

— Au lycée, j'avais un faible pour Wade, et je rêvais de l'embrasser. Au fond, il a toujours fait partie de moi. Mais je n'aurais jamais imaginé que je tomberais amoureuse de lui un jour.

— J'avais prédit que cela arriverait, mais je croyais que ce serait réciproque. C'était ce que je te souhaitais.

— Wade pense que mes sentiments pour lui vont disparaître si nous cessons de nous voir. À ton avis, il a raison ?

— Franchement, je ne sais pas. Mes deux maris ne sont plus là, pourtant je les aime toujours. Mais peut-être qu'être veuve, ce n'est pas comme vouloir quelqu'un que l'on ne peut pas avoir.

Elle caressa les cheveux de Bailey.

— Je ne me suis jamais retrouvée dans ta position. Mais je sais une chose. Wade et toi avez encore une chance. Tant que vous êtes tous les deux de ce monde, il y a de l'espoir.

— Quel espoir ? Tu penses qu'il tombera amoureux de moi et qu'aucun de nous ne redoutera l'avenir ?

— Personne n'a dit que l'amour était facile. Mais si deux personnes sont dévouées l'une à l'autre, et si elles veulent les mêmes choses, elles peuvent faire en sorte que leur couple fonctionne.

Bailey retint son souffle. Tout cela semblait compliqué. Douloureusement compliqué.

— Tu crois que j'aurais fait une bonne mère… s'il y avait eu un bébé ?

— Absolument.

— Wade m'a dit qu'il aurait essayé d'être un bon père. Mais il a aussi ajouté que la paternité aurait sûrement provoqué en lui des crises de panique.

— Être responsable d'un autre être humain est effrayant. Cela me terrorisait autrefois.

— Ça n'a plus d'importance, maintenant. Ce n'est pas comme si j'allais avoir des enfants avec lui.

Elle ne pouvait pas concevoir un enfant avec un homme qui l'avait rejetée.

— Il faut que j'essaie d'oublier que je l'ai aimé, tout simplement.

Sa mère soupira.

— Tu as le gala de bienfaisance pour t'occuper. Avec un peu de chance, cela t'aidera.

— Je ferai ce que je peux.

Elle s'assit sur le lit, tâchant de se montrer forte, même si elle avait envie de se cacher sous la couette et d'éclater en sanglots une fois de plus.

Le jour du bal, Bailey souffrait toujours autant. Si la situation n'avait pas dégénéré, elle aurait assisté à cet événement avec Wade. Mais elle était seule, chez elle, en train d'observer son reflet dans le miroir de sa chambre.

Une coiffeuse, une maquilleuse et une habilleuse l'avaient aidée à se préparer. La robe en soie bleue des années 1870 avait un col sage souligné de dentelle. Des rubans et des nœuds ornaient le dos du vêtement.

Bailey effleura le peigne ancien glissé dans ses cheveux. Wade le lui avait acheté lorsqu'ils avaient fait les boutiques à Haight-Ashbury. Lorsqu'ils étaient encore amants. Bailey avait fait l'erreur de montrer le peigne à la coiffeuse, qui avait estimé qu'il était bien plus joli que les accessoires qu'elle avait prévu d'utiliser.

Sa coiffure était un chignon haut duquel s'échappaient de longues mèches ondulées. Elle toucha le peigne à nouveau. Elle ne pouvait pas se résoudre à l'enlever, même s'il lui rappelait Wade. D'ailleurs, tout lui rappelait Wade. Elle n'arrivait pas à le chasser de son esprit. Le plan qu'il avait suggéré pour qu'elle cesse de l'aimer ne fonctionnait pas.

Elle se détourna du miroir et saisit son sac, un réticule de soie assorti à sa robe. Autrefois, ce genre de sac était considéré comme risqué, puisqu'il s'agissait d'une poche que les femmes portaient en dehors de leurs vêtements. Depuis, la mode avait évolué. Mais pas l'amour unilatéral, pensa Bailey. Il faisait souffrir, quel que soit le siècle.

Prenant une profonde inspiration, elle quitta sa chambre. Sa mère lui avait réservé une limousine pour la conduire au bal. Le véhicule était déjà garé dans la rue. Bailey ferait le trajet seule. Eva arriverait plus tard, tout comme Zeke et Margot. Bailey tenait à être en avance pour s'assurer que tout était en ordre avant que le bal commence officiellement. L'événement suscitait un grand intérêt, et, grâce à sa mère, la crème d'Hollywood serait présente. Sans nul doute, Gordon serait enchanté. Naturellement, son plus grand plaisir serait de rencontrer la célèbre Eva Mitchell et d'avoir la chance de danser avec elle.

Eva comptait être en retard et faire attendre Gordon, en digne star de cinéma. Elle se réjouissait de prendre part au bal. Bailey, en revanche, était impatiente que la soirée se termine alors que la fête n'avait pas encore commencé.

Elle monta dans la longue limousine blanche, rassemblant sa tenue autour d'elle. Bien que la coupe de sa robe soit étroite, Bailey portait un jupon dessous. La robe sur mesure d'Eva était dotée d'une imposante crinoline. Le bustier était plus décolleté que ce qui était acceptable à l'époque victorienne, mais la mère de Bailey avait toujours aimé transgresser les règles.

Bailey trouva le trajet jusqu'à Pasadena particulièrement long et éprouvant. Elle regarda par la vitre, rassemblant assez de force pour prendre un air joyeux. Elle ne pouvait pas se montrer à son premier gala de charité en ayant l'air d'une femme brisée.

Enfin, elle sortit de la limousine et se dirigea vers la salle de bal. La première fois qu'elle était venue ici, c'était avec Wade, lorsqu'ils avaient visité la propriété. Elle avait l'impression que cela remontait à une éternité. C'était une période plus heureuse. Plus sensuelle. La chaleur du corps de Wade lui manquait. Tout chez Wade lui manquait.

Lissant le bas de sa robe, elle se dirigea vers la cuisine pour voir comment s'en sortait le traiteur. Les plats semblaient fabuleux. Aucun problème de ce côté-là. Puis elle alla voir Claire, la jeune femme de vingt-deux ans qu'elle avait engagée pour l'aider à gérer la fondation. Claire avait une personnalité aussi solaire que sa robe jaune vif. Pendant qu'elle assurait à Bailey que tout se passait à merveille, d'autres membres du comité d'organisation arrivèrent pour assurer leurs missions.

La salle de bal était décorée dans des tons bordeaux et or, qui créaient une ambiance élégante et luxueuse. Le jardin était plein de fleurs : cosmos, soucis et dahlias. Le quatuor était composé d'un piano, d'un cornet, d'un violon et d'un violoncelle.

Dès que la soirée commença, les invités se rassemblèrent pour le cocktail. Gordon fit son entrée, vêtu d'un smoking impeccable. Bailey l'accueillit. Petit et massif, le crâne dégarni et les yeux bleus pétillants, Gordon se révéla être un charmeur. Elle l'informa que sa mère serait en retard, mais que, dès son arrivée, elle lui réserverait entièrement son carnet de bal. Gordon parut aux anges. Il remercia Bailey puis alla discuter avec des célébrités déjà présentes.

Bailey aperçut dans la foule Shayla Lewis, très apprêtée dans sa robe de taffetas rose. Elle était accompagnée de Kirk, son loyal époux. Le texte d'excuses qu'elle avait rédigé avait suscité des retours pour la plupart positifs, suffisamment pour qu'elle ne craigne pas de prendre part à ce gala.

Shayla et Kirk vinrent saluer Bailey, et tous trois échangèrent des banalités. Puis Shayla regarda autour d'elle et demanda :

— Où est Wade ? J'aimerais le saluer aussi.

Bailey garda son calme bien que son cœur batte à coups redoublés. Elle n'avait aucune envie que son ancienne ennemie sache que Wade et elle avaient été amants.

— Malheureusement, il n'a pas pu venir, répondit-elle sans donner plus de détails.

— C'est dommage. Tu lui transmettras mes amitiés ?

— Entendu.

Bailey s'efforça de ne pas envier le mariage heureux de Shayla, mais elle n'y parvint pas.

— J'espère que vous apprécierez le bal, dit-elle.

— Je suis certaine que oui, assura Shayla. Merci encore de nous avoir invités.

Kirk et elle allèrent se mêler à la foule croissante.

Bientôt, Margot et Zeke firent leur entrée, à la grande joie de Bailey. Margot arborait une robe vert foncé et une parure en émeraudes. Zeke portait un costume qui soulignait sa carrure impressionnante. Sa société assurait la sécurité ce soir, et ses agents étaient déjà en place.

Il proposa d'aller chercher des boissons. Tandis qu'il se dirigeait vers le bar, Margot se rapprocha de Bailey.

— Comment vas-tu ? murmura-t-elle.

— J'essaie de tenir bon, même si j'ai juste envie d'aller me cacher pour pleurer, avoua Bailey, la gorge nouée. Quoi que je fasse, je n'arrête pas de penser à Wade. Même Shayla m'a demandé où il était.

— Je continue d'espérer qu'il va venir.

— Pour me dire qu'il m'aime aussi ? Je suis censée oublier que j'ai des sentiments pour lui, pas attendre qu'il me déclare sa flamme.

Margot lui saisit la main.

— Je sais. Mais la soirée ressemblerait à un conte de fées si cela se produisait.

— Je ne crois pas aux contes de fées. Mais merci de penser à moi. J'ai juste besoin de temps pour me remettre.

Peut-être lui faudrait-il toute une vie.

— Je ne peux pas m'empêcher de me demander ce qu'il fait, reprit-elle. Il n'a rien posté sur les réseaux sociaux depuis notre rupture. Je ne sais même pas si je dois continuer de suivre ses profils.

— Est-ce qu'il suit encore les tiens ?

— Oui, mais je me fais rare, moi aussi, si on exclut les quelques publications sur le gala de bienfaisance.

Elle jeta un coup d'œil par-dessus l'épaule de Margot et vit son frère revenir avec leurs boissons. Elle fit signe à Margot de changer de sujet. Bien que Zeke soit au courant de sa rupture avec Wade, Bailey préférait ne pas en parler devant son frère.

Une heure plus tard, leur mère fit sa grande entrée. Bailey regarda Gordon traverser la piste pour rejoindre son idole. Il semblait très heureux de rencontrer la femme de ses rêves. De son côté, Bailey craignait de ne plus jamais rêver.

Jamais Wade ne s'était senti aussi seul. Il n'avait personne à qui parler, à qui envoyer un message. Du moins, personne avec qui il soit suffisamment à l'aise pour se confier sur ses sentiments.

Il avait passé toute la semaine à penser à Bailey. Il avait besoin d'elle. Elle lui manquait, elle l'obsédait. Il l'avait écartée de sa vie, mais c'était un effort inutile.

Il ne pouvait le nier : il aimait Bailey.

Il avait passé des semaines à lutter contre ses sentiments incontrôlables. À présent, il avait rendu les armes. Néanmoins, il avait toujours peur de l'amour.

Devait-il aller retrouver Bailey ? Se sentirait-il mieux

s'il la regardait dans les yeux, s'il entendait sa voix, s'il lui disait la vérité sur lui-même ?

Le gala était commencé à présent. S'il faisait appel à son pilote, il pourrait arriver à Pasadena avant que le bal soit terminé. Son costume victorien était prêt. Mais avait-il le droit de faire intrusion dans cette soirée si importante pour Bailey ? Il craignait qu'elle ne le rejette. Mais s'il ne faisait rien, il ne saurait jamais ce qu'elle ressentait.

Ayant pris sa décision, il téléphona à son pilote. Puis il prit une rapide douche et s'habilla.

Il arriva à l'aéroport en un temps record mais dut attendre que le décollage soit autorisé. Il envisagea de prendre un verre d'alcool pour se calmer mais il se ravisa. Mieux valait garder les idées claires.

Enfin, l'avion avança sur la piste et décolla. Une fois dans les airs, Wade regarda par le hublot, étudiant la forme des nuages. Ils le firent penser à sa mère, qu'il imaginait au ciel.

Veillait-elle sur lui ? Voulait-elle qu'il trouve l'amour, qu'il fonde une famille, qu'il cesse de mépriser son père ? Wade nourrissait encore une telle colère et une telle haine contre lui… Quoi qu'il en soit, il allait retrouver Bailey et tenter de réparer le mal qu'il lui avait fait.

Wade arriva à l'aéroport de Los Angeles où une voiture l'attendait. Une fois installé dans le véhicule, il réserva une suite dans un hôtel près du lieu du gala. Bailey ne l'inviterait sans doute pas à dormir chez elle ce soir. Et, après ce qu'il avait à lui dire, elle aurait besoin d'être seule pour réfléchir.

Il n'allait pas mentir et prétendre que son ADN n'était pas terni par son lien biologique avec Roméo Ron. Il n'allait pas faire comme s'il n'avait pas hérité de certains des défauts de son père. Sinon, il ne serait pas devenu le

Bandit. Il n'aurait pas menti à Bailey tout ce temps. Et il ne l'aurait pas abandonnée.

Il vérifia la montre à gousset attachée à son costume. Il aurait aimé que le bal soit masqué, afin qu'il puisse se joindre aux invités incognito. Il n'avait pas envie de discuter avec d'autres personnes. Il ne voulait voir que Bailey.

La circulation était dense, rendant le trajet encore plus pénible. Wade repérerait-il Bailey tout de suite ou devrait-il la chercher dans la foule ? Arriverait-il à temps pour l'inviter à danser ? Si oui, lui accorderait-elle le luxe d'être son cavalier ?

Il ignorait quelle couleur elle porterait. Tout ce qu'il savait, c'était qu'elle comptait mettre une authentique robe d'époque. Quelle que soit sa tenue, il savait qu'elle serait magnifique. Comme toujours.

Il ferma les yeux un instant et la visualisa dans son esprit. Il avait passé toute sa vie d'adulte à fuir l'amour, et maintenant, il courait vers lui.

Il rouvrit les yeux et soupira. Il se sentirait bien mieux si la peur en lui se dissipait. Tant qu'il n'aurait pas revu Bailey, son angoisse ne disparaîtrait pas.

Ce soir, il lui révélerait exactement qui était Wade Butler.

- 12 -

Bailey soupira, le cœur lourd. Le bal était presque terminé. Il ne restait plus que quelques danses. Sa mère et Gordon continuaient de valser avec élégance sur la piste. Bailey ne serait guère surprise s'ils nouaient une relation après cette soirée.

Zeke et Margot étaient déjà partis, impatients de retrouver leur fils. Shayla et Kirk étaient aussi sur le départ. Ils vinrent voir Bailey pour lui dire au revoir.

— C'était une belle soirée, la félicita Shayla. Ton comité et toi avez accompli un travail formidable.

— Merci.

En effet, le gala était un succès. Il y avait eu de multiples dons pour la fondation Libère ton cœur.

— Je suis contente que vous ayez passé un bon moment.

— Oui, nous nous sommes vraiment amusés.

Soudain, Shayla ouvrit de grands yeux.

— Eh bien, regardez qui a pu venir, finalement ! Wade est là.

Bailey se figea, n'osant pas vérifier si Shayla disait vrai. Mais elle ne pouvait pas se comporter comme une amoureuse éconduite.

— Vraiment ? demanda-t-elle d'un ton faussement détaché.

Puis, lentement, elle se retourna.

Wade était bien là. Dans sa queue-de-pie, il semblait

irréel. Bailey eut du mal à se concentrer, d'autant plus que son regard était troublé par les larmes qu'elle s'efforçait de retenir.

Pourquoi Wade était-il venu ? Espérait-il raviver leur amitié ? Ou l'aimait-il comme elle l'aimait, d'un amour terrible et douloureux ?

— Mon Dieu, fit Shayla tandis que Wade fixait Bailey intensément.

Bailey sut qu'elle était démasquée. Shayla avait deviné que quelque chose n'allait pas.

— Nous devrions partir, dit-elle à son mari.

Ils passèrent devant Wade et se dirigèrent vers la sortie.

Wade observait toujours Bailey. Elle serra son réticule.

Quand il avança vers elle, elle poussa un soupir tremblant. Pourvu qu'il ne la touche pas... Elle n'était pas encore prête pour un contact physique. Si Wade n'était pas venu pour lui déclarer sa flamme, elle souffrirait encore plus. Et même s'il l'aimait, cela ne voulait pas dire qu'ils vivraient heureux.

— Bonsoir, murmura-t-il.

— Bonsoir, Wade.

— Puis-je avoir cette danse ?

Elle hésita. Une danse les rapprocherait douloureusement. Mais il lui semblait plus facile de danser que de parler. C'était un moyen de briser la glace. Elle espérait que son cœur brisé le supporterait.

Elle accepta son invitation. Il lui offrit son bras et la conduisit jusqu'à la piste de danse.

Ils valsèrent en silence pendant quelques instants. Elle s'imagina l'embrasser. Elle n'arrivait pas à oublier la saveur de ses lèvres.

— Tu es superbe, finit-il par dire. Mais je n'en doutais pas.

Elle le remercia puis détourna le regard, ayant besoin de se ressaisir. Wade la troublait.

— J'ai beaucoup de choses à te dire, Bailey. Mais nous ne pouvons pas vraiment discuter ici. J'ai réservé une suite à l'hôtel qui se trouve au bas de la rue. Quand le bal sera fini, j'aimerais que tu me rejoignes, pour que je puisse tout t'expliquer.

Elle était d'accord, cette salle de bal n'était pas l'endroit idéal pour une discussion intime. Une discussion dont elle redoutait la teneur.

— Je te retrouve à ton hôtel tout à l'heure, répondit-elle. Mon chauffeur me déposera. Tu pars après cette danse ?

— J'espérais rester jusqu'à la dernière danse. À moins que ce ne soit celle-ci ?

— Il en reste deux autres.

— Nous pouvons danser jusqu'à la fin, si tu veux, suggéra-t-il.

— Volontiers.

Il resserra son étreinte, faisant palpiter son cœur. Elle ignorait de quoi Wade souhaitait lui parler. Mais une chose était sûre : leur attirance demeurait forte. Son corps traître réclamait celui de Wade.

— Je ne peux pas coucher avec toi ce soir, lâcha-t-elle de but en blanc.

Elle devait garder la tête froide, or, si elle finissait au lit avec lui, ce serait impossible.

— Je ne te demande pas de passer la nuit avec moi. Je veux juste te parler.

Elle dansa les deux autres valses avec lui. La dernière chanson était douce, et bien trop romantique, créant en elle des envies qu'elle eut du mal à contrôler.

Quand la chanson s'acheva, Wade recula. Il salua Eva et Gordon d'un signe de tête. Ils lui rendirent son salut mais ne vinrent pas jusqu'à lui. À l'évidence, ils sentaient qu'ils devaient rester à distance. Du moins, la mère de Bailey, en tout cas.

— Je ferais mieux d'y aller, déclara Wade. Je ne veux pas te déranger pendant que tu règles les derniers détails.

Il la serra dans ses bras.

— À tout à l'heure.

L'accolade était tendre et chaleureuse. Bailey eut du mal à relâcher Wade, mais elle y parvint, préservant ainsi sa dignité.

Elle le regarda s'éloigner et, après qu'il fut parti, elle continua de fixer l'espace vide, le cœur battant.

Dans sa suite d'hôtel, Wade était assis face à Bailey, arrivée cinq minutes plus tôt. Il ne s'était pas encore changé. Il avait simplement retiré sa veste, ne voulant pas que Bailey soit la seule à porter une tenue victorienne. Dans le décor moderne de la pièce, sa robe ancienne lui donnait un air irréel. Ou peut-être était-ce parce qu'il avait le sentiment qu'elle pourrait disparaître à tout moment.

— Tu es sûre que tu ne veux rien boire ? demanda-t-il.

— Oui, j'en suis certaine.

Elle posa les mains dans son giron, jouant avec les liens de son réticule.

Il avait laissé la porte de sa chambre entrouverte, et maintenant, il regrettait de ne pas l'avoir fermée. Il pouvait aisément imaginer Bailey allongée sur le lit, en corset et jupons. Il remarqua que le peigne dans ses cheveux était l'un des objets qu'il lui avait offerts.

Bailey avait-elle encore des sentiments pour lui ? Même si c'était le cas, cela ne l'empêcherait pas d'être méfiante. Et elle avait de bonnes raisons de l'être.

Il se cala dans son fauteuil, se préparant à passer aux aveux.

— Je t'ai menti, commença-t-il. Tu n'arrêtais pas de me demander si ça allait, et je t'assurais que oui. Mais quelque chose me tourmente depuis la mort de ma mère. Ça concerne mon père. Je sais qui il est et, bien que je ne l'aie jamais rencontré, je le déteste de tout mon être.

Bailey tressaillit. Elle garda le silence, attendant simplement qu'il continue.

— C'est le type que la presse a surnommé « Roméo Ron », et qui était évoqué dans le documentaire que nous avons regardé l'autre jour. Je comptais tout t'avouer ce soir-là, mais je n'ai pas réussi à parler. Ma mère était l'une de ses victimes, mais elle ne l'a jamais dénoncé. Elle était folle amoureuse de lui, et elle ne cessait de lui trouver des excuses.

Bailey parut abasourdie.

— Elle t'a dit tout cela avant de mourir ?

— Non. Environ trois mois avant son décès, j'ai surpris une conversation entre Carl et elle. J'ai compris qu'ils parlaient de mon père, et des dernières nouvelles qu'ils avaient apprises à son sujet. Jusqu'alors, je le croyais mort.

— Ils ont dit que c'était un criminel ?

— Non, et ils n'ont jamais su que je les avais entendus. Je ne les ai pas questionnés. J'avais trop peur des réponses. Il était évident que maman était bouleversée. Plus tard, après son décès, j'ai interrogé Carl. Au début, il n'a pas voulu me répondre, mais j'ai insisté, et il a fini par céder. Il m'a expliqué que, le jour de leur conversation, la photo de mon père était parue dans le journal. Ma mère l'avait reconnu. Elle ne connaissait pas son véritable nom car il avait utilisé une fausse identité quand il la fréquentait. Mais c'était bien lui, cet homme qu'elle n'avait jamais cessé d'aimer, et qui était incarcéré pour plusieurs chefs d'accusation. Il avait dépouillé d'autres femmes. Jusqu'alors, ma mère avait cru être la seule. Elle s'était convaincue qu'il lui avait volé l'argent pour une noble raison. Que, peut-être, il avait voulu sauver la vie d'un proche malade. Elle refusait de penser qu'il était un escroc ou un criminel en série. Elle croyait même qu'un jour, il reviendrait pour lui présenter ses excuses et lui rendre son argent. Elle comptait lui parler de moi. Mais quand elle a vu l'article dans le journal, elle n'a pas pu continuer à vivre avec ses illusions.

— A-t-elle envisagé de le dénoncer ? demanda Bailey.

— Non. Elle était trop blessée et honteuse pour cela.

— Je suis vraiment désolée. Tu as dû être dévasté quand Carl t'a parlé de tout cela.

— Ma douleur était indicible. J'avais perdu ma mère, et je découvrais l'horrible vérité sur mon père. C'est aussi ce qui m'a conduit à créer mon alter ego, le Bandit. J'ai piraté le système du FBI pour devenir un héros, pour être différent de mon père, pour prouver que je ne serais jamais comme lui. Au bout du compte, je suis devenu un criminel, moi aussi.

Il marqua un temps, tirant sur son gilet trop serré.

— Parfois, j'ai encore peur d'être comme lui.

— Tu n'as rien à voir avec lui. Tu ne volerais jamais quelqu'un. Il est évident que tu es le mystérieux bienfaiteur de l'émission et que tu as remboursé les victimes de Roméo Ron.

— Je n'aurais pas dû te cacher tous ces secrets. Tu as toujours été honnête avec moi alors que je n'ai pas cessé de te mentir.

— Tu es honnête, en cet instant.

— Oui, mais je ne t'ai pas tout dit.

Il déboutonna son gilet.

— Je t'aime, Bailey. C'est la raison principale de ma venue. Je voulais t'avouer ce que je ressens pour toi, et te demander si tu as encore des sentiments pour moi.

Sa déclaration sembla la stupéfier.

— Oui, Wade. Absolument. Mais maintenant, j'ai plus peur que jamais. Comment pourrions-nous être ensemble si tu as une telle haine pour ton père dans ton cœur ? Nourrir cette négativité pourrait te détruire encore plus. Cela risque de nous détruire tous les deux.

— Tu insinues que je devrais lui pardonner ?

Il se leva et se dirigea vers le bar. Et il se servit le verre de whisky dont il rêvait depuis son départ de San Francisco.

— Je ne peux pas laisser ce salaud s'en tirer comme ça !

— En aucun cas, je ne cautionne ses actes. Mais si tu lui pardonnes, tu te libéreras de la souffrance qu'il a provoquée. Tu libéreras ton cœur.

Il vida son verre d'un trait.

— Pas de sermon, s'il te plaît.

— J'essaie de t'aider. Ton père ne sait même pas que tu existes, alors à quoi bon t'empoisonner à cause de lui ?

— Je devrais aller le voir pour lui apprendre mon existence, et pour lui faire savoir que je le hais.

— Ce n'est pas ce que je voulais dire.

Elle se leva et approcha, le bas de sa robe traînant sur le sol.

— Tu vaux mieux que ça, Wade.

— Non, c'est faux.

Il soutint son regard. Douce Bailey… Il avait envie de l'épouser, d'avoir des enfants avec elle. Mais il ne pouvait pas surmonter son amertume. Il refusait de pardonner à Roméo Ron.

— S'il te plaît, insista-t-elle. Cesse de te faire souffrir.

Il saisit sa main, juste une seconde. La toucher ne suffisait pas à apaiser la douleur.

— Tu devrais t'en aller, maintenant. Pour retourner à ton canyon et à tes scénarios.

Elle serra les poings.

— Et toi, à quoi vas-tu retourner ?

— À ma vie d'avant, comme toi.

La vie d'un célibataire embourbé dans son passé.

— Mais d'abord, je vais rendre visite à mon père et lui jeter ma colère à la figure.

Wade aimait Bailey, mais il ignorait comment libérer les fragments de son cœur.

— Pourquoi as-tu fait cela, Wade ? Pourquoi es-tu venu, si c'était pour nous détruire à nouveau ?

— J'essayais juste de te dire la vérité.

Elle secoua la tête.

— Une vérité qui n'a pas de sens, Wade. Ça ne résout rien du tout.

C'était fini, pensa Bailey. Wade avait choisi la haine plutôt que l'amour. Comment avaient-ils pu en arriver là ?

Elle retourna chez elle en limousine. Elle avait de la peine pour lui, mais aussi pour elle-même. Elle avait même envie d'aller voir le père de Wade, pour lui dire à quel point elle aimait son fils. Mais elle n'avait aucun droit d'interférer dans leur vie.

Son propre père lui manquait. Elle aurait aimé qu'il soit encore en vie, qu'il la serre dans ses bras. Mais elle n'allait pas se précipiter chez sa mère pour y trouver du réconfort. Et elle n'appellerait pas Margot. Il était tard, et elle ne voulait pas déranger son amie, qui dormait sans doute déjà.

Elle doutait que Wade dorme, en revanche. Il passerait probablement une nuit blanche. Tout comme elle.

Lorsqu'elle parvint à destination, le chauffeur l'aida à descendre du véhicule. Elle lui donna un pourboire, et il attendit qu'elle soit arrivée devant sa porte pour repartir.

Elle entra chez elle, envahie par une vague de désespoir. En arrivant dans la chambre, elle lança un regard circulaire. Tout semblait si vide à présent... Mais ce n'était pas la pièce qui était en cause. Le vide était en elle.

Elle retira sa robe, bataillant avec les boutons et les nœuds. Puis elle avança vers le miroir, en corset et jupon. Elle retira le peigne ancien que Wade lui avait offert et défit son chignon.

Au loin, un coyote hurla, la faisant sursauter. Les coyotes lui rappelaient Wade et leur première nuit d'amour, ici, dans cette chambre. Commettait-elle une erreur en désapprouvant la colère de Wade ? Non. Le pardon était le seul moyen de se libérer. Si Wade continuait de se complaire dans sa haine, il ne ferait que souffrir lui-même. Qu'ils soient ensemble ou non, elle voulait son bonheur.

Elle saisit un châle, se couvrit les épaules et sortit sur la terrasse. Elle alluma les guirlandes et plongea le regard dans la nuit, entourée par les bruits du canyon.

L'histoire de Wade l'attristait. La mère de celui-ci avait eu le cœur brisé à cause de son père, et maintenant, la douleur et le chagrin se perpétuaient. Pourquoi Wade ne voyait-il pas que son attitude était dangereuse ? Bailey était heureuse qu'il l'aime, mais il avait besoin de s'aimer lui-même. Elle était étonnée qu'il se soit comparé à son père. Wade n'avait rien d'un escroc manipulateur.

Désormais, le mystère de son passé était résolu. Malheureusement, Bailey ne pouvait pas l'aider à accepter ce passé. Elle avait essayé, mais il avait refusé de l'écouter.

Il n'y avait plus rien à faire, hormis espérer qu'il retrouve son chemin jusqu'à elle.

Était-ce possible ? Ou espérait-elle quelque chose qui n'arriverait jamais ? Wade était perdu, mais Bailey aussi. Elle se sentait déroutée, et seule. Et l'homme qu'elle aimait lui manquait terriblement.

- 13 -

À l'exception de ses visites à Alcatraz, Wade n'était pas retourné dans une prison depuis sa libération sur parole. Se retrouver dans un établissement pénitentiaire était angoissant, et il avait très envie de faire demi-tour. Mais il ne le ferait pas. Il avait parcouru tout le chemin jusqu'ici, et il irait jusqu'au bout. Il était hors de question qu'il pardonne à son père. Il ne pouvait pas s'y résoudre, pas même pour Bailey. S'il était ici, c'était pour affronter Ron, et faire savoir à ce salaud qu'il le détestait.

Il ne pourrait pas le surprendre en annonçant qu'il était son fils. Par obligation légale, il avait dû révéler sa relation avec le détenu à qui il souhaitait rendre visite sur le formulaire qu'il avait dû remplir, un document que le prisonnier avait dû signer aussi. Il ignorait comment Ron avait réagi. En tout cas, il avait accepté de voir Wade.

Ron avait-il posé des questions sur lui ? Avait-il un ami à l'extérieur qui avait fait des recherches sur Internet ? Soupçonnait-il que ce fils inconnu était le bienfaiteur anonyme qui avait aidé ses victimes ? Inutile d'être un génie pour deviner que c'était Wade.

Lorsqu'il eut posé le contenu de ses poches sur un tapis roulant, Wade passa par un détecteur de métaux. Les seuls objets qu'il avait apportés étaient sa carte d'identité et ses clés. Après cela, il fut palpé, tel un voyageur dans un aéroport.

Après s'être soumis à une prise d'empreintes, il fut conduit jusqu'à un parloir.

La salle morne était équipée de petites tables et de chaises pliantes. Wade prit place et patienta. Il avait beau avoir envie de hurler sur son père, il devait garder son calme. Faire une scène n'était pas une bonne idée. Cependant, il ferait passer son message. Il n'allait pas laisser Roméo Ron s'asseoir en face de lui et agir comme s'ils étaient des amis qui s'étaient perdus de vue.

Peu de temps après, les détenus commencèrent à entrer. Wade se redressa, cherchant son père des yeux.

Ne le voyant pas, il commença à s'inquiéter. Son père avait-il changé d'avis ? Avait-il posé un lapin à Wade pour avoir le dessus ?

Enfin, il repéra Ron, qui avançait d'un pas assuré dans la salle. L'homme sourit aux gens sur son passage. Son comportement charmeur faisait partie de son personnage.

Il se dirigea vers Wade. Lorsqu'ils furent face à face, ils se regardèrent dans les yeux. Les contacts physiques brefs étaient autorisés – accolade, bise, poignée de main. Mais il était hors de question que Wade touche cet homme.

— Alors, nous y voilà, lança Ron en s'installant sur son siège.

Oui, en effet. Ils se ressemblaient davantage en vrai qu'en photo. Grand et athlétique, Ron avait une chevelure grisonnante et des traits marquants. Il avait eu cinquante-cinq ans le mois dernier. Il avait donc vingt-deux ans lorsqu'il avait escroqué la mère de Wade.

— Qu'avez-vous ressenti quand vous avez appris que vous aviez un fils qui souhaitait vous voir ? demanda Wade en lui adressant un regard froid.

— Franchement ? J'étais soulagé. Je connais ton existence depuis des années et j'ai toujours voulu te rencontrer.

Wade secoua la tête.

— Ce sont des sottises. Vous ne saviez même pas que vous aviez fait un enfant à ma mère. Je parie que vous ne vous souvenez pas d'elle.

Ron poussa un soupir.

— Je me souviens très bien d'elle. Ginny Butler. Elle était douce et gentille. Mais ce n'est pas ta mère qui m'a parlé de toi, c'est Carl.

— Comme si j'allais vous croire !

C'était évident, Ron avait fait des recherches et déniché des informations sur le beau-père de Wade.

— Je ne vais pas tomber dans le panneau.

— C'est la vérité. Carl est venu me voir après la mort de ta mère et après ton incarcération pour les méfaits du Bandit. À l'époque, Carl était malade et savait qu'il allait mourir. Il ne t'a rien dit car il voulait que tu acceptes ses appels téléphoniques et ses visites sans qu'il ait à jouer la carte du cancer.

Wade fut parcouru d'un frisson glacé. Ron disait-il vrai ? Carl l'avait-il contacté ?

— Pourquoi se serait-il confié à vous ?

— Parce qu'il se doutait qu'un jour, tu viendrais me trouver. Que tu voudrais affronter l'homme qui avait fait du mal à ta mère. Il m'a conseillé de ne pas te tendre la main, et de te laisser venir à moi. Simplement, je ne pensais pas que ça prendrait autant de temps. Je suis impressionné par ton succès. J'ai su tout de suite que c'était toi qui avais remboursé mes victimes.

— Si vous saviez, pourquoi ne pas avoir révélé mon identité ?

— Parce que je ne voulais pas mettre la pagaille dans ta vie. Carl m'a confié que ta mère m'a aimé jusqu'à sa mort. Crois-le ou non, je l'aimais aussi. Je ne comptais pas avoir de sentiments pour elle, mais elle m'a conquis.

— Vous l'aimiez tellement que vous l'avez dépouillée ? ironisa Wade. Allons, Roméo Ron, vous ne pensez tout de même pas que je vais croire vos mensonges ?

Son père se passa les mains sur le visage.

— Je comprends que tu ne me croies pas. Mais je dis la vérité. Ta mère a été ma première cible. C'est mon oncle qui l'a repérée. Il se trouvait dans le salon de coiffure où elle travaillait et se faisait coiffer par une autre employée quand il a entendu ta mère évoquer l'argent dont elle avait hérité. À son retour à la maison, il m'a parlé d'elle. Il a dit qu'elle semblait douce et naïve, et qu'elle tomberait amoureuse de moi en un instant. J'étais criblé de dettes de jeu, j'avais besoin d'une solution.

Après une légère hésitation, il ajouta :

— Mon oncle m'a aidé à mettre l'escroquerie sur pied. C'était davantage un gigolo qu'un arnaqueur. Il faisait en sorte que de riches dames financent son train de vie sans avoir à les voler. Mais dans mon cas, il a suggéré que je prenne des mesures radicales, avant que mes créanciers me retrouvent.

Wade plissa les yeux, sceptique.

— Quand avez-vous commencé à ressentir quelque chose pour elle ?

— Assez tôt. Je n'étais même pas sûr de pouvoir aller au bout de l'escroquerie. Ensuite, j'ai pris conscience que je ne lui apportais rien de bon. Je menais une vie difficile avec mon oncle, et mes sentiments pour ta mère m'effrayaient. Il était plus facile de lui prendre son argent et de disparaître que de rester et d'essayer de composer avec mon amour pour elle. Plus tard, j'ai volé d'autres femmes. C'est devenu un mode de vie. J'ai choisi des femmes qui ressemblaient à ta mère parce que j'avais besoin de me souvenir d'elle. Mais j'ai commis des erreurs délibérées. J'ai fait des choses dont je savais qu'elles provoqueraient ma chute. J'ai fait à peu près tout ce que je pouvais pour me punir. Je n'ai jamais demandé de libération conditionnelle.

Wade avait envie de croire l'histoire de son père, mais il était encore méfiant.

— J'étais venu pour vous dire que je vous détestais. Mais maintenant, je ne sais plus quoi penser. Vous êtes un menteur doué, alors, j'ignore comment réagir.

— Tu peux vérifier mes dires. Il y a un registre prouvant que Carl m'a rendu visite il y a plusieurs années. Tu peux aussi aller constater que je n'ai jamais demandé de libération conditionnelle.

— Oui, c'est vrai. Mais je ne peux pas savoir si vos sentiments pour ma mère étaient réels.

— Tu dois juste suivre ton instinct. Pour ce que ça vaut, je suis vraiment désolé pour la souffrance que j'ai suscitée. Ta mère était une femme gentille, et Carl semblait être un type intègre. Tu aurais dû être son fils, pas le mien.

Ron détourna le regard.

— Je ne t'en veux pas de me détester, ajouta-t-il.

À présent, Wade avait du mal à respirer. Devait-il laisser à son père le bénéfice du doute ? Ou partir pour ne plus jamais revenir ?

— Une femme à qui je tiens souhaite que je vous pardonne. Elle affirme que c'est le seul moyen de me libérer. Nous avions une relation, mais nous avons rompu.

Ron leva les yeux vers lui.

— À cause de moi ?

— Non, à cause de moi. J'ai fait de mauvais choix, moi aussi.

Dorénavant, il ferait les bons.

— C'est difficile, mais je vais faire de mon mieux pour vous pardonner. Je ne peux pas continuer à vivre comme je le fais. Je dois me débarrasser de la colère et de la haine, et reconquérir la femme que j'aime.

Il avait tant besoin de Bailey… Il espérait qu'elle l'aimait toujours. Qu'il ne l'avait pas brisée de manière irréversible.

Son père esquissa un sourire.

— Je suis content que tu aies pris un bon chemin. Tu penses que tu reviendras me voir, ou devons-nous nous dire adieu ?

— Je reviendrai.

S'il voulait vraiment pardonner à son père, fuir n'était pas la solution.

— Ça prendra du temps, mais nous pouvons apprendre à nous connaître. C'est ce que ma mère aurait voulu.

Sa mère, et Bailey. Les deux femmes les plus importantes de son existence.

Ron attendit une seconde puis répondit :

— Le public pourrait découvrir que je suis ton père maintenant que tu as mentionné cette information sur un formulaire d'inscription. Ça pourrait fuiter dans la presse. Tu pourras composer avec ça ?

— Oui, absolument.

Surtout s'il avait Bailey à ses côtés. Il irait la retrouver le jour même. Wade n'avait pas d'autre choix que de s'accrocher à l'espoir. Car Bailey était toute sa vie.

Bailey revenait du supermarché, un sac plein de produits frais dans les bras. Elle était allée faire des courses pour marcher et prendre l'air.

Son téléphone venait de sonner dans son sac à main, indiquant l'arrivée d'un message. Elle le lirait plus tard, quand elle aurait posé ses achats. Elle avait encore vingt minutes de marche sur un chemin étroit. Sa maison était située au sommet de la colline.

Elle s'arrêta juste le temps de boire un peu d'eau. Elle n'avait pas marché depuis un moment. Autrefois, Margot et elle faisaient des randonnées dans le canyon quand elles vivaient plus près l'une de l'autre. Mais Margot habitait au bord de la plage à présent, et il était moins facile pour elles de se réunir.

Bailey tourna à l'angle de sa rue pour rejoindre sa maison. Et elle s'arrêta net. Wade était là, assis sur les marches du perron. L'ami qu'elle avait perdu, l'amant qui lui manquait tant.

Tandis qu'elle approchait, il se leva et épousseta son pantalon.

— Comme tu n'as pas répondu quand j'ai sonné à la porte, j'ai supposé que tu étais sortie. Et quand mon message est resté sans réponse, j'ai eu peur que tu refuses de me voir. Au cas où je me sois trompé, j'ai décidé de t'attendre.

— Je suis allée faire des courses. J'allais vérifier mes messages une fois chez moi. Je ne cherchais pas à t'éviter.

Elle avait envie de se jeter dans ses bras, mais elle ignorait la raison de sa visite. Allait-il lui apprendre une bonne nouvelle, une mauvaise nouvelle, ou une nouvelle incertaine ?

— Tu veux entrer ? offrit-elle.

— Volontiers.

Elle ouvrit la porte. Wade la suivit dans la cuisine, où elle rangea ses courses. Il resta en retrait pour lui laisser de l'espace. Mais ce n'était pas d'espace qu'elle avait besoin. C'était de lui.

— Où veux-tu que nous nous installions ? demanda-t-elle.

— Sur ta terrasse ? J'aime bien ton jardin.

— Moi aussi.

Elle prit sa bouteille d'eau et sortit du réfrigérateur une autre bouteille pour Wade.

Ils allèrent s'asseoir sur des chaises de bois rustiques. Bailey les avait trouvées récemment dans un vide-greniers. Ces derniers temps, elle avait fait beaucoup d'achats, pour tenter de remplir le vide que Wade avait laissé. Peine perdue. Wade lui manquait à chaque seconde.

Il but une gorgée d'eau. Était-il aussi nerveux qu'il semblait l'être ? Bailey, pour sa part, était sur des charbons ardents.

Enfin, Wade prit la parole.

— J'ai rendu visite à mon père aujourd'hui. Mais ça ne s'est pas passé comme je le croyais.

Elle soutint son regard, impatiente d'entendre la suite.

— Comment ça ?

Il lui rapporta sa conversation avec Ron.

— Je ne suis pas sûr de croire tout ce qu'il a dit, conclut-il. J'en ai envie, mais je ne peux pas être certain qu'il n'essaie pas de m'escroquer. Je compte vérifier autant d'informations que possible. La visite de Carl est probablement vraie. Ce serait idiot d'inventer une chose pareille.

— En fait, je trouve logique que Carl soit allé le voir, surtout s'il pensait que tu essaierais de contacter Ron un jour. Quant à ton père, je crois qu'il est sincère. Quel intérêt de te mentir après tout ce temps ? S'il avait voulu profiter de toi ou jouer avec tes émotions, il l'aurait fait bien plus tôt. Mais il a simplement attendu que tu le contactes.

— C'est vrai. Tu crois qu'il aimait ma mère ? Il a peut-être dit cela pour paraître moins manipulateur.

— L'amour est compliqué, Wade. Alors, oui, je crois qu'il est tout à fait possible qu'il l'ait aimée.

Elle savait d'expérience à quel point l'amour pouvait être traître.

— J'ai eu peur de l'amour toute ma vie, lui rappela-t-elle. Et toi aussi. C'était une crainte anormale.

— Tu as raison. Mais j'ai suivi ton conseil : j'ai pardonné à Ron. J'ai choisi l'amour plutôt que la haine. Je vais essayer de bâtir une relation avec mon père, et voir où cela nous mène.

Il passa la main dans ses cheveux.

— J'ai beaucoup de choses à me faire pardonner, moi aussi. Pas avec Ron, mais avec toi. Je t'ai fait du mal, Bailey. Je t'ai quittée, non pas une mais deux fois, dit-il, la voix rauque et tremblante.

Il s'interrompit un instant.

— Je n'aurais jamais dû rompre avec toi, reprit-il. Je t'aime plus que les mots ne peuvent le dire, plus que je ne l'aurais jamais cru possible.

Bailey sentit des larmes embuer ses yeux.

— Je t'aime aussi, Wade.

— Tu veux bien me pardonner ? demanda-t-il avec douceur. Tu veux bien me reprendre ?

— Oui !

Bon sang, oui !

Elle n'allait pas le punir à cause du passé, et encore moins maintenant qu'il avait pardonné à son père.

— J'espérais que tu retrouverais ton chemin jusqu'à moi, dit-elle.

Elle alla s'asseoir sur ses genoux et se blottit contre lui.

Il l'étreignit, puis ils échangèrent un doux et tendre baiser.

— Bailey, je veux t'épouser, avoir des enfants avec toi,

faire tout ce que les couples amoureux sont censés faire. Je ne sais pas où nous allons vivre ni quels compromis nous devrons faire, mais je veux un avenir avec toi.

— Je veux tout cela, moi aussi. Nous réglerons les détails au fur et à mesure. Comme tu vas le faire avec ton père.

— Ron m'a demandé comment je réagirais si la presse rapportait qu'il était mon père. Je lui ai assuré que je pouvais affronter la situation. Mais maintenant, je me dis que je devrais prendre les devants. Peut-être que je pourrais publier un texte sur ton blog, afin de révéler mon histoire ? Je n'ai jamais parlé publiquement du harcèlement que j'ai subi au lycée, ni de la façon dont cela m'a poussé à devenir le Bandit. Quand j'ai créé ce personnage, je faisais le deuil de ma mère et j'étais furieux contre mon père. Le père que j'essaie d'apprendre à connaître maintenant.

Bailey lui caressa la joue.

— Je serais ravie de publier ton texte afin que tu puisses dire ta vérité. Je veux que tu libères ton cœur, de toutes les manières possibles.

— Je me sens déjà libre, rien qu'en étant ici avec toi. Tu m'as appris l'importance de l'amour et du pardon, et c'est une leçon que je n'oublierai jamais.

Elle sourit.

— Regarde-nous ! L'amour ne nous fait plus peur, désormais.

— Oui, c'est vrai.

Et il le prouva en lui donnant un baiser.

Wade passa la nuit chez Bailey et, quand le jour vint, ils paressèrent au lit.

— C'est ainsi que tous les dimanches matin devraient être, commenta-t-il.

Après leurs ébats de la veille, elle avait les cheveux délicieusement décoiffés et les yeux ensommeillés.

— Je pourrais faire ça toute ma vie, répondit-elle.

— Tu le feras.

Elle monta sur lui.

— C'est *notre* vie maintenant, rectifia-t-elle.

— Et quelle vie !

Il glissa les mains sur son corps nu, se tendant déjà de désir.

— Bon sang, tu as un appétit insatiable, dit-il.

— Et c'est toi qui me dis cela ? rétorqua-t-elle, se frottant contre lui. Tu es d'une grande rapacité, toi aussi.

— Rapacité ? Qui emploie des mots pareils ?

Elle afficha un sourire malicieux.

— La scénariste que tu vas épouser.

— Ou plutôt, la scénariste que je vais honorer.

Il inversa leurs positions, prenant le contrôle de la situation.

Elle ne protesta pas et écarta les jambes en guise d'invitation. Il se glissa en elle jusqu'à la garde. Puis il se mit à onduler entre ses cuisses, à un rythme de plus en plus rapide.

Elle arqua le dos tandis qu'une passion brûlante les submergeait. Ils se mordillèrent, se couvrirent de baisers avides, froissèrent les draps de leurs mouvements frénétiques.

Wade plongea les mains dans sa chevelure. Il adorait leur texture soyeuse. Il adorait tout chez elle.

Il appartenait à Bailey, corps et âme. Elle était tout ce dont il rêvait.

Elle atteignit le plaisir suprême en premier. Voulant désespérément la rejoindre, il se laissa emporter et fut rapidement balayé par un orgasme aussi puissant que le sien.

Il s'effondra sur elle. Bailey lui caressa le dos tout en poussant un doux soupir.

Après quelques instants, il s'allongea à côté d'elle, laissant l'air rafraîchir sa peau.

— Je devrais vendre ma maison et revenir vivre à Los Angeles, dit-il, brisant le silence. Ce serait plus simple que de te faire venir à San Francisco ou de diviser notre temps entre deux villes.

Il se mit sur le côté pour la regarder.

— Je pourrais acheter le terrain qui se trouve derrière le tien et y faire construire une maison pour nous deux. Comme ça, tu pourras garder celle-ci pour y travailler.

Elle s'appuya sur un coude.

— Ce serait idéal pour moi, mais es-tu sûr d'être prêt à revenir à Los Angeles ? Ça ne va pas affecter ton travail ?

— Je peux travailler de n'importe où. Rien ne m'oblige à vivre à San Francisco. J'ai quitté Los Angeles parce que je fuyais mes souvenirs douloureux. Mais maintenant, je suis en train de surmonter mes traumatismes.

— Dans ce cas, c'est parfait. Je vais me renseigner pour savoir qui possède le terrain derrière chez moi, et tu pourras contacter un agent immobilier pour voir si tu peux l'acheter. Si ce terrain n'est pas à vendre, je suis sûre que tu trouveras un autre emplacement dans les environs.

— Ça me va.

— À moi aussi. Si nous organisions un dîner avec ma famille ce soir pour fêter nos projets ? Nous pourrions annoncer que nous allons vivre ensemble. Je suis sûre que ma mère sera enchantée. Margot et Zeke aussi.

— Très bonne idée. Je pourrai aussi leur révéler la vérité sur mon père. Et tu sais ce que nous devrions faire cette semaine ? Construire ta cabane dans les arbres.

Elle sourit.

— Liam peut nous aider ? demanda-t-elle. Ce serait amusant d'avoir un enfant avec nous.

— Bien entendu.

Un jour, Bailey et lui auraient des enfants à eux. Ils auraient une famille qu'aucun d'eux n'avait soupçonné vouloir. La vie était pleine de surprises, et Wade comptait savourer chaque moment avec la femme qui l'avait aidé à recoller les morceaux de son cœur.

Retrouvez prochainement,
dans votre collection

PASSIONS

Irrépressible désir, de Joss Wood - N°1049

Éprise de liberté, Jamie sait exactement ce qu'elle veut, à commencer par une liaison avec l'irrésistible Rowan Cowper... Mais son monde vacille quand elle se découvre enceinte ! Si le play-boy qui partage ses nuits souhaite à présent une relation sérieuse, Jamie est rétive à tout engagement. Saura-t-elle résister à Rowan, dont la détermination n'a d'égale que la séduction ?

L'élue de son cœur, de Stella Bagwell

Lydia est troublée de voir Zack Dalton débarquer au journal où elle travaille. L'ombrageux rancher, à la recherche de son âme sœur, veut publier une petite annonce ! Si Lydia ne correspond en rien aux critères de Zack, elle ressent pour lui une attraction si forte qu'elle se prend soudain à rêver d'une idylle avec lui...

Seconde chance pour Felicity, de Janice Maynard - N°1050

Felicity n'en revient pas : Wynn, son amant d'autrefois, lui demande de s'installer chez lui pour s'occuper du bébé dont il est subitement devenu le tuteur ! Émue par le désarroi de Wynn comme par le sort de l'enfant, elle accepte de rendre ce service, tout en redoutant de cohabiter avec l'homme qu'elle n'a jamais su oublier...

Le retour de Jude, de Nancy Robards Thompson

Le cœur de Juliette manque un battement quand elle se retrouve face à Jude, son premier amour. Après dix ans d'absence, le voilà de retour à Celebration ! Le temps a passé et pourtant, la passion ressurgit entre eux, exquise comme le baiser qui les transporte bientôt au paradis. Bouleversée par les émotions qui l'assaillent, Juliette tente pourtant de garder son sang-froid, car elle ignore encore si Jude restera cette fois...

Une bouleversante idylle, de Katherine Garbera - N°1051

SÉRIE : UN MARIAGE À NANTUCKET 3/3

Le sénateur Dare Bisset détient ce que la lobbyiste Melody Corner recherche : des renseignements. Elle s'infiltre donc au mariage d'un membre de sa famille à Nantucket pour l'interroger. Hélas, la situation lui échappe vite. Très attirée par Dare, Melody s'abandonne entre ses bras à une nuit délicieuse mais interdite. Si leur liaison venait à s'ébruiter, en effet, leurs carrières respectives seraient en danger…

Danse avec une inconnue, de LaQuette

Parée de ses plus beaux atours, Zanai se rend au bal masqué où se presse tout Royal. Ainsi transformée, plus libre que jamais, elle ose embrasser Jayden, le célibataire le plus convoité de la ville… avant de fuir la fête. Dès le lendemain, le play-boy cherche à retrouver l'inconnue avec laquelle il a dansé. Or Zanai hésite à se dévoiler. Jayden, qui attire toutes les femmes, ne risque-t-il pas d'être déçu quand il découvrira l'identité de sa conquête d'un soir ?

Un cavalier presque parfait, de Karen Booth - N°1052

SÉRIE : SCANDALEUSES RÉVÉLATIONS 3/3

Parce qu'elle a besoin d'un cavalier pour se rendre au mariage d'une amie, Alexandra se résout à demander à Ryder Carson de tenir ce rôle. Après tout, il serait le candidat idéal s'il n'était pas le meilleur ami de son frère… et si tous deux n'avaient pas eu une torride aventure cinq mois plus tôt ! Alors que pendant la réception, Alexandra se rapproche dangereusement de Ryder, le malveillant compte « Petit Carnet Noir » s'en prend à eux, compromettant aussitôt leur fragile idylle…

Une famille pour Ivy, de Zuri Day

Embauchée comme nourrice par Desmond Eddington, un riche célibataire, Ivy reste sur ses gardes. Si elle tombe immédiatement sous le charme de la petite fille dont elle a la charge, elle se méfie de son père, trop orgueilleux et séduisant à son goût. Alors qu'elle voudrait tenir Desmond à distance, Ivy est incapable de contrôler son désir pour lui. Et bientôt, elle remet en cause tous ses principes, en s'abandonnant à la passion entre les bras de son patron…

L'enfant de Donovan Murphy, d'Yvonne Lindsay

N°1053

Kayla se tient face à lui, plus belle que jamais, et Van sent une rage gronder en lui. Comment Kayla ose-t-elle venir le trouver aujourd'hui pour lui réclamer de l'argent, après lui avoir brisé le cœur cinq ans plus tôt ? Croit-elle parvenir à l'émouvoir en prétendant que la petite Sienna est sa fille ? Plus jamais il ne se laissera manipuler par cette intrigante, Van s'en est fait la promesse. Même si Kayla éveille toujours en lui un désir puissant…

Le passé entre nous, d'Andrea Laurence

En voyant Deacon entrer dans la salle de réunion, Cecelia manque défaillir. Deacon, son amour de jeunesse, n'est autre que le propriétaire du nouveau complexe de luxe dont elle doit assurer la décoration. Il rallume aussitôt en elle un feu qu'elle pensait éteint à jamais. Pourtant, Cecelia le sait, elle doit faire taire ces sentiments : elle n'a pas le droit d'abandonner la vie parfaite qu'elle s'est construite auprès de son mari…

Une surprise irrésistible, de Lauren Canan - N°1054

Sophie ne se fait pas d'illusion sur sa relation avec Clay Everett, son séduisant patron au ranch de Royal. Pour lui, elle n'est qu'une aventure, comme il se plaît à le lui rappeler. Et même si elle sent, quant à elle, son amour pour Clay grandir de jour en jour, elle sait qu'elle ne doit rien espérer. Mais, quand Sophie découvre qu'elle est enceinte, elle comprend que tout va changer… pour le meilleur, ou pour le pire.

Le goût de la vengeance, de Joanne Rock

Ian McNeill s'est inscrit sur le site de rencontres qu'elle a créé ! Lydia sent une colère irrépressible la gagner le jour où elle tombe sur le profil de l'homme qui l'a lâchement abandonnée un an plus tôt, alors qu'elle portait son enfant. Un enfant qu'elle a perdu et qu'elle pleure aujourd'hui encore. Aussitôt, une idée folle germe dans son esprit : ne tient-elle pas là l'occasion idéale de se venger de Ian et de lui briser le cœur à son tour ?

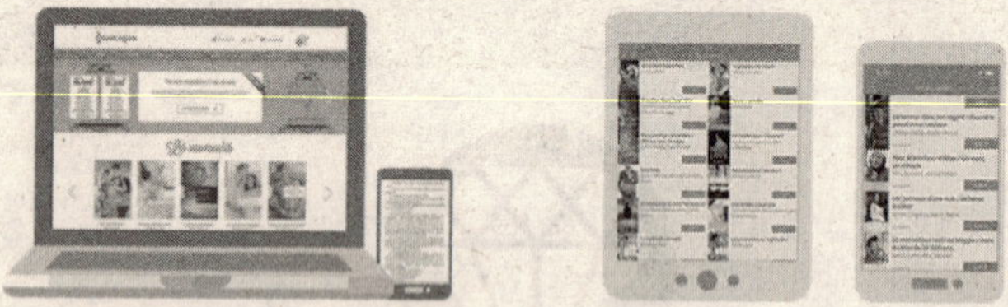